O OPOSTO DE TODO MUNDO

JOSHILYN JACKSON

O OPOSTO DE TODO MUNDO

Tradução
Maria Luiza X. de A. Borges

Harper Collins
Rio de Janeiro, 2016

Título original: The opposite of everyone

Contatos:
Rua Nova Jerusalém, 345 – Bonsucesso – 21042-235
Rio de Janeiro – RJ – Brasil
Tel.: (21) 3882-8200 – Fax: (21) 3882-8212/831

CIP-Brasil. Catalogação na Publicação
Sindicato Nacional dos Editores de Livros, RJ

J15o

Jackson, Joshilyn
O oposto de todo mundo / Joshilyn Jackson ; tradução Maria Luiza X. de A. Borges. – 1. ed. – Rio de Janeiro : HarperCollins Brasil, 2016.
304 p.

Tradução de: The opposite of everyone
ISBN 978.85.695.1405-3

1. Ficção norte-americana. I. Borges, Maria Luiza X. de A. II. Título.

16-34266 CDD: 813
CDU: 821.111(73)-3

Com gratidão aos bons professores. Aqui estão alguns dos meus:

Ruth Ann Replogle

Dra. Yolanda Reed

Chuck Preston

Astrid Santana

Dr. David Gushee

Alegre-se,
Quando os semideuses se vão,
Os deuses surgem.

— Ralph Waldo Emerson, "Dê tudo ao amor"

E assim como elefantes desfilam, um segurando a cauda do outro,
mas se acaso um se perde o circo não chega ao parque,
considero cruel e talvez a raiz de toda a crueldade
saber o que acontece, mas não reconhecer o fato.

Apelo pois a uma voz, a algo sombrio,
Uma parte remota e essencial em quem fala:
ainda que possamos nos enganar uns aos outros, deveríamos
ponderar — para que o desfile de nossa vida mútua não se perca
na escuridão.

— William Stafford, "Ritual para ler um ao outro"

CAPÍTULO 1

Nasci azul.

Se minha mãe não tivesse me empurrado para fora tão rápido quanto uma gata, eu teria nascido morta e ainda mais azul; o cordão umbilical estava firmemente enrolado em volta do meu pescoço. Ela olhou para meus pequeninos lábios azuis, meus dedinhos dos pés e das mãos azuis, e me batizou em homenagem a Kali. Kali Jai.

Quando nasci, minha mãe estava na metade de uma pena de seis meses num centro de detenção para jovens delinquentes por furto em loja e posse de drogas. Ela teve 36 horas para ficar comigo no hospital antes que o Estado a levasse para acabar de cumprir sua sentença. Meus avós — um casal rígido e infeliz — obtiveram a custódia temporária.

Kai lhes disse o meu nome, mas minha avó com boca murcha preencheu a papelada. Mais tarde ela alegaria ter ouvido mal, dizendo: "O que pus naquela certidão de nascimento soa parecido com seja lá o que você disse, mas no nosso idioma". Minha mãe só ficou sabendo depois que foi solta e voltou para a custódia dos pais. Nessa altura, todo mundo na cidade estava me chamando de Paula Jane.

"Você foi batizada originalmente em homenagem à deusa-mãe que traz a esperança e a primavera", disse-me Kai muitas vezes, durante minha infância. Minhas cantigas de ninar eram hinos de louvor — "Kali, Jai Kalika!" — cantados na sensual voz de contralto de minha mãe, e

Kali era a protagonista de muitas das minhas histórias da hora de dormir. Eu adormecia imaginando uma deusa feita de sol e flores, dourada e verde e linda.

Quando eu tinha cinco anos, achei uma imagem de Kali num dos cadernos de esboços de minha mãe. Kai estava desenhando uma série de deuses com lápis de cor. Reconheci alguns como personagens de suas histórias. Difícil não reconhecer Ganesha, um sujeito barrigudo com cabeça de elefante, dançando com a tromba enrolada para cima. E eu conhecia Hanuman, o deus-macaco, voando sobre o oceano com um buquê de montanhas nas mãos. Depois vi meu próprio nome: Kali.

"Esperança e primavera" era azul-escura e selvagem, sua pele em acentuado contraste com a cidade em chamas que lhe servia de pano de fundo. Ela agitava cimitarras de prata e tochas em seus muitos braços, com pés descalços sobre o peito de um homem morto. Sua saia era feita de cabeças e mãos humanas, e sua língua vermelho-fogo era incrivelmente longa, desenrolada para balançar entre seus seios nus. Minha mãe me encontrou contemplando essa imagem, meus dedos delineando as letras conhecidas de meu próprio nome abaixo dela.

— Eu sou má?— perguntei-lhe.

— Não, meu bem, não. Claro que não.

Ela se sentou no chão ao meu lado e me puxou para o seu colo, com o caderno de esboços e tudo. "Você não pode pensar em Kali de maneira tão ocidental." Falava com toda a autoridade que lhe era conferida por suas contas de oração compradas no mercado de pulgas e pela tatuagem de flor de lótus que tinha na região lombar. Explicou que no hemisfério oriental — uma metade do mundo que ela não tinha nem visto, nem estudado profundamente — *Kali* significava "mudança".

"Kali destrói somente para renovar; para restaurar a justiça. Kali traz novos começos", disse ela. Inclinou a cabeça sobre mim para sussurrar. Seu cabelo era longo e escuro e caiu em volta de nós como uma tenda, cheirando a fumaça de fogueira e casca de laranja. "Lá na Índia seu nome significa literalmente 'Salve a Mãe.'"

Mas eu nasci no Alabama. Minha mãe invocou Kali no solo negro e ensanguentado do sul dos Estados Unidos e o que ela ganhou não foi renovação, esperança ou primavera, foi a mim.

E ela não estaria orgulhosa de mim neste exato momento, se estivesse aqui? Se estivesse falando comigo? Estacionada em frente à casa de Zach Birdwine, no East Atlanta Village, seguindo-o, decidida a forçar um recomeço de qualquer maneira. Para falar a verdade, eu era melhor na arte de incendiar as coisas. Certamente não estava lá para rastejar até o colo dele e lhe perguntar, de forma doce: "Eu sou má?"

Esse era um tipo de pergunta que eu não fazia mais; eu era uma advogada especializada em divórcios e, como tal, sabia que nunca deveria perguntar quando não queria a resposta. Sem dúvida, essa resposta era mutável, dependendo de quem contava minha história. A maioria dos clientes afirmaria que eu era o epítome da bondade, muito obrigada, enquanto as respostas de seus ex seriam todas impublicáveis. Meus amigos e sócios gostavam bastante de mim, mas minha própria mãe mudara sua resposta muito tempo atrás.

Para ser justa, na primeira vez que lhe perguntei, eu ainda não tinha arruinado a sua vida.

E Birdwine? Quando me abandonou no fim de agosto, ele tinha deixado claro que eu era pior do que má. Eu era um demônio e ele era como os três macacos. Tinha uma pata em cada ouvido e em cada olho e duas espalmadas sobre a boca. Talvez mais de duas sobre a boca; disse que não conseguia conversar comigo.

Eu não tinha visto isso como um problema. Birdwine e eu não éramos do tipo de pessoa que anda por aí tendo sentimentos pantanosos, muito menos choramingando por causa deles. Se ele precisasse falar, bem, não era para isso que o AA servia? Ele já sabia que eu não era a sacerdotisa ou a psicoterapeuta de ninguém anos antes de dividirmos a mesma cama. Mas um dia ele decidiu — quase aleatoriamente, pareceu-me — que não queria mais saber de mim.

Bem, ótimo. Mas eu ainda queria saber dele.

Meu Deus, como era chato seguir Zach Birdwine. Eu não sabia como os fanáticos malucos conseguiam fazer isso, agachando-se dentro do armário de uma estrela de cinema qualquer que os tivesse encantado, acariciando roupas de baixo, farejando sapatos e esperando, esperando, esperando. Eu estava ali havia tanto tempo que precisei reabastecer o tanque para manter o carro aquecido. Mil desculpas à Mãe Terra, mas eu não podia seguir Birdwine adequadamente sem um aquecedor em fevereiro. A menos que quisesse ficar azul novamente.

Eu tinha trabalhado numa moção que estava rascunhando até a bateria do meu laptop se esgotar. Comido tacos comprados na *taquería* do outro lado da rua e todos os Tic Tacs comprados no posto de gasolina. Pagado todas as minhas contas on-line através de meu iPhone, terminado o livro que estava lendo e praticamente desgastado minha touch screen jogando sudoku.

Agora estava tensa, olhando de um lado para outro entre o bangalô decrépito de Birdwine e a rua, desejando ver seu velho Ford aparecer arrotando pela rua abaixo. Talvez já tivesse aparecido. Talvez ele tivesse visto meu Lexus e seguido em frente. Eu pensava nele como um tipo anônimo de carro, e no meu bairro, era. Mas aqui, neste canto do povoado, a gentrificação era uma obra fracassada em progresso. Meu carro sobressaía como um polegar, preto e brilhante, estacionado entre o pequeno Civita de algum dublê de barista e músico e o amontoado em desintegração do Buick da idosa sra. Carpenter.

Ainda assim, ele tinha de voltar para casa em algum momento. Ele morava ali e o quarto extra era seu escritório. Até agora, ele tinha ignorado duas mensagens de voz, três e-mails, seis mensagens de texto e uma cara cesta de muffins com creme de limão e mel local. Agora eu ficaria na sua porta até que me encarasse ou abandonasse seu cachorro e todos os seus pertences mundanos.

A parte engraçada era que o próprio Birdwine poderia muito bem estar sentado em seu próprio carro com um saco de tacos e um quebra-cabeça sudoku, seguindo outra pessoa. Ele era detetive particular; tocaias eram seu ganha-pão.

Talvez a espera seja menos árdua quando a pessoa está sendo paga pelo trabalho, pensei, e então me dei conta de que, na verdade, eu seria paga. Zach Birdwine era meu ex, de fato, mas eu era uma perseguidora por procuração, agindo em nome de Daphne Skopes. Assim que eu conseguisse carregar meu laptop, registraria as horas e as acrescentaria à enorme conta que ela já havia acumulado com meu sócio Nick. Ele tinha me incluído porque esse caso começara podre e estava ficando rançoso rapidamente.

Ele tinha começado quando Daphne Skopes voltou de um fim de semana com uma amiga nas ilhas Turcas e Caicos para descobrir que seu marido tinha trocado todas as fechaduras e cancelado seus cartões de crédito. Tinha zerado as contas conjuntas do casal também.

Para dizer a verdade, a "amiga" na escapada tinha um cromossomo Y, um bigode sedoso e um lugar na cama de Daphne. Seu marido não estava sendo sensato e sua última proposta de acordo tinha sido o título de propriedade do carro dela. Ponto. Nenhuma pensão alimentícia, nenhuma parte na conta de aposentadoria, nem a casa deles na cidade, nem a casa de praia em Savannah.

Bryan Skopes estava tentando matar de fome a mulher, que não tinha nenhuma fonte de renda real, forçando-a a aceitar qualquer osso que ele quisesse lhe atirar. O papel dele era proferir ameaças e parecer martirizado alternadamente, enquanto seu advogado tornava as coisas obscuras e lentas. Eles haviam prolongado cada passo desses procedimentos muito além do razoável. Tinham comprometido exibitórias, enviando documentos parciais ou cópias ilegíveis de tão ruins. Encaminhado intermináveis pedidos de adiamento. Remarcado cada mediação no último minuto. Nick ainda não conseguira sequer pôr sua moção por honorários diante de um juiz, e nossa firma ainda não vira um tostão.

Eu tinha observado Bryan Skopes bufar e esbravejar com prazer para depois deixar seus olhos umedecerem de uma maneira magoada, mas viril. Ele estava inteiramente empenhado, concorrendo ao Oscar, mas não acreditei em sua história. Quando nos encontramos, houve uma vibração, um momento em que ele correu um olhar furtivo pelo meu corpo. Ele deixou a débil pátina de uma sujeira de natureza sexual, como um limo sobre minha pele. Mantive meu semblante impassível, mas por dentro comecei a sorrir. Eu tinha visto sua pequena e mole mancha podre. Sua fraqueza eram as mulheres e, se eu pudesse provar isso, o número do marido enganado iria ricochetear e prejudicar o caso. Mas ele era astuto como o diabo; o detetive de Nick não tinha apresentado nenhuma evidência de atividades extramaritais. Eu precisava de Birdwine.

Meu estômago roncou e chequei o relógio. Já fazia uma hora que comera os tacos. Se Birdwine estivesse trabalhando num caso — ou se estivesse na farra —, poderia passar dias afastado. Que fosse. Eu podia andar até a lojinha da esquina e comprar uma barra de proteína. Aproveitaria para comprar também um osso de couro para o enorme mastim de Birdwine. Looper tinha uma porta para cachorro que lhe permitia entrar e sair, e um alimentador automático fazia com que seu jantar caísse toda tarde, mas gostaria da lembrança. Eu passaria a noite toda aqui, se fosse preciso. Restavam-me menos de três semanas até o depoimento de Skopes e eu precisava de Birdwine no caso o quanto antes. Se pelo menos ele estivesse conversando comigo, eu poderia contratá-lo para encontrar a si mesmo para mim.

Ouvi uma batida com os nós dos dedos no vidro bem junto da minha cabeça e tive um sobressalto. Olhei para fora para ver a velha jaqueta de couro marrom de Birdwine e sua Levi's. Apertei o botão para abrir a janela. Birdwine era naturalmente musculoso, com ombros largos, um corpo cheio e uma cabeça grande, quadrada, como a de Looper. Era alto também, de modo que teve de dar um passo atrás e se curvar para me ver.

Pus uma mão sobre meu coração.

— Não te vi chegar.

Ele deu de ombros o melhor que pôde, curvado.

— Sou bom em fazer coisas sorrateiramente. É um dos requisitos para o trabalho.

Ele parecia em boa forma e de olhos sóbrios. Onde quer que tivesse passado o dia todo, não fora num bar.

— Preciso falar com você.

— Não diga — disse ele, muito seco.

— Estou falando sério, Birdwine. Por favor. Dez minutos.

— Bem, eu a convidaria, exceto que eu te odeio — disse ele, mas sorriu ao dizer isso. E foi seu sorriso verdadeiro, mostrando-me a lacuna entre seus dois dentes da frente.

Isso me fez sorrir de volta, embora eu não tenha gostado da maneira como ele levantou a mão para pressionar três dedos contra a têmpora. Eu tinha trabalhado com Birdwine por quase nove anos e conhecia seus sinais. Fazia uma década que ele frequentava o AA, mas não tinha funcionado. Não completamente, de qualquer maneira. Duas ou três vezes por ano ele caía numa bebedeira interminável, passando dias desaparecido.

Eu tinha aprendido cedo a ver os prenúncios de uma bebedeira em sua linguagem corporal, em sua fala, no próprio ar que vibrava à sua volta. Até hoje seus desaparecimentos nunca tinham estragado um dos meus casos, e, se algum dia o fizessem, eu pagaria por isso. Eu conhecia seus limites. Arriscava-me a contratá-lo de todo modo, porque quando ele estava sóbrio ninguém era páreo para ele. Se houvesse um grão de poeira, Birdwine conseguiria encontrá-lo, e eu acreditava que Bryan Skopes estava escondendo um campo arável inteiro de sacanagem.

— Entre aqui, então. — Falei. — Prometo que não vai demorar.

Fechei minha janela e apertei o botão para destravar as portas. Enquanto Birdwine dava a volta até o lado do passageiro, joguei minha pasta no banco de trás para ele poder sentar. Uma lufada de vento invernal expulsou todo o calor do carro, deixando-me tremendo enquanto Birdwine dobrava seu corpanzil e o apertava ao meu lado. Ele começou a mexer nos controles do assento, inclinando para trás, e pela expressão do seu rosto parecia estar se preparando para um tratamento de canal.

Eu tinha um arquivo sobre Skopes enfiado na bolsa lateral de minha porta, e passei-o para ele. Suas sobrancelhas se arquearam, intrigadas. Ele folheou algumas páginas antes de devolvê-lo para mim. Tinha olhos com pálpebras pesadas, eram grandes e muito escuros, do tipo que sempre pareciam um pouco sonolentos. Agora piscou-os lentamente, não chegando a revirá-los, mas significando muita coisa.

— É de um trabalho que se trata?

— Sim — respondi. — Do que mais poderia ser?

Em seguida, ele deu uma risadinha.

— Não sei, Paula. Veja estes e-mails. — Deslocou seu corpanzil para a frente e pescou seu telefone no bolso traseiro. Tocou na tela e rolou até a pasta da lixeira. — Aqui está. Este é intitulado "Birdwine, precisamos nos encontrar". E aqui está um intitulado "PRECISO que você me ligue". "Preciso" está todo em letras maiúsculas, diga-se de passagem.

— Ah, entendo o que você quer dizer — falei. Eu não tinha pensado no contexto ao digitar essas frases. Tinha escrito a verdade, sem pensar como isso poderia ser interpretado por um ex-amante. — Você pensou que eu queria uma autópsia da relação?

— Sim. O que eu deveria ter pensado? — perguntou ele.

Irônico, realmente. Ele tinha terminado o caso porque nós "não conseguíamos conversar", mas nessa semana tinha ignorado todas as tentativas de contato, pensando que eu queria sentar em almofadas no chão e acender incensos com aroma de amizade e processar nosso rompimento enquanto tomávamos uma xícara de *oolong* orgânico. Isso da parte do cara que era tão fechado que, quando me descartou, fui pega desprevenida; não sabia que éramos oficialmente um casal.

Pensava que éramos algo casual. Trabalhávamos juntos frequentemente, e volta e meia, depois de uma noite difícil, tínhamos caído na cama juntos. Eu gostava do jeito como suas mãos grandes agarravam minha longa e desgrenhada cabeleira preta, gostava do tom grave de sua voz. Era um sujeito bom, rude, tinha uma fina cicatriz que atravessava uma sobrancelha e um nariz comprido que tinha sido quebrado mais de uma vez. Eu gostava de seu desenho complicado, torto.

Depois que começamos, estávamos sempre repetindo. Eu sou alta e atlética, mas o corpo dele é enorme — uma coisa de braços grossos, animalesca. Ele podia me atirar na cama como se eu fosse feita de ar e fitas. Era estranho e excitante, ser curvada e torcida em diferentes formatos, levantada, jogada de um lado para outro. O sexo era muitas vezes do jeito que eu mais gosto, bruto e urgente, mas podia ser langoroso também. Esticávamos o tempo até que o sexo parecesse quase sonolento, até o fim. E em seguida não era, e nós nos jogávamos num esquecimento animal.

Durante meses, nós nos esgotamos mutuamente quase todas as tardes. Em sua casa, quase sempre. Ele não gostava do meu loft, que tinha um conceito aberto, com uma parede dos fundos feita inteiramente de janelas que davam para o horizonte de edifícios cada vez mais altos de Atlanta. Ele era o tipo de cara que vai sempre para uma mesa de canto em qualquer restaurante. Não conseguia comer se suas costas estivessem voltadas para a porta. Meu apartamento parecia sempre exposto demais, e as únicas paredes internas eram em torno dos dois banheiros e da lavanderia. Meu gato tinha liberdade para se movimentar pela casa toda, e isso incomodava Birdwine. Ele não gostava de olhar para cima e ver Henry empoleirado na cômoda como um fantasma branco e felpudo nos observando e ronronando para si mesmo. Birdwine era do tipo que gosta de cachorro.

Então vínhamos para cá. Fechávamos a porta para Looper e fazíamos o que eu pensava ser sexo de conveniência. Do melhor tipo, sim, mas nós não nos aninhávamos depois para compartilhar o tempo. Já tínhamos as grandes pinceladas das histórias um do outro de todo modo, por termos trabalhado juntos durante tanto tempo. Nossa conversa na cama pós-sexo era sobre as chances do Braves ou os pontos de vistas sobre um caso em curso ou onde fora parar meu sutiã.

Fiquei surpresa quando ele terminou comigo, depois chocada quando também recusou todos os trabalhos que ofereci. Em seguida, ele parou de atender minhas ligações por completo. Eu tinha recuado, dando-lhe espaço para se acalmar. Ele ainda não tinha se acalmado, seis meses depois. E aqui estávamos.

— Não sou uma menina de 13 anos com o coração partido, Birdwine — falei. — Tínhamos um caso. Não estava rolando mais para você. Muito bem. Eu ainda respeito a porcaria do seu trabalho. Ainda quero contratá-lo. Por que jogar o bebê fora junto com a água do banho?

— Na sua metáfora, isto é o bebê? — Ele bateu no arquivo de Skopes. Assenti com a cabeça, e ele disse: — Eu me esqueci de que você é uma romântica incurável. — Seu tom ainda era leve, mas uma mão se ergueu para esfregar seus olhos; mais um mau sinal. — Por que você não intitulou o e-mail como "Serviço para você", ou "Pode encontrar este cara?", ou, caramba, só a data de nascimento e o número de Seguro Social?

Eu estava me perguntando a mesmíssima coisa. Isso não fazia meu gênero; eu era sintonizada para a conotação. Mas me ajustei ao seu tom leve e disse apenas:

— Bem, da próxima vez que você passar meses me evitando, já sei como proceder.

Ele deu uma risadinha.

— Ainda estou evitando você, Paula. Não houve nenhuma trégua nisso. É você que está se rebaixando ao visitar meu bairro. — Fez uma pausa, depois acrescentou, de maneira muito cômica: — Ei, veja! Isto está virando uma autópsia da relação, no fim das contas. Legal.

— Então aceite o trabalho e eu largo do seu pé. — Ele não respondeu, mas eu não podia desistir. Birdwine não era substituível. Finalmente eu disse: — Que tal se eu dobrar seu preço?

Isso chamou a sua atenção. Birdwine vivia sem dinheiro. Ele me lançou um olhar longo e firme e disse:

— Você vai parar com os muffins e com as cartas urgentes, ofegantes?

— Certamente — respondi.

— Na verdade, mande muffins sempre que quiser, não tenho nenhum problema com muffins. Mas você precisa ficar do seu lado da cidade. Mande um de seus subordinados me enviar os arquivos por e-mail, e use assuntos razoáveis, tipo "Aqui está um caso para você". Eu lhe enviarei meus resultados de volta num e-mail intitulado "Aqui estão meus resultados". O que acha disso?

Acho uma merda e insustentável em longo prazo, na realidade, mas eu disse:

— Se é isso que preciso fazer para tê-lo de volta na minha equipe — o que era a verdade, mas não toda a verdade.

Eu não poderia trabalhar com Birdwine a distância. Não indefinidamente. Precisava vê-lo regularmente; suas bebedeiras ocorriam em intervalos aleatórios, mas os sinais de uma bebedeira iminente eram cumulativos. Hoje, neste exato momento, ele poderia estar a meses de desabar. A esfregação dos olhos, as batidinhas na têmpora, isso poderia ser simplesmente o estresse daquela conversa desagradável. Ele poderia entrar em casa e não esfregar os olhos, ou dar batidinhas, ou se embebedar até a terrível inconsciência por semanas a fio. Por outro lado, caso se repetissem e se intensificassem, os sinais eram precursores de um desaparecimento iminente que poderia me deixar em apuros em meu depoimento.

— Droga, mas você é insistente, moça. Eu tinha me esquecido disso também — disse ele, e agora estava rindo francamente. — Certo. Tudo bem. Vamos deixar isto claro: não estou na sua equipe. Estou lhe prestando um serviço porque você está me pagando uma quantidade absurda de dinheiro.

— Tudo bem — falei. Isso significava estar de novo com um pé no vão de sua porta e depois que estivesse dentro, bem... Ele estava certo. Eu era um pouco insistente.

— Suponho que você precise de resultados rápidos — disse Birdwine.

Sua mão, pousada aberta sobre o arquivo, quase o cobria. Longe de sua presença física, era fácil esquecer o quanto os deuses o haviam moldado grande: mãos grandes, pés grandes, ossos das coxas longos e grossos, punhos enormes.

— Tenho de depor sobre esse sujeito no dia 24. Neste momento, tenho zero vantagem.

— Até que ponto posso descer? — perguntou Birdwine.

— Até tão baixo quanto queira — respondi. — Este é um puro caso ABSF.

ABSF era minha sigla, e ela representava "ambos babacas, sem filhos". Os casos ABSF eram os melhores. Eram muito lucrativos e eu podia fazer um jogo tão sujo quanto quisesse, sem adolescentes desamparados ou criancinhas entrando no fogo cruzado. Quando havia filhos, ou quando o cliente era uma alma querida e frágil, eu tinha de me mover cuidadosamente, tentar minimizar o dano.

— Excelente — disse Birdwine. Ele gostava de práticas imorais sim, mas compartilhava minha suscetibilidade pelos pequenos joguetes deixados de lado no divórcio. Essa era mais uma razão por que trabalhávamos tão bem juntos. — O que estou procurando?

— Sexo — respondi com convicção.

Antes de conhecer Bryan Skopes pessoalmente, eu soube, apenas olhando para seu arquivo, que ele mais do que merecia o B de ABSF. Sem dúvida pertencia ao Rotary Club, e trabalhava no comitê de finanças de sua igreja. Garantia que seu pai idoso fosse bem cuidado. Sem dúvida pensava em si mesmo como uma "boa pessoa". A maioria das pessoas pensa.

Mas sua primeira mulher não recebia pensão alimentícia e o que recebia para o sustento dos filhos era uma ninharia, embora ela estivesse criando as duas filhas que ele raramente via. Sua segunda mulher era 15 anos mais nova que ele. Ela havia trabalhado para ele como recepcionista, o que sobrecarregava ainda mais a relação. Não vi uma "boa pessoa". Vi um narcisista com um complexo de sexo e poder alimentado por um genuíno desdém por mulheres.

Conhecer Skopes em carne e osso havia ao mesmo tempo confirmado e piorado minha opinião. O olhar furtivo que eu pegara correndo sobre mim não era o de um homem faminto e de bolsos vazios olhando para um bufê, sem a esperança de ter mais do que um leve cheiro. Tinha sido o olhar de relance de um *gourmand* saciado, alguém que estava sendo regularmente bem alimentado. Esse olhar tinha sido insultuoso, mas não porque havia algo sexual nele. Fora insultuoso porque ele claramente se sentia no direito de lançá-lo. Julgava ocupar uma posição de poder nas negociações e esse poder diferencial o deixava excitado com mais do que meu corpo. Fazia o ar de honrado em sua indignação soar falso.

Nossa cliente também era uma babaca, sem dúvida. Mas mesmo babacas merecem justa representação, especialmente quando estão contra um oponente tão babaca quanto eles. Nesse caso, eu tinha a sorte de estar do lado do menor de dois males. Daphne ainda era má, mas menos. Certamente Bryan Skopes pensava em mulheres como mercadorias e, sem dúvida, tinha comprado Daphne. Mas, para ser justa, ela consentira. Eu não podia respeitá-la; eu não gostava dela; isso não tinha importância. Então ela tinha se vendido — bem, eu era sua advogada. Meu trabalho era fazer Skopes acabar de pagar por ela.

— Você se refere a uma amante? — perguntou Birdwine.

Sacudi a cabeça.

— Não perca tempo procurando um encontro romântico de almas gêmeas. Mire mais baixo. Esse cara tem um um lado asqueroso secreto saindo pelos poros.

Era assim que trabalhávamos juntos; eu encontrava os pontos fracos, depois apontava Birdwine diretamente para eles e o arremessava. Juntos, tínhamos mais acertos que erros. Se eu estivesse certa, e se Birdwine conseguisse apanhá-lo, Skopes teria de abaixar o tom acusador e ferido e entregar alguma coisa mais substancial que a posse de um carro.

— Estou nessa. Acabou? — perguntou Birdwine.

— Sim. Obrigada, Birdwine — falei.

— Por favor, chame-me de Zachary. — Deu-me a versão de lábios fechados de seu sorriso, insossa e insincera.

— A-ha. Entendi o que você quis dizer. — Assim que começou a trabalhar para mim, ele me contou que só sua ex-mulher o chamava pelo seu primeiro nome, e ela tinha se casado de novo dez minutos depois que o divórcio saiu. Hoje em dia ela morava na Flórida, ocupada demais parindo bebês e fingindo que ele estava morto para chamá-lo de alguma coisa. — Vou ficar fora do seu caminho. — Não acrescentei "por enquanto".

Ele saiu. Fui comer alguma coisa, minhas preocupações com *Skopes vs Skopes* já estavam desaparecendo. Se Birdwine continuasse sóbrio, esse problema já estaria resolvido.

Mas eu não tinha certeza de que ele continuaria sóbrio. Minha certeza diminuiu quando dias se passaram sem nenhuma palavra. Ainda assim, continuei calma. Skopes e seu advogado, Jeremy Anderson, tinham passado meses jogando o jogo da protelação. Eu podia protelar de volta até que Birdwine tivesse sucesso ou até que eu encontrasse outra maneira de derrubar Skopes.

No dia 14 de fevereiro, fiquei no escritório até tarde pesquisando um precedente complicado. Quando acabei, passava das 11 horas. Fechei meu computador e peguei meu talão de cheques. Escrevi *Pagamento à vista* na linha que dizia *Pague à ordem de*. O nome legal de minha mãe era Karen Vauss, mas eu não tinha a menor ideia de qual nome Kai estava usando em sua atual encarnação. Assinei o cheque e destaquei-o do talão.

Coloquei-o em um de meus envelopes pessoais — um luxuoso papel cor de creme com a inscrição *Paula Vauss* e o endereço de meu loft no centro da cidade gravados em marrom-escuro queimado. Rabisquei na frente o número da caixa postal de Kai em Austin e selei-o.

Eu lhe mandava um cheque no dia 15 de todo mês, tanto um ritual como a minha única forma de comunicação com minha mãe havia uma década e meia.

Era minha maneira de perguntar: *Já estamos quites?*

Sacá-lo era sua resposta: *Você ainda me deve.*

Fiz uma pausa antes de jogá-lo na minha caixa de coisas a serem enviadas, embora tivesse planos de me encontrar com um cara que tinha conhecido. Iríamos nos ver precisamente um minuto depois da meia-noite, depois que o Dia dos Namorados estivesse seguramente encerrado. Ainda assim, eu me demorei. Podia deixar Verona despachar aquele papel que me substituía com o resto da correspondência, deixá-lo fazer sua pergunta mensal, sem nenhum atraso. Ou podia passá-lo pela fragmentadora de papel.

Eu brincava com essa ideia todos os meses. O que Kai faria se o cheque simplesmente não chegasse? O silêncio poderia se instalar entre nós, e eu saberia que tinha finalmente pago o suficiente por ter prendido seus pés de cigana, roubando quase uma década de sua liberdade. O silêncio parecia algo bem próximo à paz para eu considerar essa ideia. Ou isso, ou ela apareceria na minha porta, pedindo para cortar meio quilo de carne de meu corpo.

Não pela primeira vez, perguntei-me o que aconteceria se eu ficasse mais agressiva. E se enviasse para Kai um bilhete em vez do cheque? Puxei um bloco de papel, depois fiquei olhando para ele. Minutos se passaram e o papel continuou em branco. Eu precisava ir para casa me trocar e alimentar Henry antes de meu encontro. Naquela altura ele deveria estar subindo e descendo a escada da sala para o quarto no mezanino, impaciente por sua comida úmida; apesar disso, fiquei ali, olhando para a página em branco.

Finalmente fechei os olhos e senti minha mão começar a mover a caneta contra o papel. Escrevi a pergunta essencial, cega: *O que será necessário para nos deixar quites?*

Quando olhei para as palavras, pude ver que eram rudes demais, diretas demais. Pior, admitiam culpabilidade. Risquei-as e então escrevi: *Você batizou sua filha em homenagem a Kali, então que merda esperava? Recebeu exatamente o que pediu.*

Isso soou mais parecido comigo, mas não era de maneira alguma uma reparação. Bem, reparações não eram meu forte; quaisquer pontos fortes que eu tivesse situavam-se na direção inteiramente oposta. Eu podia quebrar coisas de mil maneiras — qualquer coisa, desde um desmonte cirúrgico tão meticuloso quanto o trabalho do esquadrão antibomba até a destruição em massa estilo bola de demolição. Se eu quebrasse alguma coisa, ela ficava quebrada. Se eu quebrasse uma de minhas coisas, passava a viver com os pedaços ou a substituía. Arranquei a página e a amassei. Arremessei-a para a cesta de papéis no canto e fiz uma bela cesta de três pontos. Foda-se. Pus o cheque na caixa e, como sempre, preparar seu envio foi um alívio. Kai estava paga, portanto, por uma ou duas semanas eu podia tirá-la da cabeça. Logo ela se insinuaria de volta, fazendo-me sentir vagamente inquieta até preencher seu cheque seguinte.

Quando me levantei para sair, ouvi o apito que anunciava a chegada de um e-mail em minha caixa de entrada. Era de Birdwine, intitulado exatamente como ele prometera: "Aqui estão meus resultados". Com certeza não estava me pedindo para ser sua namorada. Qual seria a novidade? Sentei-me e abri o e-mail. O texto dizia apenas: *Sim, você pagou para ver.* Havia dois anexos.

Abri o primeiro e encontrei uma conta muito, muito alta. Mais alta do que esperava. O anexo seguinte era um arquivo PowerPoint. Comecei a clicar nos slides.

Lá estava Bryan Skopes, visto de cima, mas ainda reconhecível. Ele era bonitão como um ex-membro de fraternidade, de expressão obtusa, mas com uísque demais e ostras fritas demais acumulando-se nas bolsas sob seus olhos e em torno da cintura. Estava parado entre moitas de azaleias com um vazio no meio. Os arbustos formavam uma sala bem protegida de todos os lados, mas sem teto.

As fotos tinham sido feitas de cima e, pelo o que eu podia ver, Birdwine tinha trepado como uma pantera bem no alto de uma árvore que pendia sobre o matagal. Podia ter quebrado o pescoço, mas conseguiu imagens espetaculares: Bryan Skopes não estava sozinho. Uma amiga de cabelo magenta estava ajoelhada diante dele, o rosto comprimido entre suas pernas. À medida que as imagens avançavam, a coluna dele dobrava-se para trás e seu rosto redondo, corado, era jogado para cima. Sua boca se abria, relaxada. Os olhos estavam fechados; do contrário seu olhar poderia ter cruzado com o de Birdwine. Sorri ao pensar nisso; não teria isso sido extremamente desconcertante?

Perto do fim, topei com um slide que me fez parar de clicar para avançar através dessa história sórdida e comum. Nessa foto, a moça ainda estava de joelhos, mas tinha os olhos levantados para Skopes. Seu rosto era redondo e liso, com bochechas gordas como as de um bebê, e a pele sob os olhos era desprovida de rugas e levemente rosada. Senti as gotas cítricas de algo amargo e pungente penetrarem em meu sangue. Ela era tão jovem. Quinze anos, talvez.

No slide seguinte, ela estava se levantando enquanto Skopes abotoava a roupa. No seguinte, as mãos deles se tocavam, palma com palma enquanto ele passava o dinheiro para ela. O gotejar amargo em meu sangue ficou mais pungente e mais ácido. Então eu estava duplamente certa: Skopes traía, e gostava de sexo com um feio diferencial de poder.

Essa pobre menina era tão jovem e inexperiente que não sabia cobrar primeiro. *Mais um mês de vida na rua consertará isso*, pensei, e desta vez estar certa não fez com que eu me sentisse bem.

Olhei para suas bochechas de bebê, sua boca de cantos caídos, e foi como se a conhecesse. Droga, eu poderia ter me transformado nela.

Conheci meninas que tinham se transformado nela, quando estive sob guarda provisória. Às vezes eu ainda sonhava que tinha fugido com elas. Adormecia e me via caminhando direto para fora dos limites pontiagudos e secretos da Terra. Despencava, passando pela tartaruga cósmica que apoia a Terra, segundo o mito hindu, por Joya que rolava mole e silenciosa, por Candace, que tentava me agarrar com olhos carentes e cobiçosos. Passando por todas as coisas, rumo a um nada interminável. Nem mesmo estrelas.

Eu poderia ter acabado exatamente como essa menina nos slides de Birdwine, com seu cabelo tingido com hena e suas bochechas ainda cheias de gordura de bebê. Poderia ter passado meus dias agachada e com os joelhos tremendo para algum babaca parado no meio de azaleias, de repente ir atrás de Bryan Skopes tornou-se algo pessoal. Eu não estava mais trabalhando apenas em nome de Daphne. Ela era minha cliente, o que significava que eu faria o meu melhor, sem dúvida — mas não gostava dela. Daphne era do tipo esposa-troféu comum. Seus principais interesses eram se arrumar e se pôr em forma para parecer atraente em festas. Era inexpressiva e egoísta e mais do que um pouco enfadonha.

Eu não tinha dúvida de que Daphne passara em seu carro por muitas meninas como essa criatura de cabelo magenta. Elas eram bastante comuns em Atlanta. Essa menina era uma de milhares de fugitivas viciadas em drogas espalhadas por toda a cidade, sem disposição ou preparo para serem salvas, arranjando-se como podiam.

Eu tinha certeza de que Daphne jamais pensara alguma vez em comprar um sanduíche para uma menina assim, ou oferecer uma carona até um abrigo. Mas sabia também que minha cliente nunca levara uma dessas meninas para as moitas, usara-a como um lenço de papel e depois lhe entregara um rolo de dinheiro engordurado. Senti que me transformava de advogada profissional em mim mesma, jogando pelo meu próprio interesse. Se as coisas pudessem ser inteiramente como eu queria, Skopes iria para a cadeia e aprenderia em primeira mão como a vida podia ser dura quando se está de joelhos.

Isso não era factível, e não só por ser contrário aos interesses de minha cliente. Essa garota que ele usara tinha virado fumaça, já desaparecida. Talvez Birdwine conseguisse encontrá-la, se lhe fossem dados tempo e dinheiro, mas ela não iria testemunhar ou prestar queixa. Eu conhecia o seu tipo.

O que me restava, portanto, era atingir Bryan Skopes duramente no saco de dinheiro, em sua crença equivocada na boa pessoa que era e, acima de tudo, em seu arrogante amor pelo poder sobre as mulheres. Eu podia fazê-lo se curvar para Daphne e para mim. A própria ideia fazia minha espinha parecer mais longa. Eu podia me sentir ficando mais alta. Corri a língua pelos meus dentes, faminta pelo depoimento marcado para a semana seguinte. Quanto Skopes tinha dado àquela menina? Gostaria de poder ver o dinheiro claramente. Duas notas de vinte? Uma de cinquenta? Eu não sabia qual era o preço em vigor, mas de uma coisa eu sabia: Skopes ia pagar mais do que jamais sonhara por aquela única transa entre as moitas.

Fechei o PowerPoint e encaminhei uma cópia para meu sócio Nick, perguntando: *Podemos trazer a Daphne aqui esta semana? Preciso prepará-la.*

Abri o PayPal para transferir a Birdwine de minha própria conta a quantia total da fatura, instantaneamente, acrescida de um bônus considerável. Eu teria de enfrentar uma burocracia dos diabos para ser reembolsada, mas queria que a rapidez o estimulasse. Em geral, suas faturas tinham de passar por Verona.

Na caixa de mensagens, digitei: "Obrigada pelas imagens obscenas — melhor que uma caixa de chocolates", mas em seguida apaguei. Ele mal voltara a trabalhar para mim novamente. Era cedo demais para tentar restaurar nossa velha brincadeira de flerte combativo. Experimentei: "Está vendo como não posso ficar sem você, Birdwine?" Mas isso também soava pessoal demais. Depois de um minuto de reflexão, mudei para: "Está vendo como não posso ficar sem você, Zachary?".

Ainda pessoal demais; ele tinha sido muito claro no carro. Mandei com a caixa de mensagens em branco. Depois, iniciei um novo e-mail, com um arquivo diferente anexado. Digitei: "A declaração de bens desse sujeito é mentira. Ele está escondendo dinheiro. Minha aposta? Em alguma coisa pretensamente artística como escultura ou vinho. Encontre. Preços habituais". Cliquei em "enviar" e esperei.

Dois minutos depois, chegou a resposta: "Estou dentro".

Pronto. Birdwine e eu estávamos voltando a trabalhar juntos. Ainda nos termos dele, é verdade, mas eu o estava modificando. Estávamos seguindo na direção certa.

Melhor ainda, dentro de uma semana — mais ou menos o mesmo tempo que levaria para o cheque de Kai ser compensado — eu iria me encontrar com Bryan Skopes. Ele pensava que conseguiria tudo que pedira. Bem, talvez. Afinal de contas, minha mãe havia me batizado em homenagem a Kali. Ele iria conseguir o que estava pedindo, sem dúvida. Seria um prazer para mim lhe dar isso.

A vitória evocou um rosto secreto que vivia sob minha pele acobreada, meus olhos claros e oblíquos, minha boca de lábios carnudos. Neste momento, esse rosto queria que todos os seus dentes aparecessem. Eu me sentia esvaziada de emoções e com olhos aguçados, com uma língua que ansiava por ficar pendurada e saborear o metal no ar. Esse rosto estava pronto para comer tudo. Ele não pertencia a Cartwright, Doyle & Vauss.

Meus sócios, Nick Cartwright e Catherine Willoughby Doyle, eram da antiga aristocracia de Atlanta, mandachuvas refinados, inseridos no cenário social. Eram primos que mais pareciam irmãos: magros, louros, elegantes. Casais abastados com patrimônios complexos procuravam nossa firma quando chegava o momento de um divórcio tranquilo, civilizado. Os casamentos típicos que desfazíamos eram cheios de fundos fiduciários, repletos de contratos pré-nupciais e perguntas sobre quem deveria ficar com quais casas. Éramos caros, mas fazíamos por onde, fatiando complicadas tortas financeiras, e pessoas que não tinham condições de pagar nossos conjuntos de habilidades não precisavam deles. Quando essas polidas separações azedavam, como frequentemente ocorria, bem, era para isso que meu nome estava no papel timbrado. Eu era o instrumento contundente no fundo do armário.

Conheci Nick no curso de direito. Descobrimos que trabalhávamos bem juntos na cama e fora dela. Eu era corajosa e agressiva, ele era meticuloso e um negociador nato. Em simulações de julgamentos, ele soprava e eu mordia. Ele me levou para a firma bem estabelecida do pai, e quando este se aposentou, Catherine e eu nos tornamos sócias de pleno direito. Meu conjunto de habilidades complementava o deles, e como uma pessoa que tinha passado por lares adotivos quando criança e de origem racial indefinida que atuava em casos criminais *pro bono*, isto é, como trabalho voluntário, duas vezes por ano, eu, por minha própria conta, fazia com que a firma parecesse progressista e multicultural sob todos os aspectos. Eles gostavam de mim, especialmente em dias como aquele; eu havia acabado com Skopes.

Depois do depoimento, eles estavam atordoados pelo prazer pós-vitória. Catherine suspirava satisfeita e Nick me lançava olhares afetuosos, como se eu fosse seu tigre de zoológico. Convidaram-me para comemorar, mas declinei. Eu não poderia manter meu rosto selvagem parafusado no lugar enquanto eles estouravam decorosamente uma garrafa de champanhe caro. Nick tinha copos de cristal para tilintar juntos durante brindes prolixos e, neste exato momento, minhas mãos flexionadas poderiam estilhaçá-los.

Eu disse que iria sair cedo, e Catherine abriu um radiante sorriso de aprovação, dizendo-me para cair fora e ter uma noite muito agradável, eu a merecera.

Em casa, parei na entrada, tentando chutar longe meus sapatos de salto com Henry berrando seu estranho e altíssimo miado e raspando um canino lateral ao longo de meu tornozelo para me chamar. Quando eu estava em casa, Henry tinha certeza de que era a hora do jantar, não importando o que o relógio dissesse.

— Tem toda razão, companheiro — eu lhe disse. — Vou abrir uma lata de atum para você. Autêntico. Albacora da melhor qualidade.

Henry correu na minha frente, através da ampla sala até a cozinha. A empregada tinha vindo nesse dia, por isso todo o meu loft cheirava a óleo de laranja e vinagre e meus pés deslizavam suavemente pela madeira de lei lustrosa. Soltei meu iPhone na base e vi que ela tinha deixado a correspondência numa pilha sobre a bancada da cozinha. Ignorei e cliquei na minha *playlist* da vitória. Os Kongos atacaram, e aumentei o volume. O som alto não incomodava Henry. Como muitos gatos brancos, ele era completamente surdo.

A vitória fazia meu sangue correr rapidamente, vibrando em meu corpo enquanto eu dançava descalça até a copa. Meu Deus, como eu gostava dessa embriaguez. Eu mantivera aquilo reprimido no escritório, mas agora queria pegar Henry, pular para lá e para cá com ele até que ele ficasse totalmente assustado. O músico com quem eu estava saindo de vez em quando tinha um trabalho fora da cidade, mas o cara britânico com quem eu costumava me encontrar mandara uma mensagem. Eu iria responder à sua mensagem, dizendo-lhe para aparecer e me ajudar a beber o meu melhor bourbon. Nós arremataríamos este dia em grande estilo. Eu merecia montar naquela alegria, cavalgar até ficar exausta e satisfeita, relaxada da cabeça aos pés.

— O babaca não esperava por isso, Henry. — Eu disse ao meu gato, interrompendo minha dança só pelo tempo suficiente para pôr o atum num prato com uma colher.

Assim que Skopes chegara naquele dia, eu sorrira para ele. Cruzara minhas pernas e balançara o pé, chamando sua atenção para uma saia curta demais para um tribunal. Eu calçava elegantes sapatos pretos de salto agulha, suas solas vermelho-sangue prometendo toda espécie de carnificina. O olhar dele passou ao largo dessa advertência para rastejar previsivelmente sobre a pele nua de minhas pernas.

A mesa da sala de conferência estava cercada de pessoas: Nick e Daphne, o advogado de Skopes, um taquígrafo judicial. Para mim, todas elas tinham sido sombras cinza à mesa, irrelevantes e insubstanciais. A única cor verdadeira era o vermelho da gravata poderosa de Skopes, a única luz era o débil brilho de meu laptop. Ele estava ligado e aberto na cabeceira da mesa, voltado de modo a mostrar a Skopes e seu advogado meu relaxante protetor de tela — peixes tropicais entrando e saindo de um recife.

Falei primeiro, recitando o número do caso para começar o ritual que dava início a cada depoimento. O taquígrafo judicial tomou o juramento de Skopes, e eu lhe pedi para declarar seu nome, seu endereço, sua data de nascimento para fins de registro, lançando-lhe um olhar entediado, deixando seu advogado, Jeremy Anderson, me lançar um olhar entediado de volta.

Quando concluímos as formalidades, movi o mouse sem fio que havia colocado ao lado de meus papéis empilhados. Em meu laptop, o protetor de tela de peixes preguiçosos desapareceu, revelando uma imagem da sessão de slides de Birdwine. Skopes estava parado no caramanchão de azaleias, com a cabeça inclinada para trás e os olhos fechados, a boca escancarada e frouxa. Era cor substituindo cor, luz substituindo luz. Skopes não notou.

— É um bom jardineiro, sr. Skopes? — perguntei.

— Um bom jardineiro? — disse ele, e fez um ruído de escárnio. — Eu *tenho* um jardineiro.

— Interessante. Ele cultiva azaleias? — perguntei.

Na cabeceira da mesa, as mãos do taquígrafo judicial pararam por uma mínima fração de segundo. Ele tinha notado os slides. Em seguida, deu de ombros num gesto tão infinitesimal que foi praticamente interno. Suas mãos retomaram seus meneios rítmicos na taquigrafia com o cansaço do mundo comum à sua estirpe. Daphne Skopes e Nick olhavam afavelmente para ele, como se a taquigrafia fosse uma visão fascinante, exatamente como eu os instruíra a fazer.

— Não sei os nomes das flores — disse Skopes. Esse não era o tipo de pergunta que ele esperava. Tinha bons instintos e eles lhe diziam que havia alguma coisa errada.

— Por favor, vá direto ao ponto, ou deixe de lado perguntas sobre jardinagem — disse seu advogado.

— Certo — disse eu a Anderson. Em seguida, apenas para manter um ritmo, perguntei a Skopes: — Onde você cursou faculdade?

— Vanderbilt — disse Skopes.

— E ingressou numa fraternidade em Vanderbilt?

A apresentação de slides finalmente chamou a atenção de Anderson. Ele fez um ruído débil, chocado.

— Você não quer que eu responda a esta pergunta? — perguntou Skopes, virando-se para seu advogado. Ele viu o semblante de Anderson. Acompanhou sua linha de visão.

A sala ficou muito silenciosa.

O slide mudou.

— Você ingressou numa fraternidade em Vanderbilt? — repeti, como se nada estivesse acontecendo. Como se a natureza mais feia de Skopes não estivesse em exibição ali, diante da esposa que ele comprara com objetivos semelhantes, mas com uma moeda socialmente mais aceitável.

— Sua cachorra — disse Bryan Skopes numa voz sem entonação.

Fiquei sem saber ao certo se ele estava se referindo a mim, ou a Daphne, ou à garota para a qual estava olhando. Aquela muito jovem, com cabelo magenta e bochechas de bebê. Aquela de joelhos.

A imagem mudou de novo. Ele olhava para ela, para si mesmo, tentando ver uma maneira de contornar tudo que isso iria lhe custar.

— Sua cachorra desgraçada — repetiu Skopes, sua voz ainda sem entonação, mas agora seu rosto estava banhado de vermelho.

Mantive meu próprio rosto inexpressivo, examinei os papéis diante de mim.

— Não tenho conhecimento de uma fraternidade chamada "Sua Cachorra Desgraçada". Seria Sigma Kapa Delta?

Skopes se levantou. Sua testa começava a parecer suada. Eu podia vê-lo avaliando que efeito essas fotos poderiam causar sobre um público muito mais amplo. Sobre seu Rotary Club. Sua igreja. Seu pai. As filhas abandonadas que ele acreditava amar, assim como acreditava ser uma boa pessoa. Essas imagens contavam uma história mais verdadeira, e, nesse momento, era ele que experimentava a impotência. Estava escancarado, toda a sua feiura exposta ao ar.

— Dê-lhe o que ela quer — disse ele. Anderson tentou falar, mas Skopes o interrompeu. — Simplesmente dê-lhe o que ela quer.

Minhas palavras favoritas.

Skopes pensava que as estava dizendo para seu advogado, ou talvez até para Daphne. Estava enganado. Aquelas palavras pertenciam a mim.

A partir de hoje, o caso se transformaria em trabalho burocrático. Nick e eu faríamos uma longa dança faturável com Jeremy Anderson, fatiando a gorda torta financeira. Isso era ótimo, é claro, mas o importante para mim estava nesse momento. Esse momento perfeito, que não se repetiria, em que Skopes ficou exposto. Em que todas as histórias que ele contava para si mesmo foram destruídas, e ele se viu, verdadeiro.

Nesse momento fiz uma pausa para pôr o prato com atum no chão. Henry atacou-o. Peguei o telefone para enviar uma mensagem para o britânico, e lá, sobressaindo da pilha de correspondência, estava o canto de um espesso envelope cor de creme. Puxei-o, e vi meu nome e o endereço do remetente gravado em marrom-escuro. O número da caixa postal de Kai estava escrito com meus garranchos. Era exatamente o mesmo envelope que eu jogara em minha caixa de coisas a serem enviadas na última hora do Dia dos Namorados. Agora havia nele três palavras vermelhas escritas na caligrafia de minha mãe, inclinada para a frente.

Devolver ao remetente.

Todo o pensamento cessou. Toda a respiração. Minha vitória sumiu da minha cabeça. Todos os meus planos para a noite desapareceram também. A fome do meu gato e a minha própria foram embora. Eu não conseguia nem ouvir a música.

Algum tempo se passou. Talvez meio minuto, talvez alguns segundos. Não pude distinguir.

Muito perto, pude ouvir Henry fazendo um grunhido grave e alto demais em seu peito, que ele sentia como apenas uma vibração. Ouvia o barulho que sua boca fazia com o atum. Virei o envelope ao contrário e vi que a aba estava fechada com fita adesiva. Eu não o enviara assim.

Minhas mãos pareciam inchadas e desajeitadas. Tremiam tão violentamente que mal consegui abri-lo.

Dentro, encontrei meu cheque. Ela havia escrito *NULO* com a mesma caneta vermelha da frente do envelope.

Finalmente, uma resposta diferente. Mas por que agora? Eu tinha enviado um cheque todo mês durante quase 16 anos, repetindo as intermináveis perguntas. Tinha mandado cheques com quantias pequeninas enquanto avançava pela faculdade em Indiana. Uma vez por semana, mandava cinco dólares, e isso limpava minha conta. As quantias ficaram um pouco maiores quando ganhei uma bolsa integral para Notre Dame e depois Emory Law, maiores ainda depois que me formei e iniciei minha carreira. Cento e oitenta e poucos cheques tinham feito o caminho de mim até Kai ao longo dos anos, um por um, cada um perguntando: "Estamos quites?"

A resposta dela era compensá-los. Sem falta, embora minha mãe se mudasse com frequência e às pressas. Uma ou duas vezes por ano eu recebia um cartão de mudança de endereço, impessoal e alegre, alterando seu endereço de uma caixa postal para uma nova em outra cidade. Mas ela nunca deixava de receber meu cheque e compensá-lo.

O cheque nulo tremia em meus dedos. Virei-o nas minhas mãos e vi mais palavras no verso, na letra inclinada de minha mãe.

> *Não, obrigada. Tenho dinheiro suficiente para durar pelo resto de minha vida.*
>
> *Isso foi uma piada. O câncer se espalhou por toda parte antes que eu o percebesse, portanto, "o resto" será muito curto. Semanas, se eu tiver sorte. Vou partir numa viagem, Kali. Vou retornar ao meu começo: a morte não é o fim. Você será o fim. Vamos nos encontrar novamente e haverá novas histórias. Você sabe como o carma funciona.*

Isso era mais do que um bilhete. Era um epitáfio. Ou um poema. Ou uma ameaça. Isso foi tudo que eu soube na primeira leitura.

Li mais uma vez e vi o que ele não continha. Não havia nenhuma absolvição.

De fato, a coisa toda parecia destinada a me deixar com raiva. Eu detestava cartas enigmáticas, e misticismo, e condescendência. Claro que sabia muito bem como o carma funcionava, mas não acreditava nele. Não acreditava em reencarnação, também, ou em destino, ou que o tempo fosse alguma espécie de roda, e ela sabia disso.

Se pusesse toda essa merda de lado, eu entendia o que ela estava dizendo. Que minha dívida transcendia até a morte. A dela e a minha. Podíamos ambas morrer e apodrecer até virar pó, e meu pó ainda deveria ao dela.

O que eu não podia compreender era isto: a 1.500 quilômetros de mim, no Texas, minha mãe estava morrendo.

Essa era uma informação que eu não podia processar.

"Minha mãe está morrendo", eu disse ao gato, experimentando as palavras. Elas eram tênues e tinham gosto de cinza em minha boca, mas eu senti verdade nelas.

Ouvindo-as em voz alta, eu ainda não sentia nada. Sentia tanto nada, ficando cada vez mais negro e denso dentro de mim, que não podia nem piscar. Meus olhos secaram e coçavam. O tempo se estendia em algo interminável.

Uma semana inteira se passara enquanto meu cheque percorria seu caminho até o Texas e voltava. Kai podia já estar morta.

Ao pensar isso, um alívio cru caiu sobre os meus ombros, e ao mesmo tempo tive a sensação feia, como a que de um espaço entre os dentes, de alguma coisa faltando, o impulso de enfiar a língua no buraco. Minhas entranhas se destemperaram com a dissonância. Se ela estava morta, eu não pertencia a ninguém exceto Henry.

O bilhete ocupava todo o verso do cheque, mas notei mais letras minúsculas, na margem. Meus dedos entorpecidos giraram o papelzinho, e meus olhos secos leram. Mais oito palavras estavam espremidas contra a borda, claramente a última coisa que ela escrevera para mim. Talvez a última coisa que ela jamais escreveria para mim:

(*Obviamente eu não quero que você venha aqui.*)

Minha mãe estava morrendo e ela não me queria em sua cabeceira.

Fiquei estranhamente satisfeita por meu gato ser surdo e não poder me ouvir dizendo essa coisa verdadeira e feia. De muito longe, ouvi minha própria voz rindo porque isso era tão estúpido. Eu achava que um gato com boa audição teria compreendido aquelas palavras? Ri, e Kai ainda estava morrendo, dizendo-me para não ir, depois parei de rir porque meu corpo tinha parado de respirar.

A ausência dela enroscou-se em volta de meu peito, meu pescoço. Apertou todas as minhas vias respiratórias até fechá-las. Senti minhas costelas se dobrando, se comprimindo para esmagar meu coração. Meus braços ficaram entorpecidos, e eu pensei, muito calmamente: *Estou tendo um ataque cardíaco.*

Dei uma guinada para pegar meu telefone. Minha mão de dedos grossos se atrapalhou ao agarrá-lo e eu o vi cair. Notei com seco interesse a teia de aranha criada quando a tela rachou. Eu não estava apavorada. Estava alguma coisa pior que apavorada. Estava azul e ficando mais azul. Estava afogando em ar seco.

Em seguida eu estava de joelhos, me arrastando para recuperar meu telefone quebrado. Consegui fazer aparecer o teclado numérico, e pela segunda vez em minha vida vi-me digitando 911. Digitá-lo novamente agora era uma lúgubre ironia, e eu não acreditava que essa chamada poderia me salvar.

Eu podia sentir o cordão de minha mãe se enrolando de novo em meu pescoço, removendo a cor viva de minha pele. Escorreguei de lado no chão. Meu coração se agitava e falhava. Meus braços e agora minhas pernas estavam perdendo os movimentos. Mal pude ouvir a mulher em meu telefone perguntando: "Qual é a sua emergência?"

Eu queria lhe dizer que estava tendo um ataque cardíaco, queria pedir uma ambulância. Não consegui responder. Não a essa pergunta. Na vez anterior eu respondera. Havia iniciado o longo, longo processo de matar minha própria mãe. Um processo que só estava terminando agora.

A voz dentro de meu telefone estava falando mais alto agora, calma e firme. "Alô? Você pode falar? Qual é natureza de sua emergência?"

Eu não tinha nenhum ar para responder. Nem tentei. Empurrei o telefone para longe. Ele escorregou pelo assoalho polido de madeira, a voz desencarnada dentro dele ainda chamando. Afastei-me, voltei-me para a escuridão, e lá estava o carma, afinal. Deixei tudo que eu merecia vir a mim. Deixei-o vir, por fim.

CAPÍTULO 2

Meço os anos de minha infância pelos namorados da minha mãe: Joe, um sujeito sombrio e de cabelos loiros em minhas lembranças quando bebê no Alabama. Depois Eddie. Tick. Anthony. Hervé. Dwayne. Rhonda. Marvin. Cada um conhece uma Kai diferente com um sobrenome diferente e uma história diferente, mas ela sempre mantém sua narrativa em ordem.

Eu capto quem sou pelo caminho, escutando às escondidas. Eddie, o professor de ioga, acredita que meu pai foi um monge tibetano que levantou sua túnica açafrão e rompeu todos os seus votos por Kai, apenas uma vez. Minha pele acobreada é um pouco escura demais para Tick, o skinhead, e embora eu tenha os olhos verde-claros de Kai, eles têm um formato perturbadoramente oblíquo. Minha mãe é alta e clara — muito bonita, se você gosta do tipo irlandês. Tick gostava. O bastante para fingir que ele acreditava que meu pai era um conde italiano que ela conheceu quando viajava de carona pela Europa. Kai conta a Anthony que meu pai era um professor de ioga afro-asiático e lhe mostra uma fotografia de Eddie. Kai me teve tão nova que Hervé pergunta se sou sua irmã caçula. Nós aceitamos isso, e me acostumo a dizer "Kai", em vez de "mamãe".

Homem após homem descansa a cabeça no colo dela e ouve, embevecido, enquanto ela tece uma nova história para nós. Nunca somos de Alabama. Os pais dela nunca são as pessoas azedas e sérias que eram, um administrando uma loja de ferragens, a outra acossando os enlutados com um fluxo interminável de guisados feitos por senhoras da igreja. Somos melhores do que a verdade. Kai nos torna melhores, transformando-nos em órfãs fugindo da tragédia ou fugitivas escapando de um passado sombrio.

Até minhas histórias da hora de dormir são espetaculares. O folclore do Velho Sul mergulhado em poesia hindu e histórias de deuses. É uma combinação mais estranha que chocolate com manteiga de amendoim — *Ah, não! Você acertou o seu deus azul promíscuo em meu Bre'r Rabbit! Não, você acertou seu coelho racista em meu deus do sexo* —, mas ela a torna verdadeira. Em noites de fogueira, ela mistura trechos dos livros de Stephen King e Edgar Allan Poe que leu até gastá-los.

À medida que fico mais velha, tento analisar minha história, separar o que ela diz do que vejo. Impossível. Minha história é um Frankenstein feito de peças furtadas, muitas delas pequenas demais para se descobrir sua procedência, a moral original misturada com outras ou totalmente eliminada. A cada ano, aproximadamente, ela reencarna e fabrica para mim uma nova identidade também. A única constante em minha infância somos nós. Estamos unidas através de cada uma de nossas encarnações.

Agora, em algum lugar lá no Texas, ela está morta. "Semanas, se eu tiver sorte", dizia o seu bilhete. Kai sempre teve bastante sorte — mas cinco meses se passaram. Nesta altura não há nenhuma nova Kai para ser inventada, nenhuma voz para me contar todas as vidas que ela viveu enquanto estivemos separadas. Há somente silêncio e ausência.

Não admira muito, portanto, que outro ataque de pânico tenha me atingido quando vi os olhos de minha mãe. Eles estavam olhando direto para mim, logo na saída do prédio do meu escritório.

A princípio, a única coisa que vi foi um sujeito branco, alto e muito jovem, abrindo polidamente a porta para mim. Levantei a cabeça para dizer obrigada, e nossos olhos se encontraram. Os dele eram verde-primavera, amendoados, com cílios espessos. Eram os olhos de minha mãe, embutidos no rosto de um estranho.

Eram tão parecidos com os dela. Idênticos. Tive uma medonha visão desse rapaz escavando seu caminho no chão como um verme comprido e pálido. Vi seu rosto sem olhos empurrando-se para baixo profundamente sob o barro para encontrar o corpo desaparecido dela. Ouvi o clique do Lego quando ele pressionou os olhos roubados dela em suas órbitas abertas.

Meus batimentos cardíacos aceleraram. Respirei fundo e senti cheiro de pipoca de fogueira, patchuli e haxixe. Balancei e pus a mão na moldura da porta, tonta, e em seguida, merda, merda, estava acontecendo de novo. Era como se o fantasma de Kai estivesse esperando para me emboscar no saguão elegante e moderno do prédio do meu escritório, e eu tivesse sorvido um punhado dela pelo meu nariz adentro.

Os olhos perturbadores do garoto se arregalaram, preocupados, e ele agarrou meu braço como se eu fosse sua titia frágil como papel. Conduziu-me para um dos bancos branco-gelo perto da área do elevador e me deixou cair pesadamente sobre o estofado. Apoiei os cotovelos nos joelhos e abaixei a cabeça, tentando introduzir ar em meus pulmões contraídos.

O garoto não tinha nada a ver comigo. Era um estranho no prédio do meu escritório que por acaso tinha um par de olhos verde-primavera, mas meu estúpido coração continuou retumbando na minha cavidade torácica. Eu podia senti-lo pulsando em meus lábios, orelhas e dedos.

Aquilo me irritou. Sem dúvida uma pessoa pode ter um ou dois ataques quando sua mãe morre, mesmo que sua mãe tivesse as habilidades maternas de um gato selvagem. Os bombeiros que atenderam ao meu chamado silencioso para o 911 tinham sido muito compreensivos. Não fiquei irritada comigo mesma pelos outros três ataques de pânico que tive em fevereiro e março — mas eles deveriam ter diminuído em abril. Deveriam ter cessado por completo antes que o verão chegasse. Em vez disso, tinham aumentado progressivamente, tornando-se mais frequentes, e se desencadeado com mais facilidade. Agora aqui estava eu, em pânico em julho, quando deveria já ter terminado o estágio quatro, fosse ele qual fosse, e chegado à aceitação.

— Você está bem? — perguntou o menino. Ele era um objeto comprido e estreito com um pomo de adão proeminente e uma juba de cachos cor de mel.

— Estou ótima — respondi.

Inspirei pelo nariz, contando devagar até quatro; quando os ataques continuaram acontecendo, eu tinha consultado o Google sobre o que fazer. Segurei o ar nos pulmões enquanto contava até dois, como recomendado. Naquele fim de semana mesmo eu tinha ido percorrer os estandes de um festival de artesanato e tido um ataque ao ver um cabide cheio de saias--envelope de seda estilo Kai inflando com o vento. Nem três dias depois, aqueles olhos me deixavam histérica como se esse fosse meu novo hobby.

Ficar furiosa por causa disso não estava ajudando a me acalmar. Comecei a exalar lentamente, contando até quatro, uma mão apertando meu coração como se estivesse tentando fazê-lo retornar a seu batimento regular, calmo.

O garoto enfiou a mão no bolso de sua calça cáqui superlustrosa e tirou uma minibarra de chocolate Hershey's, a embalagem de papel amassada e os cantos arredondados pelo tempo. Estendeu-o para mim. Fiquei surpresa.

— Sempre carrego comigo. É um hábito — disse ele. — Minha mãe era diabética.

— Não tenho diabetes — falei, mais rispidamente do que teria desejado. Eu tinha 35 anos, aquele garoto deveria ter vinte e poucos. Isso não me colocava na posição da mãe doente. Em seguida desejei não ter dito isso de maneira alguma, porque qual era a continuação? *Não é diabetes... estou apenas tendo um surto psicótico.* Peguei o chocolate em sua mão branca, macia, e disse: — Pulei o almoço.

Não era toda a verdade, mas era verdade. Desembrulhei a barra de chocolate e a enfiei inteira na boca. Ela saíra desagradavelmente morna do bolso do garoto.

— Obrigada. Estou bem agora — falei, tentando não babar o chocolate derretido em cima de mim. Minha garganta estava tão apertada que eu mal conseguia respirar, muito menos engolir aquele doce pegajoso. Ele concordou com um aceno de cabeça, mas não se afastou. O sotaque do garoto era leve, mas ele era sem dúvida sulista; não havia como impedi-lo de ser cavalheiresco.

Segundo o Google, eu deveria me deitar em algum lugar tranquilo, fazer a tal respiração e imaginar um nascer do sol ou uma praia. Eu não tinha tempo neste momento; um cliente importante estava nos deixando. Nick me enviara um texto frenético uma boa meia hora atrás, perguntando por que eu não estava na reunião.

Eu tinha me esquecido. Em vez disso tinha dado uma corrida até a prisão do condado de DeKalb, à procura de mais um caso criminal *pro bono*. O cliente em potencial era mulher, muito jovem e culpada principalmente de ter se apaixonado por um bandido. Agora ela não queria testemunhar contra ele, e o promotor público iria imprensá-la contra a parede. Eu vinha ajudando meninas como essa, duas vezes por ano, desde que passara nos exames para me tornar advogada. Agora tinha feito cinco desde fevereiro, sem intervalos, negligenciando meu próprio trabalho. Embora não tivesse a menor possibilidade de assumir esse novo caso, eu tinha mandado uma mensagem de texto com o nome da cliente potencial para Birdwine, pedindo-lhe para descobrir informações, o que eu pagaria do meu próprio bolso.

Eu me beneficiara de muita psicoterapia gratuita quando estava na escola em Notre Dame e em Emory, por isso não precisei ler atentamente a pilha de números antigos de *Psychology Today* no consultório de meu dentista para saber por que fazia isso. Essas meninas eram encarnações vivas de minha mãe. Pena que compreender as raízes de minha compulsão não me impedia de tê-la, ou de almoçar mais cedo e pegar o carro para me encontrar com mais uma. Eu tinha me esquecido da minha promessa de comparecer à reunião de Nick. Estacionara perto da prisão, checara meu telefone e vira a série de mensagens histéricas que ele tinha me mandado enquanto eu estava em trânsito.

Eu tinha voltado às pressas para o centro da cidade, abrindo um buraco no tráfego de Atlanta e quase assassinando um pedestre vacilante, berrando para meu telefone ligar para Nick. Ele respondeu, deixando o cliente nas mãos calmantes de Catherine por tempo suficiente para me fazer um tenso e infeliz resumo dos últimos acontecimentos.

O último trimestre tinha sido fraco sobretudo graças a mim, pois Nick e Catherine estavam faturando de maneira tão confiável como sempre. Esse cliente que estávamos perdendo era um caso ABSF. Se o ABSF fosse embora, esse trimestre ficaria ainda mais fraco. Eu não tinha tempo para outro *pro bono*, muito menos para um fantasma ou um colapso ou qualquer outra bobagem relacionada à mãe morta.

Agora o garoto se deixou cair no banco ao meu lado, esperando que eu ou bem precisasse de uma ambulância ou ficasse o.k. Sua calça barata e seu blazer genérico azul-marinho estavam deslocados em nosso saguão luxuoso, mas sua linguagem corporal era correta. Sua espinha estava curvada, suas sobrancelhas estavam franzidas, e ele passava nervosamente uma pasta azul para lá e para cá entre suas mãos. Nosso pequeno prédio no centro abrigava sobretudo dentistas, psicoterapeutas e advogados, de modo que todo mundo que vinha aqui parecia igualmente aflito. Talvez a mãe diabética dele tivesse um bom seguro, do tipo que permitia a ele pagar os preços praticados no centro para tratar suas cáries ou sua depressão.

Tentei outra respiração profunda aprovada pelo Google, mentalmente enviando o garoto para o vazio, junto com os casos *pro bono* e todas as malditas saias de seda. Eu tinha de me concentrar. Precisava adular e deslumbrar nossa cliente ABSF e reconduzi-la a nosso estábulo. Eu tinha de explicar a falta à reunião sem admitir que desperdiçara mais uma hora faturável dirigindo rumo a mais um criminoso indigente. Depois, supondo que chegasse às seis horas da tarde sem topar com uma tatuagem de hena ou um arco de cabelo de contas e ficar histérica, eu iria para casa. Removeria esse dia da minha pele com uma chuveirada escaldante. Talvez fizesse alguns sudokus com Henry tentando se deitar em cima de minha revista de quebra-cabeças.

Essas imagens funcionaram para mim melhor que as praias recomendadas. O pior parecia ter passado. Meu coração estava disparado, mas eu não podia mais senti-lo em meus globos oculares, e a vertigem desaparecera. Consegui até fazer o chocolate descer, embora ele tenha deixado minha boca parecendo suja e grossa.

Levantei-me, e o garoto se levantou também, virando o rosto para mim. Ele abaixou os olhos daquela maneira dos rapazes que parece quase inadvertida, dando uma rápida olhadela em meu corpo. Imediatamente endireitou a espinha, ficando mais alto que eu. Quando seus olhos desconcertantes voltaram ao meu rosto, não é que ele me sorriu, cheio de esperança? Foi adorável a rapidez com que me retirou da categoria de mãe diabética assim que eu ficara de pé. Tive de sorrir de volta, embora tivesse estado praticamente morta do pescoço para baixo durante os últimos cinco meses. Mesmo se eu estivesse bem, o garoto não fazia meu tipo. Era bonitinho, mas praticamente um feto. Além disso, eu podia apostar que meu terninho valia mais que o seu carro.

Ele sabia disso também. Ficou cor-de-rosa até a ponta das orelhas e abriu um sorriso, fracassado. Em seguida abaixou a cabeça e esboçou um dar de ombros que dizia "valeu a tentativa" e que não pude deixar de achar cativante.

— Obrigada pela sua ajuda — falei. — Estou bem agora.

— Foi um prazer — disse ele.

Rumei para a área dos elevadores e ele seguiu na minha cola. Meu coração ainda batia descompassado, mas eu estava me recuperando e tinha de subir. A cliente ABSF, Oakleigh Winkley, era cheia da grana, mas não era cheia de muitas outras coisas. Quanto mais cheios de dinheiro, menos os clientes eram cheios de outras coisas. Em particular, eu nunca diria: *Aqui está Oakleigh Winkley, cheia de paciência.*

Apertei o botão do elevador e o garoto estendeu o braço e o apertou também, três ou quatro vezes.

— Ah, perdão. É que apertando mais, a gente faz o elevador chegar mais depressa — disse ele, tão sério que levei um segundo para compreender que estava fazendo graça. Ele não falava como alguém que era de Atlanta por assim dizer, embora seu sotaque sulista fosse fraco o bastante para identificá-lo como suburbano, não rural. — Ei, você trabalha aqui? — perguntou, examinando o quadro com a relação das salas entre os elevadores. — Sabe onde posso encontrar Cartwright, Doyle e Vauss?

Disse meu sobrenome errado, como se ele rimasse com *mouse*, e não com *gloss*.

— Sou dona de um bom pedaço dela. Você deve estar aqui para falar com um de meus sócios. — Eu já havia perdido minha única reunião hoje, a menos que contasse Birdwine. Portanto havia essa pequena bênção. O flerte desajeitado do menino havia sido encantador, mas eu não queria me sentar e contemplar aqueles olhos estilo Kai do outro lado de minha mesa.

— Ah, legal — disse ele. — Sou Julian Bouchard?

Disse isso como uma pergunta, como se estivesse perguntando se eu tinha ouvido falar nele. Sacudi a cabeça — não tinha —, e estava prestes a estender a mão e me apresentar quando o elevador apitou e as portas se abriram.

Ele deu um passo atrás, dizendo:

— Por favor — como convém a um cavalheiro bebê.

Entrei e apertei o botão, dizendo-lhe:

— Estamos no sétimo.

Julian baixou a cabeça com aquele cativante jeito canino novamente e virou o rosto para as portas que se fechavam.

— Obrigado.

Ele parecia jovem demais para ser casado, mais ainda para estar se divorciando e muito mais para ser capaz de pagar nossos preços. Seus mocassins tinham uma parte de material sintético. Jogávamos garotos como este gentilmente pela cadeia alimentar abaixo para advogados mais baratos, aqueles especializados em dividir mobília de segunda mão e dívidas.

O elevador apitou ao chegar ao nosso andar e, quando as portas se abriram, vi que tinha alcançado nossa ABSF, por pouco. Oakleigh estava no meio de uma retirada raivosa. Ela percebeu nossa presença humana, mas não tirou os olhos de seu telefone por tempo suficiente para me reconhecer. Batia na tela, muito corada, esperando que as formas vivas dentro do elevador saíssem do seu caminho.

A mera ideia de lidar com essa irritadíssima princesa me fez apertar a mão contra meu coração descompassado de novo. Fui tomada por um súbito desejo de deixar as portas se fecharem entre nós antes que ela me visse. Eu podia voltar até o sexto andar. Havia um consultório cheio de psiquiatras no andar de baixo, daqueles bons, que podiam dar receitas. Certamente deveria haver um comprimido que pudesse impedir que fragmentos de mãe morta se manifestassem durante as horas de trabalho.

Julian esperou que eu saísse primeiro, como um patinho pálido e educado atrás de sua mãe aguardando para me seguir.

— Esta é a minha cliente — disse-lhe, rápido e baixinho. — Siga para a esquerda, estamos no final.

Ele abriu a boca para dizer alguma coisa, mas eu já estava saindo, bloqueando o caminho de Oakleigh e preparando um sorriso hesitante. Ela tentou dar um passo para o lado, ainda entretida com seu telefone.

Imitei-a e seu olhar finalmente fixou-se em mim por tempo suficiente para perceber quem eu era.

— Olá, sra. Winkley — falei. Ela sacudiu a mão, talvez num aceno de olá, talvez me enxotando para o lado. Moveu-se obliquamente e eu novamente fiz o mesmo, interpondo-me entre ela e a porta. Atrás de mim, Julian escapuliu e rumou para nossas salas. — Suponho que precisamos marcar uma reunião, não é?

Finalmente ela falou.

— Supõe? Porque eu suponho que nós deveríamos ter nos encontrado uma hora atrás. Não tenho tempo agora. Não estou tão interessada assim em ser posta de lado por você, de qualquer maneira.

Eu me lembrava da voz de Oakleigh como aguda e sedutora. Não estava assim naquele momento. Ela parecia um pouco suada, um pouco corada, e sua hábil cadência beirava o esganiçado. No depoimento daquela manhã, Oakleigh havia perdido as estribeiras. O texto histérico de Nick realmente dizia: "ela mela tudo", mas eu era fluente em preenchimento automático. Pelo telefone, ele me contou num sussurro conciso que quando o ataque de Oakleigh estava no seu apogeu, o marido murmurou alguma coisa que Nick não chegou a captar bem. Mas Oakleigh entendeu. Ela atacou o marido fisicamente, levantando-se e batendo nele na cabeça e nos ombros com sua enorme bolsa Hermès. A câmera estava rodando e o marido se encolheu perfeitamente. O advogado dele tentou parecer chocado, em vez de empolgado a ponto de praticamente ter um orgasmo. Agora estava ameaçando pôr o caso perante um júri se as negociações não corressem como ele queria.

A maior parte de nossos divórcios era decidida por mediação. Se a mediação fracassava, comparecíamos perante um juiz. Mas, na Geórgia, qualquer das partes podia optar por deixar um júri decidir quem ficaria com os cachorros e quem ficaria com as colheres de prata. Era uma estratégia arriscada, mas viável, especialmente quando o cliente era um santo resignado com um cônjuge que pecava de maneira espetacular no YouTube.

Júris podiam ser severos, muito mais que juízes, e chegavam com um grande número de ideias preconcebidas. Agora que havia um vídeo de nossa cliente dando uma sova no marido com uma bolsa que custava mais do que a renda mensal de um jurado mediano de Atlanta, um julgamento com júri era uma ameaça real.

Nick fazia muitas coisas lindamente, entre as quais jogar tênis, sexo oral e mediação, mas não era bom em júris. Nem Catherine. Meu nome associado a um caso podia muitas vezes fazer um advogado oponente se sentir novamente interessado num acordo. Eles voltariam direto para a mediação. E se não o fizessem? Por mim, tudo bem.

Divórcio por júri dependia, basicamente, de qual advogado podia contar uma história melhor e eu tinha crescido com uma mulher que era capaz de fazer um monte de pedaços roubados soarem mais verdadeiros que a verdade. Ela podia mudar pouco a pouco uma história que eu tinha ouvido milhares de vezes até que de repente o sentido se invertia e se tornava o oposto. Eu era sua filha. Operava dentro da ética de minha profissão, mas era capaz de inventar como ninguém.

Isso fazia de *Winkley vs Winkley* o tipo exato de caso que meus sócios jogavam para mim. Eu não estivera lá para pegá-lo. Mais uma vez. Droga. Pude sentir uma conhecida dor de cabeça pós-ataque subindo por trás de meu olho esquerdo.

— Não está sendo posta de lado, sra. Winkley — falei com a minha voz mais baixa. Só estivera com Oakleigh duas vezes, mas conhecia bem o seu tipo. Ela me lembrava um pônei árabe de cor leitosa que um dos antigos namorados de Kai tivera. Era um animalzinho fofo, gracioso, mas se você lhe desse as costas ele cravava os dentes no seu ombro. Oakleigh, tanto quanto o pônei, reagia melhor a um contralto.

— Evans. Estou retomando meu nome de solteira — retrucou ela, meneando a cabeça. — E agora você deixou meu elevador ir embora. — Ela estendeu o braço à minha volta e apertou o botão.

— Já que temos um minuto, não seria melhor você explicar o que a fez... — Peguei-me prestes a dizer *perder a compostura* para uma cliente que já estava caindo fora. Maldito Julian Bouchard e seus olhos familiares. Editei rapidamente. — ... a deixou tão infeliz na reunião desta manhã?

Oakleigh reagiu com um rápido e furioso dar de ombros.

— Clark me roubou. — Deve ter visto um lampejo de perplexidade em meu rosto, porque disse: — Sabe, Clark? Meu marido?

Eu não estivera com o marido e não estava cem por cento segura de quem o estava representando. Nick havia dito desde o início que eu deveria estar acompanhando *Winkley vs Winkley*.

— Ele apareceu lá em casa ontem para pegar algumas roupas — continuou Oakleigh. — Eu estava lá, mas fiquei no térreo enquanto ele subia para fazer a mala. Ele saiu com um porta-terno, e só. Mas esta manhã estive no closet e parecia que ele não tinha levado nenhum terno. Comecei a procurar à minha volta, e sabe o que ele realmente pôs na mala? — Os olhos dela se semicerraram, pequenos e mesquinhos, e seus lábios fizeram uma curva feia, raivosa. Eu teria de treiná-la para excluir essa expressão de seu repertório. Nenhum jurado jamais deveria vê-la. — Tudo o que estava no cofre do andar de cima. Mantínhamos dez mil em dinheiro ali, e alguns títulos ao portador, e meu relógio Cartier. Foi um presente de noivado, portanto é unicamente meu. Depois, no depoimento, ele me encarou e disse "Que relógio?", sorrindo como uma víbora. Juro que posso ver o nariz antigo dele quando ele sorri daquele jeito, e fui eu que inventei seu nariz novo. Foi um presente meu para ele, e ele levou meu relógio, portanto eu deveria pegar aquele nariz de volta. Eu deveria conseguir arrancá-lo daquela cara.

Ela bateu o pé. Usava as confortáveis botas Balmain da estação. Elas custavam cerca de novecentos dólares, cada uma, o que significava que cada pé de seus sapatos equivalia aos meus dois.

Pelo menos agora eu conseguira manter uma conversa com ela.

— Sra. Evans, se isso for a júri, vai precisar de um advogado que possa pôr o vídeo do depoimento desta manhã em contexto.

Ela pareceu estar ouvindo, mas ao mesmo tempo deu um passo para o lado e passou por mim, dizendo:

— Obrigada. Prefiro procurar um para mim.

Um segundo mais tarde, o elevador apitou, chegando. Ela tinha visto a luz do botão desaparecer e feito um drible perfeito. Avancei com os ombros para impedir que as portas se fechassem. Seus saltos eram uns bons cinco centímetros mais altos que os meus, mas eu era alta, e ela pequenina. Consegui parecer bastante ameaçadora.

— Há milhares de advogados nesta cidade que podem conseguir um acordo justo para você — falei. — Mas, cá para nós, acho que você não está interessada nisso. Já estamos além de um acordo justo aqui, não é? Ele considerou um acordo justo quando furtou seu relógio. — Raspei meu cérebro à procura de alguma informação do arquivo dela que eu pudesse usar. O marido dela era dono da própria empresa, pensei. Consultoria? Eu não conseguia me lembrar, por isso deixei isso vago. — Você não quer uma pensão pingando durante alguns anos. Você quer tomar aquela empresa de que ele tem tanto orgulho, retalhá-la e jogar os pedaços no fogo. Fazê-lo assistir enquanto vendemos os pedaços pegando fogo por um pouco de capital.

Como os olhos de Oakleigh pareceram se concentrar em mim pela primeira vez, continuei.

— Você quer arrasar os campos dele e salgar sua terra de modo que nada volte a crescer ali novamente. Quer arrastá-lo sobre espinhos até que ele esteja jogando todo o seu merecido dinheiro em você com uma pá só para fazer você parar.

Eu já tinha feito variações dessa fala antes, era meu discurso usual nos casos ABSF, e eu era boa nisso; pus nele tudo que eu tinha.

— Você quer que os pecados dele sejam desenterrados e arrastados aos gritos para o sol. Quer seus próprios pecados explicados, para que fique claro que foi forçada a cometê-los. Por ele. — Oakleigh se acalmara e seu pescoço aumentara, seus ombros curvando em direção a mim enquanto eu falava. Inclinei-me mais um pouco sobre ela, deixei-a sentir o quanto eu era mais alta. — É isso que eu faço. É o que faço melhor, na verdade. E todas as coisas que você quer? Seu marido também as quer. Ele quer ir a uma lanchonete um dia e ter você como sua garçonete. É isso que ele está dizendo para o advogado dele agora mesmo. Esta manhã você lhe deu munição. Que mais ele tem contra você? — Seus longos cílios abaixaram-se, tão espessos que só podiam ser postiços. Quando ela voltou a levantar os olhos, sorri tão friamente quanto pude. — Você me quer entre ele e você. Entre você e o advogado dele. Quem é o advogado dele?

— Dean Macon — disse ela. — Todos dizem que ele é realmente bom.

— Sou melhor — falei. — Engoli Macon completamente, mais de uma vez. — Isso era verdade em vários níveis, antes de eu ter trocado minha libido por ataques de pânico.

Eu a ganhara. Eu sabia que a ganhara, mas antes que pudesse encerrar, o elevador começou a fazer um alto e detestável ruído de buzina, queixando-se de que eu o havia segurado por tempo demais. O encantamento que eu lançara sobre Oakleigh se desfez.

— Vamos marcar uma reunião, Oakleigh — falei, alto demais e tarde demais.

— Vou pensar sobre isso. — Ela acenou uma mão para as portas estridentes. — Argh, esse som!

Puxei meu cartão de minha bolsa e o estendi para ela, tentando recapturá-la.

— Você vai querer isto.

Não recuei. Oakleigh comprimiu os lábios, como se eu estivesse lhe dando um inseto morto. Resisti, porém, disposta a deixar o elevador guinchar até que nós duas ficássemos surdas e morrêssemos de velhice.

Finalmente ela pegou o cartão e o enfiou na própria bolsa. Sorri e dei um passo atrás. As portas se fecharam, emoldurando nossa ABSF à medida que ela sumia, sumia, sumiu.

O sorriso desapareceu do meu rosto; virei-me, apoiando-me contra a parede. Eles eram coisas tão raras. Nosso último verdadeiro ABSF tinha sido *Skopes vs Skopes*, que parecia tão distante do lugar onde eu estava agora que era praticamente mitologia. Eu estava completamente nauseada, e era mais que ressaca do ataque de pânico. Eu detestava perder, e detestava decepcionar meus sócios, especialmente Nick. O tipo de feiura do caso Oakleigh lhe tirava o apetite e ele contava comigo para lidar com casos como esse.

Afastei-me da parede, consultando meu relógio, embora não soubesse bem por quê. Não restava nada na programação do dia, exceto Birdwine. Se os deuses tinham alguma misericórdia, ele teria me trazido nove boas razões para rejeitar esse *pro bono*.

Quando abri a porta, vi Julian de pé perto da mesa de centro, parecendo constrangido. Verona estava fora de sua escrivaninha, mas Julian não estava sozinho. Birdwine tinha chegado um pouco adiantado. Ele estava espalhado no sofá com os braços estendidos ao longo do encosto e suas pernas compridas esticadas sob a mesa de centro de vidro, ocupando espaço suficiente para dois dele.

Ele se empertigou e sorriu quando entrei, mostrando-me a lacuna entre seus dentes da frente. Eu sempre gostara dessa lacuna. Assim que ele voltara a trabalhar para mim, eu ganhava sobretudo os sorrisos de lábios fechados que ele dava para estranhos. Mas agora? Era este o sorriso que eu via regularmente. Alguma coisa na maneira como eu estava arruinando minha vida o fazia sentir-se bem. Não era alegria pela desgraça alheia, porém. Era mais uma pessoa fodida relaxando na presença de outra.

Retribuí o sorriso e em seguida disse a Julian:

— Sinto muito. Parece que nossa recepcionista deu uma saída rápida. Alguém deve vir ajudá-lo num segundo, tudo bem?

Ele passou seu peso de um pé para o outro.

— Ah, perdão. Não estou com pressa. — Parecia começar várias de suas frases com um "ah" e um pedido de perdão, como um tique verbal.

— Pode se sentar, se quiser.

Ele engoliu, olhando para o sofá.

— Eu não imaginei que seria tão, hum, sofisticado.

— Você quer entrar? — perguntei a Birdwine. Ele se levantou para me seguir. Eu disse a Julian:

— Por favor, sirva-se de café.

Quando Birdwine contornou a mesa baixa, Julian corou de novo e disse:

— Acho que não devo. Isto é, não sou um cliente de verdade. Estou aqui para algo pessoal.

Isso era estranho. Ele parecia jovem e duro demais para cliente, mas as únicas criaturas que vinham ver Nick para algo de "pessoal" eram morenas de trinta e poucos anos com abdomes sarados pelo pilates e batom vermelho. Catherine, uma sócia plena com um marido e três filhos, mal tinha vida privada.

— Acho que podemos oferecer um café. Talvez até açúcar, se você se contentar com um pacotinho — falei, zombando com ar sério.

Julian sorriu e virou-se para a máquina de café. Quando ele e Birdwine se cruzaram, Birdwine disse:

— Você está realmente interessada neste caso, Paula? Eu posso pesquisar mais, mas...

Quando Birdwine disse meu nome, Julian virou para trás, dando um passo na minha direção, e os dois colidiram. Julian se atrapalhou com sua pasta, e todos os papéis se espalharam pelo chão.

Julian pareceu não notar. Empurrou Birdwine e veio até mim, depressa. Pela segunda vez agarrou meu cotovelo, pondo seu rosto perto demais do meu.

— Você é Paula? Paula Vauss?

— Vauss — falei automaticamente, corrigindo sua pronúncia. Seu aperto no meu cotovelo era tão forte que quase doía. Ele ficara pálido, e senti uma coisa ruim, quase elétrica, formigando no ar entre nós.

Birdwine sentiu isso também. Ele ignorou os papéis caídos e andou em nossa direção, decidido. Dei-lhe uma pequena sacudida de cabeça. Birdwine partiria em dois o canudinho curvado que era o garoto. Senti uma ameaça, mas ela não provinha desse menino confuso. Eu sentia que ela estava se erguendo em volta de nós dois, envolvendo-nos.

Birdwine entendeu meu sinal, recuando, mas só um passo. Julien piscava em câmera lenta, como se estivesse acordando. Baixou os olhos para os papéis espalhados pelo chão.

— Ah, perdão. — Ele soltou meu cotovelo. Ajoelhou-se, tentando inutilmente limpar a desordem. Enfiou uns dois papéis de volta na pasta, mas seus olhos permaneceram fixados em mim. Duas agitadas manchas de cor viva ardiam em suas faces, e aquela corrente ruim ainda andava de um lado para outro entre nós. — Há outra Paula Vauss? — ele me perguntou.

— Estou certa de que deve haver várias, em algum lugar — falei.

Ajoelhei-me ao lado dele, ajudando-o a recolher suas coisas. Queria que esse menino fosse embora. Não queria, fosse qual fosse, o inferno novo, elétrico, que ele trouxera consigo, enfiado em seu bolso com seus doces pegajosos.

— Mas você é Paula Vauss, a advogada? Aquela que nasceu no Alabama? E frequentou a Emory Law?

— Que diabo é isso? — disse Birdwine.

Fiquei paralisada.

— Você andou me investigando? — perguntei, francamente beligerante agora.

Julien olhou para mim com grande intensidade, e quanto mais olhava, mais perturbadores me pareciam seus olhos. Eram tão perfeitamente da cor dos de minha mãe.

— Eu pensava que você seria diferente. Sabe? — disse ele.

Eu não sabia. Sacudi a cabeça.

— O que está acontecendo aqui, garoto? — perguntou Birdwine.

Julian falou ao mesmo tempo que ele, dizendo:

— Pensei que você teria uma aparência diferente.

Ele remexeu nos seus papéis, depois pegou um e o entregou a mim.

Peguei-o. Era uma certidão de nascimento emitida na Geórgia, mas não de uma cidade que eu conhecesse. As linhas tinham sido preenchidas a mão, e aquilo era uma cópia, por isso, muito difícil de ler. Certificava o nascimento com vida de uma criança do sexo masculino, 2,970 quilos. O primeiro nome começava com um G. Talvez Garrett? O sobrenome era mais fácil de ler, talvez por me ser tão familiar. O sobrenome era *Vauss.*

Meus pulmões se comprimiram e meu olhar começou a saltar pela página, procurando o nome da mãe.

Karen Vauss.

— Paula? — disse Birdwine, de algum lugar muito acima de nós.

A certidão tinha 23 anos de idade. Portanto aquele menino nascera quando eu tinha 12 anos. Quando eu estava sob guarda provisória. Meu coração enguiçou, esforçando-se para avançar como um cavalo impaciente à espera do sinal para galopar. Se este pálido e improvável menino era realmente de Kai, então ele tinha nascido quando ela estava presa, tal como eu.

Isto nos dá pelo menos uma coisa em comum, pensei, e tive de comprimir minha boca para impedir que uma risada maluca se soltasse.

Era possível. Kai tinha me telefonado enquanto cumpria sua pena, mas nunca cheguei a visitá-la. Se este menino era de Kai — toda a esfarrapada história de minha infância oscilava à beira da reinvenção, aguardando para se recontar. Se este menino era de Kai, eu lhe custara tão mais do que jamais soubera. O bramido do oceano começou novamente em meus ouvidos, e este acesso seria ruim. Este iria fazer meu ataque de nervos anterior parecer um simples nó na garganta.

— Você está à procura de... — não consegui me forçar a dizer *sua mãe*. Isso era próximo demais de *nossa*. *Nossa mãe*. Eu não queria pensar essas palavras. — Você está à procura de Kai. — Minha voz saiu tão espessa e lenta.

Ele piscou.

— É assim que ela é chamada? Eu contratei um sujeito, um detetive particular, para encontrar minha mãe biológica. Ele ainda não a encontrou. Ele encontrou você.

Há muitos Vauss no mundo, pensei. *Há muitas Karens*. Mas meus pulmões, comprimindo-se até se fecharem, não pareciam estar ouvindo, e minha visão estava ficando turva.

A linha para o nome do pai estava em branco. Essa linha estava em branco em minha certidão de nascimento também. Meu corpo estremeceu e meus dentes se chocaram ruidosamente. Tentei decifrar as letras do primeiro nome da criança. Não era Garrett. Aquilo era sem dúvida um *h* no final. Garreth? De uma maneira ou de outra, um nome *yuppie*. *Nada que Kai escolheria*, disse uma calma voz interior, enquanto meu corpo tentava tragar pequeninos goles de ar.

De repente as letras se solucionaram. Não havia dois *r*. Era um único *n* cursivo. O menino tinha sido chamado de Ganesh. Que mulher sulista batiza um bebê em homenagem a Ganesha, um deus hindu com cabeça de elefante? Quem batiza uma criança em homenagem ao deus da sorte e da fortuna?

Mas eu sabia quem. A mesma mãe que batizara uma criança em homenagem a Kali. Joguei a certidão longe de mim e levantei-me bruscamente. A terra girou, tentando me inclinar de lado.

Birdwine me agarrou pela cintura, e a parede sólida que ele era foi a única coisa que me manteve de pé.

— Paula! — disse ele de novo.

Ganesha estava muitas vezes nas histórias de Kai como um deus banqueteador, comilão. Um deus que nunca podia ficar saciado.

Agora Julian estava se levantando também, aproximando-se de mim, a boca aberta, dizendo:

— Você sabe onde posso encontrá-la? — Pude ver que seus olhos verdes estavam terrivelmente esperançosos e infinitamente, infinitamente famintos.

— Você pensou que eu seria parecida com você, era isso que queria dizer — falei. A risada saiu. Pude me ouvir rindo como uma maluca. — Quando você imaginava uma irmã, ela era branca. — O nazistinha teve a gentileza de ficar vermelho como um pimentão.

— Irmã? — disse Birdwine. Nós dois o ignoramos, ainda que seu braço direito fosse a única coisa que me impedia de desabar no chão.

— Ah, perdão, não. Bem, sim. Mas quero dizer, tudo bem. Não me importo se você é... — Ele se atrapalhou, não sabendo ao certo o que eu era, e não tive vontade de ajudá-lo. Eu não sentia vontade de nada, exceto talvez de vomitar ou de gritar. Não conseguia respirar, e meu coração batia contra as costelas, sem parar, como se estivesse tentando sair fora. Julian terminou com — ... você é boa.

A escuridão cresceu, vindo dos dois lados, como aquelas portas de elevador se fechando. Vi o rosto vermelho de Julian emoldurado na estreita abertura daquela escuridão, seus lábios formando aquele "Ah", aquele "perdão", e agora pude ver muito mais coisas familiares na sua mandíbula, sua testa larga, sua constituição estreita, suas mãos de dedos longos. Vi minha mãe, manifestando-se em suas formas e cores. Era isso que o bilhete dela significava? Teria ela de alguma maneira me enviado esse menino, para me mostrar a verdadeira conta de minha dívida com ela? Eu não conseguia respirar. Não conseguia respirar de maneira alguma.

Julian deu um passo na minha direção, e Birdwine deslocou-me fisicamente para trás dele, empurrando-me rudemente numa cadeira sem se virar, seus olhos fixos em Julian. Ele pareceu se dilatar num muro entre nós, que chegava até sua altura completa.

— Este seria um ótimo momento para você ir embora — disse ele, calmo e extremamente sério. Houve uma pausa carregada, e em seguida ele deu um único passo na direção de Julian, grande como um urso, cada linha de seu corpo significando determinação. Os olhos de Julian se arregalaram, sua boca abriu. Birdwine deu mais um passo, seus braços se levantando, e Julian deu meia-volta e fugiu, abandonando seus papéis.

Abaixei a cabeça, as mãos escoradas nos joelhos.

Birdwine não o perseguiu. Em vez disso, virou-se para mim.

— Você está... — disse, mas parou no meio da pergunta, como se não soubesse ao certo como terminá-la.

— Não posso ser vista deste jeito — arfei, nauseada e tremendo tanto que não podia tentar me levantar. — Nick e Catherine já pensam que eu... Ah, merda, me ajude, Birdwine.

Ele já estava se mexendo, levantando-me como se fosse um ano atrás, no tempo em que ele era meu amante e eu era feita de ar e fitas. Carregou-me pelo corredor até a minha sala.

Deixei-o fazer isso. Até fechei os olhos e me permiti afundar naquilo, amaldiçoando minha estupidez.

Kai se fora havia apenas cinco meses e eu já tinha esquecido a verdade mais essencial, talvez a única verdade empírica, sobre ela: minha mãe nunca *permanecera* nada. Nem morta.

CAPÍTULO 3

Sou um camundongo numa sela vermelha, a cilha tão esticada em volta de meu peito que não posso respirar. Isto é o que sei: Ganesh chegou. Sou o pequeno camundongo de Ganesha, e quando o enorme deus se refestela em minhas costas, meus pulmões se comprimem e me achato, virando uma coisa fina como papel e sem ar.

A contração em volta do meu peito se afrouxa, e não sou o camundongo. Sou eu mesma. Tenho 11 anos, e Ganesha é apenas um camarada querido e engraçado de minhas histórias da hora de dormir. Fico deitada chorando numa cama impregnada com o fedor antisséptico de spray mata-baratas. Kai encharcou o colchão para que elas não venham e me toquem com suas sussurrantes patas de plástico enquanto estou dormindo.

Morávamos em Asheville com Hervé, que tinha cavalos e uma herança que o permitia dizer que era músico folk. Kai o manteve como namorado por mais de dois anos, um recorde pessoal. Depois eles começaram a brigar cada vez mais, e ele me chamou de merdinha quando derramei suco em sua cítara.

Na primeira vez que ele foi passar um fim de semana pescando depois disso, Kai me disse para pegar minhas coisas e colocar no velho Mazda que Hervé a deixava usar. Não era minha primeira retirada às pressas, mas foi a primeira a que me opus ativamente. Olhei para ela, olhos arregalados e teimosa, enquanto ela enfiava suas calcinhas numa bolsa de lona.

Eu não era louca pelo Hervé, mas gostava muito dos seus cavalos, e adorava a escola cooperativa hippie que seu dinheiro pagava. Antes de Asheville, eu estudava em casa. Era mais fácil do que me matricular à medida que mudávamos de nome e de cidades, só parando nos lugares onde moramos com Eddie, depois Tick, depois Anthony. Kai adorava ensinar — eu estava à frente de minha série em inglês e ciências —, mas eu era a turma de uma só. Fazia amigos por um dia em parques ou me envolvia com uma tribo de crianças num terreno de acampamento, o que durava um fim de semana.

Na cooperativa em Asheville, eu tinha amigos que conseguia conservar. Me sentia em casa ali desde o primeiro dia, sentada numa turma com crianças de várias idades, com um colorido tão diverso que minha pele acobreada era apenas mais uma conta num mosaico. Minha calça roxa de brechó parecia normal quando colocada entre um sári e uma túnica tecida em casa, rasgada e com as cores do arco-íris. Havia uma menina chamada Meadow e um menino chamado River. Meu ensaio sobre os marsupiais foi pregado no meio do quadro de honra, e consegui ganhar 19 etiquetas adesivas do Desafio de Leitura. Só minha amiga Poppy ficou na minha frente, com vinte.

Kai me viu, paralisada na porta do quarto, e disse:

— Dentro de trinta minutos cairemos na estrada. Tudo que não estiver no carro ficará para trás.

Eu sabia por experiência que ela falava sério. Corri e comecei a jogar todos os meus livros favoritos no porta-malas, reivindicando espaço, enquanto Kai roubava Hervé atenta e meticulosamente. Ela dirigiu o Mazda até Greenville, onde um cara que conhecia nos deu dinheiro por ele, mesmo sem o título de propriedade. Pegamos um ônibus da Greyhound para Lexington, onde compramos para nós uma kombi velha, com um colchão atrás que nos passou piolhos. Jogamos o colchão fora na beira da estrada, compramos um futon e seguimos em frente, acampando pelo caminho até a Geórgia.

Conhecemos Dwayne assim que o tempo começou a ficar frio.

Agora estamos morando com ele numa casa de fazenda decadente bem no meio do condado de Paulding. Moitas enormes da trepadeira *kudzu* se entretecem à nossa volta, protegendo-nos. Da estrada, a casa é totalmente invisível. Igualmente invisível é o caminho que corre através da mata atrás de nós, serpenteando através das clareiras onde os pés de maconha de Dwayne estão crescendo.

Transformei-me na pessoa que minha mãe inventou para combinar com a sua própria pessoa que inventou para Dwayne. A palavra *mamãe* parece estranha em minha boca depois de passar dois anos como a irmãzinha de Kai que ficou órfã quando bebê. Esse novo eu-filha me incomoda profundamente, como se eu tivesse sido metida à força em minha própria pele. Não pertenço a este lugar. As pessoas de Paulding County são negras ou brancas, e não se misturam. Os únicos asiáticos que vi são as senhoras de meia-idade que trabalham na Viet-Nails. Se elas têm filhos, os mantêm em outro lugar.

Talvez fiquemos aqui por algum tempo, porém. Dwayne não é só um sexo casual. É um namorado genuíno, com ombros largos, cabelo cacheado, e dentes brancos e quadrados dispostos uniformemente, parecendo chicletes. É fácil de lidar e faz Kai rir. E o que é pior, é legal comigo. Por mais chateada e geniosa que eu fique, por mais que o irrite, ele ri e me chama de Pônei Mandão, puxando minha franja como se ela fosse uma crina. Isso faz muito sucesso com minha mãe.

Silenciosamente, sinto falta do grande cavalo. Sinto muita falta da minha escola. Tanta falta e de maneira tão constante que Dwayne decide dar um jeito nisso. Ele vende carteiras de identidade falsas também, além de maconha e aparelhos de som de origem duvidosa, e consegue me matricular na escola pública. Meu nome lá é Pauleen Kopalski; eu não pareço uma Kopalski, e não me lembro de como se soletrava o nome.

Nessa nova escola, as crianças brancas engolem metade de suas consoantes e as negras omitem seus verbos auxiliares, eu não falo como nenhuma delas e não entendo suas referências. Todas me encaram abertamente, praticamente metendo o dedo na minha cara enquanto lançam um olhar cobiçoso para minha pele cor de cobre, meu cabelo preto desgrenhado. Não é porque sou bonita. Aos 11 anos, sou desprovida de seios, tenho pernas de cegonha e sou gorducha na cintura. Tenho uma enorme quantidade de espinhas na testa, causadas por estresse.

Na minha segunda semana lá, uma dupla de meninas brancas da sétima série me encurralou no banheiro.

— O que você é, afinal de contas? — perguntou-me a primeira. Não respondo. Baixo os olhos, espero que elas se cansem e me deixem ir embora. — Você é negra?

A outra responde por mim:

— Ela não parece tão negra assim.

Tento dar um passo para o lado rumo à porta, e elas me empurram de volta. Usam os ombros. Quando tento sair correndo pelo lado, a primeira me agarra e me empurra, suas mãos afundando em minha barriga mole.

— Sei de uma coisa, ela é uma Gorducha Gordura de Bunda — diz ela à amiga.

A amiga repete, rindo.

— Gorducha Gordura de Bunda! É assim que vamos chamá-la.

O empurrão e a injustiça me deixam sem fôlego. Essas meninas ocupam a terceira melhor mesa de almoço no refeitório e uma delas tem namorado. A mais malvada usa um autêntico jeans Guess, tem um cabelo bonito e quase bunda nenhuma, só uma estreita fatia onde suas pernas delgadas se encontram.

Elas chegam mais perto de mim, me apertando num canto junto das cabines. A mais malvada comeu um ovo no café da manhã, horas atrás; posso sentir o cheiro do sal e da podridão dele atrás de seus dentes.

Sinto uma coisa — alguém — nova, vindo à tona em mim. Não é uma Paula que já fui antes, mas de qualquer forma sinto isso dentro de mim, algo ao mesmo tempo novo e já meu.

Já fui uma porção de coisas, mas, até Asheville, fui todas elas em conjunto com minha mãe. Fomos tocadoras de pandeiro, professoras de ioga e trabalhadoras da Feira Renascentista. Fomos veganas com Eddie, depois passamos o inverno seguinte acocoradas de tocaia para pegar veados na cabine de caça de Tick. Lemos mãos e tarô nas ruas próximas ao pequenino apartamento de Anthony em Los Angeles. Na escola hippie de Asheville, longe de Kai, fui de certa maneira todas essas encarnações — uma menina amalgamada que se parecia comigo.

O que sinto agora é diferente.

— Você é uma espécie de ching-ling? — perguntou a mais malvada, fazendo mais vermelhidão subir sob minha pele acobreada.

Em situações em que as opções são lutar ou fugir, voar, Kai sempre escolheu por nós, e minha mãe é feita de asas.

Acho que não sou como ela — não dessa maneira. Meus ouvidos são voltados para dentro, para ouvir um som apressado como o de água agitada, uma lavagem violenta e espumosa para revelar algo sólido e essencial.

— Me deixe passar — digo à mais malvada e decido que esta é a última coisa que vou lhe dizer.

É quando ela diz:

— Não até você nos contar o que você é. — Ela me empurra de volta contra a cabine, minha mão já está fechada. Eu a levanto e soco a sua barriga, a sensação é boa. Gosto quando minha mão a encontra. Gosto de vê-la se dobrar e vomitar em cima de seus sapatos. Gosto da maneira como o rosto da sua amiga fica pálido antes que ela corra para chamar uma professora.

Essas duas meninas são alunas brancas do quadro de honra que estão neste condado desde a primeira série. Sou nova, sou racialmente confusa e não me saí bem no teste de frações da segunda-feira. Quem leva uma suspensão sou eu.

Agora estou deitada em minha cama malcheirosa, cheia de inseticida, me debatendo e encatarrada, e não sei ao certo para onde foi a menina brigona. Nem sei ao certo se ela era mais que pânico e adrenalina. Choro e esperneio como um bebê mimado até que Kai vem e põe minha cabeça no seu colo. Ela corre os dedos suavemente pelo meu cabelo.

Meu corpo permanece enroscado rigidamente, inflexível.

— Eu odeio isto aqui. — Não é a primeira vez que digo isso. Meu rosto está escorregadio de tanto chorar.

— Você não pode entrar em brigas — diz Kai.

Eu não queria entrar. Elas começaram tudo e tentaram me empurrar e empurraram. Eu só dei um soco numa menina que precisava muito levar um.

— Odeio aquela escola.

Kai continua afagando meu cabelo com dedos calmantes.

— Você não deu muita chance para ela. Dwayne fez algumas coisas para você poder entrar, meu bem. É o que você disse que queria.

— Detesto aquele lugar — digo. — E eles me detestam.

Agora estou na mira de toda aquela panelinha. Na semana seguinte vou ter cinquenta caipiras com olhos lacrimosos piscando suas pálpebras orladas de cor-de-rosa para mim, esperando uma chance para me estraçalhar. *Talvez eu seja aquela menina brigona novamente*, penso. Isso me assusta. Gosto disso, e isso me assusta também.

— Meu bem, você não pode chamar atenção para si dessa maneira. Não podemos ter o Conselho Tutelar farejando por aqui. Você não pode entrar em brigas nem desaparecer da escola. — Quando não respondo, ela acrescenta: — Mantenha sua cabeça baixa, certo? Tente encontrar uma ou duas amigas. Vai ficar melhor depois que você se adaptar.

— Ela está bem? — pergunta-lhe Dwayne, da porta.

— Está bem — diz-lhe Kai.

— Coitada. Escola é um inferno — diz ele. Inclina-se e põe dois dólares em cima do meu cobertor, que fede a spray mata-baratas. — Se quiser, pode ir de bicicleta até o Dandy Mart. Compre uma Coca e uma bala para você. Será que isso a faria se sentir melhor?

— Talvez daqui a pouco. Dê-nos um segundo — diz Kai. Ela o espera sair antes de se deitar ao meu lado. Sua voz é suave por doçura, não porque esteja sussurrando. — Vou lhe contar uma coisa que aconteceu muito tempo atrás. Muito, muito tempo atrás, mas está acontecendo agora mesmo. — É assim que Kai começa suas histórias da hora de dormir. É sua maneira de dizer *era uma vez.*

À medida que fala, ela se enrosca ainda mais perto de mim. Sou envolvida pelo cheiro familiar de fumaça de maconha e casca de laranja fresca. Acalmo-me para ouvir. Acho que ela vai contar a história em que Kali luta contra o Demônio da Semente Vermelha. A cada vez, Kai a conta um pouquinho diferente, mas é a minha favorita; em todas as versões, Kali vence.

Em vez disso, ela me conta uma história de Ganesha.

> Muito tempo atrás, agora mesmo, Ganesha tinha um camundongo de montaria. Esse camundongo carrega o deus banqueteador, carrega seu barrigão, sua pesada cabeça de elefante e todos os almoços que Ganesha guar-

da dentro de si mesmo para mais tarde. O camundongo usa uma pequenina sela vermelha e um freio de prata. Ele leva Ganesha para o mercado, para o templo, para casamentos e funerais, para leitos de doentes e celebrações. Agora está levando Ganesha para casa depois de um banquete. O deus se refestela na sela de seu pequenino camundongo, segurando seu estômago redondo, tão cheio do banquete que ele chega a gemer.

Na encruzilhada, o camundongo de Ganesha encontra um rato que está indo depressa para casa com um saquinho de arroz atado às costas. O rato olha para o camundongo de Ganesha, amarrado à sela, cambaleando sob todo aquele deus.

— Pobrezinho! — diz o rato. — Como você aguenta carregar esse peso?

— Que peso? — responde o camundongo.

Eu espero, mas esse é o fim. Minhas sobrancelhas se franzem. Ouvi uma centena de repetições dessa história também. Na maior parte, eles não encontram um rato. Encontram uma cobra, que assusta o camundongo, levando-o a derrubar Ganesha com um pinote — é uma palhaçada, e muito engraçada. Nunca tinha ouvido essa versão antes.

Eu a detesto, instantaneamente. Nunca irei gostar dela nem um pouquinho mais. Eu a odeio porque a compreendo. Ela está me dizendo para me acomodar a essa vida. Aceitá-la, como aceitei todos os outros papéis que minha mãe me entregou.

Mas em Asheville comecei a construir minha própria Paula. A Paula de Asheville era competitiva e inteligente. Ela gostava de cavalos e de alinhar seus adesivos numa fileira meticulosa. A Paula de Paulding County está só começando, mas já sei que não serei boa em aceitar as coisas, especialmente uma vida que cheira a veneno de barata. Já sei como é bater numa menina com força suficiente para fazê-la vomitar seu ovo do café da manhã. A história que a Paula de Paulding County quer é Kali retalhando Demônios da Semente Vermelha, vencendo contra todas as probabilidades. Em vez disso, estão me dizendo para perder tanto que perder se torne normal. Para abaixar a cabeça e me tornar a Gorducha Gordura de Bunda durante toda a minha vida aqui. Depois de algum tempo, me diz a história de Kai, não vou nem perceber isso.

Eu não podia fazer isso. Acho que nem tentei.

Não é fácil imaginar a Paula Vauss que eu seria hoje se tivéssemos continuado em Asheville. É quase impossível conceber a mulher que eu seria agora se tivesse dado ouvidos a essa história, tentado aprender o que há de melhor em comer merda. Talvez eu tivesse caído no mundo. Talvez tivesse me tornado simplesmente uma alma doce e gentil.

Talvez tivesse crescido com um irmão.

Agora eu me perguntava, será que Kai sabia que estava grávida quando me contou a história do pequeno camundongo de Ganesha? Será que Ganesh — não, Julian — já existia? Talvez ele fosse uma única célula, esforçando-se para se transformar em duas. Mas ele continuou crescendo. Agora era um deusinho, sentado no meu peito, fazendo todas as minhas costelas cederem.

Birdwine voltou do saguão, fechando a porta de minha sala. Ele tinha apanhado os papéis abandonados de Julian enquanto fiquei aqui, imaginando deuses com cabeça de elefante e guerras contra demônios em vez das praias que o Google recomendava. Não muito calmante, de fato. Não admira que eu ainda estivesse estendida em meu sofá de couro macio, com meu peito apertado e meus pés descalços apoiados numa pilha de almofadas decorativas.

— Alguém viu você? — perguntei.

— Verona tinha voltado para a mesa dela. Agi como se aquelas coisas fossem minhas, como se eu as tivesse deixado cair — disse ele, segurando a pasta de Julian. — Como você está?

Eu não sabia bem. Olhei para as prateleiras embutidas por sobre meus dedos dos pés, avaliando. Estranho que eu me lembrasse daquele velho apelido que me fora dado pelas meninas malvadas no banheiro. Havia anos que não desperdiçava raiva ou mesmo pensamento com elas. Nunca voltei àquela escola nem voltei a vê-las. Nunca tive de aprender a suportar aquele peso.

Logo acima de meus dedos, na terceira prateleira de cima para baixo, vi meu próprio envelope creme tão conhecido, endereçado para a caixa postal de Kai em Austin. Eu não o quisera em meu loft, mas não o jogara fora nem o destruíra. Trouxera-o para cá, o cheque nulo com seu bilhete no verso ainda dentro dele. As palavras vermelhas do lado de fora, "Devolver ao remetente", combinavam com o esmalte nos meus pés.

O envelope era o único destroço em prateleiras que haviam sido meticulosamente arrumadas por nossa decoradora para refletir o que ela chamava de "Luxo de Advogados". Eu tinha deixado aquela coisa apoiada nos livros encadernados em couro, uma lembrança macabra de uma festa pós-funeral que eu nunca jogara fora. Pela primeira vez, aquilo me pareceu estranho. Não, mais do que estranho. Categoricamente louco. Eu o colocara ali e depois criara um grande ponto cego à sua volta.

Tentei uma inspiração mais profunda e descobri que meus pulmões estavam funcionando basicamente. Birdwine sentou-se na cadeira mais próxima de minha cabeça, seu semblante ajustado em cuidadosamente neutro com um quê de irônico. Meus sapatos estavam ao lado da mesa de centro diante dele, o blazer do meu terninho jogado ao lado deles. Birdwine afastou-os para o meio de modo a abrir lugar para a pasta azul de Julian Bouchard, novamente cheia e cuidadosamente fechada.

— Você está, assim, consciente?

— Não desmaiei — respondi, mal-humorada.

— Eu sei — disse Birdwine.

— Não sou do tipo que desmaia — falei.

Meu peito estava apertado, mas como meu coração ainda parecia estar dentro dele, preso a tudo que importava e fazendo seu trabalho, sentei-me. Erro. Fiquei instantaneamente tonta, e Birdwine se teletransportou para a beirada do sofá, ao meu lado, fazendo-me deitar lenta e cuidadosamente com as mãos nos meus ombros.

Olhei para suas mãos, depois disse:

— Você abriu o meu sutiã?

— Sim, mas não foi para ajudar você a respirar nem nada — disse Birdwine, muito sério. — Eu estava tirando uma casquinha.

— Ah. Então ótimo — falei. Eu nem o sentira abri-lo enquanto me carregava. Muito suave. Suas mãos continuaram em meus ombros, e eu estava descalça e com meu sutiã pendendo aberto sob minha blusa de seda branca. Depois de um segundo, aquilo ficou estranho. Ele estava trabalhando comigo novamente, mas tomando muito cuidado para manter espaço suficiente entre nossos corpos. Soltou-me e voltou para a cadeira.

— Julian voltou? — perguntei, na esperança de não o ouvir dizer: "Sim. Está esperando na sala de espera com a boca escancarada como um tordo bebê faminto."

— Não o vi — respondeu Birdwine.

Bom. Eu precisava ficar aqui deitada calmamente, numa sala inteiramente isenta de irmãos-surpresa e conseguir entender aquilo.

Em algum momento eu teria de encará-lo. Devolver-lhe sua pasta. Teria de olhar naqueles olhos familiares embutidos num rosto com bochechas de bebê, liso e pálido, e pedir desculpa. O menino-criança de cabeça confusa viera até mim com a mão estendida, esperando que eu pudesse colocar ali uma mãe adorável e fechar seus dedos delicadamente em torno dela. Eu não tinha isso. Não tinha sequer as cinzas dentro de um jarro sobre a cornija da minha lareira. A única coisa que tinha para ele era aquele envelope.

"Ela está morta agora", eu poderia lhe dizer. "Tenho este bilhete. Você quer enterrá-lo ou incinerá-lo?"

— Eu o pus para correr — acrescentou Birdwine, pesaroso.

— Você acha? — falei, com um meio sorriso. Birdwine interviera para lutar por mim quando eu estava levando a pior. Depois me apanhara e carregara. Algumas das barreiras retas e nítidas que ele tinha mantido entre nós pareciam se dobrar em ângulos absurdos. Eu não sabia bem onde era seguro pisar. Tentei um cauteloso "obrigada". Soou forçado, talvez porque eu me sentisse tão em carne viva, como se minha pele tivesse sido esfolada e posta de volta do lado do avesso. Tentei de novo. — Obrigada por me apoiar.

— De nada — disse ele. — Lamento ter assustado o garoto. Mas na hora eu estava sinceramente expressando meus verdadeiros sentimentos.

— O que é tudo isso que ele trouxe? — perguntei, olhando de relance para a pasta.

— Não estudei o arquivo dele, Paula — respondeu Birdwine, e agora *ele* soou forçado. — Eu não iria bisbilhotar seus assuntos pessoais. — Uma barreira se redesenhou, mas em seguida ele levantou a sobrancelha e suavizou suas palavras, acrescentando: — Não farei isso até que alguém me contrate para tal.

— Ah-ah — soltei. — Eu não estava acusando você. Estava só dizendo que quando um ex-policial, um detetive treinado, recolhe um maço de papéis, pode perceber coisas. Você não pode desviar os olhos, Birdwine. Não pode impedir seu cérebro de pensar. — Escorreguei e pus meus pés um pouco mais para cima sobre a pilha de almofadas. Unidos, eles escondiam inteiramente o envelope devolvido. — Você viu alguma coisa, inteiramente de passagem, que o faça pensar que o garoto é legítimo?

Birdwine sacudiu a cabeça.

— Seu legítimo irmão? Você é que pode me dizer. Notou sua mãe tendo um bebê umas duas décadas atrás?

Sacudi a cabeça.

— Ela estava na prisão quando ele nasceu. Se teve algum bebê, não pensou em mencioná-lo.

— Entendo — disse Birdwine, e o bom era que de fato entendia. Ele tinha ouvido as histórias de Kai ao longo dos anos. O suficiente para entender que ela não tinha sido uma mãe perfeita. Ele tocou a ponta da pasta. — Inteiramente de passagem — fez uma pausa para limpar a garganta —, *inteiramente* de passagem, vi registros de adoção. Portanto ele está procurando a mãe biológica.

— E é Kai — falei, mais numa afirmação que numa pergunta.

Birdwine abriu as mãos, como se pedindo desculpa.

— Não vi nada para descartar a ideia.

Se eu realmente estivesse na dúvida, tinha uma maneira fácil de checar. Meu melhor amigo era geneticista. William estava de licença paternidade por mais um mês, mas eu poderia passar em seu laboratório com Julian. Nós lhe daríamos sangue, cabelo ou cuspe num copinho.

O problema era que eu não estava na dúvida. Não era somente a linha do tempo ou a certidão de nascimento com *Karen Vauss* nela. Ou o fato de que seu nome na certidão era Ganesh. Sem dúvida, quando eu somava tudo isso, a resposta era irmão. Mas era mais do que isso. Eu podia ver minha mãe nos traços dele.

Julian era meu meio-irmão e eu tinha mudado o curso de toda a sua vida. Isso significava que não podia lhe passar uma ou duas histórias adocicadas de Kai com uma bebida quente e um biscoito, fazer-lhe um afago na cabeça como se ele fosse Cindy Lou Who e mandá-lo de volta, dando passinhos incertos, para sua família adotiva. Eu lhe devia mais do que isso.

Sua existência alterava a história. Seu nascimento, sua perda, refaziam minha mãe e recoloriam todas as suas escolhas. Todas as histórias que eu tinha contado para mim mesma sobre ela — sobre nós — ganhavam um sentido diferente e uma moral diferente. Eu não tinha lhe custado 22 meses de liberdade e um namorado. Eu tinha lhe custado um filho.

Birdwine ainda não tinha acabado.

— Vou lhe dizer o que realmente me incomoda. Vi material impresso em papel timbrado da Worthy Investigations. Tim Worth é um abutre que não deveria ter licença de detetive particular. Quando ele pega um caso de pessoa desaparecida, desencava tudo que pode em um ou dois dias... e em geral é muita coisa. Ele é muito bom. Mas, depois, vai entregando a informação em gotinhas, faturando o tempo todo. Ele teve esse garoto sob controle desde novembro passado. — Birdwine percebeu meu olhar questionador e deu uma risadinha, apanhado com a boca na botija. — Notei, inteiramente de passagem, que o papel timbrado estava datado.

Que péssimo momento, pensei. Para todos nós. No dia 15 de janeiro eu tinha enviado o último cheque que Kai jamais descontara. Um bom detetive poderia ter encontrado Kai para Julian no ano passado. Julian poderia ter me ignorado por completo e encontrado Kai antes que ela morresse. Provavelmente antes mesmo que ela soubesse que estava doente.

Birdwine começou a falar de novo, revirando as mãos como fazia quando estava expondo um raciocínio hipotético.

— Então o garoto estava prestes a se livrar das garras de Worth, e Worth lhe dá você como um quebra-galho. Na esperança de receber mais um pagamento mensal. Aposto que Worth sabe exatamente onde sua mãe está desde um dia depois de ter pegado o caso.

— Minha mãe não está em lugar nenhum — falei. Relaxei meus tornozelos e deixei meus pés se separarem. O envelope apareceu entre eles, tímido e fechado. Apertei meus dedões do pé um contra o outro, brincando de esconder um telegrama de guerra com os pés. Fazendo brincadeira de criança com um boneco de papel num saco de papel.

Birdwine me olhou de soslaio. *Por que não?* Tentei dizer. — Acho que Kai está morta. — Soou estranho, até para mim.

— Ah, sinto muito por... Espere, o quê? — Ele tinha reagido à tristeza inerente, mas se atrapalhou quando se deu conta do verbo que usei. — O que você quer dizer com *acha* que ela está morta?

Acenei para o envelope.

— Ela me mandou um bilhete no inverno passado. Está bem ali, se quiser lê-lo.

Ele se levantou e foi pegá-lo. Enquanto o percorria com os olhos, pude ver que sua boca se enchia de perguntas. Elas rolavam de um lado para outro, tão incômodas como se ele tivesse enchido as bochechas com bolas de gude. A primeira a ser articulada foi:

— Você não foi vê-la?

— Não — respondi. — Vire-o, há uma outra frase na margem.

Birdwine girou o cheque e apertou os olhos.

(*Obviamente eu não quero que você venha aqui.*)

Ele olhou de volta para mim, seus olhos de pestanas pesadas ainda mais tristes.

— Jesus, isto é ríspido. Acha que ela queria mesmo dizer isto?

— Se não, poderia ter me dito. Meu endereço e meu número de telefone estavam impressos em cada cheque. Enquanto isso, faz mais de uma década que não sei de um número de telefone dela. Não sei nem que nome ela estava usando. Por oito meses, enderecei os cheques que lhe enviava para uma caixa postal em Austin. Antes disso, endereceí-os para outras caixas postais em outros estados. Eu não me mudei nem troquei de emprego. Ela sabe onde estou, se quiser falar comigo. — Parei, e Birdwine levantou suas sobrancelhas para mim. Eu tinha ouvido isso também, a maneira como usei o tempo presente, ressuscitando minha mãe via gramática. — Sabia. Quisesse — corrigi. — Ela está suficientemente morta.

— Você não parece segura — disse ele.

— Não. Estou segura. O bilhete dela diz: "Semanas, se eu tiver sorte". Portanto. Os dois primeiros meses foram difíceis. Não vou mentir. Cada dia, eu me perguntava se minha mãe já estava fora do planeta, ou reencarnada como rato de laboratório ou como uma vaca de corte... alguma coisa adequadamente pejorativa. — Ou em algum lugar com dores, ainda morrendo aos poucos, ainda não querendo que eu fosse. — Agora, não penso sobre isso.

Ou quando o fazia, em geral sentia um alívio terrível. Verdadeiramente terrível, como uma pessoa a quem foi dito que ela não precisa mais suportar o peso de seu próprio gangrenoso e pútrido braço esquerdo. Ele fede, ele dói, está literalmente matando você, mas ainda assim é o único braço esquerdo que você terá.

— Eu a teria encontrado para você — disse Birdwine.

— Eu sei — falei, reconhecendo isso como uma delicadeza. — Mas e depois? Voar para o Texas e deixá-la me dar um chute nos dentes em pessoa? Ela os tinha chutado com força suficiente a uma distância de 1.500 quilômetros. — No entanto, nesse admirável mundo novo que continha um Ganesh perdido, o quanto eu podia culpá-la? Eu ainda não sabia ao certo.

Birdwine ainda estava com o cheque virado de lado. Ele examinou a linha de novo: (*Obviamente eu não quero que você venha aqui.*)

— Droga — disse por fim, e enfiou o cheque de volta no envelope.

— Sim, é difícil entender — falei. — Mas eu tive anos. Muito antes de morrer, ela tinha se reinventado como uma pessoa que nunca tinha tido uma filha.

— Não — disse Birdwine instantaneamente, categórico e seguro. Pôs o envelope de volta na prateleira, apoiando-o contra os livros no ponto exato em que estivera antes. Meus pés, elevados sobre as almofadas, bloquearam minha visão dele novamente. — Uma mãe simplesmente não consegue fazer isso.

— Kai consegue. Veja o que aconteceu hoje, Birdwine. Ao que parece tenho um irmão, e ela nunca sequer insinuou que ele existia.

Ou insinuara? A Kai que voltou da prisão era uma pessoa diferente. Pensei que fosse porque os termos de sua liberdade condicional a prenderam em Atlanta por mais oito anos. Ela estava legalmente vinculada a uma história que havia azedado para ela. Eu lhe custara quase dois anos de sua vida, sua liberdade por mais oito e Dwayne. Mas essas coisas tinham apenas camuflado a maior perda. A Kai pós-prisão bebia mais, cantava menos, contava menos histórias. Não era mais a Kai que se enroscava do meu lado e sussurrava. Ela nem se apaixonava muito, namorando o imperturbável Marvin, que ajudava com o aluguel e dormia com ela toda terça-feira. Mas às vezes, em tardes em que estava triste e tomando vinho, ela ainda podia contar uma história de Ganesha. "Muito tempo atrás, agora mesmo, o bebê Ganesha e sua mãe estão brincando no rio."

Birdwine balançou uma mão entre nós, afugentando o assunto completamente, e voltou para sua cadeira.

— Lamento por sua perda.

— De nada. — Abri os pés para revelar o envelope. *Agora você me vê.* Fechei-os. *Agora não vê.* — Você é a primeira pessoa para quem contei, na realidade — falei, ainda surpresa por ter lhe contado. Talvez fosse uma questão de posição. Eu estava deitada no sofá e a cadeira de Birdwine estava no lugar da do psiquiatra, junto à minha cabeça.

— Você quer dizer: que ela faleceu? — Fiz que sim com a cabeça, e as sobrancelhas de Birdwine se arquearam. — Mas já se passaram meses, não é?

— Sim.

Birdwine inclinou-se para a frente em sua cadeira, na minha direção.

— Você não contou *para ninguém*?

Ele parecia cético e enfatizou pesadamente essas duas últimas palavras. Talvez devêssemos ter feito aquela autópsia da relação no último inverno, porque ele estava me perguntando se *ninguém* incluía meu melhor amigo, William. Geralmente não o incluía. Quando Birdwine me deixou porque nós "não conseguíamos conversar", eu tinha dito que nenhum de nós era bom em compartilhar. Ele rira, um som amargo, e dissera: "Você fala com William, eu falo em minhas reuniões. Mas você não me conhece, Paula, e não quer conhecer. Se conhecesse, não gostaria muito de mim. É melhor seguirmos em frente e dar isto por encerrado."

Dei de ombros o melhor que podia, deitada.

— Só contei para você. Neste instante. — O que era verdade. Mas a verdade inteira era: William e a mulher estavam em casa com seu filho recém-nascido, depois de uma gravidez que tinha sido de risco desde o início. Eu não iria soltar grandes colheradas de Minha Mãe Morta ou Estou Tendo Ataques de Pânico no prato de William. Ele estava cheio e Kai ainda estaria morta quando ele emergisse do nevoeiro de um bebê novo em folha. — Estou praticamente sozinha com isto, Birdwine.

Birdwine deu-me a impressão de estar ruminando. Deixei-o, e um pequeno silêncio cresceu entre nós. Pensei em fechar novamente meu sutiã, mas meu peito ainda parecia apertado. Procurei sob a blusa e comecei a tentar me livrar dele enquanto ainda permanecia deitada. Fizera isso muitas vezes antes com Birdwine no quarto. Naquele tempo, fizera isso em circunstâncias mais alegres. Droga, naquele tempo eu tinha feito isso embaixo de Birdwine.

Talvez ele estivesse pensando a mesma coisa, porque desviou o olhar.

— Desculpe-me, isso é horrível. Como você conseguiu abri-lo? — perguntei-lhe, tentando fazer a cena parecer um pouco menos *Flashdance*.

— Minha irmã fica como você ficou, quando está sob estresse — disse Birdwine. — Ela se livra de tudo que a prende e põe os pés para cima, mais altos que a cabeça.

Puxei meu sutiã para fora pelo buraco da manga e joguei-o sobre meu casaco. Era uma coisa lisa, branca, simples, destinada a ficar invisível sob a seda.

— Eu não sabia disso, sobre sua irmã — falei.

— Há muita coisa que você não sabe. Nós, os Birdwine, somos muito discretos, escondemos bem nossas cartas — disse Birdwine, e depois olhou de volta para mim, bem nos meus olhos. — Nós somos excelentes no pôquer.

Tive uma sensação tipo alongamento de gato em meu abdome nesse momento. Algo que não sentia havia bastante tempo. Apoiei-me sobre os cotovelos, satisfeita por descobrir que a sala não girava ao meu redor e a náusea não tinha voltado. De repente fiquei consciente do quanto minha blusa de seda era fina, de quão nua eu estava sob ela. Há alguma coisa relacionada à seda, ela podia dar impressão de mais nudez que a nudez. Seria muito bom, realmente bom, levantar e sair dali. Agarrar Birdwine e levá-lo para algum lugar calmo antes que ele pusesse todas as suas barreiras em ordem novamente. Não pensar sobre meu irmão-surpresa e todas as maneiras como ele remodelou meu passado e tornou o futuro cinzento e turvo. Deixar o mundo girar, sem supervisão.

Eu me lembrava exatamente do quão doce e rude Birdwine podia ser. Lembrava-me da maneira como jogava meu corpo em direção à cama, agarrava-o na queda, uma grande mão envolvendo minha cabeça para salvá-la da cabeceira. Birdwine estava olhando de volta para mim, mas não pude ler seu olhar. Ele era realmente exímio no pôquer, como eu me lembrava bem.

Houve uma rápida batida dupla na porta — puramente mecânica — e em seguida ela foi totalmente aberta e lá estava Nick. Pior, ele trazia uma cliente a reboque. Era uma perua de cabelo curto e reto, quarenta e poucos anos, com uma pudica tiara floral. Eu não a conhecia, o que significava que era uma nova cliente, ou pior, uma potencial cliente que ele estava tentando capturar.

Nick estava falando ao chegar, mas parou de repente no vão da porta e ficou em silêncio quando me viu. O ímpeto da cliente a fez bater nos ombros dele. Arremessei meus pés no chão, espalhando as almofadas.

A boca de Nick se desconjuntou quando ele se deu conta da cena. Lá estava eu, lutando para me sentar com pernas nuas, pés descalços e com meu sutiã sobre a mesa, muito branco contra meu casaco preto. A metade das almofadinhas do sofá espalhava-se agora pelo chão e eu podia sentir a leve crepitação elétrica que havia surgido em mim bem no final, erotizando o ar.

— Meu Deus, Paula — disse Nick, as narinas se alargando.

Sobre seu ombro, os olhos da cliente tinham se tornado tão redondos e arregalados como os de um gálago. Apostaria que era algum tipo de anglicana devota. Sorte minha.

— Você está fazendo as suposições erradas — eu disse logo a Nick, mas sua fisionomia e suas suposições não mudaram. Ele deveria saber que aquilo não era possível. Eu nunca deixaria a porta destrancada e transaria com um homem ali, como uma amadora. Não durante o expediente.

Mas ele estava ficando irritado demais para pensar isso, especialmente naquele dia, quando eu não havia comparecido à sua reunião e nós tínhamos perdido a cliente. Agora, a cliente da tiara parecia pronta para cair fora, no rastro de Oakleigh. Ela pôs a mão sobre a boca e sua aliança de casamento carregada de diamantes, por si só, me revelou que essa era uma cliente que Nick iria querer muito.

Birdwine se levantou e se colocou entre nós.

— Olá, Nick. Senhora. Por favor, queiram nos desculpar. Paula recebeu notícias horríveis. Sua mãe morreu.

Suas palavras atingiram a sala com uma segunda onda de choque; vi o rosto da cliente tentando se reajustar, oscilando em direção à comiseração, mas finalmente se fixando na perplexidade. A dor não explicava um sutiã na mesa de centro, e Birdwine, robusto e musculoso com suas botas de trabalhador e camisa para fora da calça, amassada, não fazia sentido para aquela mulher.

— Ah, eu não sabia — disse Nick. Sua voz tornara-se solícita, mas seu olhar sobre mim era gélido. Ele sabia há quanto tempo Kai e eu estávamos afastadas.

— Sim. Foi um grande choque — disse Birdwine a Nick. Eu me inclinei tristemente, deixando minha linguagem corporal corroborar sua história. — Sou Zach Birdwine, detetive de Paula. Por favor, perdoem meus trajes informais. Eu estava trabalhando até dez minutos atrás. — Abriu seu mais formal sorriso de boca fechada, dando um passo à frente enquanto se apresentava à Tiara. Ela relaxou um pouco, apertando a mão de Birdwine e murmurando seu nome e algumas palavras de condolências na minha direção.

Nick baixou os olhos para arrumar a lapela de seu paletó, que era lindamente cortado e não precisava de nenhuma arrumação. Claramente, uma história de mãe morta de origem duvidosa não o tiraria de seu justificável estado de ânimo.

— Não estou lidando bem com isso, Nick — falei. — Sinto muito. — Eu realmente sentia e em mais de um sentido.

— E eu lamento por sua perda. Vamos certamente conversar sobre isso mais tarde. — Nick lançou-me um olhar avaliador, não apaziguado.

— Sim, deveríamos nos falar — disse. — Talvez segunda-feira? Neste momento, eu deveria ir para casa e tomar providências.

Não havia muito que ele pudesse fazer, com uma cliente na sala. Nessa altura ela comprara o que Birdwine estava vendendo e me dava um olhar de genuína piedade.

— É claro — disse ele. — Não se preocupe. Catherine e eu podemos nos virar bem sem você. — O tom era apropriado, mas ele apontou seus olhos para mim, transformando as palavras numa ameaça. Encarei-o de volta, havia muita história entre nós. Não sei ao certo o que ele viu em meu rosto, mas sua boca suavizou-se e ele acrescentou: — Vá para casa.

Acho que sua agenda está livre. Você tem muitos problemas a enfrentar, ao que parece, e precisa tomar algumas decisões sobre o que quer. — Ele se referia ao longo prazo, mas isso passou completamente despercebido à Tiara, como deveria passar.

— Você precisa levá-la de carro? — perguntou ela a Nick, em voz baixa. — Ou chamar alguém? Ela não deveria ficar sozinha.

— Eu a levarei para casa, senhora. Vou ligar para o pessoal dela — disse Birdwine.

"Meu pessoal", isso foi amável. Meu pessoal consistia em amigos com um bebê recém-nascido, meus sócios irritados, um irmão repentino e um envelope. Ainda assim, essa expressão do Velho Sul evocou uma visão de tias preocupadas trazendo guisados, vizinhos cacarejantes carregando bolos. Deixei Tiara à vontade para imaginar os detalhes da morte sendo adequadamente tratados por uma pessoa alta com um cromossomo Y e botas de trabalhador. Ela podia retornar alvoroçada a seu próprio divórcio.

Nick a conduziu, deixando minha porta intencionalmente entreaberta. Ele não precisava ter se incomodado. Qualquer pitada de sexo que tivesse começado a roncar dentro de mim desaparecera, enterrando-se novamente no buraco fundo em que morrera meses antes. Quanto a Birdwine, eu não sabia ao certo nem se ele percebera a vibração. Seu olhar sobre mim era atencioso, nada além.

Levantei-me e vesti o casaco, colocando o sutiã no bolso, depois soltei meus sapatos de salto no chão e calcei-os também. Peguei a pasta azul de Julian. Eu precisava devolvê-la para ele, o quanto antes, e não sabia quando voltaria ao meu escritório. Após um segundo de reflexão, tirei o envelope de Kai da prateleira também.

Quando o peguei, tive um súbito e forte impulso de contar para Birdwine a história de Kai sobre o pequeno camundongo de Ganesha. *Isto aconteceu muito tempo atrás. Está acontecendo agora.* Revirei o envelope em minhas mãos, uma vez, duas, e então compreendi. Eu queria contar a Birdwine porque estava vivendo isso. Eu tinha sido o camundongo de Kai, selada e contida, o tempo todo. Quando meu cheque voltou, eu senti muito alívio por ser informada de que podia finalmente apeá-la de mim. Tão aliviada que deixei de perceber que eu não tinha de fato feito isso. Eu ainda a estava carregando e o peso dela estava me esmagando.

Que peso?

Kai e eu paramos de nos falar no dia em que fui para a faculdade. Sua liberdade condicional terminou e ela deixou Atlanta antes que eu voltasse para a escola de direito, mas apesar disso agora eu tinha mantido a representação em papel de seu cadáver pousada numa prateleira por cinco meses. Eu estava negligenciando meu trabalho e decepcionando meus sócios. Eu estava fazendo horas intermináveis de trabalho *pro bono* para criminosas jovens e não violentas com namorados ruins, como se eu fosse a santa padroeira das meninas idiotas. Não conseguia me lembrar da última vez que tinha transado e tinha ataques de pânico por causa de cada sombra fantasmagórica que via aparecer com saias de seda e olhos verdes.

E agora Julian existia.

Que peso?

Virei-me para Birdwine.

— Não sei o que fazer agora.

Essas não eram palavras que eu dizia muitas vezes. Não tenho certeza de que disse essas palavras nessa ordem desde que tinha idade suficiente para votar.

— Eu sei — disse Birdwine. — Vá à Worthy Investigations e arranque de Tim o arquivo de Julian. Nesta altura ele já pagou pelas informações ali contidas milhares de vezes.

Disse isso como se supusesse que eu iria ajudar Julian, o que me surpreendeu. Com exceção das pouquíssimas pessoas de meu círculo mais íntimo, a maioria delas apostaria que meu próximo movimento seria trancar a porta da minha sala e foder Birdwine no sofá. Ou poderiam apostar que eu iria emboscar Oakleigh Winkley, obtê-la de volta como cliente e depenar o seu marido. Qualquer desses caminhos correspondia à minha reputação. Eu ajudando Julian? Parecia uma aposta tão boba que ninguém, nem o meu barista, se inclinaria a fazê-la.

Eu não sabia que Birdwine conseguia me ver tão profundamente. Enquanto compartilhamos uma cama, ou talvez mesmo antes disso, nos anos em que fôramos colegas, ele deve ter prestado atenção à sua maneira vigilante, furtiva.

Eu o vira como um recurso profissional, um companheiro, e depois um conveniente parceiro de cama. Era verdade que o considerava extremamente valioso, em todas as três competências. Depois que ele me deixou, eu tinha certamente despendido muito esforço irritante para trazê-lo de volta a meu conjunto de recursos. Mas a verdade era que eu também o tinha visto como avariado demais para ser levado a sério. Um fodido. Não como um igual. E eu não teria transado com ele se o visse de qualquer outra maneira.

Eu não era capaz de prever suas escolhas da maneira como ele acabara de prever a minha; ficara surpresa quando ele fora em minha ajuda na sala de espera. Isso fez com que me sentisse envergonhada, em especial porque eu não podia ver muita diferença entre nós. Não atualmente. Talvez tenha sido por isso que me aproximei e falei com ele da maneira como só tinha falado até então com William ou com meu gato.

— Nas velhas histórias ao pé da fogueira de Kai havia 28 infernos que giravam no espaço ao sul da Terra. Muito ao sul, lá no fundo do universo. De vez em quando um se desprendia do bando e sempre rumava para a Terra em linha reta. Acho que tenho ao menos quatro desses infernos em cima de mim agora, Birdwine — disse eu. Minha voz estava baixa e trêmula. Eu estava assustada e cansada e não tentava esconder isso. Parecia um alívio não esconder. — Quero agir bem com esse garoto, mas como posso? Ele está procurando a mãe.

— Não apenas a mãe. Ele veio aqui para se encontrar com você — disse Birdwine.

Fiz um barulho de escárnio.

— Então posso lhe oferecer uma meia-irmã prestes a ficar desempregada, com reputação de vadia e um transtorno de pânico em rápido desenvolvimento.

— Quando você põe as coisas nesses termos... — disse Birdwine com uma risadinha. — Então encontre Kai.

— Ela está morta — respondi, brusca.

— Eu sei, Paula — disse Birdwine, num tom usado para apaziguar lunáticos. — Posso perceber pela sua voz ofegante e pelo seu tremor que você está perfeitamente feliz em deixar as coisas assim. — Isso me fez sorrir. — Descubra quando ela morreu e onde foi enterrada. Você se sentirá melhor, e o garoto é um cidadão. Ele gostará de ter um lugar para plantar margaridas em agradecimento a quem lhe deu a vida. —

Assenti com a cabeça. Isso me parecia o mínimo que Julian iria desejar. Birdwine continuou: — Portanto, para olhar as coisas pelo lado bom, tenho a impressão de que Nick acha que você precisa se afastar por algum tempo. Acho que nós pegamos a Worthy Investigations de jeito de manhã.

Essa palavra, *nós*, mexeu profundamente comigo. À minha própria maneira, eu lhe pedira ajuda duas vezes agora. Isto era Birdwine dizendo "sim". Ele estava oferecendo algo semelhante a uma amizade e, meu Deus, eu precisava de um amigo neste momento. Sua oferta era algo vivo entre nós, tão novo e rosado e cintilante que me deixou nervosa. Fiz que "sim" com a cabeça, aceitando-o, e de repente Birdwine pareceu tão incomodado quanto eu.

— Passe-me um bloco — disse ele. — A informação de contato do garoto está no arquivo, mas dê-me um tempinho antes de marcar um encontro. Vou anotar o número de Seguro Social dele e fazer um rápido levantamento para você, só por via das dúvidas. — Dei-lhe um que peguei na minha mesa, e ele passou um momento curvado sobre a pasta azul, anotando algumas coisas. Depois foi em direção à porta, parando na soleira para olhar para trás. — Quer que eu busque você amanhã?

Sacudi a cabeça, recusando.

— Seu carro cheira como uma meia de academia. Irei ao seu encontro. Às nove?

— Dez — disse ele. — Que somos nós, selvagens? — Fechou a porta.

Faltavam horas para o fim do expediente. Eu deveria procurar Nick e tentar me acertar com ele, ou pelo menos dedicar as horas da tarde a um caso relevante, fazendo alguma coisa faturável. Fiquei parada como se hesitasse, mas sabia que estava só adiando o inevitável. O duplo ataque de pânico me deixara aflita demais para me concentrar em dividir os gordos patrimônios de estranhos furiosos.

Então, peguei meu laptop, o bilhete de Kai dentro de meu envelope devolvido e a pasta azul de Julian e fui para casa. Queria descobrir tudo que pudesse sobre meu novíssimo irmão. Afinal, ele acabara de herdar a maior dívida de minha vida.

CAPÍTULO 4

Contraio minha dívida em Paulding County, na Geórgia, numa doce noite de primavera enquanto minha mãe toca seu bandolim e canta canções de acampamento. Estou enroscada e enfiada num dos antigos pufes na varanda coberta de Dwayne. Tenho um dos cadernos de desenho de Kai aberto no colo. Estou tentando copiar a maneira como ela desenha olhos, mas ficou escuro demais. A luz da varanda está queimada, por isso Kai acendeu velas. De todo modo, não consigo me concentrar.

Aperto os olhos para enxergar através do pequeno quintal, cercado por moitas de *kudzu*. Quase só se veem terra e ervas daninhas, pontilhadas com vaga-lumes. Eles estão todos procurando amor verdadeiro, acendendo e apagando suas caudas na penumbra crescente. É difícil ver além da luz das velas, mas tenho a impressão de que há alguém se movendo no *kudzu*. Talvez seja só um veado. Eles vêm às vezes, na esperança de comer alguns pés de maconha novos e tenros.

Será um veado? Não sei dizer se quero que seja um veado ou não. Faz dias que ando doente e amedrontada dentro de meu próprio buraco.

Kai, alheia, estava caída no sofá bambo da varanda dos fundos, sua saia-envelope enrolada quase até os seus quadris. Ela tem suas longas pernas jogadas sobre o colo de Dwayne, o que a faz tocar seu maltratado bandolim num ângulo estranho. O inseticida elétrico a acompanha com sua percussão irregular. Ela não toca muito bem, mas seu contralto gordo e preguiçoso em geral me faz adormecer. Não esta noite.

Dwayne inclina-se sobre as pernas dela, escavando no cinzeiro à procura da segunda metade de um baseado. Ele o acende com seu isqueiro, depois o segura para Kai. Ela interrompe a canção tempo suficiente para puxar a fumaça e segurá-la.

— Há um buraco no meio do mar. — Kai engasga ao exalar, fumaça fluindo, e Dwayne ri. Ele se junta a ela quando ela recupera o fôlego. — Há uma rã sobre o ressalto sobre o tronco dentro do buraco no meio do mar...

Ela age como se isto fosse apenas mais um capítulo em nossa história interminavelmente mutável, Kai me rebocando enquanto passa de homem para homem. Nunca lutei contra isso ou mesmo questionei, por causa da verdade na raiz de nossa vida compartilhada: Kai não me ama como ama os namorados.

Amor de namorado é como a luz na cauda de um inseto, acendendo e apagando através de um gramado. Começa com mentiras e beijos. Transforma-se em brigas e tédio. Termina com malas feitas às pressas e às vezes roubo. É facilmente substituído por um amor mais novo.

Eu e Kai sempre fomos mais que isso. Eu e Kai temos sido uma só unidade, feita apenas de nós mesmas. Eu gostava muito disso, até Asheville. Eu tive uma vida lá, separada da dela, assim como ela tinha uma vida separada com Hervé. Quando o Hervé me chamou de merdinha, fiquei aflita porque sabia que seus dias estavam contados. Dentro de um mês, aquilo tinha lhe custado sua namorada, seu suprimento secreto de comprimidos, seu velho Mazda e todo o dinheiro que havia na casa.

Aqui, Kai tem a nós e também tem Dwayne. Eu tenho a nós, e uma escola onde eu sou a Gorducha Gordura de Bunda. Compreendo que destruímos Asheville, mas não posso ficar aqui, neste lugar. Disse-lhe isto. Tentei, ao menos, mas a única coisa que ela fez foi me contar uma história de Ganesha. Agora estou cansada de esperar. Meu corpo é uma bola torcida de ligas elásticas, todas muito esticadas e fazendo força contra as outras. O veado, que poderia não ser um veado, se move no *kudzu* e ele tem amigos agora. Sinto-os mais do que os vejo, uma concentração de movimento na mata escura à nossa volta.

— Há um... — Kai para, no meio da música. — Esqueço o que há sobre a rã.

— Verruga! — exclama Dwayne, alegre, categórico e completamente errado.

Kai nega com a cabeça e olha para mim.

— O que está sobre a rã?

É uma mosca. Mas fico em silêncio, encurvada, sentada tão rigidamente quanto possível num pufe murcho. Esquadrinho a escuridão, procurando movimento no *kudzu*. Vento ou veado ou minha libertação?

— Verruga! Verruga! Verrrrruuu! — Dwayne ladra, como um lobo, perdendo a última sílaba no uivo final. Ele passou a tarde inteira bebendo cerveja à temperatura ambiente e não comeu nenhum dos cachorros-quentes.

— Certo, esquisitão — diz Kai, e começa de novo, dando a uma verruga o lugar que cabia à mosca na ordem das coisas. Ela inclina a cabeça para trás enquanto canta, e o emaranhado de seu cabelo escuro derrama-se sobre o braço alto do sofá. Paro de estudar o *kudzu* para fitá-la. Seu corpo é uma fita feita de músculos elegantes, com seios pequenos e glúteos generosamente curvos. Suas pernas nuas se estendem e se dobram sobre o colo de Dwayne, a pele branca e lisa como porcelana.

Abaixo-me mais. Sou desgrenhada e molenga. *Gorducha Gordura de Bunda*. Pego meu estômago massudo com as mãos e aperto. Kai me vê fazer isso enquanto termina o verso. Põe o bandolim de lado e sorri e suspira ao mesmo tempo.

— Pare de se preocupar com sua barriga infantil. Eu tinha uma exatamente igual quando era da sua idade. Logo, logo vai usar essa barriga para fazer para você uns lindos peitinhos e uma bunda de menina. Você vai gostar dessa gordura infantil, assim que ela se deslocar para os lugares certos. — Fecho a cara e solto minha pança, envolvendo-a com meus braços em vez disso. Ela percebe que estou infeliz, mas se engana quanto ao motivo. Não ouviu. — Ah, a filhota está zangada porque falei sobre ela ficar com peitinhos! — diz Kai. Levanta-se e estende os braços para mim. — Venha cá, filhotinha.

Seu sorriso é chapado, gentil e caloroso. Talvez o movimento sinuoso no *kudzu* seja somente um veado. Com minha linda mãe sorrindo para mim, estendendo as mãos, quero que seja um veado. Sobretudo.

Vou até ela, e ela me aconchega junto de si, envolvendo-me em seu cheiro familiar, mas a tensão em torno de meus ossos não se desfaz. Mantenho meus ombros arqueados contra o abraço dela, mantenho meus braços em volta de minha própria cintura mole. Eu lhe disse para não me mandar de volta. Eu lhe disse.

Ela sente a rigidez em meu corpo e deposita um beijo em meu cabelo.

— Filhotinha ranzinza. Há partes divertidas nisso de ficar mais velha. Vá lá dentro, escolha uma cor, e vou pintar suas unhas dos pés como as de uma moça, para praticar. — Ela começa a cantar de novo quando nos levantamos, mas não a canção de acampamento. — Jai Kali, Jai Kalika! — Sua voz sensual, cantando meu antigo nome de bebê, é quente e doce contra meu ouvido.

"Aqui no Ocidente", Kai me disse muitas vezes, "pensamos em Kali como uma deusa sombria. Mas o nome que eu lhe dei — Kali Jai — significa literalmente 'Salve a Mãe'".

Eu a deixo me levar até a porta enquanto ela canta a minha canção-tema com sua voz robusta, grave, e eu penso que, mesmo que você ignore a pele azul e a longa língua vermelha, a saia de mãos humanas e todas as armas, aquele ainda é um nome estranho para caramba para se dar ao seu bebê. Salve a Mãe?

Kai é a mãe. A tradução de meu nome é na realidade algo próximo de "Viva Kai".

Olho por sobre meu ombro enquanto Kai se atrapalha ao abrir a porta dos fundos. Os veados no *kudzu* se insinuaram por toda parte à nossa volta. Agora o movimento nas folhas é suficiente para chamar a atenção de Dwayne.

— Ei, faça silêncio aí um segundo, meu bem — pede ele. Mas é tarde demais.

Eles surgem em bando da escuridão. Fico surpresa ao ver como são numerosos, como se movem depressa. São homens grandes, reais, corpulentos em seus coletes. Não consigo distinguir o que são eles e o que é apenas a escuridão móvel em torno deles. Seus braços longos vestidos de preto são ainda mais alongados pelas armas que empunham, e eles gritam num coro desordenado, nos dizendo para ficarmos quietos, para nos abaixarmos, para ficarmos no chão.

Meu coração se dilata. Estou paralisada, ao mesmo tempo radiante e nauseada com estonteante terror. Eu queria que eles viessem, e vieram. Eu queria uma saída, e ela veio se aproximando de nós furtivamente por trás, através da mata, depois do barracão avermelhado. Eles vieram enquanto Kai cantava "Jai Kali, Jai Kalika!", como se meu próprio nome fosse o sinal.

Vamos ter de nos mudar, agora. Tenho uma vaga ideia de que os policiais podem ficar com as casas de criminosos para eles. Que pena para Dwayne, mas o pai de River foi pego numa batida à procura de drogas, e só pegou seis meses de prisão. Dwayne já passou dois anos na cadeia antes, por arrombamento e invasão, e antes disso passou alguns períodos em centros de detenção para menores. Seis meses não é nada — mas é um período muito longo no tempo de Kai. Ela raramente fica solteira por metade disso, e quando ele for solto, seremos outras pessoas, e teremos ido embora há muito tempo.

— Para, para, para! — Dwayne está gritando, as mãos para cima.

— Deitado — berra o policial mais próximo.

Dwayne está escorregando do sofá para o chão, mas Kai me agarra e grita alguma coisa tão perto de meu ouvido que a palavra se perde no seu som desmedido, explosivo. Ela me empurra para trás, em direção à casa. Lá fora ouço os policiais gritando em protesto. Ela tranca a porta, depois corre para a suíte, puxando-me consigo.

— Pare — eu digo, mas ela continua me puxando.

Não era assim que as coisas deveriam acontecer. Tick foi preso uma vez na lanchonete Dairy Queen, e isso foi o fim de Kai e Tick. Quando os policiais chegaram, ela pôs as mãos abertas sobre a mesa, uma de cada lado do doce que estava comendo.

— Fique quieta, eles não querem a gente — disse ela para mim, e estava certa.

Mas agora ela bate a porta do quarto e a tranca. Corre para a mesa de cabeceira e tira da gaveta o suprimento secreto dos comprimidos de Hervé. Eu tinha me esquecido dos comprimidos que ela roubara, ainda metidos em sua mesa de cabeceira. As impressões digitais dela estavam espalhadas por todo o saquinho plástico.

— Eu não acho que você deveria... — falo, mas ela já está correndo para o banheiro.

Fico pregada no chão, ouvindo umas batidas assustadoras, depois um ruído de algo quebrando: alguém derrubou a porta dos fundos. No banheiro, ouço o som da descarga. Kai vai se meter em apuros. Corro para a janela. Está escuro aqui, mas a varanda dos fundos está inundada de luz, e posso ver que Dwayne foi deitado de barriga no chão. Suas mãos estão algemadas. Ouço meu exército negro quebrando coisas dentro da casa, homens movendo-se de cômodo em cômodo, gritando "Limpo!" com vozes firmes, decisivas.

A descarga está sendo acionada de novo, e ouço Kai amaldiçoando-a. Ouço barulho de madeira se estilhaçando, e recuo, afastando-me da janela, afastando-me da porta trancada. Aperto-me contra a parede. Kai sai correndo do banheiro na minha direção, me envolve com seu braço.

— Está tudo bem — diz ela, mas não está.

A porta é arrombada. Homens correm para nós, armados e gritando. Agora mãos estão nos separando. Um homem empurra Kai no chão, e isso está errado. Estou sendo puxada para trás, para longe de minha mãe, resisto, me firmo nos calcanhares, e me vejo erguida do chão. Viro um saco gorducho de batatas que se debatem, enlouquecidas.

Eles estão fazendo as coisas errado. Quando fui de bicicleta até o Dandy Mart e liguei para o 911 do telefone público, disse à operadora para nos deixar fora daquilo. "Qual é a sua emergência?", ela perguntou, e eu lhe disse que a emergência era Dwayne. "O novo namorado de minha mãe planta muita maconha. Laraby Lane, 32, em Paulding. Ele cuida dela e depois vende, esse é o seu trabalho. Ele, não nós. Minha mãe e eu acabamos de nos mudar para cá." Esses homens não parecem saber disso. Eles só sabem que Kai correu quando eles mandaram parar. Quando estou sendo carregada para fora do quarto, vejo minha mãe chorando. Ela está sendo algemada e eu fiz isso. Eu fiz isso acontecer.

— Não! Não! — grito eu para um exército que por direito é meu, mas o exército não ouve. Eles não sabem que fui batizada em homenagem à deusa da destruição, de pele azul. Não sabem que eu sou a força que os pôs em movimento. Ninguém sabe. Eles veem apenas a menina mais baixa da sexta série, uma gorduchinha pequena demais para ser levada a sério.

— Meu bem? — Kai está gritando. Ela também não sabe. — Não se preocupe. Apenas vá com eles. Querida? Está tudo bem.

Fico mole e sou carregada para meu próprio quarto que fede a spray para matar barata. Isso não está certo. Eu os chamei e agora estão levando a minha mãe. Dividi o planeta chamado Eu e Kai em dois, quando nunca quis outra coisa senão uma maneira de sair daqui, para nós duas, juntas.

Uma policial senta-se comigo, esperando o Conselho Tutelar. Aos 11 anos, não entendo a diferença entre o pai de River, que tinha plantas de maconha chamadas Lydia e Jilly, e Dwayne, um antigo pequeno infrator com uma estufa cheia de mudas no porão e plantas crescendo lá atrás em nossas matas.

O quintal do lado de fora de minha janela é um mar de luzes vermelhas e azuis. Eu os chamei, e eles vieram e levaram minha mãe. Minha mãe tem suas impressões digitais tiradas e volta a ser Karen Vauss, uma moça do Alabama com registros criminais como menor e nenhum histórico de emprego. Ela é acusada de obstrução e destruição de evidências.

Sou levada para um abrigo temporário. É detestável e ainda mais amedrontador do que a escola. Minhas mãos estão fechadas. Eu as mantenho assim, por via das dúvidas.

— Por que você correu? — pergunto a Kai, gritando ao telefone.

— Fiquei surpresa — diz ela.

Pergunto-me se isso significa que *não* ficou surpresa quando os policiais chegaram para pegar Tick na Dairy Queen. Teria Kai feito ela mesma uma ligação para o 911? Por um segundo delirante eu me encho de esperança. Poderia confessar e ela entenderia, porque tinha feito a mesma coisa. Mas as palavras morrem em minha garganta. Tick começou bonzinho, mas foi ficando malvado, especialmente em relação a mim. Se ela provocou a detenção dele, foi por nós duas, não apenas por ela.

O Conselho Tutelar entra em contato com meus avós, mas eles não virão me pegar. Kai não fala com eles desde que eu tinha três ou quatro anos, quando trocou o loiro Joe por Eddie, um cara que tinha conhecido no ensino médio. Eddie era de raça mista: negro e um pouco asiático, com uma pitada de cherokee. Meus avós disseram a Kai para deixá-lo ou ir embora. Fomos embora. De todo modo, minha única lembrança deles é pálida e azeda: minha avó olhando para mim enquanto carregávamos sacolas para o carro de Eddie, gritando para Kai: "Você vai acabar com mais uma igualzinha a essa aí".

Talvez vovó estivesse querendo dizer isso literalmente, mas isso não tinha importância. Quando prenderam Kai, eu não tinha nenhuma ideia de onde Eddie estava e embora ele tivesse sido bastante gentil, nunca tinha agido como um pai. Não dei o nome dele à assistente social encarregada do meu caso e acho que Kai também não.

Acabei num lar coletivo no leste de Atlanta, enquanto Kai se confessou culpada em troca de uma sentença reduzida. Vinte e dois meses, dos quais seria deduzido o tempo transcorrido à espera do julgamento, pena curta o suficiente para que o Conselho Tutelar não se desse ao trabalho de iniciar a burocracia para extinguir os direitos parentais.

Era também mais de duas vezes a duração de uma gravidez. Eu não tinha sabido até hoje que ela tinha levado meu irmãozinho que ainda iria nascer consigo para a prisão. Eu tinha custado a Kai uma vida com seu segundo filho.

No dia em que liguei para 911 eu mesma era uma criança, incapaz de prever as consequências. Dwayne e Kai eram adultos, ambos se entregavam regularmente a delitos graves e menores. Ambos tinham cumprido pena antes e suas escolhas tornavam provável que cumpririam outras, mais cedo ou mais tarde. Mas essa compreensão intelectual não mudou a maneira como eu me sentia quando pensava no modo como nossas vidas haviam se desdobrado depois. Será que Kai sabia que estava grávida quando aceitou aquele acordo?

A resposta estava provavelmente na pasta de Julian, pousada neste momento, fechada, sobre minha mesa de jantar de ônix. Pela parede de janelas, eu podia ver os edifícios no horizonte de Atlanta elevando-se rumo ao céu azul, imperturbável. Fazia nada menos que 32 graus, e era difícil deixar meu loft muito refrigerado, mas eu não conseguia parar de tremer. Troquei-me, vestindo um moletom com capuz e um jeans tão velho e desbotado que era macio como um pijama. Depois desci para violar a pasta.

Ela esperava por mim, fechada e recatada, ao lado do meu laptop. Fiz um desvio pela cozinha para pegar uma cerveja para mim, abri a garrafa, e então me sentei e abri a pasta. Em cima estava a certidão de nascimento que Julian me mostrara no escritório. Abri a calculadora do laptop e chequei a data da prisão de Kai, comparando-a com a data de nascimento dele.

Um pouco menos de 41 semanas. Isso significava que na noite da batida da polícia ele não passava de uma blástula, secreta para todos exceto para si própria, ativamente ocupada em se dividir. Isso fazia com que fosse de Dwayne? Talvez, mas ele nascera pesando menos de três quilos. Isso era pouco para um bebê tardio. O caminho de Kai podia muito bem ter se cruzado com o de algum carcereiro de cabelo cacheado ou advogado à medida que ela percorria o sistema judiciário.

Aqui, pelo menos, havia um terreno comum; eu também não tinha nenhum pai mencionado em minha certidão de nascimento. Podia certamente ser aquele babaca iogue do Eddie. Kai o conheceu no ensino médio, antes de abandoná-lo, e duvido que mesmo a minha mãe teria conseguido encontrar um segundo asiático/afro-americano/ameríndio para amar no interior do Sul. Mas talvez não. Eddie havia aceitado prontamente que meu pai era um monge tibetano. Certamente. Porque qual é o monge tibetano que não sonha com uma peregrinação a Dothan, no Alabama?

Quando chegasse o Natal, Julian e eu poderíamos misturar todos os ingredientes usados para preparar uma gemada e jogar uma rodada de Adivinhe Quem São Nossos Pais Biológicos. Não era uma maneira tradicional de confraternizar, mas poderia funcionar se puséssemos bastante álcool na bebida. "Um brinde às origens obscuras!", eu diria. "E aos caras que não quiseram assumir o serviço!", ele gorjearia de volta, e nós faríamos tim-tim com nossos copos.

Virei a página, tentando me controlar. Julian e eu ainda precisaríamos ter um almoço embaraçoso e eu tinha saltado 19 passos à frente para um horrível Natal imaginário — uma festa familio-cêntrica que eu nem comemorava. A menos que o quase obrigatório amigo oculto do meu escritório contasse.

Comecei a folhear as outras páginas. Elas tinham se espalhado e sido embaralhadas em meu escritório, agora os formulários relacionados à adoção de Julian estavam misturados com o cartão do Seguro Social, títulos de carro, certidões de nascimento e informações sobre a hipoteca de uma casa nos subúrbios do norte de Atlanta. Isso me dava a impressão de ser o arquivo geral da família Bouchard para seus documentos importantes, do tipo que as pessoas costumam guardar num cofre de banco. Julian tinha trazido a coisa toda, em vez de copiar os papéis relevantes. Depois tinha abandonado isso no assoalho da minha sala de espera.

— Essa geração Y — disse eu a Henry, que descia a escada compassadamente. Ele se levantara do lugar ensolarado em que tirava sonecas em cima da minha cômoda para ver o que eu estava fazendo.

Comecei a separar os formulários em pilhas na superfície da mesa. Henry, que tinha uma dose dupla daquela capacidade mágica dos gatos de existir no espaço menos conveniente, pulou para o tampo da mesa. Deixou-se cair em cima da certidão de casamento dos Bouchard. Cedi o território e lhe cocei o queixo, feliz de ter seu batimento cardíaco na casa. Encontrei a petição original para adoção e sob ela a expiração oficial dos direitos parentais de Karen Vauss. Tive dificuldade para engolir quando pus esse documento de lado.

Apertei as bases dos polegares contra os olhos. Precisava tratar isto como um trabalho. Fingir que este arquivo era parte do processo de alguma outra pessoa, papéis aleatórios, contando-me a história de um estranho.

Fim. Essa adoção tinha sido feita por meio da Horizons Family Services, uma agência privada de adoção. Eles lidaram com as complicações causadas pela prisão da mãe biológica. Ganesh Vauss deixou o hospital com Michael e Anna Bouchard dois dias depois de nascer, e a mãe biológica foi devolvida à prisão. A adoção real ocorreu seis meses mais tarde, depois que a burocracia e as visitas ao lar do casal haviam sido completadas através das lentas engrenagens dos tribunais da Geórgia. Nessa altura, uma segunda certidão de nascimento foi emitida para Julian René Bouchard.

Isso mexeu comigo, mais uma vez. O nome Ganesh tinha sido legalmente trocado por um mais simples, escolhido por uma mulher diferente e escrito numa nova certidão de nascimento. Minha avó tinha me rebaixado de Kali para Paula, e a mãe adotiva de Julian executara a mesma função, embora eu esperasse que o tivesse feito por alguma razão mais bondosa.

Eu tinha descoberto um segundo ponto em comum entre nós. Havíamos sido brevemente deusinhos sem pai do mesmo panteão. Agora éramos apenas mortais estranhos: Julian e Paula.

Retracei as letras do segundo nome de meu irmão, tentando imaginar a mãe anterior à prisão que eu conhecera abandonando seu bebê.

Bem, ela fora posta contra a parede.

Meus avós poderiam ter ficado com Julian. Ele era um neto branco, afinal de contas. Mas iria Kai entregar Ganesh aos mesmos racistas azedos que tinham me abandonado em um lar temporário? Ou ele poderia ter se juntado a mim no sistema, rolando o dado dos pais temporários. Ele estaria falando e começando a andar quando ela saiu, marcado por estranhos aleatórios. Poderia obter maus pais temporários, também, que não o pegariam no colo, que o deixariam chorar. Ele não teria nem mesmo sabido que ela estava lá, amando-o, vindo reclamá-lo. A adoção a deixava escolher um lugar ameno para o filho. Era um caminho para fora de uma mata inteiramente cruel e injusta e ela havia escolhido enviá-lo por ele.

Ela não tinha nem sequer me contado que estava grávida, mas eu podia ver que isso fora uma bondade. Eu estava naquele lar coletivo e a principal coisa que me impedia de fugir era minha fé inabalável de que Kai iria me resgatar. Como você promete a sua filha pré-adolescente que irá buscá-la, mas que, por falar nisso, está abandonando o irmãozinho recém-nascido dela?

Henry se esticou, empurrando partes de seu corpo sobre duas outras pilhas de papel. Afastei minha cadeira um pouco mais da mesa e deixei-o. Gostaria de ter dez gatos, o bastante para cobrir cada pedaço da história. Eu estava fracassando em todos os níveis possíveis na tentativa de manter uma distância profissional. Podia ver novas maneiras como tinha arruinado a vida de minha mãe erguendo-se do espaço branco entre as palavras. Eu deveria ter entregado o arquivo inteiro a Birdwine. Ele o teria vasculhado, extraído tudo que fosse relevante e apresentado para mim uma lista de pontos que eu poderia digerir em pequeninos e manejáveis bocados. Ele poderia enviá-la num e-mail intitulado "Aqui estão as informações".

Posso me sair melhor examinando o presente de Julian. Quanto mais sua vida se afastava de nosso ponto de origem compartilhado, menos pessoal a tarefa se tornava. Birdwine queria fazer uma checagem dos antecedentes do garoto antes que eu entrasse em contato com ele, mas uma pesquisa pelo Google dificilmente poderia ser considerada contato. Virei minha cadeira para meu laptop e puxei-o para mim, feliz porque uma família de Smiths não tinha adotado Julian e lhe dado o nome de John, que seria muito comum.

Uma rápida busca no Facebook forneceu três páginas de Julian Bouchard e variações aproximadas. Na metade da primeira página, vi o meu. Seu cabelo cacheado estava mais comprido na foto, caindo em mechas sobre as orelhas. Seu sorriso apertava os olhos em formato de meia-lua daquela maneira insuportavelmente familiar.

Cliquei no link. Sua imagem de capa, entre todas as coisas, era uma águia elevando-se a grande altura sobre um cânion. Suas configurações de segurança eram frouxas e pude ver alguns de seus *posts*: uma foto do rosto de Yoda com aquela citação sobre tentar versus fazer, o pequenino GIF de uma formiga carregando um enorme miolo de pão, um vídeo de uma menina bonita em Singapura tocando alguma coisa perturbadora num *hang drum*. Meu irmão surpresa tinha ideias românticas.

No alto da página, o Facebook perguntava: "Você conhece Julian? Para ver o que ele compartilha com amigos, envie-lhe uma solicitação de amizade." Rondei o botão com o ícone do mouse. Clicar nele contaria definitivamente como contato. Além disso, a expressão *solicitação de amizade* me deixava empacada. Era tão imediata, quase invasiva. E se se o garoto começasse a me cutucar demais e me mandasse as intermináveis solicitações para jogar do Facebook? Além disso, eu já tinha iniciado uma nova amizade hoje. Birdwine era, literalmente, a primeira verdadeira ampliação de meu minúsculo círculo em anos.

Esse pensamento me fez rir de mim mesma. *Dois novos amigos! Cuidado, Paula, você pode quebrar alguma coisa.* Esta era uma relação virtual, baseada num clique, e se Julian tivesse alguma perspicácia, não se deixaria enganar. Perceberia que olhos grandes eu tinha. *Para melhor observar você, meu bem.* Se aceitasse, provavelmente seria para poder me observar também.

Bem, eu lhe desejava sorte com isso. Como todos os advogados do planeta, eu tinha uma página no Facebook, mas ela era estritamente para uso profissional.

Mesmo assim, vi-me desviando o mouse para o lado e clicando, em vez disso, no botão "Enviar Mensagem". Quando a janela se abriu, digitei: "Oi. É a".

Em seguida passei três minutos olhando, tentando decidir entre "É a sua meia-irmã" e "É a outra filha de Karen Vauss". Julian Bouchard, um jovem e misterioso ser humano, era um membro de sangue de minha família. Nem mais, nem menos. Eu tinha evitado o casamento, nunca quis filhos. Minha mãe e eu tínhamos abdicado uma da outra, e espionar Kai pelo Google havia sido impossível. Ela tinha vivido fora do radar, como se a internet não existisse.

De vez em quando eu topava com pessoas que tínhamos conhecido no longo período em que, por força da liberdade condicional, ficáramos restritas a Atlanta. Algumas delas tinham histórias e fragmentos sobre Kai, que eu ouvia com grãos ou colheres de chá ou oceanos inteiros de ceticismo, dependendo da fonte. Kai era quase ficcional para mim nessa altura e ela entregara Julian. Ele tinha uma mãe diferente, Anna Bouchard. Perguntei-me como ela seria. Uma mãe de voz suave que assava biscoitos? Uma mãe espevitada que o levava aos treinos de futebol? Eu não era em nenhum sentido verdadeiro uma irmã para ele.

Decidi pelo meu nome, direto e simples.

> Olá, Julian. É Paula Vauss. Perdoe-me por minha reação à sua visita. Eu não tinha conhecimento de que minha mãe tinha outro filho. Lamento informá-lo de que Karen Vauss e eu passamos muitos anos sem nenhum contato e acredito que ela não esteja mais viva. Contratei um detetive particular de confiança para descobrir que fim ela levou. Aquele que você contratou é um vigarista; por favor, não entre em contato com ele e sob nenhuma circunstância você deveria lhe dar mais qualquer dinheiro. Compartilharei os resultados de minha investigação com você assim que possível

Senti-me vil por dizer ao menino que Kai estava morta numa carta — numa mensagem de Facebook, nada menos —, mas parecia ainda mais vil sonegar-lhe essa informação. Ele devia estar ansioso para ter notícias minhas. Especialmente por ter abandonado seus dados bancários, seu cartão do Seguro Social, o nome de solteira de sua mãe e grande número de outras informações confidenciais aos cuidados de uma completa estranha.

Relendo minha mensagem, percebi que o tom era excessivamente formal — francamente profissional. Parecia frio, e frieza não era de maneira nenhuma o que eu estava sentindo. Na verdade, estava me sentindo completamente apavorada, de modo que talvez frieza fosse melhor.

Tentei pensar em alguma coisa gentil para acrescentar e ocorreu-me isto: "Tenho algumas fotografias dela e alguns de seus pertences. Ficaria feliz em me encontrar com você, quando lhe for conveniente, e compartilhar essas coisas. Responderei a quaisquer perguntas que você possa ter, tão bem quanto eu puder."

Pronto. Verdade, mas não toda a verdade. Educado, mas não invasivo. Cliquei em Enviar e minha pequena missiva desapareceu no éter.

Reclinei-me em minha cadeira, perguntando-me quando ele leria isso. Perguntando-me como poderia responder. Eu precisava de uma distração. Meu loft parecia cavernoso, como se hoje todos os roxos e dourados vibrantes de minhas obras de arte modernas não preenchessem completamente as altas paredes brancas. O espaço parecia faminto de outro batimento cardíaco. Um que fosse maior que o de Henry.

Eu não estava saindo com ninguém regularmente. Tinha um quadro de ex locais que frequentemente estavam dispostos a um flashback amistoso, mas eu não vinha tendo vontade de retornar suas ligações. Tinha passado quase meio ano sofrendo uma dor de cabeça metafórica no corpo inteiro. Até hoje.

Alguma coisa ressurgira em mim mais cedo, quando estava em meu escritório com Birdwine. Estava tentando me desvencilhar de meu sutiã e tinha me lembrado da deliciosa sensação de envolver com meu corpo um macho rude e desejoso, nu e desenfreado. Tinha sentido algo doce desprender-se em meu baixo-ventre, lembrando-me de que eu era feita de osso, sangue e carne ardente.

Essa energia desaparecera. A única coisa que eu queria agora era companhia humana. Mas talvez, se tivesse uma, quem sabe meu corpo voltaria a despertar?

Peguei meu telefone e comecei a percorrer meus contatos. Davonte atendeu, mas ele estava em Nashville, numa festa, a julgar pelo ruído. O número de Jack estava desativado. Caí no correio de voz de Remi e depois uma mulher atendeu o telefone de Raj. Sua voz ficou cortante, perguntando: "Quem está falando?" Eu não sabia se ela era esposa, namorada ou aspirante, mas eu disse alguma coisa inócua e desliguei. Metade de meu trabalho vinha da medonha carnificina causada pela infidelidade e eu nunca ajudaria, conscientemente, um homem a quebrar uma promessa feita a outra mulher.

Isso raramente fora um problema. Os caubóis pós-modernos que eu apreciava não eram chegados a promessas. Quando um deles era casado, eu não tinha mais notícia dele e, se tivesse, não queria mais saber dele de todo modo. Eu tinha uma política rigorosa de Sem Babacas, e nunca encontrara um infiel de um sexo ou do outro que não fosse alguma espécie de babaca sob os "Ele não me compreende" e "Nós nos afastamos" e "Ela não faz aquilo de que preciso na cama".

Isso estreitava meu universo — o que não faltava no mundo eram babacas —, mas não demais. Fisicamente, eu não tinha um tipo. Havia namorado caras baixos e caras altos; magricelas, robustos e musculosos; vermelhos e amarelos, pretos e brancos. Gostava de qualquer fracassado charmoso que estivesse passando, prometendo boa conversa, bom sexo e zero complicação. Não faltavam também no mundo sujeitos com fobia de compromisso que gostavam genuinamente da companhia de mulheres — eu apenas não estava conseguindo encontrar um deles esta tarde. A menos que quisesse sair e conseguir um novo.

Eu não queria. Abandonara as transas por uma só noite na faculdade. Arriscado demais e o sexo em geral era de qualidade inferior. Eu podia levar semanas ou até meses para encontrar e cultivar o tipo de relação que me agradava. Larguei o telefone na mesa, frustrada.

Sem nenhum trabalho para me manter ocupada, a tarde se estendia diante de mim, insuportavelmente longa. No entanto, eu tinha zero motivação para voltar ao escritório. Talvez devesse ter pegado aquele novo *pro bono*, afinal de contas.

Henry rolou, ficando de costas e sacudindo as patas no ar para mim, sendo encantador, mas fazendo uma confusão nas minhas pilhas. Peguei-o e embalei-o no colo, enterrando meu rosto em seu pescoço, aspirando aquele cheiro bom e morno de gato enquanto ele me permitisse. Após um minuto, ele ficou farto de afeição e me empurrou, até que o soltei. Olhei para a mesa cheia de papéis. Eles me olharam de volta.

Não sei ao certo o que eu teria feito se meu iPhone não tivesse misericordiosamente começado a tocar. Atendi sem nem mesmo checar a tela.

— Alô?

— Você já ligou para ele? — perguntou Birdwine, abstendo-se de cumprimentos.

— Não — respondi, na defensiva.

— Mentira — disse ele. — A menos que em vez disso tenha lhe enviado um e-mail? — Fiquei em silêncio. Tecnicamente, Facebook não era e-mail. Ele já estava rindo de mim. — Peguei você. Caramba mulher, escavei o mais depressa que pude. O negócio é o seguinte: andei fuçando as finanças do garoto. Estou com algumas preocupações.

Grandes, pensei, para ele me ligar de volta tão rápido.

— Sobre a família adotiva ou sobre ele, pessoalmente?

— Ele. Os pais eram típicos americanos de classe média.

— Você quer dizer que tinham muitas dívidas — disse eu, depois me dei conta do tempo verbal. *Eram*. Isso deixou meu corpo inquieto, me fazendo andar de um lado para outro entre a mesa e o sofá. — Os pais adotivos estão mortos?

— Estão sim. A mãe tinha diabetes tipo 1. Ela desenvolveu complicações quando Julian tinha dez anos. Teve doença celíaca, depois câncer intestinal. O pai morreu de repente de um ataque cardíaco perto do fim da doença da mulher. O estresse o venceu. — Birdwine estava me contando isso como se fosse um fato, mas eu sabia o que estava fazendo. Ele estava me contando a história que lera nas entrelinhas de documentos e planilhas. Eu sabia que se estivesse na sala com ele, suas mãos estariam revirando com aquele jeito que ele fazia ao expor um raciocínio hipotético. — Então, o garoto mal tinha começado seu quarto ano no Berry College quando o pai morre. Ele abandona os estudos. Volta para casa. Desse ponto em diante, está cuidando da mãe. Em outubro, ela está morta também. Quer ouvir seu obituário?

Eu ainda estava algumas frases atrás dele, tentando processar as informações enquanto ia e vinha no espaço entre a mesa de jantar e o sofá do meu salão. Birdwine estava destilando aquilo em algo denso demais para eu mastigar.

— Não sei. Quero?

— Não. É longo... uma coluna inteira no *Marietta Daily Journal*. Ativa em sua igreja, comunidade, blá-blá-blá. Morre "após uma longa doença". No final, estas são as únicas palavras: "Deixa seu amado filho, Julian."

Senti-me desalentada.

— Só isso? Nenhum outro filho? Nenhuma irmã de reserva ou primos?

— Ponto final. Os pais dele eram ambos filhos únicos e eles se foram. Enquanto isso, seus velhos amigos estão na faculdade, seus novos amigos estão em Berry. O garoto não tem ninguém. Ele contrata Tim Worth para encontrar Kai em novembro.

Dei um suspiro. Julian e eu éramos órfãos, o que nos dava nada menos que três coisas horríveis em comum. Se ele aceitasse o encontro que eu propusera, eu esperava que gostasse do Braves ou dos filmes de David Cronenberg, para termos alguma coisa inócua sobre a qual conversar. Caso contrário, um simples almoço com ele poderia ser suficiente para me pôr de volta em terapia.

— Estou ouvindo você lubrificar sua glândula da piedade — disse Birdwine. — Espere. Ele está também completamente quebrado, Paula. Pior que isso. Médicos e hospital para cuidados paliativos consumiram a aposentadoria dos Bouchard. O garoto tem três quartos de uma graduação em ciências humanas e um emprego na pizzaria Mellon Mushroom. Todo o dinheiro que ganhou foi para Worth. Ele aparece em seu imponente escritório no centro da cidade, vê seu carpete de gente rica, seus sapatos fantásticos. Eu tenho que me perguntar: o que ele está pensando?

Birdwine soava desaprovador, mas tomei isso como boa notícia. Se Julian estava atrás de dinheiro, isso poderia tornar tudo tão fácil. Eu estava em dívida com o garoto e dinheiro era algo que eu tinha. Se ele fosse um babaca, eu podia pagar minha dívida da maneira mais literal e mandá-lo seguir seu caminho de babaca.

Meu computador tilintou. Voltei à mesa e vi que Julian respondera à minha missiva com uma solicitação de amizade. Ele era menos desconfiado que eu, ou simplesmente de outra geração, ou as suspeitas de Birdwine eram justificadas e este era o passo número um em seu plano para enfiar a mão no meu bolso.

— Veja isto — falei a Birdwine. — Enviei uma mensagem para Julian pelo Facebook há menos de dez minutos. Já estou tendo uma resposta.

— Está vendo? Sinal de ansiedade. Outro alarme.

— Não, são esses garotos de hoje em dia — eu lhe disse, como um velho irritado. — Acho que eles nunca desconectam nada.

— Nem para mijar — concordou ele. — Mesmo assim.

Uma janelinha de conversa abriu-se na base da tela. Sentei e me inclinei para lê-la.

"Olá?"

Com o ponto de interrogação, a simples saudação parecia muito melancólica. Lembrei-me dos olhos de Julian, de sua energia nervosa. Ele havia corado facilmente, seus sentimentos se revelando na onda de rosa e vermelho através de sua pele. Eu era boa em decifrar pessoas, e ele cheirava a esperança, nervosismo e ansiedade, entremeados com uma ponta de desespero. Eu não achava que Julian Bouchard iria se revelar algo tão fácil quanto um babaca. Cliquei em Aceitar.

Eu tinha feito dois amigos no espaço de horas, afinal. Agora estava ao telefone com um e trocando mensagens pelo Messenger do Facebook com outro. Aquilo estava se transformando numa excelente quarta-feira.

— Ele abriu uma conversa — disse eu a Birdwine.

— Você parece empolgada.

— Não lembro o que essa palavra significa. — *Empolgada* é uma espécie de vômito por estresse?

— Sim, eu acho. Bem, suas defesas foram acionadas. Vá conversar com seu pequeno vigarista. De manhã vamos nos encontrar com o sujeito que o está trapaceando — disse Birdwine.

Comecei a lhe agradecer, mas ele já tinha desligado. Não era nada chegado a um "Olá, como vai você" ou "Até logo, tenha um bom dia" esse Birdwine.

Fitei o cursor que piscava sob o *Olá?* de Julian.

O telefone, ainda em minha mão, estava tocando de novo. Verifiquei a tela.

Era Remi retornando minha ligação. Meu polegar se moveu em direção ao botão verde, mas ficou ali, pairando. Eu não sabia bem por quê. Minha outra opção era a conversa no Facebook e eu já não tinha tido o suficiente do novo irmão para um dia? Eu gostava de Remi, gostava muito dele. Tinha aqueles olhos pretos brilhantes que às vezes encontramos nos cajuns e era exatamente da minha altura, o que podia nos pôr olhos nos olhos na cama. Parei, todo o meu corpo inclinado para captar qualquer débil vibração vinda de baixo.

Não captei nada. O sexo que surgira em mim no escritório com Birdwine voltara a morrer, ou pelo menos dormia pesadamente agora. Deixei Remi ir para o correio de voz e puxei meu laptop para mais perto.

"Então, olá", digitei de volta para meu irmão.

CAPÍTULO 5

Minha mãe e eu cumprimos nossa pena. Nós moramos em grupos espalhados de construções atarracadas que parecem escritórios de parques industriais. Trinta e poucas adolescentes estão alojadas comigo, enquanto Kai vive com várias centenas de internas. Minha cabana abriga até seis meninas e uma mãe do lar chamada sra. Mack. O bloco de celas de minha mãe abriga quarenta mulheres, vigiadas por guardas armados. Ela está na prisão por obstrução e destruição de evidências, ao passo que eu estou num lar coletivo pelo crime mais privado de colocá-la lá. É tacitamente injusto que eu esteja na versão mais branda, menor.

Especialmente porque minha mãe não é como eu.

Se Kai pudesse me ver agora, diria que eu também não sou como eu. Não sou sua menina do pandeiro num vestido bordado da Goodwill, ou a menina cigana que arrulharia: "Que longa linha da vida", examinando uma palma sobre seu ombro. Mal posso me lembrar da menina empreendedora que eu começava a ser em Asheville. Cada vez mais, sou a Paula que se rebelou no condado de Paulding na primeira vez que fui solicitada a escolher entre lutar ou fugir. Neste lugar, aprendi — ou decidi — que não sou uma fugitiva.

Na minha primeira semana aqui, um menino do ensino médio rolou acidentalmente escada abaixo e quebrou o pulso. A verdade inteira foi que ele me seguiu até um vão da escada, com más intenções. Na segunda semana, uma menina de outra cabana foi me visitar, depois deu um encontrão na minha porta e ficou com dois olhos roxos. A verdade foi que ela avançara sobre mim e me dera um violento empurrão, por isso eu arrebentei sua cara contra o umbral da porta. Levei alguns golpes, é claro. Duros, mas eu sempre me defendia bravamente. Os valentões se afastaram, como os valentões sempre fazem, à procura de camundongos mais submissos.

Preocupo-me mais com Kai do que comigo. As melhores defesas de minha mãe são desvanecer, dissolver-se, escapar furtivamente, correr. Kai pode perceber dificuldades desde muito longe e, até que a batida que eu tramei a pegasse desprevenida, ela sempre conseguia nos levar para outro lugar muito antes que elas chegassem. Desde a prisão, ela está encurralada por barras, paredes e portas, sem espaço para correr.

Consegui pelo menos visitá-la, quando ela estava na cadeia aqui em Atlanta. Depois que seu caso foi decidido, ela foi transferida para uma prisão feminina no sul da Geórgia. Seu advogado e meu guardião *ad litem* conseguiram que ela pudesse me telefonar — por sorte calhou-nos um juiz que gostava de famílias —, mas não pude mais decifrar seu rosto, sua linguagem corporal, olhar em seus olhos. É muito mais difícil agora saber o quanto ela está mentindo.

— Você está em segurança? — perguntei, em nossa primeira conversa por telefone depois que ela foi transferida.

— Claro que sim! Não se preocupe, meu bem. Já arranjei um namorado de cadeia para mim, a Rhonda. — Disse isso com leveza, como se estivesse sendo engraçada, mas não estava. — Você está fazendo amigas?

— Não assim — respondi, mas contei-lhe sobre Joya, uma menina da oitava série com olhos sonolentos e um consolador sopro de fumaça de maconha em seu cheiro forte. Ela é minha amiga, embora seja negra. A maioria das amizades aqui são estabelecidas por raça, o que me deixaria sozinha tal como em Paulding. Mas Joya tem a ver comigo porque sua mãe está em reabilitação por ordem judicial. Ela e eu pertencemos a alguém. As outras duas meninas negras em nossa cabana estão no caminho da adoção. Elas pertencem somente ao Estado e uma à outra.

Agora, cinco telefonemas mais tarde, Kai e eu nos fazemos perguntas mais fáceis.

— Você está comendo bastante frutas? — pergunta ela.

— Sim — minto. — Estou comendo muita fruta.

Estou com o fone tão apertado contra a minha orelha que ela estará vermelha e dolorida quando desligarmos. Estou faminta da voz de Kai, seus risos, suas histórias.

Sento de pernas cruzadas no chão da despensa, enfiada entre as pilhas de material de papelaria e as prateleiras de flocos de batata e sopa enlatada. Estou no prédio grande no centro do campus que abriga o refeitório e a sala de recreação. A sra. Mack me deixa receber as ligações de Kai nesse aparelho da equipe numa alcova ligada à cozinha. O fio é longo o suficiente para que eu possa arrastá-lo até a despensa e fechar a porta frágil.

— Frescas? — pergunta Kai. — Essas coisas enlatadas são principalmente açúcar.

— Sim, frescas — digo, embora eu esteja cara a cara com uma fileira de enormes latas de coquetel de frutas. Dentro delas há cubos amarelos tão encharcados de xarope que não consigo distinguir pera de abacaxi. Ela tem de saber que minha comida aqui não é muito diferente da dela lá. Bolinhos de massa com tiras de frango, ensopado de croquetes de batata, espaguete. Mas estou crescendo bem, com ou sem fruta. Minha gordura de bebê começou a se deslocar, como ela prometeu que aconteceria. Vejo meu corpo ficando longo como o dela, curvando-se em seus ângulos; estou assumindo pouco a pouco a forma daquilo que sinto falta.

— Essa sra. Mack está sendo legal? — pergunta Kai.

— Acho que sim. Quer dizer, ela é meio chata — minto, mas a verdade sob isso, a que espero que Kai ouça, é: "Ninguém pode substituir você".

Gosto da sra. Mack. Ela é uma mulher negra de meia-idade que me chama de mocinha. Chama todas nós de mocinhas. "Amo as minhas mocinhas", exclama toda manhã quando nos acorda, e acredito nela. Ela nos ama, a todas nós, da mesma maneira coletiva, substituível, que minha mãe amava seus namorados.

— Você tem dormido bem? — pergunto.

— Ah, sim — diz minha mãe.

O padrão dessas ligações está estabelecido. Agora ela vai me perguntar como tenho dormido e como me saí em meu último teste de matemática, e vou lhe perguntar que livro está lendo. Essas pequenas perguntas, as pequenas mentiras que contávamos, são promessas que fazemos uma para a outra. "Eu vou ficar bem se você ficar." Quando o tempo vai se esgotando, ela me conta o próximo capítulo de uma velha história da hora de dormir. Agora estávamos no meio de "O bebê Ganesha no banquete". Fecharei os olhos e deixarei sua voz sensual de contralto flutuar sobre mim como uma bruma morna. Mas, desta vez, ela rompe o padrão.

— Ouça, preciso que você me faça um favor. Se puder.

Ouço tensão em sua voz e me sento mais empertigada.

— O.k. — E isso sai meio caminho entre concordância e interrogação.

Ouço-a engolir, depois ela diz, rápida e calma:

— Estou fazendo uma coisa. Estou escrevendo uma coisa. Tipo, um poema.

É uma estranha coleção de palavras para pronunciar com essa urgência. Kai se sai bem nas mais diversas artes. Conta histórias e desenha lindamente, canta bem, toca bandolim razoavelmente. Eu ficaria mais surpresa ao ouvir que não estava escrevendo poesia na prisão, mas ela diz isso como se rima e métrica tivessem sido declaradas contrabando. É quase confessional, assim como um presidiário poderia dizer: "Estou fazendo vinho dentro do reservatório da privada" ou "Estou cavando um túnel para a liberdade com esta colher furtada".

— O.k. — falo novamente.

Ela continua, ainda falando depressa, sua voz mais urgente do que o assunto justifica.

— Estou recontando o *Ramaiana*. Apenas a parte em que o demônio rapta Sita. Lembra-se disso? Sita está vivendo feliz com Rama na floresta. Depois Ravana a rapta e a trancafia, e é como uma prisão. É muito parecido com uma prisão. Você entende?

— Sim — falo e sinto meu estômago revirar. Ela escolheu esse trecho do *Ramaiana* porque o está vivendo. Todos os órgãos em meu abdome azedaram; eu deveria estar no seu poema, desempenhando o papel do demônio.

— Vou lhe mandar o poema pelo correio, assim que conseguir terminá-lo — diz Kai.

— Mal posso esperar para lê-lo — minto.

— Há mais alguém que quero que o leia. Sabe de quem estou falando? — pergunta Kai. Pausa para reflexão. Não sei. — Eu estava com a esperança de que você pudesse mandá-lo para seu tio. — Nada ainda. Não tenho tio. — Aquele que chamava você de Pônei Mandão.

Ela está pensando em Dwayne? Era ele que me chamava assim.

— Acho que sim — digo. Não falo o nome dele, porque não sei quem está escutando. Poderia haver uma detenta dedo-duro parada perto dela, ou Alguém com A maiúsculo na linha. Não há expectativa de privacidade num telefone de prisão, a menos que ela esteja conversando com seu advogado. — Você quer dizer aquele que tinha aquele monte de baratas em casa.

— Sim, é esse tio — diz Kai com firmeza. — Será que você poderia mandar o poema para ele?

Ela não pode mandá-lo para Dwayne diretamente. As detentas não têm permissão para entrar em contato com detentos de outras instituições, a menos que sejam parentes próximos. Em especial, ela não tem permissão para falar com Dwayne, cujo caso ativo está vinculado ao dela.

Faz-se um silêncio entre nós no telefone. Dwayne era só um namorado e ela nem ficou com ele por muito tempo. Por que está lhe escrevendo poemas? Além disso, tenho medo de ser apanhada.

Por outro lado, minha mãe parece ter tanta urgência. Ela não está em segurança e fui eu que a deixei assim.

"Qual é a sua emergência?", perguntou a operadora quando liguei para 911 do Dandy Mart, e eu nem sequer tinha uma. Eu nem sabia como era uma emergência. Agora sei. Emergência é Kai trancafiada a centenas de quilômetros de mim. Emergência é morar nessas cabanas cheias de crianças selvagens.

Na noite passada, minha nova companheira de quarto se aproximou de mansinho e se ajoelhou junto da minha cama. Ela enfiou a mão sob as cobertas, tateando à procura do lugar entre as minhas pernas.

— Posso dormir junto de você? Vou ser boazinha. — Candace aprendeu isso com seu padrasto. Joya me contou que é por isso que ela está num abrigo temporário.

Sentei-me e empurrei seus ombros, com força suficiente para derrubá-la.

— Vai se foder, sapatão. Não preciso de um namorado de cadeia.

Candace é uma menina branca mirrada que se encolhe quando falo com ela, aproxima-se furtivamente e se senta perto demais quando a ignoro. Ela respira pela boca, fungando com alergias, e a pele em carne viva e rachada sob suas narinas me dá nojo. Tem um cheiro rançoso também, como se alguém a tivesse enchido com roupa suja úmida e depois a esquecido.

Candace apareceu de novo, piscando, o branco de seus olhos rosado e brilhante com as histaminas.

— Vou lhe dar dois dólares.

Belisquei-lhe o braço, com força o bastante para fazê-la perder o fôlego. Com força o bastante para deixar uma marca. Ela se agachou mais e recebeu isso como se merecesse, abaixando a cabeça. Se ela fosse um cachorro, eu teria visto sua barriga pelada nessa altura. Ela era nova, mas eu tinha uma reputação. Deixei-a de lado e me virei para a parede, dando-lhe as costas. Ela ficou onde estava.

Um minuto depois, as fungadas me irritaram intensamente. Afastei--me, abrindo espaço na beirada da minha cama.

— Não fique me pegando. Quero aquele dinheiro de manhã bem cedo.

Ela subiu na cama e se apertou contra as minhas costas. Dormimos juntinhas como animais-bebê que sentem frio.

Se eu fosse apanhada enviando mensagens de Kai para um novo endereço, sua sentença poderia ser estendida. Eu poderia passar mais tempo aqui. O Estado pressionaria para extinguir os direitos parentais de Kai. Se fôssemos apanhadas, nenhum juiz que gostasse de famílias gostaria o bastante para fazer vista grossa.

Ainda assim, eu disse a Kai:

— Não sei o endereço dele. Mas vou enviar o poema se consegui-lo.

Não é um sim, mas também não é um não. É um "vou tentar". "Vou tentar" me coloca firmemente no lado justo do "*talvez*".

Abro a porta da despensa para encontrar Candace parada colada do outro lado. Ela dá um pulo para trás, com os olhos arregalados. Não devia ter me ouvido desligar. Eu havia pensado em detentas delatoras, ou alguém na linha conosco, mas alguém bisbilhotando atrás da porta não tinha me ocorrido.

— O que você está fazendo? — pergunto, em voz baixa, tentando me lembrar do quanto tinha falado alto.

— Vim até aqui ver se havia lanche. — Candace ficou em posição quase tão fetal quanto podia enquanto ainda permanecia, tecnicamente, de pé. Empurro-a para passar e ela cai ao meu lado, seus lábios secos e rosados se revirando para cima nos cantos.

— Eu não estava escutando você conversar com sua mãe sobre o correio nem nada.

Rodopio e agarro seu punho com minha outra mão, apertando-a com força suficiente para sentir seus ossos de passarinho rangerem sob meus dedos. Ela solta um ganido e eu chego muito, muito perto. Meu crescimento súbito me deixou uns três centímetros mais alta que Candace, e uso isso.

— Você não quer mexer comigo. Dormimos no mesmo quarto, você entende? — Disse isso como se esperasse que ela mexesse.

Ela engole e desvia seu olhar evasivo, mas assente com a cabeça. No segundo em que ela cede, eu afrouxo a mão e sorrio, toda doce. Açúcar após sopapos, porque sopapos não parecem durar com Candace. Quem sabe está acostumada demais com eles? Preciso tomar cuidado com ela agora, ao menos até o *Ramaiana* de Kai chegar. Ao menos até eu decidir o que devo fazer com ele.

Minha mãe enviara esse poema 23 anos atrás e eu ainda o tinha. A tinta azul-escura estava desbotada, e o papel estava seco e roto nas bordas, mas ainda era legível. Eu o mantivera todos esses anos numa maleta de loja de artigos militares no fundo de meu closet, na prateleira mais alta, atrás de minhas caixas de botas. Ele flutuava sobre outros escombros de minha tumultuada infância: uma manchada tornozeleira feita de címbalos, a maçaneta antiga de vidro que roubei da casa de Hervé, três fileiras de contas de Mardi Gras.

Agora ele estava dentro de minha pasta. Eu o enfiara ali pouco antes de sair para apanhar Birdwine. Planejava saltar no Kinkos e escanear as páginas. Queria uma cópia digital para mim, porque decidira que devia oferecer o original para Julian. Ele lhe pertencia por direito — um poema de amor da autoria de sua mãe, talvez para seu pai, escrito quando ele estava em seu útero.

— Como foi sua conversa com o garoto? — perguntou Birdwine. Era a primeira coisa que ele dizia desde que resmungara "Podemos parar para um café?", quando o peguei. Eu apontara para o copo que lhe comprara no Starbucks no caminho e ele enfiara o rosto nele.

— Não sei. Estranha. Forçada. Eu o convidei para ir à minha casa neste fim de semana — respondi a Birdwine, falando por cima do GPS que nos orientava para um pequeno estacionamento. Estacionei em frente a uma fileira de lojas que não faziam jus ao nome *centro comercial*: comida chinesa para viagem, um estúdio de tatuagem, um mercadinho e uma loteria. — Ele irá ao loft, mas talvez eu deva levá-lo para comer uns petiscos ou uma carne, não é? Território neutro.

— Deixe para decidir na hora — disse Birdwine.

Quando saímos, me dei conta de que devia ter deixado Birdwine nos trazer, afinal de contas. A gentrificação tinha tentado e fracassado aqui, e era com o seu carro que esta vizinhança combinava. Do outro lado da rua, bangalôs de Cape Cod em diferentes estágios de reabilitação abandonada se erguiam nas sombras de enormes casas vitorianas que tinham sido fatiadas em apartamentos desajeitados.

Birdwine apontou para uma porta perto da extremidade, entre um salão de manicure e um pequenino sebo. Ela estava coberta de tabuletas. A de cima dizia ESPAÇO DE ESCRITÓRIO PARA ALUGAR. Sob ela havia uma placa da Krauss & Spaulding, uma firma de quinta categoria, pouco mais que um kit de divórcio "faça você mesmo". A tabuleta da Worthy Investigations era a seguinte, a borda superior coberta por um cartaz escrito a mão que dizia MASSAGEM! DEPILAÇÃO! TARÔ! É SÓ ENTRAR! Esse tinha uma entusiástica flecha vermelha desenhada, apontando para cima.

— Prostituta? — perguntei.

— Com certeza — disse Birdwine.

Birdwine era costumeiramente calado e a manhã nunca fora sua melhor hora, mas isso era um exagero. Era como se ele tivesse decidido a sangue-frio ter essa amizade e agora a estivesse suportando obstinadamente. Se eu não o conhecesse tão bem, suporia que estava de ressaca. Mas eu o conhecia. Se Birdwine tivesse começado a beber ontem, ainda estaria muito ocupado bebendo neste momento.

— Estou quase verificando a sua pulsação — disse eu.

Ele se reanimou um pouquinho e disse:

— Para falar a verdade, aposto que se você lhe pedisse para depilar alguma coisa, ela faria isso, também.

— Todos os serviços em um só lugar — falei, para esticar a conversa. Subimos a escada.

Em cima havia outra porta com múltiplas fechaduras e um sistema de campainha elétrica. Alguém — provavelmente a prostituta — havia usado uma lata de refrigerante amassada para mantê-la aberta. O corredor estreito atrás dela cheirava a comida indiana queimada.

— Como Julian acabou contratando Worth? Este pardieiro deveria tê-lo feito voltar apavorado para a casa dele — falei.

Mesmo antes que Birdwine investigasse suas finanças, a calça cáqui barata de Julian me revelara que ele não tinha como pagar os preços atuais de um escritório *high tech* do centro. Mas eu podia pensar em meia dúzia de pequenas firmas éticas de investigação privada que cheiravam melhor, tanto literal quanto metaforicamente.

— Duvido que algum dia ele tenha visto esse lugar — disse Birdwine. — Worth tem um vistoso website.

Parei para lhe lançar um olhar de aprovação.

— Ei, você tem uma sinapse em atividade. Está pronto para acordar e lidar com esse sujeito comigo?

Birdwine aspirou profundamente pelas narinas, com muito ruído, e sacudiu os ombros, como um urso despertando após o inverno.

— Estou pronto para apoiá-la.

Um quadro no alto nos informou que a Worthy Investigations ocupava a sala da extremidade. Passamos por um espaço não alugado no caminho, a porta escancarada. Era uma única sala grande com algumas frágeis divisórias instaladas para fazer cubículos. Nenhum móvel, exceto uma desajeitada escrivaninha de madeira. O piso estava coberto por um deplorável carpete azul, manchado e puído.

— Todo este prédio parece uma zona de assassinato — falei.

— É muito Sam Spade. Philip Marlowe. Julian provavelmente pensa que é assim que o escritório de um detetive deve ser.

— Será? — perguntei. No entanto, meu irmão-surpresa de rosto suave, com seus slogans de Yoda e suas imagens inspiradoras da natureza, poderia achar.

Continuei pelo corredor e Birdwine me seguiu, narrando suavemente numa imitação razoável de Bogart.

— Quando ela entrou com suas pernas longas, espetaculares, eu sabia que aquela dama me causaria problemas.

— Perfeito — comentei, sorrindo.

Com Birdwine desperto e disposto atrás de mim, eu sentia vontade de causar problemas. Era uma boa sensação. Mais do que boa; era simplesmente deliciosa. Meu Deus, como eu tinha sentido falta daquilo. Não me sentia tão viva assim desde... Bem, desde o depoimento de Skopes. Esse foi o dia em que meu cheque retornou com o bilhete de Kai.

A porta da Worthy Investigations era de vidro fumê. Eu podia ver luzes atrás dela. O detetive estava lá.

Armei meu sorriso mais simpático, aquele que eu guardava para júris. Mostrei-o para Birdwine e pisquei, doce como uma corça. Eu tinha optado por uma saia casual e uma blusa de seda crua em vez dos terninhos. Tinha suavizado minha maquiagem também, usando um gloss claro nos lábios e nenhuma linha acentuada em torno dos olhos. Não tinha feito escova no cabelo e ele caía em desarrumados anéis pretos pelas minhas costas. As pessoas, especialmente as brancas, me tomavam por uma menina ainda na casa dos vinte anos quando eu me vestia desse jeito.

— Então eu sou o policial mau? — perguntou ele, baixinho.

— Acho que é, sim, mas vamos estudar a sala — falei. Birdwine era bom o bastante para se ajustar à situação. Ele estendeu a mão para abrir a porta, mas fiz um discreto ruído de desaprovação. — Damas e policiais bons primeiro.

Worth estava sentado em uma escrivaninha na outra ponta de uma sala comprida e estreita. Ele levantou os olhos quando entrei, abrindo instantaneamente um grande sorriso para mim. Tinha cerca de cinquenta anos e estava em boa forma. Seu rosto tinha um queixo quadrado, e era adornado por uma abundante massa de cabelo prematuramente branco e um vasto bigode. Parecia um pai de uma sitcom dos anos 1950, e sua gravata marrom e a camisa de colarinho abotoado reforçavam muito a imagem.

— Você é Tim Worth? — perguntei, um pouco hesitante.

Worth já estava se levantando, dizendo:

— Certamente! Por favor, venham direto até aqui. Minha moça ainda não chegou, desculpem, mas fiz café. Posso oferecer uma xícara a vocês?

Eu estava passando por uma pequena área de recepção e acho que não havia uma "minha moça". Sobre uma mesa próxima da máquina de café havia um telefone fixo e uma lâmpada. Nenhum computador, nenhuma foto de parentes. Aquilo me parecia mais um cenário. Era interessante que ele tivesse inventado sua secretária jovem e do sexo feminino e depois usado o pronome possessivo. *Minha moça.* Eu já dera nove passos dentro da sala e já tinha esse sujeito na minha mira. Se eu o cozinhasse direito, ele se abriria facilmente como um molusco.

Mantive meu tom incerto e disse:

— Não, obrigada.

— O que posso lhes fazer? — perguntou Worth, castigando a gramática com um charme de coroa simpático. Ele era bastante atraente, se você gostasse do tipo ou tivesse questões a resolver com seu pai. Eu era inocente de ambas as acusações. Em seguida, seu olhar foi além de mim e seu sorriso fácil esmoreceu um pouco. — Ah, olá, Zachary.

— Worth — disse Birdwine.

As cadeiras para os clientes em frente à escrivaninha de Worth eram baixas e com almofadas afundadas. Worth deveria ter lido algum livro sobre negócios intitulado *Como ser um babaca* que lhe ensinara como exercer poder por meio de assentos. Fiquei de pé, parada à direita de sua escrivaninha, virando-me de maneira a poder ver a sala.

Birdwine se jogou no sofá floral de dois lugares da recepção. Ele rangeu audivelmente sob seu peso. Abriu seus longos braços sobre o encosto e relaxou nele, à vontade. Sua presença deixava Worth receoso e ele me olhou de novo, reavaliando.

Franziu as sobrancelhas.

— Espere um segundo. Eu a conheço de algum lugar?

— Sou Paula Vauss? — falei, elevando o tom como numa pergunta. — Você deu meu nome e informações para um cliente. Julian Bouchard?

— Ah, a irmã biológica, certo. — Ele continuou de pé, mantendo a cabeça mais elevada que a de Birdwine e ao nível da minha. — Quero dizer, meia-irmã. Obviamente.

Senti meu sorriso tentando se alargar, lembrando só ligeiramente o de um tubarão.

— Obviamente.

Worth começou a falar, devagar, olhando para mim o tempo todo, na esperança de sondar o que eu estava pensando.

— Eu tinha você na minha lista de telefonemas a dar esta semana. — Claro que tinha. Mantive as mãos ao lado do corpo, as sobrancelhas levantadas, deixando minha linguagem corporal lhe dizer que eu estava aberta para ele, ou ao menos para sua história. — Lamento que o garoto tenha se adiantado e feito contato com você. — Não tanto quanto estava prestes a lamentar. Franzi o nariz, afetadamente irônica. Podia sentir o olhar de Worth como um dedo percorrendo toda a minha superfície, na esperança de encontrar algo em braile.

Deixei um silêncio se instalar em seguida, para despistá-lo. Eu passara meses fora de forma, mas ali estava uma oportunidade, esperando por mim. Velhos músculos que eu esquecera que tinha estavam se esticando, despertando. Era uma sensação boa, de alongamento. Deixei o silêncio crescer.

Aquele cara era um manipulador, e não era ruim. Bom o suficiente para os jovens ou desesperados ou não muito inteligentes. Mas não excelente. Se fosse excelente, teria um escritório melhor e "minha moça" não seria uma ficção. Bom, não excelente significava que eu podia deixar o silêncio se escancarar como o bico de um filhote de ave, esperando que Worth o preenchesse.

Birdwine conhecia essa tática — todos os policiais conheciam. Ele pegou uma revista *People* velha e começou a folheá-la, as páginas farfalhando no silêncio. Worth inquietou-se, desviou os olhos. Limpou a garganta e depois decidiu tentar conseguir informações.

— Deve ter sido um grande choque encontrar o seu irmão. Espero que ele ao menos tenha sido cuidadoso em relação a isso. — Era uma abordagem firme, muito segura. Se o aparecimento de Julian tivesse me perturbado, o tom de branda reprovação de Worth nos punha no mesmo time, mas não era severo o bastante para me levar a defender o garoto. Era quase paternal, como uma bondosa reprovação.

Aproveitei a deixa, dizendo:

— De maneira alguma. — Inclinei-me para Worth, confidenciando. — Ele apareceu no meu escritório, na hora do expediente. *Afirma* ser meu meio-irmão, mas pensei... — Olhei para Birdwine, inerte e relaxado no sofá, absorto no casamento de alguma celebridade ou em fotos de bebê.

— Entendo, sim. Você é uma mulher de recursos, e seu irmão, há muito desaparecido, surge do nada. Está certa ao ficar cautelosa — disse Worth, chegando exatamente aonde eu queria. — Então você... contratou seu próprio detetive? — Ele reproduziu minha olhadela para Birdwine. Quando respondi com uma concordância não verbal, revirando os olhos como se minha avaliação de Birdwine coincidisse com a sua, ele se arriscou a sondar um pouco mais a fundo. — Sua mãe não pôde confirmar a identidade de Julian?

Abaixei as pestanas para impedi-lo de ver o lampejo de interesse iluminar meus olhos. Segundo Birdwine, o *modus operandi* de Worth consistia em coletar rapidamente o máximo de informação possível, depois dividi-la em gotas no correr de longos, gordos e faturáveis meses. Se ele encontrou Kai em novembro — essa devia ser a época do pré-diagnóstico. Será que não sabia que ela estava morta? Se não, eu tinha uma bela armadilha, pronta e esperando por mim. Pus uma pequena isca nela.

— Minha mãe e eu estamos afastadas — falei. — E eu não lhe perguntaria sobre Julian mesmo que nos falássemos. Ela não é o que eu chamaria de uma pessoa sincera.

Worth contornou a escrivaninha, reduzindo a distância entre nós. Abaixou a voz, esperando falar fora do alcance dos ouvidos de Birdwine.

— Então você contratou ajuda externa. — Concordei com um aceno de cabeça, e ele disse, num quase sussurro: — Por que ele?

— O sr. Birdwine prestou alguns serviços à minha firma. Mas nesta questão... — sussurrei de volta, deixando a frase ir morrendo, incompleta e insatisfeita.

Worth inclinou-se para ainda mais perto, tocou seu peito.

— Bem, agora você veio direto à fonte de Julian. Este deveria ter sido seu primeiro movimento, na verdade. — Ele estava se pondo no papel de Papai Worth, aqui para elucidar prestimosamente uma pequena confusão sobre a legitimidade de Julian. Eu queria saber se Julian era um trapaceiro, tentando me enganar, ou se era realmente o irmão que tinha sido entregue para adoção. Papai Worth sabia, Birdwine não. Mantive os olhos arregalados e aceitei o papel da Menina que Precisa que Papai Explique a Situação:

— Eu queria lhe perguntar — falei —, por que Julian veio à minha procura. Ele não parece saber onde minha mãe está morando. Você me encontrou, e, bem... — lancei um olhar para Birdwine e abaixei minha voz, mas não o suficiente. Eu queria que ele ouvisse — siga o dinheiro. Foi a única coisa que o sr. Birdwine me disse que faz sentido. Você não levaria muito tempo para chegar a ela a partir de mim. Eu lhe envio um cheque todos os meses.

Birdwine soltou uma risadinha e observou:

— Eu disse que um detetive *competente* não levaria muito tempo. Por acaso sua mãe está se escondendo debaixo do nariz dele? Ele consegue usar as duas mãos?

Franzi os lábios como se a linguagem picante tivesse me ofendido, depois olhei para Worth como se para dizer: "Está vendo o que tive de suportar?" Worth deu-me uma sacudida de cabeça reprovadora e agora ali estávamos, aliados. Caramba, Birdwine sabia como falar com as pessoas.

— Bem, claro que a encontrei — disse Worth, em alto e bom som para Birdwine ouvir. — Foi só por falta de oportunidade que você veio até mim em vez de eu ter ido até você. Eu segui seus cheques para Austin logo depois que falei a Julian sobre você, mas gosto de ser meticuloso. Queria confirmar antes de deixar Julian irritado. Você mesma viu como o menino pode ser impetuoso.

— Confirmar? Você esteve com minha mãe? — perguntei, deixando meu ceticismo transparecer.

— Não, não. Nós, detetives particulares, temos uma rede. Aqueles de nós que nos damos bem com nossos colegas temos, em todo caso.

— Mais um olhar penetrante para Birdwine. — Pedi a um sujeito que mora em Austin para fazer uma checagem superficial. Ele me mandou confirmação, algumas fotos. Eu tinha planejado entrar em contato com você esta semana, e depois reunir você e Julian de uma maneira muito menos estressante.

Sorri, tanto para ele, encorajando-o, como para mim mesma, por ter este babaca na mão agora.

— Fotos? — perguntei. — Ah, eu poderia... — Reproduzi sua linguagem corporal, inclinando-me e levando minha própria mão ao peito. — Minha mãe e eu estamos afastadas, como disse. Faz anos que não estamos no mesmo estado. — Deixei essa verdade incômoda pousar abruptamente na sala, sólida como uma rocha. A verdade era sempre melhor. Ela parecia tão interessante. Uma única boa verdade podia sustentar bandos inteiros de meias verdades e orientações incorretas. Apontei um olhar doce, apagado, para Worth. — Eu gostaria muito de ver as fotos que seu colega tirou esta semana.

— Ah, é claro — disse ele. — Tenho umas duas impressas, se você quiser ficar com uma.

— Obrigada. Eu gostaria — falei, sussurrando.

Worth virou-se para os fichários que estavam contra a parede atrás dele e abriu a gaveta de cima. Percorreu com o dedo os Bs e puxou seu arquivo de Julian. Folheou-o, puxando finalmente uma única grossa folha de papel fotográfico. Pousou o arquivo fechado em sua escrivaninha à sua frente e se inclinou, passando a foto para mim.

Era Kai. Quando olhei para ela, o ar ficou pesado, como se a verdade que eu tinha estabelecido antes na sala tivesse se desenvolvido numa pressão barométrica: eu não via minha mãe havia anos.

Nessa foto ela tinha o quê? Cinquenta anos? Parecia ter mais de cinquenta e estava muito magra. Talvez por causa da doença, oculta, mas já se espalhando por seu corpo. Talvez apenas porque fosse uma fumante e uma magra natural. Ela estava sentada ao ar livre, ao sol. Era uma foto de perto, cabeça e ombros, com o que parecia ser o rio atrás dela. Ainda tinha sua cascata de cabelo escuro, mas eu podia ver grossas riscas prateadas nela. Desenvolvera uma rede de linhas em torno dos olhos e a mandíbula suavizara. Sua boca tinha um par de pronunciados parênteses à sua volta, porém, como se ela tivesse passado muito mais tempo rindo do que eu teria suposto.

Depois que respirei, superando o choque de vê-la, soube por que ele tinha escolhido esta foto em close-up. Ela mostrava só a gola do que parecia ser uma blusa bordada de grosso brocado. Austin em julho estava sob mais de 32 graus célsius e era mais ou menos tão úmido quanto Vênus; esta foto fora feita em novembro, quando Julian o contratara. Ele não quis correr o risco de que eu notasse que nesta foto "nova em folha", Kai estava vestida para o ameno inverno de Austin.

— Ah, aqui está ela — disse eu, e cheguei mais perto. — Elas são de... segunda-feira, você disse?

Worth assentiu com a cabeça.

— Eu as recebi na segunda-feira passada, à noite.

— Isto é assombroso! — falei. Deixei meu sorriso afetuoso abrir-se mais, mais, até que Worth estava vendo todos os meus dentes, e era muito boa a sensação de deixá-los à vista. Eu tinha me esquecido do quanto gostava de chegar perto, de cortar a doçura de minha voz. — Um genuíno milagre. Considerando-se que minha mãe morreu no inverno passado.

Houve uma longa pausa. Worth engoliu e seu rosto ficou todo vermelho em volta de seu bigode branco. Todo o seu rosto parecia uma manhã de Natal.

— Bem, veja, espere. Eu disse que as recebi segunda-feira, mas quem sabe quando meu companheiro em Austin... quero dizer, não. Talvez eu... — Ele ficou sem palavras.

— Ei, Worth? — perguntou Birdwine, ainda sem levantar os olhos da *People*. — Sendo um detetive competente, você por acaso tentou descobrir como a sra. Vauss ganha a vida?

Reagi com um dar de ombros autodepreciativo e não disse nada. Não precisava. Birdwine havia lançado a palavra *advogada* na sala. Mais dez segundos se passaram e uma torrente de outras palavras sugeridas vieram rolando atrás: *Processo. Danos. Acusações. Fraude.*

Estendi o braço pela escrivaninha e puxei o arquivo. Worth agitou as mãos atrás, mas não ousou tentar arrancá-lo de volta.

— Acredito que isto pertença ao meu irmão, sr. Worth, e que seu trabalho para ele terminou — falei. Coloquei a foto de Kai dentro dele novamente e enfiei-o em minha enorme bolsa a tiracolo. Já começava a me afastar, mas depois parei e virei para trás. — Mais uma coisa. Você claramente não move um dedo com relação a este caso desde novembro, no entanto enviou para Julian fatura após fatura. Você tirou do garoto cerca de quatrocentos dólares todo mês. Isto não é interessante, Birdwine?

— Estou fascinado — disse ele. Jogou a revista na mesa e se levantou, rápido, enchendo sua metade da sala. — Ei, Paula, você acha que um reembolso se justifica?

Worth piscou, sua boca abrindo e fechando como a de um peixe no anzol.

— Bem, eu poderia, isto é... — gaguejou.

Falei ao mesmo tempo que ele.

— De fato acho, Birdwine. Vou aceitar um cheque, sr. Worth, o que é um gesto gentil e confiante de minha parte, considerando tudo. Dez mil vão cobrir isso.

Ele ficou pasmo com a quantia.

— Isso é muitíssimo mais do...

— Acrescentei alguns juros — falei. Eu tinha avaliado suas roupas, seu escritório, sua secretária ficcional, e pensei que pagar dez mil era factível para ele. Com dificuldade. Eu tinha de feri-lo muito fundo. — Isso é o que vamos chamar de uma desculpa fiscal. Uma desculpa fiscal muito razoável, considerando tudo.

Worth ficara pálido.

— Não vou ser extorquido.

— Extorquido? — interrompi-o e o último vestígio da doce e pestanejante menina do papai tinha desaparecido. — Isto é um tremendo de um presente. — Andei devagar em volta da escrivaninha em direção a ele, a batida de meus saltos em seu assoalho arranhado regulada para ser um toque de tambor de perversa pontuação. — Se você levar mais de sessenta segundos a partir deste instante para pôr aquele cheque em minha mão, vou revogar a proposta, vou tomar meu irmão como cliente e vou destruir você. — Quanto mais perto eu chegava, mais eu deixava meu verdadeiro rosto, aquele que eu escondia atrás de gloss labial caro e boas maneiras, visível. Exposto, aberto e cheio de dentes. — Isto é pura e simples fraude. Vou chamar a polícia e levar você a ser acusado e condenado, e isso é sobretudo para lançar as bases para meu processo civil. Vou tirar a sua licença, e sua firma, e seu futuro. Se você tiver sorte, o juiz não me dará os seus colhões, amarrados com um grande laço cor-de-rosa. Mas eu vou pedi-los. Acredite.

Houve um segundo de silêncio mortal. Worth olhou fixamente para meu rosto nu e cru e em seguida, sem dizer uma palavra, abriu a gaveta da escrivaninha e tirou seu talão de cheques. Olhei para Birdwine e encontrei-o olhando de volta para mim.

Realmente olhando, vendo tudo que tinha saído rugindo alegremente de trás de meu ar civilizado. O ar faiscava entre nós. Meus dentes mordiam meu lábio inferior, tal era a minha necessidade de alguma coisa para morder. Estávamos juntos nesse momento, ele e eu, contidos na música dessa vitória, a canção gerada pelo arranhar da caneta de Worth contra o cheque.

Foi difícil desviar o meu olhar, mas quando o fiz, vi que Worth estava escrevendo meu nome na linha À ordem de. Bati os nós dos meus dedos com força contra a escrivaninha.

— Você acha que preciso de uma parte do dinheirinho de meu irmão?

Worh parou, em seguida anulou o cheque e começou a preencher um novo, corretamente, para Julian.

O olhar de Birdwine não se movera. Eu podia senti-lo sobre mim. Quando olhei de volta, ele estava sorrindo. Eu não estava bonita na vitória, mas Birdwine gostava. Birdwine sempre gostara de mim desse jeito, e como eu me esquecera disso? Ele gostava muito. Senti seu olhar em minha pele e ele tinha ficado tão cálido quanto o de Worth ficara frio.

Worth destacou o cheque do talão e o estendeu para mim sem dizer nada.

Peguei-o e, em vez de até logo, disse:

— Meu irmão vai levar isto ao banco segunda-feira. Não há um deus acima ou abaixo da Terra que possa ajudá-lo se ele for devolvido.

Os olhos dele se contraíram nas órbitas enquanto ele efetuava alguns cálculos em sua mente. Finalmente, ele deu uma leve e apaziguadora sacudida de cabeça e eu soube que o cheque não seria devolvido. Mas eu podia ver o quanto isso doía, e essa dor fazia o ar ter um gosto doce contra a minha língua.

Saí da sala e Birdwine me acompanhou, fechando a porta suavemente. O velho e conhecido arrebatamento resultante da vitória rugia através de mim. Eu tinha sentido falta dessa embriaguez, sentido falta de sentir que não havia um ponto mole sequer em todo o meu corpo. Eu era feita de ossos e dentes e sangue de ferro.

Voltei pelo corredor imundo e, quando cheguei ao escritório vazio, foi o eu cheio de dentes, duro como rocha que parou, que se virou para encarar Birdwine. Eu estava faminta por uma veia pulsante, por qualquer lugar macio onde cravar os meus dentes. Olhei para ele e não vi nenhum. Birdwine não estava com medo de mim ou mole de maneira alguma. Seu rosto se imobilizara numa expressão que eu não via desde que ele me deixara. Tínhamos voltado a trabalhar juntos em meus *pro bono*, mas ele não me olhara desta maneira. Nenhuma vez, embora soubesse que eu queria com muita frequência um encontro nostálgico com meus ex.

Pus minhas mãos abertas sobre seu peito. Pude sentir seu coração batendo depressa, uma enorme reverberação no amplo espaço de seu peito. Minhas mãos o empurraram em direção à porta aberta, e ele entrou por ela, como se meu empurrão o tivesse impelido. Mas não tinha. Birdwine era uma montanha, não uma coisa pequena e delicada que eu pudesse mover. Meu empurrão o impelira porque ele queria ser impelido. Fechei a porta com um pontapé e ficamos sozinhos. Estendi os braços para ele, e encontrei-o já estendendo os braços para mim também. Ele me agarrou e me levantou do chão, assim que descalcei os sapatos.

Subi pelo seu corpo enquanto ele me arrastava, enroscando minhas pernas à sua volta, minha saia se enrolando em meus quadris. Agarrei grandes punhados do seu cabelo. Ele levantou minha cara lavada à altura do seu rosto. Olhos nos olhos, respirei seu hálito por um único segundo candente, em seguida nossos olhos se fecharam e nossas bocas estavam abertas uma para a outra. Suas mãos estavam em meus quadris agora, esmagando-me contra ele, eu teria pago dez mil dólares em dinheiro vivo para estarmos os dois nus como animais, sem nenhuma roupa bloqueando nossos corpos em seus pontos mais essenciais.

Esfreguei minha face contra a sua, enfiei o rosto em seu pescoço e mordi-o ali, correndo minha língua até o lugar em que ele encontrava o ombro. Sussurrei palavras em sua pele.

— Vamos para sua casa.

Um segundo depois, soube que não deveria ter falado. Deveria ter deixado acontecer, rápido e doce, ali mesmo. Deveríamos ter nos movido ruidosamente pela sala, derrubando os frágeis cubículos. Deveríamos ter nos possuído um ao outro em meio aos escombros.

Tendo falado, senti seu aperto se afrouxar.

— Tal como nos velhos tempos — disse ele. Respirou de maneira entrecortada e me pousou sobre a escrivaninha. Afastou-se, e deixei-o ir. Seus olhos estavam abertos de novo e quase zangados. Quando voltou a falar, a voz saiu inexpressiva, nada irritada. Quase prosaica. — Não vamos dar certo, Paula. Se começarmos, vamos nos chocar contra a mesma parede contra a qual nos chocamos da última vez e você vai partir meu maldito coração novamente.

Foi como ser puncionada. Todo o desejo se esvaiu de mim. Agora eu via a sujeira riscando o carpete, a tinta descascando. Senti cheiro de cominho queimado. Foi essa última palavra, *novamente*, que me fez sofrer.

Eu não sabia que ele estivera apaixonado por mim. Era a isso que se referia quando disse que nos chocaríamos contra uma parede? Que ele tinha me amado? Quando ele me deixou, alegando falta de comunicação, eu supus que tinha feito alguma coisa para irritá-lo. Quando parou de atender minhas ligações, imaginei que o irritara muito. Meu foco depois disso tinha sido reparar nossa relação profissional. Eu não concedia muito espaço em meu cérebro às minhas relações pessoais com homens. Procurava especificamente relações com homens que não requeriam nenhum.

— Birdwine — falei. — Eu não sabia que parti seu coração.

As próprias palavras soaram estranhas. Não eram o tipo de palavras que eu dizia, mas éramos amigos agora e eu havia começado isto. Eu o procurara primeiro e abrira a porta aos chutes. Ele merecia reconhecimento.

Eu deveria ter atendido meu telefone quando Remi retornou minha ligação na noite anterior, deveria tê-lo convidado para recordar os bons e velhos tempos em minha casa. Em vez disso, tinha chamado o fantasma de um velho amor para aquela sala imunda. Eu o matara um ano atrás, antes de saber que ele existia. Descobri que não o preferia morto. Esse não era meu tipo de assombração.

Levantei-me e no mesmo instante fiquei horrorizada com a aspereza do tapete em meus pés descalços. Corri para calçar os sapatos. Enquanto estava de costas para Birdwine, arrumei minhas roupas, alisando a saia e depois o cabelo. Quando estava mais ou menos recomposta, virei-me para ele. Estava parado, silencioso e calmo, junto da escrivaninha. Uma mão grande esfregava a sua têmpora, nunca um bom sinal. Seu cabelo estava todo desgrenhado, e senti de novo num relance como fora senti-los aos punhados em minhas mãos quando eu os puxava, desesperada para tê-lo mais perto.

Baixei os olhos. Deveríamos estar procurando minha mãe morta. Tínhamos concordado em tentar uma amizade — algo de que eu sentia profunda necessidade naquelas circunstâncias. No que eu estava pensando?

Verdade seja dita, eu não tinha pensado de maneira alguma. Eu tinha querido; tinha agido.

Finalmente, eu disse:

— Eu não fodo meus amigos, Birdwine. Nem literal, nem metaforicamente. Essa foi uma atitude estúpida. Desculpe-me.

Em minha ansiedade, eu tinha jogado minha bolsa verdadeiramente maravilhosa no tapete imundo. Peguei-a agora. Quase senti que devia um pedido de desculpa à bolsa também.

— *De nada* — disse ele, se bem que eu não o teria censurado se tivesse saído para procurar um ponto de ônibus e me bloqueasse em seu telefone. Quando me endireitei, jogando a bolsa em meu ombro, a mão dele parara de molestar sua testa.

— Não vou partir nada seu — disse-lhe. Não consegui pronunciar aquela palavra de volta para ele novamente. *Coração.* Eu não queria continuar pondo-o ali. Não queria voltar a invocá-lo. — Podemos fingir que isto não aconteceu? Ou atribuir isso ao amianto neste prédio? Fui envenenada pelo amianto.

Isso o fez rir. Só um pouco.

— Sim. Amianto é um conhecido afrodisíaco. — Quando voltou a falar, ele estava sério, mas não frio. — Dê-me as chaves. Vou dirigir para você poder dar uma olhada no arquivo de Worth. Podemos começar a procurar Kai a partir do ponto em que ele parou.

Nesse momento, voltei a ter um ponto mole. Senti meus próprios batimentos cardíacos pulsando em minha garganta.

— Obrigada.

Eu tinha de ficar no lado correto de qualquer linha que ele traçasse. Naquele momento, isso significava jogar-lhe as chaves. Ele as agarrou no ar, deixamos o escritório imundo e descemos as escadas, em fila indiana, rumo ao carro. Como ele não tinha sido roubado e preservava todas as suas calotas, decidi chamar isso de mais uma vitória. Também considerei o fato de ter acabado com Worth. Pelo menos por aquele dia, eu tinha saído na frente. Talvez eu tivesse chegado perto demais dos limites dessa nova amizade com Birdwine, mas a vitória era minha querida e mais antiga amiga. A gente podia voltar para a cama só com a parte da vitória, sem complicações.

Entramos no carro, o ar entre nós ainda um pouco carregado. Ignorei o constrangimento. Tínhamos tido uma manhã boa demais para terminar em algo azedo ou vergonhoso. Tirei o arquivo de Worth da bolsa e segurei-o na visão periférica de Birdwine, e ele sorriu. Gostava muito de vencer também.

— Diga-nos, Vanna, o que há no pacote surpresa?

— Pare naquele Kinkos perto da sua casa. Quero escanear esta coisa toda. Você pode ficar com a cópia em papel — falei. Enquanto estávamos lá, pude escanear o poema de minha mãe também.

Folheei o arquivo aberto em meu colo para procurar a foto que já tinha visto. Virei-a como uma página e encontrei uma foto de corpo inteiro de Kai com a mesma blusa, o mesmo rio no fundo. Ela estava de costas para a câmera e observando uma garotinha jogar pão para os patos. Sua blusa de brocado era de mangas compridas, junto com um velho jeans. Ela parecia bem de costas, mas essa não era a coisa certa para observar: *Ei, Birdwine, dê uma olhada nos meus genes. Meu traseiro pode ter uma aparência tão legal assim por mais 15 anos.*

— Kai sempre disse que os patos eram uns filhos da puta cruéis — comentei. — No entanto, aqui está ela, na companhia de um bando de patos.

Birdwine lançou-me um olhar tipo: "Sério? Estamos fazendo comentários sobre patos agora?"

— Eles mordem mesmo — continuei obstinadamente. Não queria silêncio no carro.

Embora ele não tivesse dito isso explicitamente, eu não tinha como ignorar este fato: um ano atrás, Birdwine estivera apaixonado por mim. O que ele andara pensando? Se um sujeito estava à procura de amor, eu era a estrada errada para pegar. Na verdade eu era uma estrada repleta de arame farpado, ursos e dinamite, marcada com enormes cartazes que avisavam: NÃO HÁ NADA PARA VOCÊ AQUI.

Lancei-lhe um olhar de esguelha e o vi apertando os dedos contra a testa de novo. Ah, certo. Birdwine era um alcoólatra; tinha uma conhecida predileção por correr atrás de coisas que lhe faziam mal. Coisas muito piores que eu. Ele continuava voltando para alguma coisa que o mataria.

Como se tivesse lido meus pensamentos, ou pelo menos minha linha de visão, ele parou de pressionar a têmpora. Pôs a mão deliberadamente de volta no volante; ele conhecia seus sinais reveladores.

— Sim — disse ele. — Ganhei minha ficha de oito meses no último fim de semana.

— Parabéns — respondi, embora ele tivesse dito isso como uma advertência, não para se gabar. Ele raramente conseguia se abster por mais de seis meses e, ao que eu soubesse, nunca chegara a um ano. Estava mergulhado num momento perigoso.

— São somente fotografias? — perguntou, mudando de assunto.

Passei os olhos por mais fotos de Kai olhando os patos gordos ficando mais gordos na beira do rio.

— Não, há papel para impressora no fundo. Anotações ou... — Perdi a voz abruptamente, ao passar para a foto seguinte. Kai agora tinha o braço em volta da menina que alimentava os patos. Olhei mais de perto. Minha respiração ficou presa.

— Quê? — perguntou Birdwine.

— Ah, merda — disse eu. —Você está brincando comigo?

Ela era uma menina branca rechonchuda, embora seu tom de pele e sua vasta cabeleira escura dissessem que ela poderia dever alguns genes ao México. Continuei virando. A foto seguinte era um close. Ela estava aconchegada sob o braço de minha mãe e seus olhos verde-primavera tinham o mesmo formato dos de Kai, que se curvavam em estreitas formas de lua quando ela sorria. Eu não tinha precisado do close ou dos olhos para saber. Já havia reconhecido a própria forma da menina, aquelas pernas compridas de cegonha, aquela cintura de abóbora. Essa tinha sido minha forma na idade dela.

— Gorducha Gordura de Bunda — falei para Birdwine. Minha voz soou como se eu estivesse sendo estrangulada. As fotos eram de oito meses antes. Dentro de um ou dois anos, o corpo dela começaria a mudar, essa barriga mole deslocaria-se lentamente para cima e para baixo rumo a seus locais apropriados. Caramba, como minha mãe tinha genes poderosos.

— Vou dar uma parada — disse ele, e deu uma guinada à direita para entrar no estacionamento de um posto de gasolina.

Birdwine desligou o carro e empurrei a foto em suas mãos. Seu rosto passou de curioso a curiosamente perplexo. Não consegui interpretá-lo de maneira alguma.

— Paula? — disse ele. — Quem é esta criança?

— Não sei — respondi, mas eu sabia uma coisa sobre ela. — Mas ela é de Kai. Olhe para ela. Ao que parece minha mãe tem um maldito bebê cada vez que eu viro as costas. — Revirei a pasta, espalhando fotografias e papéis pelo chão, à procura de um nome. Worth sonegou isso, também. — Vou processar aquele sujeito. Não, vou matá-lo. Leve-me de volta, preciso matá-lo, agora.

— Quem é essa menininha? — perguntou Birdwine, e sua voz tinha uma estranha urgência.

— Ela é... Hana — respondi. Eu tinha esperado algo como Lakshmi, ou talvez Dharma. — Hana May. — E quando pronunciei o nome todo em voz alta, entendi a referência. Era o feminino de Hanuman. O deus macaco, impetuoso, mas tão intensamente leal, sempre tinha sido um favorito de Kai. Continuei lendo.

Nove anos, portanto, poderia ter dez agora. Pai desconhecido, embora eu soubesse que Kai tinha um namorado. Grande novidade.

Eu tinha encontrado tudo isto numa ficha informativa que Worth tinha feito. Essa era toda a informação que o babaca tinha sido capaz de reunir às pressas num só dia, resumida, metida num arquivo e entregue em pequeninas porções para manter o dinheiro chegando.

— Onde ela está? Onde ela está? — Birdwine murmurou para si mesmo, examinando o papel sobre o meu ombro. Ele parecia nauseado. Nauseado como eu, até. Nauseado até as entranhas. Ele apontou o dedo para o meio da página. — Ali. Um endereço.

Um endereço de verdade, não a caixa postal de Kai: Bellman Avenue, 1813 em Austin. Unidade B, portanto era algum tipo de apartamento. Havia um número mencionado também. Comecei a procurar meu telefone, mas Birdwine pegou o seu primeiro e começou a digitá-lo.

Eu precisava ler o bilhete de Kai de novo. Vasculhei minha bolsa, procurando o envelope, por que eu tinha tantos batons? Ele tinha se acomodado bem no fundo.

> *Não, obrigada. Tenho dinheiro suficiente para durar pelo resto de minha vida.*
>
> *Isso foi uma piada. O câncer se espalhou por toda parte antes que eu o percebesse, portanto, "o resto" será muito curto.*

Minhas mãos tremiam. Essas fotos tinham sido tiradas em novembro, e Kai parecia bem. Um pouco mais velha do que era, um pouco magra, mas bem. Eu tinha recebido o bilhete em fevereiro, e ela escrevera que tinha "Semanas, se eu tiver sorte".

Quanta sorte uma mulher pode ter? Mais de vinte semanas tinham se passado, se transformando em meses. Portanto, ela tinha de estar morta. Não tinha? Certamente ela tomara providências para sua filha mais nova, sabendo como seu tempo era curto.

Kai se mudara 14 vezes na última década — eu tinha a lista de endereços de caixas postais para prová-lo. Worth não tinha descoberto nem o nome do pai e não anotara o sobrenome de Hana May. Seria Vauss? Vi em sua ficha que minha mãe tinha morado em Austin com o nome Kira Redmond. Hana teria sido uma Redmond também? O que ela era agora?

— Está fora de serviço — disse Birdwine, desligando. — Não há nenhum novo número na lista.

Olhei de novo para o bilhete de minha mãe: "Vou partir numa viagem, Kali. Vou retornar ao meu começo..."

O começo. Isso podia significar que ela estava levando Hana para seus pais. Mas eu não acreditava nisso. Eles tinham setenta e tantos anos, se é que estavam vivos, e um detalhe: eram babacas racistas. Ela tinha dado Julian para protegê-lo deles; não infligiria essas pessoas à sua terceira filha. Então qual era o começo? Maldita Kai e seu caso de amor com bobagens místicas, enigmáticas. Às vezes, a poesia não era a resposta. Eu chegaria ao ponto de dizer que nunca era.

— "A morte não é o fim. Você será o fim" — leu Birdwine sobre o meu ombro. — Ela pretendia trazer a criança para você?

— Nesse caso, estragou o serviço — disse eu, tão atormentada que soei furiosa. — Tendo a notar órfãos caindo no meu colo. Prova: Julian.

— Mas ela diz que vai ver você, não é? — disse Birdwine, apontando. "Vamos nos encontrar novamente e haverá novas histórias."

— Isto não significa nesta vida — falei, e li a última linha em voz alta. — "Você sabe como o carma funciona." Kai acreditava em reencarnação.

— Mas ela sabia que estava morrendo — disse Birdwine. — Devia ter um plano para a filha.

— Assim espero, mas... — falei. — Este é um bilhete maluco. Elas estavam morando em Austin havia alguns meses quando Kai foi diagnosticada. Uma pessoa poderia encontrar alguém em que confiaria tanto tão depressa? Alguém para criar sua filha. E se...

Não havia uma boa maneira de concluir essa pergunta. *E se* tinha tantas respostas horríveis. Eu sabia o que acontecia com meninas quando elas estavam soltas e deixadas à mercê do mundo. As que tinham sorte cresciam fortes em guardas provisórias. Outras acabavam de joelhos dentro de moitas de azaleias. De uma maneira ou de outra, sua meninice era consumida. E essas eram aquelas que sobreviviam. Outras desapareciam bem na borda do planeta, caindo para fora da tartaruga que apoia o mundo numa escuridão sem fim. — Birdwine...

— Não — disse ele, três dedos pressionando sua têmpora com tanta força que a pele ficou branca em volta deles. — Não precisa.

Disse isso como se soubesse que eu estava prestes a lhe suplicar. E eu estava. Estava prestes a suplicar e a lhe dizer que não podia me deixar em casa e incluir a procura do cadáver de Kai em sua lista de tarefas. Ele não podia me mandar e-mails intitulados "Aqui está a informação". Tampouco não podia mergulhar na garrafa mais próxima. Não se tratava de mim agora, ou de qualquer amor equivocado que ele jogara sobre mim uma vez, ou de minha questionável capacidade de controlar minha empolgação. Isso tudo era bobagem. Hana transformara isso em bobagem.

Uma maré descontrolada surgira em mim, ao mesmo tempo nova e horrivelmente familiar. Minha família não era só eu. Eu não me sentia desse jeito havia quase 25 anos, desde que mandara Kai para a prisão. Eu não sentira isso nem sequer com Julian, um homem crescido que tinha tido uma segunda família só para si. Era uma súbita duplicação de mim mesma que ecoava no próprio ar à minha volta. Eu sabia o que era ser uma criança e perdida. Eu era dessa tribo.

Eu tinha de assegurar que minha irmãzinha não ingressasse permanentemente nela.

— Isto é uma coisa que *posso* consertar — disse Birdwine com estranha intensidade. Pensei que estava falando sobre nós, dizendo que embora nosso antigo caso de amor estivesse em ruínas, ele iria ajudar a assegurar que minha irmã estivesse em segurança. Mas, quando olhei para ele, vi que seu olhar estava fixado na meia distância e o que ele não podia consertar... isso não parecia ter muito a ver comigo de maneira alguma.

— O que você quer dizer? — perguntei.

Ele piscou e depois voltou a se concentrar na foto em close de Hana.

— Quero dizer que eu vou encontrá-la. — Essas foram para mim as palavras mais doces do mundo. Ele olhou para mim e deu-as para mim de novo: — Eu vou encontrá-la.

CAPÍTULO 6

O *Ramaiana* de Kai chega num grande envelope laranja com um grampo na ponta. Só tem algumas páginas, por isso ela poderia tê-lo metido num envelope comercial se não se importasse de dobrar as páginas. Mas ela ilustrou as margens, desenhando uma interminável trepadeira em flor de anéis e espirais. Esse tipo de envelope vem do almoxarifado da prisão, e sua remessa requer selos adicionais. Ou ela trocou alguma coisa por ele, ou foi uma cortesia de Rhonda.

Joya e eu nos sentamos lado a lado em minha cama estreita para ler o *Ramaiana*, as costas contra a parede. Joya tem ossos pequenos e olhos grandes, e o cabelo em trancinhas, parece mais jovem e mais doce do que é. Parece mais jovem e mais doce que eu, sem dúvida, embora esteja uma série à minha frente. Sentamo-nos perto uma da outra, para podermos ler ao mesmo tempo. Começa assim:

Assim como a esposa da serpente é arrancada, de lareira e lar e
todo verdadeiro amor,
E pela garra da águia é levada embora para lugares ainda não
provados,
Assim Sita foi arrancada de Rama. Seu coração esmoreceu,
Mas as correntes à sua volta não podiam quebrar sua vontade.
Ela negou o demônio que a encontrou, e foi fiel ainda...

E embora isto tenha acontecido há muito tempo, está
acontecendo agora.

Joya faz um ruído de peido com a boca.

— Por que as mães são tão melosas?

— Não sei, mas porra — concordo.

Gostamos de dizer essas coisas uma para a outra sobre como as mães são porque nós duas ainda temos uma. Isso é o que nos distingue e faz as outras meninas em nossa cabana nos detestarem, exceto Candace, que é esquisita e ferida demais para compreender que deveria nos odiar. Joya e eu somos uma tribo. Temos até um nome; Candace nos chama de "Tem-mães".

— Por quê? — perguntei-lhe, ouvindo isso como uma palavra só.

— Porque vocês duas têm mães, boba. — Depois se encolheu como se dizer *boba* pudesse lhe valer um sopapo. Provavelmente valia, onde ela costumava viver. Mas eu lhe dou um sorriso. Gosto disso. Dá um nome a todos os lugares a que pertenço: com Kai, e nesta tribo de duas com Joya.

O resto do poema é a mesma coisa, bombástico e rimado, com Sita como uma Kai tenuemente disfarçada. Dwayne é seu Rama improvável, caipira. Sita-Kai é uma verdadeira taça do amor, tão cheia que tem um menisco do amor. É inabalável e fiel; Rhonda não aparece sob nenhuma aparência.

A última página após o poema é um desenho a lápis colorido.

— Ah, ei, agora sim. Isto é bom — diz Joya.

Realmente é. Muito melhor que o poema.

— Kai desenha para ganhar dinheiro, às vezes — digo a Joya. — Ela arma um cavalete num parque da cidade ou perto de uma armadilha para turistas, qualquer lugar com bom tráfego de pedestres. Ela desenha as pessoas mais magras do que são, ou com um nariz menor, e as veste como princesas ou astronautas. Ganha vinte dólares por cada um.

No desenho, Sita está de joelhos no canto direito superior da página, sorridente e serena. Seu colo está cheio de flores de lótus, docemente embaladas junto a seu ventre. Kai é boa em rostos em particular, e para o caso de o poema não ter sido suficientemente claro, deu seu próprio rosto a Sita. Rama tem pele azul-celeste, o que revela sua natureza divina, mas seus traços são iguais aos de Dwayne. Kai deu a esse príncipe-deus da antiga Índia até uma cabeleira de cachos cor de mel, tais como os de Dwayne.

— Já posso voltar para aí? — implora Candace do outro lado da porta.

Joya expulsou-a quando a correspondência chegou, e ela se safou para ir tomar banho. Tecnicamente, este quarto é metade dela, mas, menos tecnicamente, ela tem medo de Joya. Candace é atualmente a única menina branca em nossa cabana, e ela é muito, muito branca. Vem dos confins das terras dos metodistas no oeste da Geórgia e sua pele é leitosa e o cabelo é cor de manteiga, sedoso como algodão-doce. No lugar de onde vem, negros e brancos não se misturam, por isso é estranho que ela tenha grudado em mim. Dentro de mim, negro e branco misturaram-se até o fim, com uma boa colherada de sangue asiático e Deus sabe o que mais que tenha sido jogado ali.

— Vá à merda, Candace — grita Joya de volta.

— Afaste-se da porta — digo, ao mesmo tempo.

O demônio Ravana foi desenhado de través, com um corpo de verme que bloqueia Sita no canto. Cada uma de suas dez cabeças está empoleirada num comprido pescoço que se estica até o corpo, formando barras. Nesta produção, o papel do demônio Ravana está sendo desempenhado pelo sistema prisional da Geórgia.

Rama ocupa a maior parte da página. Ele está se movendo resolutamente para Ravana, cimitarra em punho, pronto para atacar o demônio. Aqui as trepadeiras das margens estão cobertas sobretudo de flores, mas estou olhando atentamente. Vejo um punhado de folhas pontudas escondidas perto de Rama em todas as flores e sou filha de Kai; reconheço o formato.

— Folhas de maconha — digo para Joya, apontando.

Acho engraçado, mas os olhos dela se estreitam. Ela pega o poema e começa a folheá-lo para trás.

— Acha que ela está mandando uma mensagem para ele? Sobre carregamentos da droga ou...

— Não. É só uma brincadeira.

— Espero que sim — diz Joya —, porque se ela estiver lhe dizendo para se meter com traficantes, eles vão matá-lo. Vão fazer picadinho dele.

Sacudo a cabeça. Os amigos de Dwayne vendem sanduíches de mostarda e ácido nos estacionamentos de salas de espetáculo. Eles furtam em lojas e assaltam casas vazias, é verdade — são bundões com tatuagens de sinal de paz. Mas só matariam pessoas por acidente, dirigindo bêbados ou doidões.

— O pessoal do crack não é como o da maconha — digo-lhe. A mãe de Joya estava viciada no cachimbo antes de ir para a reabilitação.

— Não existe isso de Barão da Droga Light — diz Joya, com uma risadinha de desdém.

— Não há nenhuma mensagem secreta sobre drogas — digo, relendo as entrelinhas. Não quero enviar o poema, mas não por estar com medo de hippies. É toda aquela melosidade — será que Kai estava tão apaixonada assim por Dwayne? Ele era bacana e tudo, mas a verdade era que estávamos acampadas num ônibus. Ela se encantara por ele pelo menos em parte porque as noites estavam ficando longas e mais frias.

Joya confunde meu silêncio com indecisão.

— Mesmo assim você não pode mandar isto. E se eles pegam Kai usando você para se comunicar com Dwayne? Merda, não vão pôr a culpa em você. Ela vai cair toda sobre a sua mãe. Ela vai pegar uma EDP.

Isso é a abreviatura de "extinção de direitos parentais". A voz de Joya treme só de dizer as letras.

— Posso entrar agora? — grita Candace através da porta, em tom mais alto e mais queixoso.

— Sim, se você quiser levar uma surra — diz Joya. — Sente a bunda de novo na privada.

Ela diz isso realmente irritada, dando-me uma cotovelada. Tenho de abafar uma risada. Ela fala assim com algumas das outras crianças negras, mas às vezes gosta de fazê-lo com Candace; isso a faz quase molhar as calças.

Há silêncio do outro lado da porta.

— Ela não vai se afastar — sussurro. Imito Candace, estreitando meus lábios numa linha fina, apertando meu ouvido contra uma porta invisível.

— Você quer que a tire de lá? Vou arrancar a cabeça dela do corpo como uma cabeça de camarão — diz Joya.

Não é uma ameaça vã. As duas outras meninas de nossa cabana tentaram intimidar Joya assim que ela chegou. Shar e Karice se aproximaram de Joya na sala comum, com um sorriso maldoso, prontas para lhe ensinar a hierarquia reinante. Esperavam que ela se encolhesse e chorasse, levando um ou dois tapas quieta. Ela estava em desvantagem numérica e é tão pequena e bonitinha. Engano. Joya pulou direto sobre Shar e agarrou seus brincos de argola. Puxou-os das orelhas, rasgando os lóbulos. Quando Shar caiu, gritando, Joya arremessou seu corpinho contra Karice e mordeu-a no rosto, depois apertou a mordida até que Karice ficou em posição fetal. Joya se levantou, sem nenhum arranhão, assim que a sra. Mack chegou correndo. Disse à sra. Mack que Shar e Karice tinham lutado uma com a outra, enquanto mantinha os olhos fixos nas meninas, que sangravam, desafiando-as a contradizê-la. Ninguém o fez.

— Não vale a pena se meter em problema por causa de Candace — digo-lhe, depois grito: — Só um minuto.

Levanto-me e puxo minha maleta de baixo da cama. É a única coisa que possuo que pode ser trancada — não que o cadeado mantenha Candace afastada. Abro-a e começo a desembalar fotografias, meus brincos de pluma de pavão, um pedaço de crina trançada que cortei do grande cavalo de Hervé. Quero que o *Ramaiana* fique deitado no fundo, para não amassar.

— Gente! Estou de pé aqui fora enrolada numa toalha! — geme Candace.

Guardo tudo de volta cuidadosamente, e em seguida deixo-a entrar. Nas noites seguintes, sinto a presença desse poema toda vez que tento dormir. É como se eu tivesse deixado alguma coisa viva e perigosa se mexer debaixo da minha cama. Agito-me e sonho. Minha comida está insossa e todas as texturas estão ligeiramente apagadas. Eu deveria queimá-lo, mas não o faço. Kai me pediu para enviá-lo, mas não faço isso também. O tremor na voz da agressiva Joya quando ela disse "pegar uma EDP" me detém.

Na véspera da minha próxima conversa por telefone com minha mãe, autorizada pelo tribunal, não consigo pegar no sono. Há um poste de luz bem junto da janela e sua claridade parece a de um holofote. Eu poderia dizer a Kai que o poema nunca chegou. Poderia dizer que um cachorro o destruiu. Poderia culpar Candace de alguma maneira. Pelo telefone, eu poderia soar convincente, mas o que vai acontecer quando ela vier me pegar? Como a maioria dos excelentes mentirosos, Kai tem faro para a verdade. Mentir na sua cara é o mais difícil tipo de mentira.

Ouço a cama de Candace ranger, como se pensar no seu nome fosse o suficiente para chamá-la. Minha cama está cheia demais de preocupação agitada para ter lugar para Candace. Aperto-me na beirada, transformando meu corpo numa parede contra ela, que se move silenciosamente junto da cama.

Mentir realmente não vai resolver o problema. Se eu disser a Kai que o poema está perdido ou destruído, ela pode reescrevê-lo e reenviá-lo.

Candace me ronda, e puxo meu cobertor sobre a cabeça.

— Posso entrar? — sussurra Candace, como se meu cobertor não fosse resposta suficiente.

— Suma, Candace — digo, o mais cruelmente que posso, mas ela é impenetrável. Seu corpo esponjoso pode absorver quantidades sobre-humanas de crueldade.

— Eu tenho palitinhos de lamber. — Ela bajula.

Palitinhos de lamber é como os caipiras chamam Fun Dip, um pirulito que você passa num pozinho, meu doce preferido. Abaixo o cobertor para ver se ela realmente tem algum. Ela mostra os pacotinhos. O de limão está faltando, mas ela tem de cereja e de uva.

— Onde você conseguiu isso?

— Jeremy. — Jeremy é um estudante do ensino médio cheio de espinhas que mora numa das cabanas de meninos. Ele tem sempre um volume na calça e olhos mortiços.

— Eca, isso provavelmente está com porra de pervertido — digo. Ele nunca lhe daria um doce a menos que ela fizesse alguma coisa para ele. Ou nele. Isso me dá vontade de beliscar Candace com toda a minha força, mas contento-me em lhe dizer: — Você é tão nojenta.

Candace empurra seu cabelo sedoso para trás das orelhas, desafiadora, e muda de assunto.

— Acho que o poema da sua mãe é muito bom. É muito romântico. Isso me faz sentar, rapidamente, e de fato a belisco.

— Fique longe das minhas coisas! — Ela aceita o beliscão e espera o próximo. Ela vai aceitar esse, também, e continua esperando, aceitando-o com resignação antes mesmo que aconteça. — Como você descobriu o segredo?

Ela ignora a pergunta.

— Sei como você pode enviar aquele poema para o Dwayne sem meter sua mãe em apuros.

— E pare de escutar às escondidas — digo. Expiro com força pelo nariz, furiosa. Não há limites para a bisbilhotice rastejante de Candace. Mas agora ela tem duas coisas que eu quero. Sento-me e me desloco para o lado a fim de lhe dar lugar. — Quero o de cereja.

Nós nos apoiamos em nossos travesseiros finos, lambendo os insossos bastões brancos e enfiando-os nos pacotes de açúcar colorido. Tento manter uns três centímetros entre nós. Candace não é leal. Ela fala o diabo sobre mim com as meninas brancas das cabanas do ensino médio. Mas, à noite, é como a trepadeira nas margens de Kai. Enrola-se, serpenteia e agarra até que eu fique simplesmente estrangulada. Tenho de ficar afastando-a, ou ela vai crescer pelo meu nariz adentro.

Ela olha para mim sobre seu bastão de açúcar, os cantos da boca virados para cima num ângulo dissimulado e ansioso. Tem a boca cheia de açúcar e ideias.

— Como? — digo por fim.

— Vou sussurrar — diz ela. Ela sabe como explorar uma vantagem.

Minha boca endurece, mas mantenho-me imóvel quando ela elimina aqueles últimos centímetros que nos separavam, apertando-se contra mim. Posso sentir o cheiro de uva artificial em seu hálito.

— Escreva-lhe uma carta muito, muito longa e chata, tipo contando o que você viu na TV, e continue falando bastante sobre como você está trabalhando num poema para um projeto da escola. Depois você acrescenta o poema, mas o recopia.

— Hum — digo, evasiva, afastando o corpo.

Ela se afasta comigo, apoiando sua cabeça em meu ombro, de modo que seu queixo pontudo me cutuca.

— Se for com a sua letra e se você queimar o original, eles não poderão associá-lo a sua mãe de maneira alguma.

Caramba, é uma boa ideia. Candace é tão bobona que me esqueço do quanto pode ser esperta. Estou em dívida com ela agora, por isso não a expulso de volta para a sua cama quando o doce acaba. Dou-lhe as costas e ela se aperta contra elas. Dorme em dois minutos, flácida e imóvel como um cadáver.

Ela nunca dorme assim em sua cama. Ela grita e dá pontapés, dizendo "Não, não, não" e "Não gosto disso". Ouvi-la gemer e suplicar me deixa de estômago embrulhado. Eu me pergunto se grito durante o sono, tão patética quanto Candace. Tenho minhas próprias noites ruins, quando sonho com aquela ligação para o 911.

"Qual é a sua emergência?", pergunta a operadora do sonho, e vejo carros da polícia já passando zunindo pelo Dandy Mart, centenas deles, ziguezagueando depressa como uma longa fileira de baratas pretas. "Eu não tenho uma emergência! Eu não tenho uma emergência!", grito, já tarde demais. Vejo luz vermelha, como luz de fogo, elevando-se de trás do *kudzu*. Ouço minha mãe gritando e isso sempre me acorda. Eu nunca conseguiria, nem mesmo em meus sonhos, anular a história que contei para aquela operadora.

Agora Candace dorme tão profundamente que sua cabeça sua como a de um bebê. Posso senti-la umedecendo minha camiseta. Passo muito mais tempo acordada, comprimida contra a parede numa cama arenosa, com açúcar derramado.

De manhã, tomei uma decisão. Vou falar com a sra. Mack e espremo algumas lágrimas. Sou filha de Kai e sei como começar com partes verdadeiras: "Ele sempre me chamou de Pônei Mandão e me ajudava com o dever de matemática". As partes verdadeiras são a base que permite à mentira crescer alta e forte. "Sei que ele não é realmente meu pai, mas é o único papai que conheci." E depois, em cima dessa estrutura, ponho a coisa que tenho em vista: "Se eu pudesse ao menos escrever para ele. Quero saber se ele está bem."

A sra. Mack consegue o endereço dele para mim, até me dá os selos. É fácil.

Sigo o plano de Candace à risca, mandando para Dwayne uma carta longa e enfadonha que inclui o poema, disfarçado de projeto escolar. Não posso mandar o desenho. Falta-me talento para reproduzi-lo, e o original pode ser muito facilmente identificado como de Kai. Não vou arriscar uma EDP. Dwayne saberá que o poema é dela, de qualquer maneira. Ela conta histórias do *Ramaiana* o tempo todo e o poema parece ser dela.

Destruir ambos os originais seria mais seguro, mas minha mãe escreveu o poema e desenhou seu próprio rosto familiar, ausente, em Sita. Por isso eu os escondo bem no fundo de minha maleta e mudo o segredo no cadeado. Novamente. Não que isso mantenha Candace afastada. É um mistério como ela continua conseguindo abrir.

Eu descobri duas décadas mais tarde, quando peguei o *Ramaiana* de Kai para Julian. Eu tinha puxado a maleta da prateleira de cima de meu closet, depois me dei conta de que não conseguia me lembrar do segredo. Droga, não conseguia lembrar quando o abrira pela última vez. Tentei meu aniversário, o dia em que Jimi Hendrix morreu e um monte de meus antigos códigos de endereçamento postal. Fiquei tão frustrada que sacudi o cadeado, depois o soltei com um safanão raivoso, de lado.

Aquela coisa barata abriu-se imediatamente nas minhas mãos. Olhei para ele estupidamente por um segundo, depois comecei a rir. Fechei o cadeado de novo, depois puxei-o e sacudi-o, tentando recriar o ângulo daquele puxão de lado. Levei menos de um minuto. Maldita Candace. Joya e eu tínhamos nos perguntado se seus ouvidos de morcego-gigante permitiam-lhe ouvir as engrenagens do cadeado ou se ela teria sido uma ladra internacional de joias em outra vida. Eu podia ter mudado o segredo para a solução infinita para pi e Candace teria continuado a vasculhar minha maleta a seu bel-prazer.

Agora o *Ramaiana* ilustrado de Kai estava pousado em meu balcão de café da manhã com minhas outras lembranças de infância, e Julian estava a caminho. O pedaço de crina de cavalo trançada desaparecera, provavelmente desfeito há muito tempo, mas todas as outras coisas estavam dispostas como um minimuseu de relíquias da mãe. As peças em exibição eram lastimavelmente poucas, mas isso não me impedira de arrumá-las e reordená-las nove vezes. Ele estava uns bons vinte minutos atrasado.

Se aparecesse, seria nosso primeiro encontro cara a cara desde nossa desastrosa apresentação em meu escritório, quando eu tinha tido um ataque de nervos e Birdwine o ameaçara. Tínhamos trocado mais algumas mensagens pelo Facebook. Contei-lhe que obtivera seu arquivo de Worth, a versão expurgada. Tão expurgada que era como um romance reduzido a um haicai, mas eu anexara as fotografias escaneadas de Hana com nossa mãe perto do lago de patos. Ele respondera: "Uau". Depois, uma hora mais tarde: "É muita coisa para processar".

Não diga.

Essas interações não me davam nenhuma percepção real do garoto.

Esta manhã, sua mensagem dizia: "Continuo olhando para as fotos de Hana. Que deveríamos fazer?"

Respondi de volta: "Dei a Birdwine uma passagem de avião para Austin, meu cartão da AmEx e carta branca. Ele a encontrará".

"Ele está em Austin agora? Que posso fazer para ajudar?" Insistiu Julian, por isso lhe contei tudo que sabia. Não era muito.

Birdwine entrara em contato comigo ontem, depois de visitar o pequenino apartamento de Kai em Bellman Avenue. O namorado dela, Dave Tolliver, ainda morava lá. Ele achava que o sobrenome dela era Redmond e que a criança se chamava Hannah Redmond. No dia 19 de fevereiro, Kai e Hana tinham carregado quase tudo que possuíam na velha caminhonete dele e desaparecido enquanto ele estava no trabalho.

Este era um clássico gesto de rompimento de Kai. Ela tinha abandonado tudo que não cabia na traseira da caminhonete. Mandei Birdwine pagar Tolliver pelo carro — ele só valia cerca 1.200 dólares. Em troca, Tolliver deu a Birdwine tudo que ela deixara para trás. Ele tinha quatro caixas grandes em seu compartimento para depósito no porão, principalmente livros, cartas e fotografias, mantidos como reféns para o caso de Kai ressurgir. Birdwine examinara tudo isso, peça por peça, lendo a história nas entrelinhas dos bilhetes escritos pelo médico dela, frascos vazios de remédios controlados, recados telefônicos anotados às pressas, fotografias, contas não pagas e, entre todas as malditas coisas, um panfleto sobre câncer. Tentei não imaginar algum estranho distante, de jaleco branco, entregando a Kai um lustroso panfleto de três folhas sobre a coisa dentro dela que a estava matando.

Em vez disso, eu disse a Birdwine:

— Quando nos mudávamos dessa maneira, às vezes havia outro homem.

— Talvez não desta vez — respondeu Birdwine. — É grave. Que nível de detalhes você quer?

— Faça um relato seco, como se fosse qualquer outro caso — disse eu. A mera ideia do panfleto, de que uma coisa assim existisse, quase me desmontara.

Houve um momento de silêncio no telefone, depois Birdwine disse:

— Mas não é qualquer out...

— Por favor — disse eu. As palavras saíram cortantes, *staccato*, como tiros. — Os elementos essenciais sobre isso, Birdwine, a partir de agora.

— Certo. Então. O câncer começou nos pulmões dela. Ela teve enfisema durante anos e quando se dá conta de que é mais que isso, está em toda parte. — Birdwine entra imediatamente em seu ritmo regular. Eu sabia que suas mãos estariam se revirando como costumava acontecer quando ele expunha um raciocínio hipotético. Sua voz era enérgica, quase clínica, como eu queria. — Fígado, ossos, cérebro. Ela está começando a ter delírios, alucinações. Seu processo de tomada de decisões está prejudicado. Ela está sob efeito de algumas medicações pesadas, agindo de maneira estranha, e alguém liga para o Departamento da Família e Serviços de Proteção, o DFSP, como os texanos chamam o serviço de proteção às crianças. Dave diz que não foi ele e acredito nele. Ele era muito apaixonado por Kai, nem comunicou à polícia sobre seu carro. Poderia ter sido alguém das sessões de atividades lúdico-educativas que Hana frequentava. Não acho que havia outro homem. Elas saíram correndo porque o DFSP a assustou.

Quanto mais ele falava mais meu coração se acelerava, meus pulmões tinham começado a parecer grudentos. Sua história mudava a estranha frase entre parênteses escrita no lado de meu cheque. “(*Obviamente eu não quero que você venha aqui.*)” Eu tinha pensado que isso significava que ela não queria me ver, mas a viagem que ela mencionava na primeira metade do bilhete era literal. Talvez ela tivesse apenas me dito para não ir porque não estaria lá.

— Mas Kai sabia que estava morrendo — disse eu. — Não é como se ela partisse numa peregrinação para ver a maior bola de barbante. Ela devia ter um plano para Hana.

— Sim, mas qual? Não um que o DFSP aprovaria, ou por que fugir? — perguntou Birdwine.

Eu não tinha a menor ideia. Lido à luz da demência e de medicação pesada, o bilhete de Kai revelava menos algum misticismo hippie-aparvalhado e mais uma perigosa combinação de terror e loucura.

— Então, qual é o próximo passo? — perguntei.

— Posso investigar junto às mães do grupo lúdico-educativo e ao DFSP, e consegui os nomes de alguns companheiros conhecidos de Dave. Tenho sua lista de endereços de caixas postais, de modo que sei onde ela morou antes. Dave me deu o número da placa e posso rastreá-la dessa maneira, talvez. Há alguma coisa em que você possa pensar que me orientaria?

Mas não havia. Não depois de mais de 15 anos de histórias de segunda mão e silêncio.

— Birdwine — disse eu, e parei. Eu tinha uma palavra presa em minha garganta, batendo no ritmo de meu coração: *encontre-a*, *encontre-a*, *encontre-a*.

— Entendi — disse ele, suave, calmo, mortalmente sério.

Era como se ele pudesse sentir o toque de tambor urgente de meu coração através dos fios, como se ele o estivesse impelindo, com a mesma força com que me impelia. Ele estava inteiramente mergulhado nessa busca, tão comprometido como se ela fosse pessoal. Talvez tivesse alguma motivação própria, mas eu estava muito abjetamente grata para questionar isso. Simplesmente aceitei-o e depois retesei o meu corpo para a parte ruim que vinha em seguida: a espera.

Eu era muito ruim em espera, mas não tinha outra opção. Hana tinha desaparecido nas profundezas do mundo de Kai. Eu havia crescido ali. Nomes, relacionamentos e identidades eram fluidos. A obediência à lei era opcional. Não havia redes de segurança. Não houvera nada para me aparar quando Kai foi para a prisão. Ela tinha desaparecido, doente e drogada, e Hana podia ter ido parar em qualquer lugar do país inteiro. Kai estava quase certamente morta a esta altura. Qualquer pessoa, qualquer coisa, podia ter Hana.

A campainha tocou e o som me provocou um grande sobressalto. Julian estava meia hora atrasado. Digitei o código para deixá-lo entrar no prédio, depois comecei a andar de um lado para outro, entre a cozinha e a porta da frente. Meus saltos martelavam o assoalho num ritmo nervoso que fez Henry assumir uma expressão desgostosa sobre o sofá, perguntando a si mesmo por que eu estava fazendo os assoalhos vibrarem. O ângulo de suas orelhas mudou para alarmado quando passei pisoteando novamente, e ele se esgueirou para a lavanderia. Possuía um esconderijo atrás da secadora.

Julian estava levando muito tempo para chegar a meu andar. Perguntei-me se estaria subindo de escada. Fiz mais um circuito. Talvez tivesse morrido na viagem através da escada, e eu nunca voltaria a vê-lo. Esse era o tema corrente em nosso *pool* genético compartilhado. Fui até a porta da frente e a abri de supetão.

Lá estava ele. Era mais alto que eu, mas meus saltos eram altos o bastante para nos deixar nivelados. Seus olhos se arregalaram e ele se sobressaltou como um cervo. Suas mãos se ergueram. Ele estivera criando coragem para bater, ainda não o fizera.

— Olá — disse ele.

— Olá — respondi. — Você queria entrar? Ou bater? Ou...? — Eu pretendia ser engraçada, mas quando estava nervosa sempre parecia beligerante.

— Sim — disse ele, mas não fez nenhum movimento para transpor a soleira da minha porta. Engoliu audivelmente e esfregou o lado de seu rosto com uma mão, como Birdwine combatendo a vontade de beber. — Preciso dizer uma coisa primeiro. Estive parado no seu capacho tentando decidir como me desculpar pela maneira como as coisas transcorreram quando nos encontramos pela primeira vez. Eu deveria ter percebido que você era minha irmã mais cedo. — As palavras continuaram saindo em uma confusão, como se ele fosse um aluno do primeiro ano da escola de direito, atrapalhando-se com sua primeira argumentação preliminar ensaiada diante de um júri simulado. — Mas eu pensei... isto é, eu supus... mas não porque esteja...

— Não tenho a menor ideia do que você está dizendo.

— Durante todo o caminho até aqui eu ensaiei e depois fiquei sentado no meu carro, suando e ensaiando, mas estou fracassando por completo, não é? — Ele se deu um segundo, se recompondo, e depois me olhou nos olhos. — Estou tentando lhe dizer, sinceramente, não sou um racista.

Isso me pegou desprevenida. Eu tinha me esquecido desse momento embaraçoso; ele tinha suposto que sua irmã seria branca porque ele era. Ao que parecia, estivera se detendo nisso, ampliando isso em sua cabeça, e agora estava sendo tão implacavelmente sincero que isso era ao mesmo tempo doce e perturbador.

— É um prazer ouvir isso — disse eu, para encerrar o assunto.

Mas ele deve ter tomado isso como um sarcasmo, porque ruborizou.

— Não, mas eu *realmente* não sou. Não me importa que você seja... — Ele não sabia exatamente o que eu era, e se atrapalhou. Para ser justa, ninguém nunca sabia. Finalmente ele concluiu com: — ... seja lá o que você for. — Senti uma risada extremamente inadequada emergindo e a reprimi. Não sabia ao certo o que meu rosto estava fazendo, mas não podia ser coisa boa, porque ele continuou balbuciando. — Não tive esse tipo de mãe e pai. De maneira alguma. — Sua voz ficou aguda e alta enquanto as palavras se precipitavam irreversivelmente. — Entendo por que você pensaria isso, porque estudei no Berry College, que é frequentado por brancos anglo-saxões protestantes, eu sei, mas minha namorada lá era negra, e isso não era...

— Minha última namorada era negra também — intervim, para fazê-lo parar de falar. Funcionou. Ele ficou paralisado.

— Ah, perdão. Pensei... — Sua voz foi se apagando, ele engoliu e disse: — Não percebi que você era lésbica.

— Não sou — disse eu, e nesse momento eu *estava* rindo. Não pude evitar. — Estou brincando com você.

Seus olhos arregalaram-se ainda mais e ele balbuciou:

— Bem, não sou homofóbico! — Ele parecia prestes a cair no choro sobre meu capacho de boas-vindas, e o que estava errado em mim?

— Sinto muito, não tem nenhuma graça — disse eu, embora ainda estivesse sorrindo. — É só que... olhe para o meu terninho.

Seu olhar pousou em meu blazer por um segundo, e depois ele olhou de volta para mim, confuso.

— É, hum... é um conjunto muito bonito?

— Eu sei, certo? — disse eu. Eu tinha me vestido como se estivesse indo para um depoimento particularmente sangrento. Tinha secado o cabelo, dando volume, e pusera um batom vermelho fosco. — Eu me vesti como uma perfeita megera para você. Olhe estes sapatos. A única palavra para saltos desta altura é "ferozes". E você está um caco e nada disso está ajudando. — Virei-me para o lado e chutei fora os sapatos, pisando descalça no chão.

Eu não estava nervosa, compreendi. Esse menino carregava o peso da maior dívida não paga de minha vida, e eu estava morrendo de medo dele. Eu não tinha reconhecido isso porque o terror não era um de meus modos usuais de operação. Mas eu tinha me vestido para combater monstros. Tinha até disposto as relíquias de nossa herança comum em fileiras arranjadas com estrita regularidade, da maneira como um promotor exibe provas. Agora, enquanto ele tremia no hall, eu estava um pouco mais calma, como uma mulher que percebe que a pequena cobra de jardim pode estar mais amedrontada do que ela. Talvez.

— Vamos começar de novo, o.k.? — Tirei o blazer e joguei-o sobre a mesa junto à porta. Cobras de jardim podiam ser animaizinhos encantadores, se lhes fosse dado meio minuto e alguma hospitalidade. Este era um encontro simples. A única coisa que eu tinha de fazer era descobrir o que ele queria e em seguida lhe dar isso. Não era tão diferente assim de meu trabalho diário, e, com exceção dos seis últimos meses, eu era muito boa nele. — Primeiro, eu não acho que você seja racista ou homofóbico ou qualquer outro -ista ou -ico. Não tenho absolutamente nenhuma ideia sobre você. Portanto, entre e vamos mudar isto. — Recuei para deixá-lo entrar.

— Obrigado — disse ele. Suas sobrancelhas ainda mostravam receio, mas ele não dava mais a impressão de que poderia vomitar. Entrou desajeitadamente e parou, perdendo o fôlego quando viu minha parede de janelas. — Uau! Que vista! — Olhou em volta, observando como os tetos altos, as paredes perfeitamente brancas e as linhas limpas de meus móveis serviam de pano de fundo para a arte abstrata atrevidamente colorida que eu apreciava. — Sua casa é realmente, realmente linda.

Enquanto isso, eu o estudava. Ele tinha traços familiares suficientes para me dar um *déjà-vu*: os olhos de minha mãe, a testa larga e o comprimento de ossos. E tinha até versões mais pálidas, mais peludas, de minhas mãos de dedos longos. Era desconcertante.

Levantei os olhos de novo para seu rosto, que me examinava agora com igual atenção. Ele corou e sacudiu a cabeça.

— Ah, desculpe. Isto é estranho. Temos quase o mesmo nariz.

Ele estava certo, embora eu não o tivesse visto até que falou.

— Estranhíssimo — concordei, porque me sentia assim, ainda que essa fosse, na verdade, exatamente a maneira como a biologia atuava.

Mais uma pausa embaraçosa e ele disse:

— Mais alguma notícia do... esqueço o nome dele. O cara assustador que você enviou para o Texas?

— Birdwine. Ainda não. Mas ele vai encontrá-la — disse eu, muito rápido, e mudei de assunto. — Por falar em detetives particulares, quando fomos ver aquele que você contratou, eu pedi para que ele repensasse suas opções de vida. Ele emitiu um reembolso para você.

Eu estava com o cheque de Worth enfiado no bolso da minha saia. Puxei-o e passei-o para ele.

Os olhos dele se arregalaram quando viu a quantia.

— Isto é mais do que eu...

Eu já estava descartando a objeção com um aceno.

— Chame isso de indenização. Eu o teria levado para o tribunal e o feito pagar mais, se pensasse que ele tinha.

Ele olhou para o cheque, os lábios muito comprimidos com um sentimento ou outro. Finalmente disse:

— Não posso lhe dizer o que isto significa. Realmente. Quando mamãe ficou doente... — Ele parou e sacudiu a cabeça.

— Esqueça isso — disse eu. Birdwine estava certo quanto ao buraco fiscal do garoto; esse encontro que me deixara tão nervosa poderia ter um desfecho muito simples.

Ele começou a pôr o cheque na carteira, mas depois interrompeu no meio o gesto de guardá-lo.

— Ah, perdão, mas o cheque está no meu nome... Preciso lhe pagar alguma coisa? Isto é, você foi e atuou como advogada com ele.

Impossível maior simplicidade. Ele precisava de cada dólar ali, e mais, especialmente se quisesse retomar os estudos em Berry. No entanto, aqui estava, em meu loft de meio milhão de dólares, olhando para um sofá branco que havia custado mais do que a quantia no cheque de

Worth — um sofá que eu comprara para combinar com meu gato —, oferecendo-me uma porcentagem. Se o garoto estava me manipulando, era um virtuose.

— Você paga a taxa para amigos e família — disse eu. Seu sorriso se iluminou à palavra *família*, e droga, era possível que eu gostasse dele. Parecia desconfortável e pessoal demais gostar deste garoto a quem eu devia, este garoto que usava versões masculinas de meu nariz e minhas mãos.

— Posso lhe servir um café? Ou uma Coca, ou algo assim? Ou, como é de tarde, quer uma cerveja? — Eu bem que gostaria de uma cerveja, porque estava claro àquela altura que fosse o que fosse que acabássemos sendo um para o outro, ele não era um problema que poderia ser inteiramente resolvido naquele dia.

— Gostaria muito de uma Coca — disse ele.

Seguiu-me à esquerda em direção à cozinha, mas parou quando viu todas as coisas que eu tinha espalhado no balcão de café da manhã.

— Nossa, uau. — Foi direto para o *Ramaiana* de Kai e pegou o desenho, examinando Sita. — Ela desenhou isto?

— Sim. É um autorretrato — disse eu, indo até a geladeira. — O sujeito azul com a cimitarra é um de seus antigos namorados. A matemática diz que ele pode ter sido seu pai.

Julian se inclinou mais para perto.

— Bem, se era, não herdei sua cor.

Abri duas garrafas de Coca-Cola e dei a volta para me sentar ao lado dele, dizendo:

— Ele foi para a prisão depois de uma batida à procura de drogas. Kai me pediu que lhe enviasse uma cópia deste poema, e se você olhar aqui, e aqui... — Folheei as páginas, apontei para um verso que dizia: "O ventre de Sita, cheio como a lua de amor." Depois, para outro, que dizia: "Sita expandiu-se, crescendo com o amor a cada lua que passava." — Além disso, no desenho, Kai tem todo o seu colo cheio de flores de lótus. Vê como as embala? Suas mãos, a maneira como polegares e dedos se tocam? Isso é um símbolo da fertilidade. Ela estava informando ao Dwayne que estava grávida.

Joya havia suspeitado que o poema fosse um código. Claro que era; Kai não teria se arriscado a uma EDP para mandar um bilhete de amor para um namorado.

— Puta merda — murmurou Julian. — Por que ela faria isso?

— Não sei — respondi. — As leis de adoção na Geórgia são complicadas, e, quando ela mandou o poema, Dwayne não estava estabelecido como seu pai legal. Acho, e esta é a melhor suposição aqui, que ela não queria declará-lo como pai e dar-lhe direitos paternos. A menos que ele propusesse um plano excepcional. Ela estava quase na metade da gravidez quando me mandou isto. Até onde posso dizer de memória e pelas datas de seus registros de adoção, ela estava a apenas algumas semanas de escolher os Bouchard e seguir adiante com a adoção. Talvez esperasse que ele operasse algum milagre? No poema, Rama salva Sita... Ele chega com um exército e outro deus, Hanuman, e a liberta. Acho, em resumo, que ela não queria entregar você.

Julian digeriu isso, depois disse:

— Você realmente acha que esse cara era meu pai biológico?

Dei de ombros.

— Não sei. Acho que servia aos interesses de Kai dizer a ele que era, para o caso de ele poder ajudá-la. Você pode tirar a isso a limpo, se quiser. Apenas escolha um detetive particular melhor que Worth. A única coisa que posso lhe dizer é: enviei-lhe o poema de Kai e nunca mais ouvi falar dele.

Ficamos sentados num silêncio que era estranhamente melancólico da parte dele, desconfortável da minha. Kai entrara na prisão tão cheia de sorte e fortuna como sempre fora, mas voltara para casa vazia. Sob as cinzas e o vinho tinto azedado, ela cheirava a derrota. Seu olhar era vazio e distante. Eu tinha me tornado rebelde com garotos, cerveja e pequenos delitos, expressando meus medos em meu mau comportamento, tentando chamar sua atenção. Qualquer coisa para despertá-la, fazer seus olhos se concentrarem em mim novamente.

Eu nunca soubera o que havia realmente lhe custado até que esse filho batizado em homenagem a Ganesha apareceu em meu escritório.

Julian pôs o desenho de lado e estendeu a mão para a pilha de fotos antigas. Olhei sobre seu ombro, narrando enquanto ele as ia passando. Apontei Kai adolescente posando com outros aspirantes a hippies, mostrei o rancho perto de Dothan onde ela cresceu com nossos azedos avós em comum. Depois percorri com ele uma série de fotos de nossa vida de ciganas após deixarmos o Alabama.

— Você tem alguma do cara, aquele para quem ela mandou o poema? — perguntou ele.

Eu não tinha. Dei-me conta de que não tinha nenhuma foto de nenhum dos namorados de Kai. Não diretamente. Nas fotos que escolhera conservar, os namorados só estavam presentes como objetos em segundo plano, dando o tom. Aqui estava Kai dobrando-se na forma de um pretzel na esteira de ioga roxa de Eddie. Kai tomando café com chicória na lanchonete embaixo do apartamento de Anthony. Quatro diferentes fotos de Kai e eu montando os cavalos de Hervé.

— Sinto muito — disse eu. — Acho que não tenho.

A cabeça de Julian inclinou-se para o lado e ele pareceu muito tristonho.

— Tudo bem. Talvez seja melhor. Já perdi três pais este ano. É estranho, não? Mesmo que eu não tivesse sido adotado, ainda teria acabado sendo um órfão.

Mas não um filho único, pensei.

Se eu nunca tivesse ligado para 911, nós teríamos crescido juntos. Tentei imaginar isso — um mundo em que Kai nunca tivesse ido para a prisão e eu não tivesse parado em lares temporários. Em que eu nunca tivesse aprendido a bater com força, antes que pudesse apanhar, e onde eu teria um irmãozinho bebê. Eu o teria alimentado, o teria balançado, teria lido histórias — todas as coisas que muitos irmãos mais velhos fazem. As pessoas passam a amar a coisa a que servem, e assim eu o teria amado. Quem eu seria, se estivesse sentada ao lado de Ganesh, em vez de Julian?

Isso não tinha importância. Esse era um mundo que nunca acontecera e agora aqui estava eu com este menino triste, cada um de nós fechado sozinho dentro de sua história e sofrimentos separados. Senti que devia fazer alguma coisa. Abraçá-lo? Dar-lhe uma batida no ombro? Mas, por natureza, eu não tendia a expressar meus sentimentos fisicamente, e ele estava sofrendo mais por seus pais adotivos que pela mãe que compartilhávamos. Para ser justa, eu mesma estava tendo dificuldade em aprender como pranteá-la.

— É estranho pensar que nasci na prisão — disse Julian. — Tenho certeza de que não estou processando isto bem. Ou de nenhuma maneira. Parece distante. É como ouvir que seu tetravô era um contrabandista ou um pirata. É fascinante, mas realmente ficcional. Quero dizer, tive meus próprios pai e mãe, sabe? — Sacudiu a cabeça e se virou ligeiramente para mim. Seus olhos tinham ficado muito vermelhos. — Entendo que isso é vida real para você.

Em seguida ele fez o que eu não conseguia. O menino se inclinou e me abraçou. Um abraço verdadeiro, comprometido. Retesei-me — não pude evitar —, mas ele era claramente alguém que gosta de cachorros, por isso não me afastei. Isso se prolongou por vários segundos, Julian batendo nas minhas costas como se estivesse me fazendo arrotar.

Olhei por sobre seu ombro para a coleção de itens de minha maleta. Não havia muita coisa ali. Tentei ficar imóvel, sentindo seu coração bater dentro dele. Por mais embaraçoso que o contato parecesse, o garoto era maior e mais vivo que toda a minha infância. Minha infância mal ocupava a metade do balcão de café da manhã.

Meu telefone celular começou a tocar no carregador da cozinha, e quase dei um pulo para trás, aliviada. Julian abaixou a cabeça, constrangido.

— Ai, perdão, eu...

— Não, não, tudo bem. Mas preciso atender essa ligação. Pode ser Birdwine.

Ele se endireitou, assentindo com a cabeça, e contornei o balcão para atender a ligação, sentindo-me ligeiramente surpresa com o som. Meio ano atrás, o toque estridente era um ruído quase constante, anunciando ligações de sócios, amigos, empregados, advogados opostos, clientes. Há não muito tempo, eu estava tão acostumada à sensação de um fone Bluetooth no meu ouvido que às vezes adormecia com ele.

Peguei o telefone e olhei para a tela. Não era Birdwine. A tela dizia OAKLEIGH WINKLEY.

Que surpresa. Eu inserira os dados dela assim que ela contratara Nick, pensando que acompanharia a maior parte de seus procedimentos. Em vez disso, eu estragara tudo e a perdera. Agora, menos de uma semana depois, ela estava me ligando.

Levantei o dedo para Julian e disse:

— Tenho de atender isto. É uma cliente. — Eu tinha dito estas palavras milhares de vezes, mas isso fazia algum tempo. Elas soaram boas e familiares na minha boca. Deslizei a barra verde para o lado e disse: — Paula Vauss.

— Ah, que bom, você está aí — disse Oakleigh. Sua entonação sedutora estava ainda mais acentuada. — Tocou cinco vezes, no mínimo. Eu tinha certeza de que cairia no correio de voz.

— Olá, Oakleigh, que posso fazer por você? — falei.

— Eu posso estar em algum apuro. A polícia quer falar comigo. Um homem acaba de me ligar, um policial — disse-me Oakleigh, e reconheci a entonação. Não era queixa. Oakleigh estava experimentando medo, e não estava acostumada a isso. Eu lhe daria boas-vindas ao clube, mas eu não queria estar num clube com Oakleigh. — Eu poderia ligar para aquele outro advogado, o que está cuidando do meu divórcio agora, mas não creio que ele se envolva com a polícia. Então, me lembrei do Nick dizendo que você fazia, tipo, coisas de crime, por caridade? — Quase sorri, porque isso era mesmo a cara de meu sócio. Ele se sentira impaciente, e depois zangado com minha série de clientes criminais indigentes, mas não tão zangado que não pudesse contar isso para nos dar uma imagem favorável: "O trabalho *pro bono* de Paula exemplifica o compromisso de nossa firma de retribuir". Oakleigh ainda estava falando: — Ele disse que foi por isso que você faltou ao meu depoimento, por isso desencavei seu cartão na minha bolsa...

— Sobre o que a polícia quer falar com você, Oakleigh?

— Meu ex... Meu quase ex. Isto é, meu marido. Ele está no hospital, ou estava mais cedo esta manhã. Ele acha que tentei matá-lo. Disse à polícia que tentei, pelo menos.

Pisquei, confusa. Julian havia se animado à palavra *polícia* e estava olhando para mim com as sobrancelhas levantadas e indagativo. Fiz uma pausa para formular uma pergunta com cuidado.

— Por que seu marido acharia isso? — Consegui o tom certo. Calmo e isento de crítica.

Oakleigh fez um ruído irritado de inalação e disse:

— Ah, é culpa dele mesmo. Andou entrando sorrateiramente na casa e fazendo coisas. Fazendo coisas horríveis, e agora estou perdendo a aula de spinning! Mas a maior parte das roupas dele ainda estava aqui, então... Veja, é realmente muito complicado. E não sei quando a polícia vai chegar. Você poderia vir aqui?

— A polícia quer falar com você na sua casa? — perguntei.

Julian se levantou, os olhos muito arregalados agora, me observando como se eu fosse um filme com uma reviravolta. Era fofo, por isso sacudi a cabeça para ele, irônica e sábia, indicando que esse tipo de coisa acontecia comigo a toda hora.

— Sim, eu lhe disse. Eles disseram que passariam aqui esta tarde, o que, em retrospecto, é superimpreciso — disse Oakleigh.

Não fiquei alarmada. Se Oakleigh tivesse dado um tiro em Clark, ou posto água sanitária na sua margarita, a polícia não ligaria e marcaria um encontro educado. Eles apareceriam sem aviso, para ver suas reações imediatas. Iriam rebocá-la e fazer perguntas severas numa sala de interrogatório. Isso me soou como uma briga doméstica idiota — algo com que qualquer bom advogado de divórcios podia lidar. Por outro lado, ter Oakleigh Winkley de volta aos braços de nossa firma seria bom. Contribuiria muito para acertar as coisas entre mim e meus sócios, e eu queria isso.

— Pode esperar um minuto? Preciso ver se posso transferir meu compromisso das duas horas — disse eu a Oakleigh. Apertei a tecla "mudo" sem esperar uma resposta.

— Você tem de ir? — perguntou Julian.

— Tenho — respondi, com genuíno pesar. Eu tinha ficado rígida quando ele me abraçara, depois dera um pulo para trás e me afastara na primeira oportunidade. Não queria que nosso encontro terminasse nesse clima.

— Ah, não! Mas ainda nem chegamos a falar de Hana. — Ele ficava sempre trazendo Hana à tona, mas não havia nada para discutir. Birdwine a encontraria para mim. Ele tinha de encontrá-la, e isso era tudo. — Só vou trabalhar amanhã. Não posso esperar aqui até que você termine?

Senti uma resistência interna imediata. Eu não podia deixar meu loft nas mãos desse garoto. Isso parecia mais íntimo e invasivo que as batidinhas nas costas. Ele ficaria amigo de meu gato e percorreria todos os meus armários. Não que eu o censuraria por isso. Se ele me deixasse sozinha em sua casa, eu certamente vasculharia suas gavetas. Estávamos curiosos um sobre o outro.

Se ele fosse cinco anos mais moço, eu lhe daria quarenta dólares e o deixaria no shopping ou no cinema até que eu resolvesse assuntos de adulto. Não estava segura de que isso pegaria bem com alguém de vinte e poucos anos.

— Você poderia vir comigo — disse eu.

— Verdade? A uma entrevista com a polícia? — perguntou ele, sua voz se elevando com a excitação.

— Por que não? — falei. Agora ele estava praticamente quicando no banco, e que se dane. Eu não tinha checado o calendário. Talvez fosse o Dia de Levar seu Cachorrinho para o Trabalho. — Você teria de manter a boca fechada, mas não vai demorar, e depois eu poderia levá-lo para jantar.

— Sim. Legal — disse ele.

Vi-me sorrindo e me dei conta de que realmente queria que ele fosse. Em parte, isso era orgulho ferido. Em nosso primeiro encontro, eu estivera tremendo no meio de um completo ataque de pânico. Hoje eu tinha começado, reduzida pelo medo, a uma pura hostilidade, depois terminara rígida e quase chorosa. Queria que ele visse mais de mim. Tirei o telefone do "mudo".

— Posso deixar minha tarde livre — disse eu a Oakleigh, caminhando para minha área de escritório. — Mas entenda: se eu assumir isto, então sou sua advogada, ponto. Você dispensa o novo sujeito e minha firma trata de seu divórcio.

— Ótimo — disse ela, tão aliviada que pareceu francamente ansiosa.

— Vou levar um contrato para você. Precisa assinar antes de me dizer qualquer outra coisa sobre o que fez ou deixou de fazer. — Girei o mouse para ligar o computador.

— Certo, maravilha. Venha rápido, por favor. O policial disse...

Interrompi-a:

— E vou precisar de uma antecipação. — Comecei a imprimir nosso contrato padrão para clientes.

Houve uma pausa estranha.

— Bem, mas meus recursos são limitados. Clark está sendo tão pouco razoável. — Deixei meu silêncio entediado falar por mim; este ponto não era negociável. — Eu poderia levantar talvez 25 mil? Isso é suficiente? Só para começar?

— Está bem — falei, como se estivesse lhe fazendo um favor. Dinheiro era tão relativo. Na cabeça de Oakleigh, ter meros 25 mil sobrando espalhados por aí era equivalente a estar quebrada. Perguntei-me o que Julian faria com isso. Comecei a imprimir meu formulário interno também, enquanto abria meus arquivos de trabalho. Eu precisaria contratar Julian por hoje se ele iria estar presente a um encontro com uma cliente. — Estou a caminho. E Oakleigh, se eles chegarem antes de mim, seja gentil, ofereça café ou chá, mas protele a entrevista. Diga-lhes que estou chegando. — Se alguém podia transformar uma simples questão doméstica em algo sério, era Oakleigh Winkley, lidando com policiais do alto de seus privilégios e sem supervisão.

— Apenas se apresse — disse ela, e desligou.

Peguei os formulários e fui até a porta, onde meu casaco e sapatos estavam esperando, feliz por ter me vestido como megera para um tribunal completo esta manhã, afinal. Pude estar pronta para sair em três minutos. Julian me seguiu.

— Deve ser interessante — eu lhe disse, quando me enfiei de volta no uniforme. — Na pior das hipóteses, ficaremos sabendo da cor apropriada de esmalte de unha para uma entrevista com a polícia.

Ele sorriu, um pouco indeciso. Bem, ele não tinha passado um tempo com Oakleigh Winkley. Uma hora com ela e entenderia a piada.

— Estou contente. Fiquei tão interessado nas fotos, sabe, que me distraí — disse ele.

— Do quê? — perguntei, alisando minha saia.

— Hana — disse ele, como se fosse o óbvio.

Lancei-lhe um olhar aborrecido.

— Eu lhe disse. Birdwine...

— Vai encontrá-la, eu sei — disse Julian. — Isso é ótimo, mas e depois, o que acontece depois disso?

Eu estava pegando a minha bolsa, virando-me para a porta, mas essa pergunta me paralisou. Tudo depois de *encontrá-la* era um espaço em branco e seu presente era distorcido pela lente de meu próprio passado. Pensar em Hana me remetia de volta no tempo, para a época em que eu tinha sido a menina perdida.

Descobri que não podia imaginar um depois. Como poderia? Hana estava suspensa no agora, como o gato do experimento de Schrödinger. Ela estava ao mesmo tempo viva e morta, segura e amedrontada, faminta e bem alimentada, dormindo tranquila e chorando no escuro. Eu estivera cega até à ideia do futuro de Hana. Só a tinha visto oscilando num presente incerto.

A simples pergunta de Julian tinha me feito cambalear, e compreendi que Hana e eu não éramos a mesma coisa. Eu tinha sido uma "Tem-mãe", uma menina amada com uma tábua de salvação. Quando minha mãe foi levada, foi apenas para ser presa. Eu tinha plena confiança de que Kai viria me buscar. Que fé Hana poderia ter, depois que Kai estivesse morta e enterrada? Hana estava presa onde quer que Kai a tivesse deixado, com qualquer arranjo maluco que Kai tivesse feito — ou deixado de fazer.

Hana não sabia que eu existia, muito menos que eu a estava procurando. Não sabia que pessoa alguma a estava procurando. Hana não era como eu. Era como Candace, Shar, Karice — todas as meninas perdidas no mundo que se sentiam desvalorizadas e indesejadas. Ela não tinha nenhum meio de saber que, em algum lugar do mundo, neste instante, seu nome estava sendo chamado.

CAPÍTULO 7

Muito tempo atrás isto aconteceu, e está acontecendo agora. Raktabija, o Demônio da Semente Vermelha, se levantou contra a Terra. Ele veio para incendiá-la e aquecer seus grandes pés vermelhos em meio às cinzas.

Os exércitos da Terra se levantaram, espadas se elevaram para proteger sua mãe. Eles correram para ele, e cortaram-no em mil lugares, ao mesmo tempo. A Semente Vermelha tombou, e o exército aplaudiu.

Mas no mesmo instante em que os exércitos celebravam, o sangue da Semente Vermelha estava encharcando a terra, e a terra é uma mãe muito fértil. De todos os lugares em que sequer uma gota havia caído, um outro Raktabija brotou, maduro, espadas puxadas, de modo que os mil cortes se tornaram milhares de demônios. Os exércitos da Terra recuaram, com uma multidão de Sementes Vermelhas agora os atacando.

Eles lutaram muito bravamente, todos os filhos da Terra, mas de nada adiantou. Cada vez que eles abatiam um demônio, o sangue respingava. Cada gota gerava outra a partir do solo, e outra e outra, até que os exércitos da Terra ficaram em desvantagem numérica. Seus corpos jaziam em pilhas sobre o chão e logo seriam todos destruídos.

Foi então que Kali chegou. Ela chegou não por ter sido chamada pelos homens; todos os seres humanos clamam por seus deuses e muito poucos obtêm respostas. Kali chegou porque o próprio coração da Terra estava gemendo.

Os demônios ficaram com medo quando viram Kali, até perceberem que ela não tinha espadas. Apenas címbalos. Como eles riram e apontaram, ao ver uma defensora armada assim. Ela tinha címbalos pequeninos tilintando em seus dedos, címbalos maiores repicando em seus punhos e tornozelos, e grandes e sonoros címbalos que rugiam pendurados numa cinta em torno de sua cintura.

Eles riram, mas não riram por muito tempo. Kali começou a dançar ao som da música de seus címbalos, e à medida que dançava, ela deixava sua longa língua se desenrolar de sua boca. Ela estalava como um chicote, marcando o andamento. Girava como um dervixe. Sua língua fazia sua própria dança ao som do tilintar dos címbalos, e era mais vermelha e rápida que toda a legião da Grande Semente Vermelha.

Os exércitos da Terra voltaram ao combate, e abateram os demônios. Kali dançou entre eles, fustigando e girando sua língua vermelha, lambendo sangue no ar antes que ele pudesse cair. Ela lambeu cada gota, por isso cada demônio que morria era uma palha, tão vazio e transparente como um saco de plástico. Os corpos esvaziados da Semente Vermelha eram tão leves, tão vazios, que pairavam no

> ar enquanto os pés de Kali dançava através deles. Os exércitos da Terra ceifavam e dizimavam, e Kali bebia e bebia, até que toda a Grande Semente Vermelha se tornou um único tufo de dente-de-leão, flutuando no vento em espirais e redemoinhos.

— Cadela, largue o telefone — diz uma voz de mulher na outra ponta da linha, tão alto que ela estala.

Joya e eu temos um sobressalto com a interrupção. Estamos muito juntas, lado a lado, no assoalho da despensa com o velho telefone ajustado para viva-voz, nossas cabeças inclinadas para ouvir a história de minha mãe.

Olhamos uma para a outra de olhos arregalados, e em seguida Kai está de volta.

— Tudo bem. Rhonda está falando com aquela mulher grosseira sobre modos. Ah, espere... só mais um segundo.

Ouvimos uma conversa irritada, abafada, através do viva-voz.

Joya se abraça e sussurra:

— Caramba, sua mãe sabe contar uma história.

— Sim — concordo.

As histórias de minha mãe não têm uma versão Disney; quando são aterrorizantes, ela as conta de maneira profundamente aterrorizante. Talvez aterrorizante demais quando ela está assim tão longe, brigando por causa de tempo no telefone com uma mulher de voz malvada que pode ser perigosa.

— Estou de volta. Temos mais alguns minutos — diz Kai.

— Esse é o fim da história? — Joya pergunta a Kai.

— Não — diz Kai.

Ao mesmo tempo, eu digo:

— Sim.

Não quero que minha mãe ganhe uma inimiga mortal porque a mantenho falando. Quero-a segura. Além disso, gosto quando a história da Semente Vermelha termina aí. Se fosse noite, e Kai estivesse me pondo na cama, ela diria agora: "Cada um desses tufos de dente-de-leão é um desejo para você. Feche os olhos e faça-os". Eu adormeceria logo, antes mesmo de acabar de desejar.

Não gosto do fim favorito de Kai, no qual Kali, bêbada com sangue de demônios, não consegue parar de dançar. Ela é tão impetuosa e poderosa que começa a rachar a terra. Não pode ser detida. Os exércitos acovardam-se e tudo parece perdido, até que seu amante aparece. Ele se deita diretamente no caminho de Kali, e esta, quando seus pés descalços tocam no peito dele, para de repente. "Temendo esmagar seu precioso coração", diz Kai nessa versão, e esta é a minha deixa para fazer um ruído de vômito.

— Você tem tempo para acabar? — pergunta Joya, me ignorando.

Lanço para Joya um olhar aborrecido. Ela deveria estar sentada lá fora, vigiando as orelhas compridas de Candace. Mas depois Kai começou a contar "A Semente Vermelha", e eu a convidei. Pensei que Joya deveria ouvi-la, especialmente porque uma nova garota se mudou para nossa cabana. Kim é uma menina desajeitada, com sobrancelhas pesadas e zangadas, e ela se enturmou com Shar e Karice. As probabilidades se inverteram contra as "Tem-mães". Shar está olhando para Joya de cara feia toda vez que os caminhos delas se cruzam. Shar ainda tem muito a acertar com Joya por causa dos lóbulos de suas orelhas, e a mãe de Joya terminou a reabilitação e se mudou para um centro de ressocialização. Shar está ficando com pouco tempo para lhe dar o troco.

Há um poder nas histórias de minha mãe, e esta história é um poderoso chamado para a volta ao combate. Eu queria que Joya participasse. "A Semente Vermelha" é a história que eu desejava no dia que aquelas meninas brancas do condado de Paulding me chamaram de Gorducha Gordura de Bunda. Se Kai a tivesse contado para mim naquele dia, eu poderia ter voltado para a escola com címbalos em meus pulsos, pronta para enfrentar o mundo. Em vez disso, Kai contou "O camundongo de Ganesha" e eu liguei para 911.

— Ela precisa sair do telefone antes que se meta em apuros — digo a Joya, alto o bastante para que Kai me ouça claramente.

— Mas eu quero ouvir o fim — diz Joya.

— Toda história tem milhares de fins — diz Kai. Ela parece calma, ou talvez esteja apenas cansada. — Eu poderia lhe contar um fim que nem Paula conhece.

— Oh, por favor! — diz Joya, e agora meu interesse foi atiçado. Gosto de parar quando Kali vence a batalha, mas Kai gosta de romance. Não há nenhum terceiro final que eu conheça.

— Muito tempo atrás, agora mesmo — começa Kai —, Kali tem um menino recém-nascido...

— Espere, ela o quê? — digo eu.

Nunca ouvi uma história em que Kali seja mãe. Ela é A Mãe, sem dúvida, aquela que destrói as antigas florestas pelo fogo. Depois, a partir do solo carbonizado, o capim novo cresce mais doce e mais verde que nunca antes. Mas não posso imaginar Kali como uma mamãe, usando duas de suas muitas mãos para trocar uma fralda enquanto os ossos humanos amarrados a seus pulsos farfalham e rangem.

— Ela disse que Kali tinha um bebê. Bico calado — diz Joya, e Kai começa de novo.

> Muito tempo atrás, agora mesmo, Kali tem um menino recém-nascido. Mas Kali está bêbada com o sangue da Semente Vermelha. Ela dança sua vitória tão violentamente contra a terra que os grandes címbalos em sua cintura soam como artilharia. Os címbalos de seus dedos tilintam tão alto que ferem os ouvidos, e os címbalos em seus punhos gritam e ressoam. Ela dança com tanto ímpeto que o mundo começa a rachar em sua base. As cidades se sacodem. Os oceanos se agitam e espumam.
>
> O soldado mais corajoso agarra seu filho pequenino e o leva para o campo de batalha. Ele rasteja até tão perto de Kali quanto ousa e deposita o bebê delicadamente sobre uma pilha de soldados da Terra tombados. Depois corre. Os corpos estão frios, e o bebê está nu. Ele está infeliz por se ver tão sozinho e gelado. Abre sua boquinha pequenina e chora, uma mera nesga de som.
>
> Mas Kali ouve. Ela para de dançar e seus címbalos se aquietam. No silêncio, todos podem ouvir o

> bebê chorar. Ela vai até ele correndo, rápida e lépida. Os oceanos se acalmam, e a Terra estremece se unindo outra vez, soldando-se nas linhas de junção. Ela levanta o bebê e se senta na pilha de cadáveres. Começa a embalá-lo, balançando e cantando. Os címbalos batem doce e suavemente com seus movimentos delicados. Por toda parte à sua volta, a palha branca dos demônios começa a tombar, pousando em montes como neve nova. Ela recobre a carnificina até que o mundo todo fica coberto, refeito, novo e sem defeitos. As únicas cores vêm de Kali e seu filho, aconchegados juntos sobre o topo branco de uma colina.

Kai para de falar e faz-se um grande silêncio. Esta é a maneira certa de encerrar a história para as "Tem-mães". Este é o fim em que você está com frio e sozinho e sua mãe chega e o apanha. Até os olhos de Joya ficaram avermelhados. Ela dá um suspiro, e depois, do lado de fora da despensa, ouvimos uma fungada abafada.

Reconheço o som; é aquela maldita Candace, que veio roubar mais de minhas conversas. Sua alergia a traiu. Ou isso, ou ela está sentindo uma emoção que não tem nenhum direito de sentir. Joya se levantou num instante, saltando fora da despensa com assassinato estampado no rosto. Ouço Candace caindo fora em pleno galope, gritando: "Espere, espere, espere, espere, não, não, não!", e as batidas dos pés das duas enquanto correm pela sala de recreação.

Tiro o telefone do viva-voz, e no silêncio, posso ouvir que a respiração de Kai ficou apertada.

— Mamãe? — digo. Hoje em dia quase nunca a chamo de mamãe. Desde que ela estava com Hervé e me acostumei a dizer Kai. Eu não a teria chamado por esse nome se houvesse uma maldita chance de Candace estar por perto para ouvir. É uma palavra sagrada para mim e Joya. — Mamãe, você está chorando?

— Não, meu bem — mente minha mãe. Ela é boa nisso, mas ninguém é tão bom assim. Há uma pausa, e agarro o telefone com força, inclinando-me sobre ele. Conheço tão bem sua respiração, a qualidade de seu silêncio, que posso percebê-la se controlando. A quilômetros de distância, sinto a espinha de minha mãe se endireitando, isso endireita a minha própria. Sinto sua boca triste se reformar deliberadamente num sorriso. Quando ela fala de novo, sua voz é animada e alegre. — Meu benzinho, meu tempo de telefone está mais do que esgotado. Eu amo você. Cuide de si mesma e logo estarei com você. Muito depressa. Estes poucos meses que faltam vão passar num piscar de olhos. — Uma mentira, mas que mentira boa. Nesse momento, ela consegue soar tão segura que nós duas acreditamos nela.

Fazia um ano e meio que eu não via minha mãe. Tinha feito um aniversário, crescido mais de sete centímetros e começado a menstruar. Ela tinha encolhido, esvaziada de meu irmão. Ganesh realmente já fora embora nesse momento, já transformado em Julian.

Teria ela visto o bebê? Segurado? Amamentado? Quando eles o tiraram de seu corpo, tiveram de dizer que era um menino, ou ela já sabia, assim como soubera que eu era uma menina?

"Você tinha tamanha energia feminina", sempre dizia.

Estranho pensar em mim mesma dessa maneira, pequena, cega e amarrada a ela. Naquele tempo anterior à memória, tudo que eu tocava era dela. Eu ouvia sua voz a partir de dentro, sem nenhuma ideia de que ela era uma pessoa separada. Naquele tempo, ela havia simplesmente sido o mundo.

Este rapaz sentado em meu banco do passageiro começou sua vida ali, também, em meu quarto abandonado. Quando Kai contou o novo fim de "A Semente Vermelha", havia ele sido o bebê que ela imaginava? Eu achava que não. Quando ela contou essa história, ela já o enviara para os pais que escolhera, cuidadosamente, usando critérios Kai-cêntricos.

Os Bouchard eram solidamente classe média — uma professora de jardim de infância e um agente de seguros — porque Kai não confiava nos ricos. Amavam-se, porque Kai valorizava muito o amor. Uma mãe com uma enfermidade que a impedia de gerar filhos e empurrava o nome deles para baixo em listas de espera para adoção, de modo que o menino de Kai seria provavelmente seu único filho, o filho em torno do qual eles gravitariam. Dei uma olhada nele, lendo seriamente no banco do passageiro. Observei suas bochechas lisas e rosadas e seus cachos. Seus olhos eram grandes e brilhantes. Ele parecia o modelo que você escolheria para anunciar leite integral num cartaz, ou pêssegos orgânicos. Nenhum bebê jamais havia sido colocado num lugar mais pacífico.

Chegamos a uma dessas mansões produzidas em massa em estilo colonial sulista e meu GPS anunciou que estávamos na casa de Oakleigh. Estacionei, satisfeita por ver que meu carro era o único na longa entrada de automóvel. Os policiais ainda não estavam aqui e isso era uma boa coisa. Eu precisava me preparar para a batalha. Durante todo o trajeto até a casa de Oakleigh, vendo meu irmão tentar decifrar o complicado juridiquês do acordo de estágio, eu estivera pensando em Hana e na história da Semente Vermelha de Kai.

O bebê no campo de batalha de Kai era eu. Na realidade, eu era uma menina de membros desengonçados e rancorosa, com uma erupção de espinhas na testa e meu quadril empinava-se quase permanentemente num ângulo insolente. Porém, para Kai, eu era a criatura amada que ela ouvira chorando numa pilha de cadáveres, pequenina e fria. Ela queria correr para mim e me salvar. Eu encheria seus braços vazios de mãe, salvando-a de imediato.

Eu nunca entendera essa história completamente, até que o menino que ela perdera me perguntasse o que faríamos com Hana quando eu a encontrasse. Julian, versado nos costumes da família nuclear, tinha visto a situação de ângulos que não existiam para mim. O que eu *iria* fazer?

Meu meio-irmão me lançou uma olhadela nervosa quando virou a última página. Eu não tinha seu quadro de referências, especialmente para a palavra *família*. Quando eu era criança, família significava eu e Kai, girando livremente através de um elenco rotativo de amantes e amigos que em última análise não tinham importância. Eu não tinha tido bonecas bebês ou Barbies, mas às vezes, quando era pequena, brincava de casinha com Kai. Eu era a mamãe e a alimentava com a minha colher. Eu devia pensar que algum dia seria mãe. Depois fiz a ligação para 911 que colocou uma rachadura entre nós. A fissura se alargara até que minha família se dividiu em duas partes, eu, sozinha, e ela. Eu nunca havia tentado formar outra.

Eu estava na metade da casa dos trinta anos, e a biologia ainda não me perturbara nem com uma ânsia moderada de procriar. Não podia imaginar que o faria. Sempre brincara dizendo que se meu relógio biológico disparasse eu evitaria o botão "soneca" e arrancaria fora todo o sistema de alarme pela raiz.

Mas a necessidade de encontrar Hana me atingira como a biologia. Era algo igualmente básico, igualmente irracional. Eu queria encontrá-la do mesmo modo que uma pessoa faminta quer um sanduíche, ou uma pessoa debaixo d'água nada para cima em direção ao ar. Bastava pensar em seu nome e o mundo virava de cabeça para baixo. Eu tinha sabido o que significava ser a menina perdida, atolada num pântano de sentimento forte demais para ser mera lembrança. Meu coração disparava, marcando a necessidade de *encontrá-la, encontrá-la, encontrá-la.*

Era difícil ver além disso, porque ímpetos de respirar, comer ou embalar o bebê que chora gritam alto demais para a lógica. Eles vêm do fundo das porções mais primitivas do cérebro. Julian me arremessara direto na realidade simplesmente ao fazer a pergunta. Quando Hana fosse encontrada, que droga eu iria fazer com ela?

Criar filhos não era nem remotamente minha especialidade. Droga, eu não tinha sequer um lugar onde pô-la. Morava num espaço radicalmente aberto, especificamente projetado para um único residente. A falta de paredes declarava que eu era uma solitária mais alto do que mil portas fechadas o poderiam fazer. Eu não tinha nenhum espaço em minha vida, literalmente, nenhum refúgio ou quarto extra, que pudesse comportar qualquer tipo de família.

Julian ainda estava lendo, deleitando-se com cada palavra. Esse era o mesmo garoto que vagara pela cidade com todos os seus documentos mais importantes enfiados numa pasta. Ele os jogara no meu assoalho e depois saíra correndo em pânico. Bem, ele era impetuoso e emotivo, mas havia sido bem educado, no sentido sulista. Sabia pôr o guardanapo no colo, abrir a porta para senhorinhas e ler contratos antes de os assinar.

— Isto é um formulário interno — falei. — Preciso que você o assine sobretudo para que o sigilo se aplique aqui.

— Sim. E isso é realmente uma boa ideia — disse Julian, sem levantar os olhos. — Acho que hoje será um bom ensaio.

— Ensaio? Para quê?

— Para podermos aprender a trabalhar juntos — disse Julian. Abri a boca para lhe dizer que isso era só por hoje, mas ele já estava falando: — Vamos precisar, quando encontrarmos Hana.

Tentei fazer um ruído evasivo, mas saiu como um grunhido no meio de um estrangulamento. Ele tinha reajustado os ângulos, novamente.

Tinha dito *nós*, como se ele já tivesse um lugar dentro de meus planos inexistentes. Como se tivesse o direito de moldá-los. Mas ele não estava em minha tribo, muito menos na de Hana.

Esse garoto tinha crescido em um bom bairro, com uma mamãe e um papai e uma bicicleta e provavelmente um cachorro chamado Duke ou Fido. Ele tinha três quartos de um curso no Berry College e nenhuma referência para imaginar o mundo de que Hana e eu vínhamos. Nunca pusera um dedo do pé nos lugares em que Birdwine iria procurá-la. A única coisa que tínhamos em comum eram os genes da minha mãe, suavizados por diferentes homens e espalhados em cada um de nós. Ele estava reivindicando uma fatia de um tipo de torta que nunca cheirara ou experimentara.

Entregou-me o formulário assinado.

— Pronto — disse. Parecia muito animado.

Eu não podia pensar sobre isso agora. Ele estava certo. Eu tinha um trabalho para fazer que era o próprio oposto da maluquice que ele estava propondo. Eu fazia vivissecção em famílias; este órfão estava perguntando como *nós* poderíamos criar a própria coisa que o trabalho de minha vida estava desconstruindo. Sacudi a cabeça para ele e saí do carro, rumando para o trabalho que eu compreendia.

Ele saiu também, seguindo-me até a varanda em volta da casa. Obriguei-me a deixar de lado suas suposições e concentrar-me. Toquei a campainha, sorrindo para a câmera. Não localizei seu olhinho de vidro brilhando para mim, mas câmeras de segurança eram o que gente rica tinha em lugar de olho mágico. Eu podia senti-la, a débil carga elétrica que formigava através de minha pele quando eu estava sendo observada.

Oakleigh abriu a porta de repente, quase imediatamente, franzindo as sobrancelhas. Seu olhar bateu em Julian, com bloco e caneta de prontidão, e o desprezou como algum tipo de secretário. Dispensou cumprimentos e começou imediatamente a se queixar, antes mesmo que a porta se fechasse.

— Não entendo por que tenho de falar com os policiais. Foi Clark que entrou à força aqui em casa e começou isso. Podemos fazer um contra-ataque para que *ele* seja preso? Ele está invadindo, mudando minhas coisas de lugar e estragando-as... todo dia. — A excitação de medo que eu ouvira em sua voz pelo telefone desaparecera, transformara-se em raiva. Julian inclinou-se para trás diante da rajada, olhos arregalados. Ela se virou e seguiu pisando duro, e nós a seguimos para o vestíbulo abobadado. — Troquei o código de segurança. Duas vezes. O que deveria fazer agora?

— Trocar de roupa — sugeri. Seu vestido era vermelho, apertado e muito curto, usado com botas pretas que chegavam acima dos joelhos. Havia um grande naco de coxa magra e bronzeada aparecendo entre a bainha do vestido e o alto das botas e, enquanto a seguíamos, peguei Julian olhando. Ele corou, ficando de um rosado vivo, e desviou deliberadamente os olhos. Para ser justa, eu não conhecia muitos homens heterossexuais que teriam conseguido manter seus olhos puramente voltados para o céu.

— Já me troquei. Quando liguei para você estava com calça de ioga — disse ela, acenando para continuarmos avançando. Havia uma vasta escadaria e, além dela, um amplo arco que abria para uma grande sala. Ela se desviou para a escadaria, subiu três degraus, depois parou e se virou para nós. Quase posando. — Policiais adoram este vestido. Mês passado ele me livrou de uma multa.

— Humm — respondi, rezando para todos os deuses para que não viesse *uma* policial.

Depois ela se virou para a parede e apontou o dedo para uma área de nada.

— Olhe para isto!

— Vejo tinta branca — falei. — Este é Juli...

— Branco? — Oakleigh me interrompeu, e agora dez por cento de sua raiva estavam voltados contra mim. — É Baunilha Polar, que é um creme muito quente. Mas você não consegue ver o quadrado? — Ela apontou para a parede de novo. Julian e eu nos inclinamos como um par de críticos de tons de tinta e em seguida vi a débil alteração na cor. Uma pequena área retangular brilhava um pouco mais que o resto e havia o pequenino buraco de um prego no topo. — O que você não vê é o meu desenho de Picasso. E você não o vê porque Clark o pegou e meteu no armário de bebidas para me fazer pensar que tinha sido furtado. O que você vai fazer a esse respeito?

Oakleigh estava me tratando como a ajuda e Julian como mobília. Hora de controlar a minha garota. Fiz um semblante inexpressivo e entediado e estendi meu contrato com dois dedos.

— Nada, até você assinar isto. E preciso daquele cheque.

Ela revirou os olhos, mas voltou à realidade a agarrou o papel; em seguida estendeu uma mão peremptória para Julian. Ele lhe entregou sua caneta. Ela se virou sobre os saltos e passou sob o arco pisando duro, levando-nos até a sala principal.

Ali, um enorme sofá modular de cor cinza e coberto com um número excessivo de almofadas soltas, pretas e brancas, opunha-se a uma lareira grande o bastante para assar porcos inteiros. Oakleigh o contornou em direção a uma escrivaninha Cheveret. Abriu a gaveta e tirou um talão de cheques.

Julian contemplava a sala à sua volta com os braços colados nos lados do corpo.

— Relaxe — digo-lhe, em voz baixa.

Ele sacudiu a cabeça e sussurrou:

— Se eu quebrar um vaso, vou ter de vender meu carro para substituí-lo.

Engraçado vê-lo tão intimidado por esta ostentação de dinheiro. Ele ficara assim, em menor medida, em meu escritório e no loft, mas quando eu era menina, a casa no bairro dos Bouchard teria parecido realmente luxuosa para mim.

— Oakleigh não parece se importar com coisas estragadas — falei calmamente, apontando para a imagem pendurada acima da lareira. Era o retrato do casamento de Clark e Oakleigh.

Eles estavam de pé juntos numa vasta escadaria pré-guerra, Oakleigh num vestido enorme que a fazia parecer um bufante merengue de alta-costura e Clark num smoking cortado sob medida. Foi a primeira vez que olhei para o marido de Oakleigh. Ou fragmentos dele, de todo modo. Era elegante e esbelto, com cabelo louro habilmente desgrenhado e um submaxilar delineado — mais ou menos o que eu teria esperado. O que me surpreendeu foram seus chifres de demônio, seu bigode de Hitler e olhos oblíquos de demônio vermelho-sangue com pupilas riscadas de preto que obscureciam a metade superior de seu rosto. A própria Oakleigh não tinha nenhum rosto, apenas um rabisco preto em zigue-zague de tinta de esferográfica. Toda a sua cabeça tinha sido aniquilada com tanta pressão que a tela tinha rasgos e manchas brancas.

— Ali — disse Oakleigh, destacando um cheque do talão. Ela atravessou a sala e foi se juntar a nós, olhando para o retrato. — Sim, está vendo? Eu não devia ter desenhado nele dessa maneira, mas pelo menos tinha descido a foto e a enfiado no closet. Ele destruiu meu rosto e a pendurou de volta. Deixei para mostrar à polícia.

Deu-me o contrato e o cheque, ambos assinados. O "O" em Oakleigh era enorme e as outras letras tão encaracoladas e gordas como coelhos de desenho animado.

— Não assine coisas que você não leu — eu lhe disse, guardando-os na minha bolsa.

Ela sacudiu os ombros com desdém e disse:

— Pensei que ler os meus contratos fosse o seu trabalho.

— Ótimo. Da próxima vez vou incluir uma cláusula que me dá sua alma imortal — disse eu, e finalmente ganhei um pequeno sorriso dela. Eu estava lhe dando o benefício da dúvida ao supor que ela tinha uma alma.

O olhar de Julian bateu no sofá e seu rosto se iluminou.

— Gatinhos! — exclamou, e foi direto para eles. Eram dois, um preto e um branco, dormindo aninhados num felpudo yin-yang que eu havia tomado por mais uma almofada solta.

Isso não era de maneira alguma profissional, e as sobrancelhas de Oakleigh elevaram-se a alturas vertiginosas quando Julian se jogou no sofá e puxo-os para seu colo. Ele olhou para mim, sorrindo e distraído, coçando as orelhas do pretinho. O bichinho começou a ronronar com entusiasmo, e o branco bocejou. Seus olhos eram de um azul vívido. Se Julian fosse realmente meu estagiário ou assistente, eu estaria pedindo desculpa por nós dois e levando-o lá para fora para demiti-lo sumariamente. Mas a visão de Julian aconchegando bichos fofos me desconcertou. Meus batimentos cardíacos se elevaram àquela ânsia pulsante: *Encontre-a*.

Ouvi a mim mesma dizendo para Julian:

— Eu teria pensado que você gosta de cachorros. — O olhar incrédulo de Oakleigh se ampliou para me incluir.

— Ah, sim, sem dúvida — disse ele. — Mas quem não gosta de gatinhos? — E virando-se para Oakleigh: — Como eles se chamam?

Ela riu com desdém.

— Não sei. Blackie e Whitey? Eu os comprei ontem, depois que Clark invadiu a casa mais uma vez.

Julian correu a unha pela costura de sua calça. O preto ouviu o ruído e precipitou-se sobre ele. Whitey teve de ver Blackie pular antes de notar o dedo meneante. Provavelmente era surdo, como Henry.

Eu ainda não recobrara o autocontrole por completo e não consegui entender a relação entre invasões de casa e compra de gatos.

— Comprar um doberman não teria sido mais apropriado?

— Não, porque Clark é alérgico a gatos — retrucou com aspereza.

Ela ainda estava irritada porque O Auxiliar estava jogado em seu sofá, brincando com seus bichinhos. A parte curiosa disso é que eu estava irritada de volta com ela, embora fosse uma cliente, e Julian estivesse sendo inadequado.

Então esse é o sabor do nepotismo, pensei. Descobri que o sabor não me importava.

— Oakleigh — falei, com energia suficiente para exigir sua atenção. — Alérgico a que ponto? A ponto de morrer se tocar num gato? Ou de pelo de gato fazê-lo espirrar?

— Como eu poderia saber? Nunca o vi perto de gatos. Ele era *alérgico* — disse Oakleigh, como se estivesse falando com uma pessoa muito, muito lerda. — Ele não carregava uma Epipen nem nada. Dizia que o fato que estar perto de gatos o deixava péssimo, por isso quando começou a invadir a casa e arruinar todas as minhas coisas, comprei alguns.

— O que está arruinado, além do óbvio? — perguntei, olhando para o retrato de casamento. Eu não acreditava que Clark tivesse realmente estado na casa. Não considerava Oakleigh incapaz de destruir suas próprias coisas, na esperança de prejudicar a imagem do marido.

Oakleigh corou.

— É absurdo. Fui cortar o cabelo e quando voltei o desenho de Picasso tinha desaparecido. Pensei que talvez ele já tivesse feito isso antes, quando esvaziou o cofre, e eu não tinha notado. Mudei o código de segurança, por via das dúvidas, e saí para jantar. Quando cheguei em casa, o alarme ainda estava ligado, mas metade de meus sapatos estava na banheira. O chuveiro estava ligado. Nada feito de suede sobreviveu. Foi quando achei meu desenho no armário de bebidas. Mudei o código de novo e ontem fui pegar uma tonelada de roupa no tintureiro, tinha me esquecido disso no meio de todo o caos. Havia um pet shop na loja ao lado, entrei e comprei estes gatinhos. Enquanto eu estava fora, ele... — Ela gaguejou e sua voz reduziu-se a um sussurro ultrajado. — Eu realmente, realmente acho que ele urinou em meu estojo de maquiagem. Isso me deixou louca, perguntando a mim mesma no que mais ele pode ter urinado. Não paro de jogar comida fora, e agora levo a minha escova de dente na bolsa. Assim, esta manhã, fui para o pilates e, enquanto estive fora, ele veio e rabiscou meu rosto e voltou a pendurar nosso retrato, e ainda não sei o que mais. Estou com medo até de olhar em volta. Eu tinha deixado a roupa lavada a seco pousada sobre o corrimão. A maior parte era seus ternos e suas camisas sociais. Ele deve tê-los pegado quando saiu.

— Ele teria visto os gatinhos — disse eu, observando-os lutando no colo de Julian. — Por que levaria as roupas?

— Bem, as roupas ainda estavam fechadas naqueles sacos plásticos. Pareciam ter acabado de ser limpas — disse Oakleigh. Foi uma interessante escolha de palavras. Ela disse que elas *pareciam*, em vez de dizer simplesmente que estavam limpas. Ela olhou para o assoalho e acrescentou, irritada: — Talvez ele tenha pensado que era melhor levá-las antes que ficassem cheias de pelos.

Levantei uma sobrancelha.

— Você queria que ele as pegasse.

— Não disse isso — retrucou Oakleigh, agora tão dissimulada que talvez estivesse de dedos cruzados.

Julian me lançou um olhar intrigado, mas eu estava tão desorientada quanto ele. Notei que sua calça azul-marinho já mostrava pelo branco de gato. Eu mantinha Henry escovado porque muitas de minhas roupas eram pretas, e ainda tinha de usar um rolo de fita toda vez que saía de casa. Mas o pelo de Blackie não aparecia realmente contra o azul-marinho, notei, e então entendi. Oakleigh havia escolhido essas charmosas fábricas de pelos por suas cores.

— Você passou os gatinhos pelas roupas dele — disse eu, surpresa. Julian pareceu surpreso também. — Você passou o gatinho branco dentro e fora das mangas de suas camisas sociais claras. E depois o escuro, você o passou pelos ternos. Quantas vezes?

— Ah, não sei. Gatinhos são bobos — disse Oakleigh. — Que posso fazer se eles gostam de brincar de túnel?

— Puta merda — disse Julian.

— E depois você embalou as roupas de novo e pendurou-as onde ele as veria, e correu para o pilates.

— Eu não disse isso. Mas ele não devia ter andado mexendo nas minhas coisas. — Sua voz estava afetada e não sem orgulho.

Nesse momento eu acreditei que Clark estava invadindo a casa. Pessoas em divórcios litigiosos culpam seus cônjuges pela chuva, pela unha encravada e pela clamídia que sabem muito bem que eles contraíram e transmitiram de propósito. Mas não montam armadilhas elaboradas com gatinhos para o ex caso eles sejam o que está fazendo a sabotagem.

Se ao menos ela tivesse me contratado depois da primeira invasão! Eu teria instalado câmeras camufladas e o pegado urinando na sua maquiagem. Que vantagem isso seria em negociações de acordo. Os gatinhos eram uma resposta perversa para o saque dele, mais interessada em feri-lo que em proteger seus próprios pertences. Isso a elevava uns bons seis degraus na escala da maluquice em relação ao comportamento padrão num divórcio. Um caso ABSF geralmente envolvia pessoas egoístas que tentavam conservar a maior pilha de bens enquanto destroçavam um ao outro. Mas ela tinha colocado Clark no hospital. Sabia de antemão o quanto aquilo lhe faria mal? Talvez. Nesse caso, aquilo era uma grande esperteza. Se ele espirrasse até morrer sobre uma fina camada de pelo de gato, bem. Eu gostaria de ver o promotor público que conseguiria evitar uma dúvida razoável com relação a isso.

— Você acha que estou em apuros? — perguntou ela, amuada e com uma voz tão afetada que era quase uma fala de bebê.

Sacudi a cabeça.

— Oakleigh, se eu deixar você ser presa por uso de gatinhos numa vingança, comerei pessoalmente minha licença para advogar e me tornarei uma cozinheira de frituras, o.k.? Quando a polícia chegar, mostre-se o mais séria que puder nesse vestido e deixe noventa por cento da conversa por minha conta.

— É legal deixar de mencionar que deixei gatinhos brincarem nas roupas dele?

— Não vamos trazer esse assunto à tona, se eles não perguntarem. E eles não perguntarão isso — respondi, distraída.

Então Clark não a estava roubando. Estava tentando enlouquecê-la, mudando de lugar e estragando todas as suas coisas favoritas para deixá-la maluca. Agora eu estava muito ansiosa para conhecer esse sujeito que afogava sapatos e profanava batons, e ver que aparência ele tinha sem adornos. O veneno puro e pessoal de seus ataques mesquinhos o colocavam pelo menos num degrau tão alto na escala da maluquice quanto ela estava. Além disso, ele tinha uma maneira secreta de entrar e sair da casa, e sabia com precisão de minutos quando ela se ausentava dali.

— Ele está de olho em você. Já entendeu isso, não? As invasões ocorrem imediatamente depois que você sai.

— Você acha que está me vigiando? — A ideia sinceramente não lhe havia ocorrido. Isso corroborava minha teoria de que ela era apenas excepcionalmente mesquinha, e não um cérebro criminoso tramando o assassinato perfeito por meio de adoráveis filhotinhos. Mas essa teoria também voltou a inflamar a raiva feia que eu vira antes. — Aquele filho da mãe!

— Vamos relatar isso aos policiais, mas quero trazer meu próprio detetive particular aqui para fazer uma varredura da sua casa à procura de aparelhos de escuta ou câmeras.

— Você acha que Clark está me filmando? — perguntou Oakleigh com voz estridente, com tamanho pânico instantâneo que perguntei a mim mesma com quem ela estava trepando. Eu precisaria me preparar se havia uma chance de que Clark possuísse uma *sex tape* para lançar sobre nós numa mediação.

— Acho que não. Acalme-se. Se ele tivesse câmeras aqui, teria visto o que você fez com os gatinhos.

Ela não se acalmou nem um pouco, andando de um lado para outro, agitada.

— Então ele mandou alguém me seguir?

— Talvez — respondi. Era bem possível que ele mesmo a estivesse espionando.

Eu precisava de Birdwine, mas não o tiraria da pista de Hana por Oakleigh Winkley. Nem se Oakleigh estivesse pegando fogo e ele tivesse o último extintor do mundo enfiado no bolso. Em vez disso, eu desejava ter Birdwines extras, pelo menos três ou quatro. Espantava-me que algumas pessoas cambaleassem por suas vidas sem nenhum. Teria de usar os caras de Nick para fazer uma varredura para aparelhos de escuta e descobrir como ele estava transpondo o sistema de segurança dela.

— Como ele está conseguindo entrar? — disse Julian. Garoto inteligente, tinha seguido a mesma linha de pensamento que eu.

— Não sei — respondi. — Mas vamos descobrir. Depois podemos ou fechar ou instalar algumas câmeras...

— Nada disso. Deixe aberto. Vou atirar tanto nele. — Oakleigh deteve-se, girando para nos encarar. — Ainda estamos nos Estados Unidos. Posso atirar em qualquer pessoa que invada minha casa, certo?

Julian ficou imóvel, mas eu revirei os olhos.

— Por favor, não planeje assassinatos na minha frente, Oakleigh. Ficarei moralmente muito embaraçada se você o matar e precisar de mim para defendê-la. — Falei num tom entediado que mostrava a Julian que eu não estava levando a ameaça dela a sério. Minha firma passava para mim os casos mais feios de dissolução de casamento, assim ameaças de morte não podiam faltar. Eu as ouvira às centenas e nunca tivera um cliente que tivesse concretizado uma delas. Não ainda, pelo menos.

— Não tem graça nenhuma — disse ela, com voz esganiçada. Enquanto falava, ela andava pela sala com passo firme, rumando para o centro de entretenimento. — Temos duas armas, uma no quarto e uma aqui embaixo. — Abriu uma grande gaveta perto da base de um móvel e começou a tirar fora controles remotos velhos e rolos de cabo, jogando-os de qualquer maneira no chão. Em seguida tirou uma caixa de madeira do fundo. — Clark as comprou para mim, para o caso de alguém invadir a casa quando ele estava viajando. Bem, ele teria exatamente o que merece se... — Sua voz se calou abruptamente quando ela abriu a caixa da arma. Ela estava vazia. Seu rosto ficou cinza e seus olhos ficaram saltados como os de um cachorro pug. Amor traído era a coisa mais feia que existia, e enquanto olhávamos, ela involuía a seu mais baixo denominador comum. Quando voltou a falar, seu rosto contorceu-se e imobilizou-se num ricto de abominação, genuinamente mortífero. — Aquele filho da mãe. Aquele filho da mãe. Ele roubou minhas armas!

Estávamos agora vários passos além do usual, mesmo para meus casos. Levantei-me e estendi mãos conciliatórias.

— O.k., vamos nos acalmar. Feche isso. Guarde as coisas de volta na gaveta. A polícia vai chegar a qualquer...

Ela não estava ouvindo. Já estava correndo para o vestíbulo. Ouvimos os saltos de suas botas retumbando escada acima, sem dúvida indo procurar a outra arma. Um minuto depois, nós a ouvimos soltar uma horripilante série de xingamentos; portanto, ela havia desaparecido também.

— Puta merda! Será que ela vai...

Descartei isso com um aceno.

— Isto é um pouco excessivo, com os gatinhos, a urina e as armas desaparecidas. Mas já vi coisa pior.

Mas não estava segura de que tinha visto e também não estava segura de que teria falado num tom tão tranquilizador para, digamos, Verona. Mas Julian parecia tão assustado e não era realmente um empregado. Era outra coisa.

— Ela disse que atiraria nele — disse ele, ainda aflito.

Podíamos ouvir Oakleigh batendo os pés para lá e para cá no andar de cima, fazendo o que soava como a terapia do grito primitivo enquanto destruía uma cômoda com uma machadinha.

— Não tenho dúvida de que atiraria, se ele estivesse bem na frente dela neste segundo e ela tivesse aquela arma. Todos querem mesmo fazer isso no momento da raiva. Mas o momento passa, em 99% das vezes.

— E o que acontece no um por cento das vezes? — perguntou ele.

— Você lê sobre esses casos no jornal.

— Será que deveríamos... deveríamos subir lá?

Sacudi a cabeça e sentei ao lado de Julian para esperar confortavelmente no sofá e mais tarde cobrar por esse tempo, até que Oakleigh desse vazão a seu ataque no andar de cima. Eu não estava preocupada com os policiais. Ainda estava por conhecer o policial de Atlanta que gastaria mais de cinco minutos numa acusação de ataque em que a arma era um filhote de gato. Quando viessem, eu faria um boletim de ocorrência sobre as invasões para tê-las registradas. Especialmente o caso das armas. Armas não me agradavam. Agradavam-me menos ainda nas mãos de Clark Winkley. Num divórcio assim tão volátil, ter qualquer um dos dois armados era uma má ideia. Havia sempre aquele um por cento. Mas pelo menos os ruídos no andar de cima estavam diminuindo.

— Está vendo? Ela está se acalmando.

— As pessoas não agem assim — disse ele.

— Certamente agem — disse-lhe, e fiquei aliviada ao ver que minha atitude protetora em relação ao garoto só chegava até esse ponto. Eu não o queria genuinamente amedrontado, mas também não podia deixar sua visão rosada do mundo permanecer inconteste. — Todo mundo tem isso dentro de si. Nunca se divorcie, Julian.

Ele deu uma risadinha, um ruído nervoso, liberando tensão.

— Não sou nem casado.

— Essa é a única maneira infalível de evitá-lo — falei. E depois, porque ele tinha me perguntado o impossível (o que *nós* faríamos quando Hana fosse encontrada), acrescentei: — Formar uma família é um negócio perigoso.

Ele desviou o olhar dos gatinhos para mim e disse, com olhar sincero:

— Se você se refere a nós, não é a mesma coisa que isto. De maneira alguma. Estamos procurando uma criança.

Caramba, o menino era direto. Olhei para ele, de rosto impassível. Hana não seria nada parecida com a *tabula rasa* de um bebê, nem seria uma menina de dez anos da televisão. Meninas pré-adolescentes reais, vivas, eram na melhor das hipóteses trabalhosas, cansativas e difíceis.

Eu sabia porque tinha sido uma delas. Aquela específica que procurávamos tinha tido uma história complicada. Será que ele pensava que ela correria e se jogaria nos nossos braços, tão encantada quanto um cãozinho resgatado? Nós não éramos Kai. Não éramos nada para Hana. Eu estava empenhada porque via a mim mesma, minha própria infância nela, mas ela não se veria em mim. Ela não teria absolutamente nada em comum com o doce e abrigado Julian. Eu tinha dificuldade de imaginar como sua infância devia ter sido, e eu era uma adulta.

— Quando você era criança, vocês jantavam em família? — perguntei-lhe.

Ele franziu as sobrancelhas.

— Bem, nós jantávamos.

— Numa mesa? — perguntei. — Com vocês três ali, e conversavam sobre seu dia e seus planos para o dia seguinte?

— Sim, mas é normal jantar em família.

— Humm. O que faziam depois?

— Depois do jantar? Não sei — respondeu ele. — Líamos ou víamos TV. Eu e minha mãe gostávamos de jogos de tabuleiro. Que foi? Isto não é estranho.

— Você acha que é assim que seremos? Você, eu e Hana? Ensopado de atum e jogos de tabuleiro depois?

— Não — disse ele, mas depois acrescentou: — Não a princípio.

Nessas três palavras, vi todo um futuro imaginário, alegre, cor-de-rosa, desdobrando-se em sua imaginação. Ele não tinha nenhuma semelhança com o que estava se formando na minha mente: uma família de Frankenstein movendo-se aos trancos e barrancos, remendada com pedaços mortos. O garoto não vira muita coisa feia — suas reações ao ataque de Oakleigh provavam isso. Ele não estava preparado para Hana, ou para *Depois*, para um *Nós*. Para dizer a verdade, eu também não estava, mas ao menos tinha uma compreensão realista do *Agora*.

— Julian, pode ser que simplesmente não a encontremos. Mesmo que encontremos, ela não vai ser uma garota da família Sol-Lá-Si-Dó de rabo de cavalo. Ela...

— Eu sei — interrompeu ele, reagindo ao meu tom. — Não fui criado pelos Ursinhos Carinhosos, Paula.

— O.k., o.k. — falei, leve, tentando aplacar sua irritação. — Mas aposto que aparecem passarinhos para lavar seus pratos, não é?

— Não, não aparecem — disse ele, ainda mais enfurecido. — E minha mãe não usa pérolas para fazer a limpeza. — Ele hesitou, e seus olhos ficaram brilhantes. — Não usava, quero dizer. Ela não usava pérolas. Éramos apenas comuns.

— Desculpe-me — falei. Era uma má linha de questionamento para um garoto que perdera a mãe tão recentemente. Kai escolhera bons pais, eles podiam até ter sido excepcionais, se não tivessem desaparecido e morrido sob seus cuidados. — Não quero perturbá-lo, mas o que você está chamando de *normal* é, na realidade, adorável e muito raro.

Minhas palavras pretendiam acalmá-lo, mas tiveram o efeito contrário. Uma gorda lágrima escorreu por uma bochecha e ele tirou os gatinhos do colo.

— Você acha que não posso lidar com isso? Acha que sou mole demais? Ou estúpido demais? O quê? — Sua voz estava grossa e alta.

Eu não tinha ideia de que a conversa tinha saído tanto do meu controle, tão depressa.

— Acho que minha cliente está bem aqui em cima e eu não deveria ter abordado o assunto aqui — falei, firme.

Ele se levantou abruptamente e passou por mim em direção à desordem que Oakleigh fizera. Blackie pulou do sofá, seguindo-o, com Whitey em seu rastro. Julian ajoelhou-se e começou a enrolar os cabos, de costas para mim. Pensei que ele estivesse se recompondo, mas em seguida virou-se para mim e mais lágrimas corriam pelo seu rosto. Seus olhos pareciam muito mais velhos que o resto dele. Falou de novo, baixo e rápido, mas com muita intensidade.

— Sou mais forte do que pareço, sabe. Talvez não um ano atrás. Mas agora? Depois que meu pai se foi, fiquei só eu. Fiquei sozinho com minha mãe, naquelas últimas semanas. Foi... — Ele fez uma pausa, o cabo desenrolado sacudindo-se em suas mãos trêmulas, procurando uma palavra, mas não conseguiu encontrá-la. Mudou de assunto, dizendo: — Troquei a fralda dela. Perto do fim, no hospital para doentes terminais. Havia um atendente do sexo masculino esse dia. Antes, eram sempre três moças em rodízio e eu ficava fora do caminho. Mas, nessa noite, a moça de costume estava doente ou algo assim, e esse cara estava trabalhando. Ele era um cara idoso também, quase da idade dela.

À medida que falava, suas mãos trementes continuavam a enrolar os cabos. Blackie pulou sobre a ponta que se movia; fofo e completamente inútil. Eu olhei na direção dele em vez de para as mãos de meu irmão enquanto ele continuava a falar, incontrolável.

— Eu pude farejar aquilo, sabe? Que ela precisava... Pude farejar aquilo. Eu estava indo chamar aquele atendente, e ela começou a chorar. Geralmente, ficava inconsciente, mas não aquela tarde. Sacudia-se e fazia um horrível ruído seco de engolir, e eu detestava aquilo, e sabia que ela estava chorando, por isso me inclinei sobre ela e perguntei: "O que foi, mamãe? O quê?" Minha mãe e meu pai tinham começado a namorar no colégio. Nenhum outro homem jamais a vira sem roupa, ela disse. Sempre se consultara com médicas, até. Estava tão magra naquele momento, como um restinho ressecado de mãe, e sua pele estava tão solta sobre ela que se pendurava em pregas frouxas.

Oakleigh estava bem em cima de nós, e agora o garoto chorava abertamente. Eu estava paralisada diante de toda essa solidão e dor nuas, e, pior, não podia me impedir de me perguntar — havia Kai sido tão frágil e impotente, em seu fim? Alguém teria estado com ela? Eu não queria ouvir mais, mas ele continuou, implacável.

— Ela olhava para o teto e chorava, e eu falei sobre o velho diário de observação de aves que costumávamos manter quando eu era pequeno, e a limpei. Obriguei-me a não sentir náusea porque não queria que ela ouvisse e se sentisse mal. Foi terrível, mas fiz isso, porque ela era minha mãe. É isso que é família, Paula. É isso que família faz, exceto que Hana não tem nenhuma. Então é isso que temos de ser. Eu quero que nós façamos alguma coisa boa para ela. Temos de fazer, e não sei por que você tem de ser tão assustadora. Estou tentando ser seu amigo, mas toda hora sinto que você está rindo de mim, ou que você me detesta. Mas você é o que eu tenho. E nós somos o que Hana tem. Somos simplesmente as únicas coisas...

A voz dele tinha se elevado no final, mas depois ficou embargada e ele abaixou a cabeça e chorou copiosamente. Depois de seis segundos carregados, ele me deu as costas e começou a enfiar de novo na gaveta os controles remotos e o cabo enrolado, afastando delicadamente os gatinhos. Ainda estava chorando quando os dois tentaram subir na gaveta num fofo incômodo. Ele fechou a gaveta, depois esfregou o rosto com as palmas.

— Não detesto você — falei calmamente. — Se quer saber, acho você bem assustador também.

Ele apenas arqueou os ombros, fungando e engolindo em seco. Eu não tinha a menor ideia do que fazer com um rapazinho que chorava no meio da casa da minha cliente, especialmente um que me contava como era uma mãe quando estava doente e morrendo lentamente.

Uma coisa estava clara. Hana o atingira como biologia, também. Eu tinha calculado mal tanto a sua profundidade quanto seu envolvimento. Perguntei-me se ouviria isso como um batimento cardíaco: *encontre-a, encontre-a, encontre-a.*

Enquanto isso, lá em cima, tudo ficara perigosamente silencioso. Oakleigh poderia voltar a qualquer segundo. Dei-me conta de que meu desconforto era mais por causa de Julian. Não queria que os olhos desdenhosos de Oakleigh vissem meu irmão manchado de lágrimas e totalmente exposto. Fui até ele e entreguei-lhe minhas chaves.

— Sinto muito — disse-lhe, na voz mais suave que possuía. — Sou muito ruim nisso. Vá esperar no carro, está bem? Vou terminar aqui, o mais depressa que puder, e depois conversamos.

Ele pegou as chaves sem olhar para mim e se dirigiu para a porta.

Merda, mas eu tinha lidado mal com Julian, e o compreendido mal também, em vários níveis. Eu tinha de abrir espaço para ele, bem como para Hana. Metaforicamente, pelo menos. Mas não neste segundo. Expirei longa e lentamente e agradeci aos deuses por saber compartimentalizar.

Liguei para o escritório do advogado de Clark, Dean Macon, de meu celular. Deixei uma mensagem de voz notificando-o de que agora eu representava Oakleigh. Ela desceu quando os policiais tocaram a campainha alguns minutos depois. O resto da tarde foi simples, profissionalmente falando. O interesse da polícia pelo ataque com gatinhos foi superficial e pudemos registrar nossas próprias queixas. Depois, Oakleigh subiu indolentemente para tomar um banho de banheira, deixando-

-me livre para ligar para a firma de detetives particulares de Nick. Pedi-lhes para enviar alguém assim que possível para uma varredura para aparelhos de escuta e descobrir como Clark entrava na casa.

Enquanto eu esperava o detetive, fui até o carro. Julian estava no assento do passageiro, lendo alguma coisa em seu telefone. Ele me deu uma olhadela quando entrei, constrangido, embora a esta altura as manchas de lágrimas tivessem desaparecido e seus olhos estivessem apenas um pouco inchados.

— Lamento ter me zangado — disse ele. — Foi realmente um dia estressante.

Descartei o pedido de desculpa com um aceno e disse, sem nenhum preâmbulo:

— Que tal se eu contratasse você pelo resto do verão?

Ele deixou escapar uma risada de surpresa.

— Claro, porque hoje tudo correu tão bem.

— Estou falando sério — disse eu. — Você poderia vir nos seus dias de folga na pizzaria, uma ou duas vezes por semana. Poderíamos ir nos conhecendo um ao outro um pouco mais naturalmente, com tempo.

Ele pareceu indeciso.

— Não sei bem se seria bom em um, você sabe, ambiente do tipo feroz.

Percebi que eu não sabia sequer o que ele estava estudando em Berry e me envergonhei de quão pouco tinha interrogado Julian sobre ele mesmo. Não o fizera no encontro daquela manhã, ou mesmo antes, no Facebook. Por isso perguntei:

— Qual é sua especialização?

— Psicologia. Quero ser um psicoterapeuta, um dia. Tenho certeza de que não sirvo para ser advogado.

— Nem sempre há tanto estresse — eu lhe disse. — Aceite o estágio. É só até o fim do verão. Posso lhe prometer alguns momentos deliciosamente amenos atendendo o telefone quando Verona sair para almoçar. Haverá bastante arquivamento muito entediante.

— O.k., agora você me ganhou — disse ele, mas eu tinha conseguido lhe arrancar um sorriso.

— Mencionei que você receberia vinte dólares por hora?

— Puta merda, de repente amo arquivar! — Deu uma olhada na feia casa colonial. — Por vinte dólares por hora, eu poderia até amar a sra. Winkley.

Dinheiro era tão relativo. Isso era uma fortuna para ele, mas eu poderia lhe pagar do meu bolso, como Catherine fizera quando contratou seu filho mais velho durante o verão, e nem sentir. O emprego me permitiria canalizar dinheiro para ele. Se a água ficasse fria demais, profunda demais, cheia demais de tubarões — merda, apenas molhada demais —, ele teria meios para fugir de volta para o mundo protegido do Berry College.

Mas eu não achava que o faria. O garoto tinha fibra e compartilhava a urgência que me movia de encontrar Hana. Eu tinha de respeitar isso e encontrar uma maneira de fundir nossas visões do futuro.

— Negócio fechado? — perguntei.

Ele assentiu com a cabeça e, quando trocávamos um aperto de mãos, o cara da firma de detetives de Nick estacionou na entrada de automóvel atrás de nós.

Descobriu-se que Clark tinha removido um contato de alarme de um banheiro do andar superior e reprogramado o sistema para não registrar isso. Para chegar à janela, ele tinha de entrar furtivamente pelo quintal do vizinho, subir numa árvore, e deslizar e rolar pela parte de trás do telhado perigoso, íngreme. O detetive testou a rota e considerou-a possível, mas terrivelmente arriscada. Clark tinha de estar tanto em boa forma, fisicamente, quanto em má forma, mentalmente, para segui-la. Ele tinha literalmente posto sua vida em risco, mais de uma vez, para urinar no estojo de maquiagem de Oakleigh e estragar seus sapatos.

Mandei fechar o buraco. Por mais que me agradasse a ideia de instalar câmeras camufladas, eu temia que ele pudesse entrar furtivamente um dia e estrangulá-la. E isso supondo que ela não compraria outro revólver e atiraria nele bem na frente da câmera primeiro.

Na manhã seguinte, levei o cheque e o contrato de Oakleigh para o escritório. Joguei-os sobre a mesa de Nick, displicentemente, como se eu fosse a Paula de outrora, que entregava clientes ABSF e antecipações de pagamento regularmente, e fui recompensada com seu sorriso familiar. Nesse admirável mundo novo em que encontrar Hana poderia ter um depois, eu precisava restabelecer as boas relações com meu sócio, imediatamente. Iria precisar de uma licença quando tivesse uma súbita irmã para reacomodar. Passei os dez dias seguintes me atualizando em cada um de nossos casos abertos, reconectando-me com nossa lista de clientes, e faturando monstruosas séries de horas. Enquanto punha meus arquivos em ordem, tive um pensamento perturbador: talvez isso se parecesse com a construção de um ninho, quando o fizesse.

Mas sentia olhos sobre mim o tempo todo, aquele débil formigamento da pele que perseguia os observados, enquanto Nick continuava aparecendo para verificar coisas que não precisavam de verificação. À medida que os dias se passavam sem nenhum ataque de pânico, e eu não assumia exatamente nenhum *pro bono*, meus sócios relaxaram. O ar gélido de nosso escritório se reaqueceu.

Quando eu me sentia ansiosa, quando meus batimentos cardíacos se aceleravam, batendo o apelo para *encontrá-la*, *encontrá-la*, *encontrá-la*, eu me lembrava de que não era a única a sentir isso. Julian estava à espera também, e Birdwine estava em ação.

Mas, quando uma notícia finalmente chegou, ela não era boa. Birdwine enviou um e-mail, sem título. Nem mesmo "Aqui está a informação", porque não havia nenhuma. Eu pude perceber que ele estava envergonhado, porque nem mesmo o assinou:

> *Segui o itinerário delas através de quatro estados antes de perder a pista. Não há nada. Está muito frio, Paula, e não posso fazer mais nada a partir daqui. Estou voltando para casa.*

CAPÍTULO 8

Joya está sentada atravessada em minha cama. Os quartos aqui são pequenos, só há espaço para duas camas, uma cômoda compartilhada e um armário. Há uma sala comum no térreo com escrivaninhas para fazer o dever de casa, um sofá de três lugares, um sofá de dois lugares azul-marinho e alguns grandes pufes doados, mas Shar, Karine e Kim praticamente urinaram num círculo em volta desse território. Joya divide quarto com Kim, assim nos resta o meu quarto. Podemos expulsar Candace e nos apoiar na parede, ombro a ombro, pés pendurados no espaço. Após um ano e meio, meu lugar nessa cama está tão estabelecido que posso sentir uma leve depressão em forma de nádegas no lugar do colchão onde me encaixo.

Hoje estou fora do meu lugar. Desloquei-me para cima, bem mais perto da arranhada cabeceira, e pus algum espaço entre nossos ombros. Joya ou não percebe ou não se incomoda. Ela está tão feliz que tem dificuldade para ficar sentada quieta. Olho para nossos pés descalços, os meus dois, depois um espaço, e depois os dois dela. Ela tem pés de boneca, muito pequenos com dedos redondos. Flexiona-os, para trás e para a frente, como estivessem acenando. Pés felizes, num aceno de adeus.

— Você está sacudindo a cama toda — digo. Meus pés são mais ossudos e mais longos, e estão muito, muito parados.

— Bem, você está desarrumando o quarto todo — retruca Joya, mas ela está sorrindo e eu, não.

Nossas vozes soam muito altas no ar silencioso. Estamos realmente sozinhas, com a cabana toda para nós. É raro só haver duas pessoas num prédio aqui, mas todas as outras foram para o refeitório no prédio central. A sra. Mack disse que me traria um sanduíche se eu quisesse pular a refeição e ficar com Joya. Joya irá a um restaurante de verdade com a mãe. Elas vão ter uma refeição festiva de bife frito, purê de batata e torta, porque Joya não vai voltar. Tudo que ela possui está embalado, acondicionado em dois sacos de viagem na sala comum de nossa cabana.

Quanto mais esperamos, mais amarga e deprimida fico. É como se estivesse pisando em algo horrível. Eu devia ter lhe dado um aperto rápido, ter dito adeus e ido jantar.

Mas isso teria significado me sentar sozinha no refeitório. Nas refeições, as crianças negras e os dois meninos brancos que falam e se vestem como negros ocupam as mesas perto da janela. As crianças brancas, inclusive Candace, têm as mesas perto da porta. Só há quatro crianças hispânicas. Elas ficam isoladas, sentando-se numa ponta da mesa para oito mais próxima da cozinha, falando espanhol. Nós, Tem-mães, ficamos com a outra ponta da mesa delas. Há mais de um ano que formamos uma pequenina nação só nós duas, mas, agora, o problema de ser uma Tem-mãe está claro para mim: a mãe de alguém está chegando. E não é a minha.

Sentada sozinha no refeitório, eu pelo menos comeria uma torrada de alho quente. Aqui, minhas tripas se enroscam, famintas em todos os sentidos, vendo Joya ter o que mais desejo.

— Sinto falta da noite do espaguete — digo, mesquinha o bastante para atiçá-la.

— Você não pode ficar feliz por mim?

— Eu estou — digo. Desejaria estar.

— Da maneira como eles submeteram minha mãe a um tratamento, teria sido igualmente fácil você sair primeiro.

— Eu sei.

A mãe dela saiu da reabilitação meses atrás, mas eles a obrigaram a se mudar para um centro de ressocialização. Joya realizava apenas visitas supervisionadas. Sua mãe teve de conseguir um emprego, mantê-lo, submeter-se a testes de urina semanais, poupar certa quantidade de dinheiro. Toda vez que ela alcançava um objetivo, parecia que eles colocavam mais um a ser alcançado. Mas agora ela tinha seu próprio apartamento no sul da cidade, com um espaço reservado para Joya. No mês passado, ela pegou Joya para dormir em casa, depois para dois fins de semana. Agora, esta noite, ela está finalmente levando Joya para casa de uma vez por todas.

— Então pare de encher o saco — diz Joya.

— Não estou — digo, irritada. Kai ainda tem três meses para cumprir, e Deus sabe por quanto tempo vamos ser jogadas de um lado para outro quando ela sair. — Ou, se eu estiver sendo, é porque você está me deixando com um monte de merda.

— O que significa isso? — diz Joya. Ela está profundamente feliz demais para ficar de mau humor depressa, mas continuo pressionando.

— Estou falando de Shar e Karice. É você que as derrota, mas Shar nunca descontou em você. Quando você for, elas virão para cima de mim.

Ela rejeita isso com um aceno de sua mãozinha.

— Ah, fala sério, como se você não pudesse enfrentá-las.

Eu podia enfrentar as duas, na verdade. Tenho bastante certeza. Joya fez isso, e sou mais alta e mais forte e quase tão malvada. Mas elas não são mais duas.

— Agora elas têm a Kim.

— Kim não é tão dura. Apenas tire os seus brincos. Não use nem brincos de tarraxa até se acertar com elas. — Ela soergue o corpo e enrosca as pernas sob si, entusiasmando-se. Joya gosta de tática. — Você tem de bater em Shar primeiro, imediatamente, com tanta força quanto puder. Concentre-se no rosto, ela gosta de ser bonita. Se você a derrubar, as outras duas vão sair correndo como insetos.

— Eu mesma posso cuidar disso — murmuro.

— Sim, você pode — diz Joya. Ela olha para mim, me avaliando, e depois concorda com a cabeça. — Você vai ficar bem. — Não é uma avaliação. É uma ordem.

— Você vai ficar bem — eu lhe ordeno de volta, e as palavras saem apenas um pouco ressentidas.

Shar e Karice não importam realmente. Estive em muitas lutas. Não é isso que está apertando minhas tripas. Quero Kai. Quero tanto que

Kai venha me buscar que a sensação é a de uma centena de mãos cruéis torcendo cada órgão de meu abdome.

Não quero mais falar com Joya, de nenhuma maneira. Eu deveria me mover de novo para meu lugar habitual, sentar ombro a ombro com ela como sempre. Se eu fizesse essa simples coisa, nós poderíamos deixar os minutos transcorrerem em silêncio. Joya não é chegada a lágrimas e discursos.

Mas não posso. Não consigo me forçar a sentar mais perto dela. Ela não é mais Joya. É uma menina que está me deixando, uma menina que está conseguindo tudo que eu quero.

Joya, porém, parece pensar que estamos bem. Ela me ajudou a planejar uma defesa contra Shar, portanto devemos estar ótimas. Ela se arrasta para um pouco mais perto. Seus olhos são de um castanho muito escuro, mas parecem negros à luz baixa.

— Paula? Vou ligar para você, o.k.? Ainda vamos nos ver.

Contraio um ombro, evasiva. Ela está me jogando uma migalha, mas já me mudaram de um lugar para outro por aí o bastante para eu saber que não é verdade. Ela poderia ligar uma ou duas vezes. Poderia pedir para me visitar. Mas seu apartamento fica a 45 minutos de distância, numa zona escolar diferente, e sua mãe tem um emprego de expediente integral. O tempo é curto e a gasolina é cara. A verdade é que terminamos uma com a outra. Ela quer fingir outra coisa e ter algum tipo de momento especial? Foda-se.

— Estou falando a sério — diz ela, insistindo.

— Veremos — digo, num tom decisivo. Preciso que ela cale a boca agora.

— Minha mãe tem um carro. Ela vai me trazer aqui para visitá-la.

Uma enorme escuridão surge em mim quando ela diz o que sua mãe tem; o que sua mãe, que está vindo buscá-la agora, vai fazer.

— Você não vai voltar aqui — digo-lhe. — Eu não voltaria e você também não vai. A menos que sua mãe seja reprovada num teste de urina e eles arrastem você de volta para cá.

Os olhos de Joya se estreitam. Essa é a coisa de que nós duas mais temos medo, e eu a nomeei. Nunca fazemos isso uma com a outra, falar sobre como a mãe dela poderia voltar para o cachimbo, como a minha poderia não conseguir uma soltura antecipada. Essas coisas poderiam separar nossas mães de nós, e não as invocamos.

Falamos sobre como nossas mães são, e o que vamos fazer e dizer quando elas vierem nos buscar. Ouvi falar mil vezes sobre esse jantar que Joya vai desfrutar esta noite no Demy's Blues-N-Burgers. Sei que Demy tem fotos autografadas de Hound Dog Taylor e Muddy Waters na parede. Ela descreveu o purê de batata com cheddar e cebolinhas tantas vezes que é quase como se eu mesma o tivesse comido muito tempo atrás. Ela sabe que quando Kai vier, nossa primeira refeição serão suas famosas panquecas com raspas de laranja na massa. Kai sempre me ajuda a pintar meu quarto, e já debatemos interminavelmente que cor eu deveria escolher. Planejamos nossas vidas com mães em detalhes, como se a vinda delas fosse coisa absolutamente certa. Nenhuma outra coisa é suportável. É um pacto silencioso que nos une, nos transforma em Tem-mães. Estou quebrando nossa regra mais secreta e tácita.

— Mas ela não vai — diz Joya, e isso é mais do que uma advertência. É uma janela, um oferecimento. Ela deu um espaço para que eu retire o que disse.

— Espero que não. Mas, merda. — Dou de ombros, cheia de tédio da vida, como se lamentasse que as chances da mãe dela fossem tão exíguas.

Joya se ergue sobre seus joelhos e se estica para ficar o mais alta que pode. Não é muito.

— Mas ela não vai, e você sabe que não vai. Diga que ela não vai.

Sinto um sabor amargo em minha boca, mas é saboroso também, tão salgado e ácido quanto manteiga de limão. Ergo-me sobre meus joelhos também, mais alta que ela, e prendo o cabelo atrás das orelhas, para ela ver que não preciso de sua tática estúpida. Já tirei meus brincos.

— Estou apenas sendo sincera — falei. — É idiota ter esta longa despedida, quando você vai estar de volta em seis semanas. Isso se sua mãe aguentar tanto tempo.

Ela sacode a cabeça.

— Sou fumaça, sua cobra. Fui embora e você está presa aqui. — Sua voz é alta e seus olhos pretos brilham, traindo sua fraqueza. Eu a atingi e não posso evitar a sensação boa que isso me dá.

— Por enquanto, mas você não me vê chorando por causa disso — digo, sorrindo com desdém. Digo isso como se eu fosse mais dura, embora ninguém seja. Ninguém que eu já tenha conhecido.

Ela se inclina, ficando mais próxima. Tão próxima que sinto seu hálito quente tocar meu rosto.

— Mas você vai chorar. Sua mãe sapatão gosta daquela prisão. Ela não quer vir buscar você. Ela prefere continuar se pegando com a outra na cadeia.

Meus lábios se arreganham, inadvertidamente. Ela sabe que a coisa com Rhonda me atinge fundo. Não quero que Kai esteja tão solitária que precise de um namorado de prisão, ou pior, que ela troque sua beleza e seu sexo por mais tempo de telefone e envelopes laranja extragrandes e selos. Conhecemos todos os pontos sensíveis uma da outra. Atinjo-a de volta em um dos dela.

— Bem, sua mãe vai voltar a ser puta. Elas sempre voltam.

— Quem sempre volta — diz ela. É um desafio, não uma pergunta. Ela está me desafiando a dizer isso. Há a promessa de dor em sua voz, e eu a quero. Quero que ela avance sobre mim com dente e garra. Seria melhor sentir esse dilaceramento do lado de fora, na minha pele.

— Putas — eu digo. É baixo e me faz bem que seja baixo. — Putas como sua mãe, a puta.

Estou pronta em meu corpo para que ela avance sobre mim. Quero que se choque comigo e me bata. Eu disse a coisa mais sórdida que pode ser dita.

Não posso imaginar uma força poderosa o bastante para impedi-la de se lançar. Mas ela encontra uma. Seus olhos lampejam como ônix lascado. Ela dobra a cabeça para o lado e se inclina, como se tivesse se aproximando em câmera lenta para um beijo. Mas escorrega de lado, pondo a boca junto do meu ouvido.

— Retire o que disse. Seja gentil e beije meus pés, porque sei o que você fez. Você mandou o poema da sua mãe para o namorado dela às escondidas. — Isso era mais duro que punhos, esse cochicho quente de bafo roçando a minha orelha. — Eu podia contar. Eu podia derrubar você neste instante, pegar aquela maleta. Você guardou aquele poema, e isso é prova. Assim ela não vai conseguir soltura antecipada. Eles vão prendê-la. Você vai ficar aqui até chegar à maioridade.

Tudo em mim fica escuro. Não respiro ou falo. Ela podia fazer isso. Eu a pressionara com força demais.

Seu corpo continua próximo e parece enroscado, pronto agora para que eu torne a agressão física. Sou maior, mas ela é tão forte. Se eu perder, não tenho dúvida de que ela fará isso. Vai pegar a maleta e pôr Kai contra a parede.

Inclino-me para trás, de modo que ela possa ver meus olhos. Não demonstro nenhum medo. Conheço Joya. Seu instinto para encontrar pontos sensíveis é certeiro. Portanto não posso ter nenhum, só isso. Permaneço fria e sacudo a cabeça, irônica, como se ela tivesse dito alguma coisa tão fraca que era engraçada. Contorço minha boca num sorrisinho.

— Não me importo que minha mãe morra lá. Fui que eu que a pus na prisão, para início de conversa.

Digo isso mansamente, mas, mesmo assim, as palavras saem muito poderosas. A verdade sempre soa tão bem, muito verdadeira. Ela a ouve, ressoando clara e alta como música de címbalos sob minhas palavras. A verdade no centro é a coisa que vende a mentira.

— Quê? — diz ela. Até pisca. Eu a choquei e tirei sua vantagem.

— Eu chamei os policiais, idiota — digo. Essas são as palavras que eu nunca disse em voz alta. Essa é a maior verdade, a verdade secreta, viva nas profundezas amargas de mim. Parece tão bom dizer isso, confessar isso para essa menina que não vai me dar absolvição. Ela vai me odiar por isso. Fiz uma coisa que ela jamais faria. — Entreguei Kai.

Ela balança de volta até cair sobre seus calcanhares, ajoelhada na cama agora.

— Por quê?

— Porque ela fodeu comigo — digo. Deixei isso ficar ali. Joya já sabe um segredo que poderia nos arruinar; agora estou lhe entregando outro, ainda pior. É uma estratégia arriscada, e esta é a parte que tenho de vender para fazê-la admitir que foi derrotada. Inclino-me, aproximando-me mais. Cada palavra mal passa de um sopro. — Guardei aquele poema para ser *meu* trunfo. Eu mesma vou mostrá-lo para a porcaria da agente de condicional se ela me puser à prova. — Faço uma pausa. Não tenho certeza de que Joya compreendeu essa última parte. Essa é a parte que importa. — Não há limite para o que farei para alguém que fode comigo. Está entendendo? Nenhum limite. Mandei minha própria mãe para a cadeia porque ela me tirou de Asheville e guardei o poema para poder fazer isso de novo. Se você mexer comigo... O que acha que vou fazer para você?

Ela olha nos meus olhos, indecisa, oscilando no limiar da descrença e da violência. Não pisco. De maneira alguma. Não me movo ou vacilo, e depois suas pálpebras se abaixam, cerrando-se.

— *Tu* é uma vaca egoísta, fria que nem pedra — diz ela, sua gramática e inflexões ficando daquele jeito como ela fala com outras crianças negras. É a maneira como ela fala com Candace para assustá-la e excluí-la. Nunca falou assim comigo. Abre os olhos e é uma estranha, agitando a mão entre nós. — *Tamo* de mal. De qualquer jeito, não preciso mais da porcaria *de tu pra* nada, porque *tou* indo pra casa.

Deixo-me cair para trás, também, sacudindo os ombros como se isso não tivesse nenhuma importância, mas há verdade dentro do seu golpe, dando-lhe peso. A única coisa que Joya realmente tem de fazer para vencer é me deixar aqui, e nós duas sabemos disso. Ela puxa o queixo para baixo num único sinal de confirmação, e estamos rompidas uma com a outra. Ela se levanta da minha cama e vai esperar lá embaixo com seus sacos de viagem. Eu sou Roma, queimando atrás dela. Ela não olha para trás, e eu não choro. As Tem-mães são carvão e cinzas, tão destruídas que é como se nunca tivéssemos existido.

Nunca mais vi Joya de novo. Não falava sobre ela e tentava não pensar em seu nome. Até aquela boa psicoterapia gratuita oferecida pela universidade enquanto eu estava na escola. Foi minha terapeuta em Emory que disse que a maneira como pusemos fim às coisas não era incomum para crianças como nós. Ela disse que tínhamos perdido o bastante em nossas curtas vidas para querer cauterizar nossos ferimentos antes que eles ocorressem. Queimamos nossa conexão, encerrando-a antes que sentíssemos os buracos.

Anos atrás, tive uma cliente que me lembrou Joya. Uma das primeiras meninas *pro bono*, minha retribuição ao carma além dos cheques mensais de Kai. Essa mal tinha 18 anos, de constituição pequena, tinha a pele cor de café com leite e olhos de um castanho tão escuro que pareciam pretos a qualquer distância. Ela tinha sido induzida pela síndrome de Estocolmo a chamar seu cafetão de namorado e estava prestes a pegar uma sentença de dez anos, para acobertar o sujeito.

Quando acabei, o cafetão cumpriu sua própria pena, enquanto minha cliente foi inocentada com terapia ordenada pelo tribunal e cinco anos de liberdade condicional. Ela me abraçou quando terminou, tremendo, seu corpo tão delicado e de ossos pequenos quanto o de um pardal. Naquela noite bebi um pouco demais de bourbon e liguei para Birdwine. Disse-lhe que tinha um serviço para ele que seria pago por mim, não pela firma, o que em geral significava que ele era parte de um caso *pro bono*. Dei-lhe o nome de Joya.

Eu devia ter adivinhado. Droga, eu conhecia as taxas de reincidência, sabia quão raramente histórias como a de Joya tinham um final feliz. As estatísticas diziam que depois que sua mãe voltasse a seu antigo ambiente, encontraria velhos amigos, recairia nos velhos hábitos, e afundaria Joya consigo. As filhas de viciadas em crack e prostitutas quase nunca conseguem encontrar seu caminho até a escola de higienista dentário, muito menos Yale. Mas Joya tinha tanta fibra. Eu esperava. Esperava estupidamente e com muita intensidade. Com intensidade suficiente para fazer a pergunta.

Birdwine encontrou-a depressa porque ela tinha uma ficha. Drogas e prostituição. Tinha morrido no sul de Atlanta aos 19 anos, apanhada num fogo cruzado entre quadrilhas.

— Não tenho muitos detalhes — disse ele. — Uma moça negra da classe trabalhadora, não é provável que o jornal gaste muitas linhas. — Sua voz rouca e brusca estava suspeitamente gentil. — Quer que eu continue investigando?

Houve o mais breve dos silêncios na linha entre nós. Do meu lado, estava cheio com o mais insensato desejo; eu queria que ele descobrisse o garçom que havia servido o jantar de comemoração de Joya no Demy's Blues-N-Burgers todos aqueles anos atrás. Queria saber se ela e a mãe se divertiram. Queria uma prova de que nosso rompimento não tinha azedado seu prazer de ver o carro de sua mãe parar ou estragado o gosto daquelas batatas com queijo e cebolinha.

Mas quase com a mesma rapidez com que pude senti-lo, o desejo foi abandonado. Eu compreendia em primeira mão quanta coisa é necessária para estragar a alegria de alguém — a melhor e a mais querida pessoa no mundo — vindo buscá-la, tal como prometido. O que quer que tenha acontecido mais tarde, aquele jantar deve ter sido muito bom.

— Não. Mande-me a fatura.

— Esta é por minha conta — disse ele, e em seguida acrescentou, quando já ia desligando: — Sinto muito por sua amiga.

Ou suas investigações tinham sido minuciosas o suficiente para nos conectar, ou ele tinha simplesmente me decifrado e concluído que era pessoal. De uma maneira ou de outra, foi muito esperto. Foi nesse momento que decidi que valia a pena trabalhar com ele em torno de suas bebedeiras. Desde então eu o usara para tudo que importava e nunca me arrependera. Não até agora. Não até ele me dizer que não tinha mais informações sobre Hana. Ela estava em queda livre, perdida no mesmo mundo que tinha devorado Joya. Eu queria interrogar Birdwine, examinar seu arquivo, ver se achava algo sugestivo. Mas não foi possível encontrar Birdwine.

Eu sabia onde ele estava. Quando Birdwine desaparecia, isso nunca era um mistério. Ele ia sempre para o mesmo lugar: bebedeira. Bebedeira não estava nos mapas do Google, e uma viagem para Bebedeira podia levar o tempo que fosse necessário.

Eu estava impaciente, mas não com raiva. Birdwine era o que era, e raiva não mudaria isso nem me daria o que eu queria mais depressa. Assim que ele reemergisse, eu o animaria e conseguiria a informação. Se isso não funcionasse, eu a arrancaria do seu couro.

Três vezes por dia, antes de ir para o trabalho, na hora do almoço e depois de um jantar apressado na minha escrivaninha, eu ia até a casa de Birdwine e lá ficava. Não esperava dentro do carro, tampouco. Na primeira manhã, enfiei-me pela porta do cachorro e peguei a chave sobressalente de Birdwine na escrivaninha de seu escritório. Looper teria comido o rosto de qualquer estranho que tivesse tentado esse movimento, mas ficou radiante ao me ver, radiante ao cochilar comigo no sofá, radiante ao inspirar e descobrir de novo que o mundo estava cheio de ar. Cachorros podem ser tão facilmente tapeados.

O terceiro dia de minha vigília coincidiu com um dos dias de folga de Julian na Mellow Mushroom. Ele apareceu ao meio-dia para mais "estágio". Eu estava sobrecarregada de trabalho, por isso o deixei com Verona. Por volta das sete, mandei-o buscar comida chinesa, de modo que eu pudesse trabalhar durante o jantar, e perguntei se ele poderia ficar mais um pouco e ir comigo à casa de Birdwine.

Eu pretendia fazer o que havia prometido em meu carro na casa de Oakleigh. Nos dias em que ele vinha trabalhar comigo, eu o levava para comer fora, lhe fazia perguntas, me acostumava com sua tendência espasmódica a se jogar sobre mim e me abraçar cada vez que dizíamos olá ou até logo. Agora eu o abraçava de volta, tentando deixá-lo ser meu irmão de uma maneira mais real do que atualizando o campo *Como você conhece Julian* no Facebook. Mas pensei também que faria algum bem ao garoto visitar o modesto bairro de Birdwine.

Os vizinhos eram uma mistura: negros, brancos e marrons, jovens e velhos, alguns se agachando brevemente em seu percurso ascendente, outros procurando um apoio em seu percurso descendente. Em frente à casa decrépita de Birdwine, uma *taquería* que cheirava a carne de cavalo e spray para matar barata compartilhava um prédio com uma barbearia em decadência. Duas portas abaixo, uma casa funcionava a pleno vapor como ponto de compra, venda, produção e uso de drogas. Toda a rua tinha uma instável atmosfera de perigo que eu conhecia bem da maior parte dos capítulos de minha infância. Hana conheceria isso também.

Quando dobramos no quarteirão de Birdwine, vi que a porta da frente de sua casa estava aberta. Looper estava sentado no meio do gramado irregular, parecendo preocupado e paciente.

— Merda! Ele está em casa — falei, encostando no meio-fio para estacionar. Eu não esperava vê-lo até o dia seguinte, na melhor das hipóteses.

Julian mal notara as ruas sujas enquanto dávamos voltas por elas, mas sentou-se muito empertigado quando percebeu que estávamos parando.

— É aqui que ele mora? — perguntou.

— Sim.

Quando saímos do carro, pude ouvir um terrível ruído de coisa se quebrando vindo de dentro. Looper correu para mim e enfiou sua enorme cabeça quadrada na minha mão. Afaguei-o, e ele imediatamente se virou e correu alguns passos até a porta, parando para olhar para trás, suas sobrancelhas revelando ansiedade.

— Eu sei, companheiro — eu lhe disse.

Julian parou, com metade do corpo fora do carro.

— É aquele... o cara grande? Aí dentro? — Parecia nervoso. Eu tinha me esquecido: a primeira vez que ele estivera com Birdwine fora no meu escritório. Eu tinha tido um ataque de pânico e Birdwine tinha avançado sobre ele, violência estampada nos ângulos de seu corpo.

— Sim. — Ouvimos um enorme estrondo vindo de dentro. Birdwine não estava causando uma segunda impressão muito boa. — Se um estranho estivesse destruindo a casa, Looper estaria lá dentro brigando — falei. Looper abanou o rabo quando ouviu seu nome e deu mais um passo em direção à porta, tentando me induzir a acompanhá-lo. Encostei-me no carro. — Ainda não, companheiro.

— Como você pode estar tão calma? — perguntou Julian. Ele ainda estava com a porta do passageiro aberta e sua cabeça girava para cá e para lá, examinando um lado e o outro da rua. Lembrei a mim mesma que num jantar outra noite esse garoto se mostrara possesso porque um vizinho em Marietta deixou dentes-de-leão se espalharem pelo gramado dele. Primeiros passos.

— Ele ainda não matou ninguém — falei. Eu tinha visto Birdwine no fim de seu ciclo antes. Não tinha nenhuma ideia infantil, fosse receosa ou romântica, sobre o que estava acontecendo na casa. — A coisa pode não estar bonita lá dentro, mas não é perigoso.

— Tenho a impressão de que estamos sendo observados — disse Julian, olhando em volta, inquieto, mas fechou a porta e se postou ao meu lado. — Você sente isso?

— Não — respondi, mas depois que ele mencionou isso, percebi que sentia. Eu me sentira tão observada no escritório ultimamente que me acostumara ao débil formigamento elétrico pela minha pele. — Provavelmente é a boca de fumo duas portas abaixo. O traficante está sempre de olho na rua. — Não só à procura de policiais... Às vezes, a idosa sra. Carpenter, que era dona da casa entre eles, perambulava pela calçada de sutiã. Tanto o traficante quanto Birdwine tomavam conta dela.

Minha explicação não deixou Julian tranquilo, mas pelo menos fizera-se silêncio dentro da casa. Esperei mais um minuto, depois decidi entrar. Não queria dar a Birdwine tempo para desmaiar.

— Você pode esperar aqui, se quiser. — Desencostei-me do carro e estendi minhas chaves. — Vou deixá-lo ligar o rádio.

Julian parou e engoliu. O sol quase havia se posto.

— Não. Vamos.

Dentro, a sala dava a impressão de que um urso andara por ali quebrando tudo. Uma cadeira de madeira estava reduzida a gravetos, e a mesa de centro estava revirada e enfiada pela metade na lareira. Havia enormes buracos e pontos estilhaçados na parede de gesso. Parecia que a sala inteira o tinha irritado e ele decidira dar um jeito nela com um bastão de beisebol. O próprio bastão estava rachado e jogado no chão.

Eu podia ouvir o som de uma voz cantarolando, alta e desafinada, vindo da cozinha. Ele parecia ter acabado de quebrar coisas, mas ainda estava consciente. Bom.

Looper pulou no largo sofá xadrez e deixou-se cair pesadamente num amontoado de lascas de reboco, os flocos se prendendo como neve em seu pelo denso. Pôs sua cabeça de caixa de sapato sobre as patas e ficou olhando de um lado para outro entre mim e Julian, sobrancelhas se contraindo. O que quer que estivesse acontecendo nos fundos da casa era claramente um problema humano. Ele esperaria ali mesmo.

— Covarde — eu lhe disse, e ele bateu o rabo. Que seja.

Quando eu caminhava de volta para a cozinha, Julian grudou em meu ombro. Estava nervoso, mas tive a impressão de que estava me protegendo. Eu o havia subestimado, mais uma vez, pensando que optara por entrar comigo porque estava ficando escuro lá fora. O garoto era um cão melhor até do que Looper, leal até o fim.

Encontramos Birdwine junto de seu medonho fogão cor de abacate. Um dos queimadores elétricos brilhava com um laranja intenso, e uma frigideira cheia de ovos mexidos estava pousada no queimador apagado, cinzento, ao lado dele. Birdwine estava de costas para nós, chocalhando a frigideira e cantarolando, agitando ovos que não estavam cozinhando de maneira alguma. Ele nos examinou com olhos de coruja sobre seu ombro quando entramos. Estava todo arrebentado. O olho esquerdo estava tão inchado que quase não abria, e havia crostas de sangue nos cantos de seus lábios.

— Mmmmm, Pau — disse ele, o que eu tomei por um cumprimento. Estava tão bêbado que virar a cabeça o deixou cambaleando, como um homem de pé num barquinho no mar, flutuando sobre as ondas. — Tofazenovos. — *Estou fazendo ovos.*

— Acho que você poderia estar provocando incêndios terríveis — eu lhe disse.

Ele me deu uma versão desleixada do grande sorriso de que eu sempre gostara, aquele que mostrava a lacuna entre seus dentes da frente. Eles ainda estavam todos em sua boca, do ângulo em que eu os via, pelo menos.

— Meus Deus, estou com medo de ver o outro cara — sussurrou Julian, piscando rapidamente.

— Não há nenhum outro cara — respondi.

Birdwine voltava de bebedeiras com costelas rachadas, dentes frouxos, e novos e excitantes ângulos em seu nariz comprido. Eu costumava temer que ele tivesse matado alguém por acidente. Era tão grande e sabia lutar. Mas ele nunca tinha dedos quebrados ou sequer machucados nos nós dos dedos; encerrava suas farras irritando as pessoas, e em seguida levando a surra.

A cozinha era grande, com espaço para uma mesa com tampo de madeira maciça e duas cadeiras perto da porta. O velho laptop de Birdwine, uma coisa enorme e lenta que eu chamava de seu Lixotoposaurus, estava sobre ela, aberto. Fui até ele e chequei a tela.

Ele estava conectado no Facebook, o que era estranho o bastante para me fazer olhar duas vezes. Não era um cara chegado a redes sociais, aquele Birdwine. A menos que tivesse estado tentando trabalhar, bêbado, e essa página fosse relacionada a Hana. Eu queria escorregar na cadeira mais próxima e começar a escavar, mas a manga da camisa de Birdwine estava se arrastando perigosamente perto do queimador aceso. Deixei o browser aberto e fui segurá-lo.

— Julian, você poderia terminar os ovos? Sabe fazer ovos, certo? — disse, pegando Birdwine pelo ombro, afastando-o do fogão.

— Todo mundo sabe fazer ovos — disse Julian, com excessiva cordialidade.

Conduzi Birdwine através da cozinha. Ele estava difícil de manejar e desequilibrado, mas arrastou os pés na direção que lhe indiquei.

— Veja, Birdwine, é Julian, lembra-se dele? — Para Julian eu disse: — E pegue um pouco d'água para ele.

Soltei Birdwine numa cadeira vazia, depois voltei para a outra, aquela próxima do computador. O Facebook estava aberto na página de uma mulher chamada Stella Martin. Sua linha do tempo estava cheia de fotos do que pareciam ser as férias de uma família na praia. Eu não conhecia nenhum Martin, mas o primeiro nome dela soou levemente familiar.

— Há tanta casca aqui dentro — disse Julian. — Acho que é tudo casca.

Dei uma olhada em Birdwine, balançando na cadeira.

— Esqueça isso. Apague o fogão e traga a água — eu disse a Julian, e depois murmurei para mim mesma: — Stella, Stella, Stella. Quem é você?

— Stellaaaaa! — berrou Birdwine de repente, bem alto, como um Marlon Brando bêbado. Julian deu um pulo e deixou cair a frigideira com os ovos na pia, fazendo barulho. Birdwine tagarelava consigo mesmo.

Eu olhei seriamente para ele.

— Você está vendo alguma coisa sobre Hana? — perguntou Julian.

— Ainda não sei. Birdwine? Isto é sobre o meu caso? Hein?

Droga, eu deveria ter lhe pedido para me atualizar todos os dias. Mas eu não tinha querido isso. Tinha andado muito ocupada tentando não pensar sobre onde Hana poderia estar, o que ele poderia estar descobrindo. Tentando pôr as coisas em ordem na minha firma.

Ele não respondeu. A foto do perfil de Stella Martin mostrava uma mulher atraente de cabelo louro-escuro, em torno dos quarenta anos. Seus *posts* de cima eram todos das férias. Rolei a tela por um grande número de fotos de Stella com um homem apatetado, sardento, que ela intitulara "Maridinho". Eles tinham uma penca de filhos: um menino adolescente cuja altura já ultrapassava a da mãe e depois uma porção de meninas louras abaixando-se numa escadinha a partir dele. Calculei que a menina mais velha devia ter dez ou 11 anos — idade próxima à de Hana —, mas não pude ver nenhuma conexão além disso.

Em seguida, me lembrei. Stella era o nome da ex-mulher de Birdwine. Aquela que o chamava de Zachary. Ela o deixara por outro homem, e agora eles moravam na Flórida.

— Você está postando no mural da *sua* Stella, Birdwine? — perguntei. Queria dizer isso calmamente, e fiquei surpresa ao ouvir como minha voz soou cortante e alta.

— Naa — disse ele. — Tossovaadoela. — *Não, estou só vigiando ela.*

— Quê? — perguntou Julian. Ele tinha encontrado um enorme copo de plástico com uma imagem do Hulk e o estava enchendo com água da torneira. — Quem é Stella?

Sentei-me de novo. Isso era história de ex-mulher, o que fazia instantaneamente que não fosse da conta de Julian. Nem da minha tampouco, verdade seja dita, mas examinei a página mesmo assim e vi que Birdwine estava conectado como alguém chamado Jennifer James.

— Quem é Jennifer James? — minha voz alta perguntou.

— Eu — respondeu Birdwine, e isso, pelo menos, foi claro. Ele deveria limitar todas as suas respostas a uma sílaba.

— O que você está olhando? — perguntou Julian, trazendo a água. Entregou o copo do Hulk para Birdwine, que bebeu de uma maneira ruidosa, glutona, que não poderia ter sido menos atraente.

— Não é sobre Hana. Vou examinar os outros arquivos dele daqui a um segundo, tudo bem? Mas você pode... — Fiz uma pausa, procurando uma razão, qualquer razão, para tirá-lo da cozinha. Eu queria perguntar a Birdwine por que diabo ele estava vigiando sua ex-mulher às escondidas. Precisei de trinta segundos para me recompor — ... Ir trocar os lençóis dele? Deveríamos pô-lo na cama, e eles provavelmente estão nojentos.

Julian pareceu alarmado.

— Você quer que eu, tipo, abra todas as gavetas dele e procure lençóis?

— O jogo sobressalente está no closet. É uma porta estreita a meio caminho da sala, ao lado do banheiro. E depois o quarto dele é na extremidade.

— Você conhece muito bem este lugar, hein? — perguntou-me, a cabeça inclinada para o lado.

— Julian, quer fazer o favor? — falei. — Ele pode desmaiar a qualquer segundo, e nunca vamos conseguir deslocá-lo.

A boca de Julian se enrugou num chumaço que o deixou parecido com todos aqueles coelhinhos reprovadores que a gente vê na internet, mas ele foi.

Olhei de novo para a tela. A ex-Stella Birdwine, agora Martin, era uma dessas pessoas que dizem sim a qualquer solicitação de amizade. Tinha quase seiscentos amigos, o que tornou fácil para Birdwine inventar um perfil e se tornar amigo dela às escondidas. Agora podia observar sua vida como se fosse pela televisão.

— Isto parece realmente saudável — eu lhe disse.

Birdwine assentiu com a cabeça, numa ironia bêbada, e o movimento quase o derrubou da cadeira. Senti-me inclinada a deixá-lo cair. Deixá-lo se despedaçar um pouco mais. O que era mais um olho preto entre amigos?

Pergunta melhor — por que eu estava tão irritada por ele estar se deprimindo por causa de Stella? Não gostei das implicações. Pouco antes de ele partir para ir procurar Hana, eu tinha percebido que estivera apaixonado por mim. Eu não tinha me feito a pergunta que se seguia naturalmente a isso. Estivera eu também apaixonada por ele?

Devia ter estado, pelo menos um pouco.

Eu não tinha notado. Mas, em retrospecto, podia ver que tinha tratado de matar isso sistematicamente. Não tinha precisado pensar a respeito. Eu sabia como fazer. Tinha muita prática.

Eu tinha me apaixonado por meu melhor amigo, William, no ensino médio. Tinha dormido com ele uma vez. Droga, tinha dormido com ele primeiro, mas nunca dera continuidade a isso. Tinha começado a trepar com colegas de faculdade e tinha ajudado William a conseguir a garota de seus sonhos. Nick e eu tivemos alguma coisa que poderia ter ficado séria. Eu tinha querido isso a certa altura. Deixei claro que não tinha nada de monógama, contando-lhe histórias de minhas conquistas como se fôssemos companheiros de bar. Comecei a agir como seu camarada, tanto em julgamentos simulados como quando ele notava uma garota. O sexo foi se extinguindo e acabamos sócios nos negócios.

Depois Birdwine. Eu olhava para ele do outro lado da mesa, com crostas de sangue, fedendo como um animal atropelado. Que os deuses me ajudassem, eu não tinha matado o que quer que existisse entre nós.

Não até o fim. Certo, eu o transformara num colega e num amigo, papéis com prazo de validade muito mais longo do que tinham meus amantes, exatamente como fizera com William e Nick. Mas, quase sem notar, tinha parado de procurar novos homens. Tinha abandonado meus telefonemas amistosos tarde da noite para ex-namorados. E com toda certeza não tinha trabalhado para pôr outras mulheres em seu radar.

Não importa. O filho da puta fizera um ótimo trabalho procurando a ex-mulher por conta própria.

O olho de Birdwine estava quase fechado de tão inchado. Levantei-me e examinei seu freezer. Ambas as bandejas de gelo estavam completamente vazias. Mas havia um saco de ervilhas congeladas. Levei-as.

— Segure isto — disse-lhe, batendo as ervilhas contra seu olho. Ele grunhiu, mas conseguiu levantar uma manzorra e segurá-las no lugar. Ele fedia a suor velho e uísque ainda mais velho, com o cheiro penetrante de cobre do sangue logo abaixo disso.

Quando tentei me afastar, ele agarrou meu punho com sua mão livre. Olhou para mim com seu único olho bom turvo e murmurou uma série de palavras urgentes.

Entre os lábios esmagados e os quartos de bebida alcoólica, levei um momento para analisar o sentido, mas depois o compreendi:

— *Não estou nem aí para Stella.*

Ele sustentou meu olhar, e não penso que estivesse mentindo.

— Bem, que me importa — falei, mas minha voz se suavizara, meu Deus, certamente parecia que eu me importava, sim.

Não em minha usual maneira "pegue ou largue", também, embora ele parecesse fazer o meu tipo, aparentemente: tranquilo, fodido o bastante para ser esquecível. Mas eu não o tinha esquecido, tinha? Engraçado, eu sempre me dissera que ele era uma conveniência descartável, mas, olhando para trás, minhas ações contavam uma história diferente. Eu tinha até andado atrás dele para trazê-lo de volta para minha órbita. Tratara-o como se fosse Nick ou William: material de qualidade.

Agora aqui estava eu, batendo em seu rosto com ervilhas, furiosa por encontrá-lo de olho em sua ex em redes sociais. Quase como se amor fosse uma opção em aberto. Quase como se eu quisesse Birdwine para mim mesma, tanto em minha vida quanto em minha cama.

Bem, não em minha cama esta noite. Não bêbado e fedendo. Não com meu irmãozinho rondando, sentindo-se tão desconfortável no pardieiro de Birdwine quanto estivera na mansão de Oakleigh Winkley em Buckhead.

— Paula? — chamou Julian, já de volta. Olhou para a mão de Birdwine apertando meu braço, viu como nossos rostos estavam próximos, e intensificou seu jogo de reprovação: passou de coelho a tia religiosa puritana. — Acho que os lençóis extras estão mais sujos que os velhos lá.

Retesei-me e sacudi a mão de Birdwine. Mudar os lençóis tinha sido um trabalho inútil, de qualquer maneira. Birdwine estava tão imundo que provavelmente teríamos de queimar a cama toda de manhã. Mesmo assim, não pude deixar de me lembrar de que, quando Birdwine e eu estávamos juntos, ele sempre tinha lençóis limpos por perto. Tinha uma boa motivação, naquela época. Então, andava dormindo sozinho ultimamente? Não gostei da intensidade da alegria que essa ideia me deu.

Comecei a pôr Birdwine de pé.

— Pode me dar uma mão?

Julian aproximou-se e escorou o outro lado dele, e andamos até a sala, em direção ao quarto. Era um caminho familiar para mim com Birdwine. Nunca pensara antes que haveria de fazê-lo na companhia de um irmãozinho superprotetor.

Birdwine apoiou-se em nós pesadamente, pondo mais peso sobre uma perna.

— Birdwine, onde está o arquivo de Hana? — perguntei-lhe.

Ele engrolou algumas palavras que nem eu consegui traduzir e abaixou o braço, apoiando a mão amigavelmente em minha bunda.

— Nem pense nisso — falei, e ele soltou aquela estranha risada de bêbado de novo.

— Ééé um traseiro bommmm deemaaisss — disse Birdwine.

A boca de Julian ficou imóvel, numa linha ainda mais apertada.

— Eu sei — respondi, e deixei sua mão onde estava. Se a fotografia de Kai fosse digna de crédito, eu teria essa bunda por alguns anos ainda, mas ela tinha sido desvalorizada ultimamente.

Nós o ajudamos a manobrar pela porta, rumando direto para a cama.

— Jogue-o de bruços, para o caso de ele vomitar — eu disse a Julian, que não reagiu. Ele podia ser ingênuo, mas tinha estado na faculdade.

Soltamos Birdwine e ele desabou sobre o colchão. Falou com a cara no travesseiro, dizendo a coisa mais clara que tinha dito até agora:

— Deita aqui comigo.

Julian pareceu horrorizado, mas eu sorri francamente por ver que havia uma brasa acesa em Birdwine, ainda se inflamando por mim.

— Nem um pouco tentada — disse-lhe. — Mas tente de novo depois que rolar na água sanitária. — Eu falava a verdade, embora ele pudesse não se lembrar de manhã. De sua parte, tudo isso podia não passar de bebedeira.

Olhei para seu olho arruinado. O canto de sua boca ensanguentada, inchada. Todos os danos que ele tinha sofrido, enfiando a cara no punho de algum outro sujeito, repetidamente, enquanto suas próprias mãos rudes estavam tão irrepreensíveis e livres de contusões como as de um bebê. Pensei então: *Não, ele ainda está apaixonado por mim.* Em se tratando de amor, eu era a encarnação ambulante dos punhos, servida num conveniente pacote feminino com uma bela bunda. Ele falava a verdade tanto quanto eu.

Arranquei o cobertor de baixo de seus pés e joguei-o sobre ele. Julian esperava atrás de mim, seu desconforto era tão intenso que eu o sentia emanando dele em ondas.

A respiração de Birdwine havia mudado para profunda e alta. O som atraiu Looper, que veio tilintando para saltar na cama, em cujo pé desabou.

— Oh, agora você aparece, seu traste inútil — falei, e amarrotei suas orelhas.

Saímos, Julian de cabeça baixa, lançando-me olhares sob o cabelo cacheado que lhe caía na testa.

— Que foi? — perguntei.

Ele corou e desviou os olhos. A única coisa que disse foi:

— Você entendeu o que ele disse? Onde está o arquivo de Hana?

— Teremos de procurá-lo. Vou checar o computador, mas poderia ser um arquivo real, feito de papel. Birdwine tem métodos conservadores. Por que você não dá uma procurada por aí?

Estávamos de volta ao escritório agora, e Julian disse:

— Você quer que eu reviste a casa de um sujeito enorme, louco e bêbado?

Apontei para a cadeira despedaçada, a mesa revirada.

— Acha que ele vai saber?

— Entendi — disse Julian.

Isso me fez sorrir. Isso era algo que eu diria, e ele usara minhas inflexões. Peguei-o pelos ombros e o dirigi para a escrivaninha de Birdwine no canto.

— Comece ali — falei, e rumei para a cozinha.

Sentei-me de novo com o *lixotop* e girei o mouse para despertar a tela. A página de Stella Martin no Facebook reapareceu. Ainda estava aberta numa foto de toda a família, posando no deque da casa de praia. Perdi o fôlego. Agora que não estava concentrada tão completamente em sua mulher, vi aquilo instantaneamente.

Qual destas coisas é diferente das outras?

A loura Stella estava de mãos dadas com seu mirrado e ruivo marido. Vi seus traços e suas cores misturados nas três menininhas. O garoto se destacava no meio, moreno e de peito largo.

Cliquei em duas fotos, para uma em que o garoto se apresentava alto, encorpado e vigoroso na arrebentação, a menor das meninas escalando-o como se ele fosse sua árvore favorita. Inclinei-me, estudando seu rosto. Ele tinha grandes olhos castanhos, com pálpebras pesadas. Seu cabelo era grosso e rijo, e a pele era azeitonada. Estava bronzeado, enquanto a pele do resto da família estava em várias fases de tornar-se rosada e descascar. Seus dentes eram muito retos, mas entre os dois da frente havia uma lacuna.

Eu conhecia aquela lacuna. Sempre gostara dela em Zack Birdwine.

Fiz as contas. O garoto era grande, mas ainda não tinha pelo no peito, mal tinha algum nas pernas, e ainda tinha uma suavidade de bebê, com bochechas redondas. Tinha no máximo 15 anos, talvez não mais de 12. De qualquer maneira, antes de eu estar na vida de Birdwine. De qualquer maneira, sua existência se sobrepunha ao período em que Birdwine estivera casado.

Reclinei-me na cadeira. Não era possível. Eu tinha trabalhado com Birdwine durante quase uma década. Tínhamos sido amantes por mais de meio ano. Agora éramos supostamente amigos. Isto era um pedaço grande da história para ter sido deixado de fora.

Num abrir e fechar de olhos, seu menino fora parar num bom lugar, com livros e férias na praia com um bando de irmãzinhas que o adoravam. O braço do marido parecia ao mesmo tempo possessivo e confortável, pousado no ombro do garoto. Toda a família tinha boa expressão corporal em suas fotos, na verdade, inclinando-se e virando-se ligeiramente uns para os outros. Eles pareciam uma família-modelo feliz. Pelo menos no Facebook.

Teria sido por isso que Birdwine o abandonara? Nesse caso, ele procurara a saída mais fácil. O garoto não veria isso dessa maneira. Por mais bondosa que a sra. Mack tivesse sido, eu não me sentira aliviada ou agradecida quando o estado da Geórgia me privou da companhia de minha mãe.

Julian apareceu na porta, seu rosto marcado por linhas de estresse, segurando uma pasta de papel-manilha.

— Estava no carro dele.

Quando ele a trouxe para mim, minimizei o browser. Mesmo irritada como estava, eu não trairia Birdwine revelando sua vida privada para Julian, que já não gostava dele. Além disso, eu não queria espionar uma família feliz, postando histórias felizes que podiam até ser verdadeiras. Eu estava aqui com algumas pontas soltas pontiagudas de famílias que não tinham funcionado.

Havia mais de nós. O mundo estava cheio de nós, as sobras e os desistentes, os enlutados e os destruídos.

— Bom trabalho — falei, e peguei a pasta. Julian pairava sobre mim, torcendo as mãos.

As páginas de cima eram anotações das entrevistas de Birdwine, rabiscadas em sua escrita obscura, inclinada. Em primeiro lugar, uma entrevista com Tolliver, o namorado de Kai em Austin. Seu súbito desaparecimento no meio da noite o deixara perplexo. Ela não tinha nem sequer lhe contado que estava doente, embora, por seu relato, os dois estivessem muito apaixonados. Certamente estavam.

Levantei os olhos para Julian, mas ele não estava lendo. Ainda estava torcendo as mãos, olhando para mim.

— O que está incomodando você? — perguntei.

— Eu não tinha me dado conta de que vocês tinham alguma coisa. Você e Birdwine — disse Julian.

— Não temos nada um com o outro — falei, virando mais uma página.

— Ah. Tudo bem — disse ele, com exagerada descrença.

— Julian, pare de ficar em cima de mim. Não temos nada — disse-lhe, e essa última frase saiu áspera e zangada. Sobretudo porque poucos minutos antes de eu ver o cuco de Birdwine, jogado no ninho de outra ave e deixado para trás, eu o estivera considerando. Estivera nos considerando, até.

Ele se deslocou para se sentar na minha frente e cruzou as mãos sobre a mesa.

— Certo, bom. Porque ele é um sujeito assustador. E claramente tem um problema com substâncias.

— Ah, você acha — disse eu, folheando às cegas mais quatro páginas. — Esqueça isso. Não é relevante.

— Mas será — disse Julian. — Quando encontrarmos Hana. Esse sujeito, ele não é... Ele não parece ser bom para uma criança.

Senti uma punhalada iluminadora de uma raiva azul brilhante. Se ele tivesse dito isso meia hora antes, eu lhe teria pedido que provasse o que dizia. Teria retrucado: "Tente não ser um merdinha privilegiado." Mas entre meu embaraçoso quadro boa-noite-doce-príncipe na cabeceira de Birdwine e aquele momento eu sofrera uma mudança radical.

Um olhar para o filho de Birdwine, abandonado na Flórida, e minha lealdade havia se deslocado, de história para sangue. Julian, afinal de contas, estava tentando desesperadamente. Estava cheio de planos esperançosos, querendo formar uma família para Hana. Birdwine abandonara tão completamente seu próprio filho que o menino não vivia nem sequer nas conversas dele.

Parte de mim queria pegar a pasta naquele minuto, sair dali, entregar todo aquele caso para um novo detetive particular. Um que eu nunca tivesse visto antes. De preferência, uma mulher.

Mesmo assim, eu não podia deixar a afirmação idealista de Julian inconteste. Falei o mais gentilmente que pude:

— Você acha que Birdwine não é do nosso tipo. Entendi. Mas, Julian, não existe *nosso* tipo para mim e você. Sem dúvida, como se vê,

Birdwine é um babaca. Mas esse é o meu tipo. Essa menina que estamos procurando? Ela vai ser do meu tipo também. Você acha que isto — acenei a mão à minha volta, abrangendo a casa destruída, a vizinhança modesta, a sensação de olhos hostis sobre nós lá fora — iria ofender as delicadas sensibilidades dela? Meu bem, você cresceu jogando beisebol e refeições preparadas com base na pirâmide dos alimentos, mas Hana vem daqui, onde pessoas se livram de outras pessoas, ou as usam, ou as comem inteiras.

Julian foi ficando cada vez mais vermelho à medida que eu falava, por isso me calei antes que ele se descontrolasse.

— Eu sei — disse ele, e não parecia nem um pouco irritado. — Mas não é esse o objetivo de um resgate? Você tira uma pessoa de onde é ruim. Você a traz para um lugar melhor. Não perfeito. Nenhum lugar é perfeito. Você a traz para o melhor lugar que pode.

Pisquei, derrubada de meu cavalo alto. Puta merda, como a verdade tinha força.

Julian estava certo, mais uma vez. Eu deveria admitir que ele compreendia melhor as coisas pessoais que eu. Eu não podia ressuscitar minha mãe, fazê-la casar com o misterioso pai de Hana um dia antes que ela fosse concebida, instalá-los num chalé junto a um mar ameno. Mas nós podíamos encontrá-la. Podíamos assegurar que ela ficasse segura, alimentada e cuidada, porque isso era o mínimo que merecia. Era o mínimo que qualquer criança merecia.

— Certo. Estou ouvindo você, mas você precisa me ouvir também. Qualquer plano que façamos pressupõe coisas demais. Você supõe que vamos encontrá-la. Estamos supondo que Kai está morta e Hana não. Além disso, ela tem dez anos. Pode ter iniciado um autorresgate maluco dela própria, ligando-se a alguém, criando um lugar para si. Não podemos planejar coisa alguma a partir de uma base de completa ignorância. — Minhas palavras soaram verdadeiras o bastante para corresponder às dele.

— Tudo bem. Isso significa que temos de nos concentrar no que realmente temos. — Assenti com a cabeça, pensando que ele se referia ao arquivo, no momento exato em que ele acrescentou: — Você e eu. Acho que estamos começando a ser realmente uma equipe. — Parei no meio de um sinal de assentimento, mas ele já estava sorrindo para mim, radiante como um sol vivo com cara de Muppet. Esse garoto! Ele era tão inclinado a se aninhar — e tão doce no fundo. Não pude deixar de sorrir de volta, feliz por ele ter compreendido que eu estivera genuinamente tentando.

Mas interrompi a troca de olhares antes que ela se transformasse numa efusão amorosa, folheando mais páginas de anotações de entrevistas. Passava os olhos, na esperança de ter minha atenção atraída por alguma coisa que pudesse nos pôr de volta na trilha de Hana. Perto do fundo da pilha, encontrei o mapa.

O tempo parou.

— Que foi? — perguntou Julian. Não pude responder. Estava respirando com tanta força que era como se tivesse estado correndo a toda a velocidade. Vasculhei minha bolsa para pegar meu envelope de novo, reli o último bilhete de Kai:

"Vou partir numa viagem, Kali. Vou retornar ao meu começo."

O carinhoso Julian voltou no mesmo instante para se postar ao meu lado, a mão no meu ombro, perguntando:

— Você está bem?

Eu não estava. Birdwine tinha desenhado a rota delas com marcadores fluorescentes, uma brilhante linha laranja de cor rabiscada em direção ao Sul. Corri meu dedo pela linha, acompanhando a trajetória de Kai. Será que cada linha metida a mística, pretensiosa, daquele bilhete de Kai era literal? Quando é que Kai havia sido literal?

— Olhe — falei, embora aquilo não tivesse sentido para Julian.

— Para o mapa? Por quê? Você sabe onde Hana está? — perguntou ele, agora com uma urgência que se igualava à minha.

Olhei dentro daqueles olhos que ele tinha, os olhos de minha mãe.

— Ela está na minha vida — disse-lhe. — Hana está em algum lugar no meio da minha vida.

CAPÍTULO 9

É melhor assim, penso quando a porta se fecha atrás de Joya. Não estou chorando. O que sinto está tão além do choro que não posso me mover, ou isso vai sair de mim e ser um som, e não sei que som é esse. Deito na cama, imóvel, mas dentro de minha pele cada átomo fervilha com um único pensamento: quero a minha mãe. Quero minha mãe cegamente, como um camundongo recém-nascido. Dentro da concha quieta de mim, agito-me e estremeço. Meu corpo quer tão desesperadamente enraizar-se e procurar, prender-se, ficar aquecido e pleno.

Ouço a sra. Mack, Shar, Karice e Kim conversando e batendo a porta quando voltam do jantar. Não ouço Candace, mas isso é normal. Ela deve estar andando com passinhos miúdos atrás delas, em silêncio. Se entrar neste quarto neste instante, se sequer olhar para mim com seus olhos úmidos, não sou responsável pelo que farei com ela.

Depois chegam todos os sons alegres da chegada da mãe de Joya. Ouço, deitada rígida e imóvel, enquanto as coisas de Joya são postas no carro. Ouço o baque dos sacos e as vozes de mulheres adultas da sra. Mack e da mãe de Joya conversando. Se me levantar, vou poder vê-la pela janela. Nosso quarto dá para a entrada de automóvel. Mas continuo rígida em minha cama, mesmo quando as portas do carro se fecharam. Não choro ou me movo quando ouço o motor ser ligado, quando as ouço partir, depois que ela foi embora com sua própria mãe.

Passa muito da meia-noite quando finalmente quebro. Sozinha em meu quarto na parte mais escura da noite, acordo para descobrir que já estou chorando. Meu corpo corcoveia e se sacode, e tenho de sufocar os zurros altos que sinto chegando. Viro-me para a parede e o abafo com a cabeça enterrada no travesseiro. Abraço meu travesseiro frio contra mim, e ele não me abraça de volta. Arquejo e choro com o rosto enfiado no pano de qualquer maneira, apertando-o com força até ficar sufocada.

Viro de costas para a parede, nauseada, e encontro os olhos de inseto de Candace olhando para mim, a 15 centímetros de distância. Ela está espiando com a cabeça junto à beirada da minha cama, como um jacaré. Afasto-me tão bruscamente que parece que deixei toda a minha pele para trás, e um grito sobe violentamente pela minha garganta. Tapo a boca depressa, prendendo o grito atrás de meus dentes. Sento-me e olho para ela, deixando o grito sair como um longo assobio de respiração. O susto me impediu de vomitar.

Candace não se mexe, ainda agachada sobre os joelhos junto da minha cama. Posso ver os brancos dos seus olhos brilhando na luz pálida de nosso relógio.

— Você está gritando tão alto no seu travesseiro que não consigo dormir.

Ela diz *não consigo* de uma maneira tão caipira. Soa como *nu consigo*. Eu não falo como ela, assim como não falava como Joya. Ninguém aqui fala como eu e Kai. Ninguém usa echarpes coloridas ou admite tocar pandeiro. As pessoas de Kai comem sardinha enlatada na mostarda e falam sobre *The Tao of Pooh*, o livro de introdução ao taoismo para ocidentais. São todas envolvidas com as artes e pequenos delinquentes — músicos de dedos leves, pintores chapados, escritores que produzem romances e cheques sem fundo. Até Tick, aquele babaca racista, era poeta. A tribo de Kai possui cachimbos de água e címbalos para os dedos tal como os americanos comuns possuem porta-copos. Somos ciganas entre outros ciganos, deslocando-nos para dentro e para fora do amor, de cidades, de nomes, constantemente em fluxo, reinventadas uma pela outra e uma para a outra.

Ninguém aqui fala como eu ou tem minhas referências ou conhece as canções que conheço. Eu não me pareço com nenhuma delas. Até minha ligação com Joya era baseada no fato de eu não pertencer a este lugar.

Esfrego meu rosto com as mãos, e de repente qualquer coisa é melhor do que estar sozinha. Movo-me para trás, abrindo espaço para Candace. Ela se levanta o bastante para apoiar seu queixo pontudo na beirada da minha cama, desconfiada da oferta. Ele é sem precedentes. Ela sempre teve que conquistar seu lugar com lisonjas ou suborno.

Pressiono minhas costas contra a parede e digo:

— Vou dormir melhor com você tomando setenta por cento do meu colchão que rastejando pelo chão e me olhando de olhos arregalados. — Tento dizer isso com firmeza, como Joya diria, mas minha garganta está cheia de ranho e minha voz trêmula.

Candace pensa sobre isso, depois se enfia sob as minhas cobertas. Deita de costas, olhando direto para o teto.

— Ontem, você não teria mijado em mim se eu estivesse pegando fogo. Você está realmente chorando por causa de Joya.

— Não estou chorando por causa de Joya — respondi, e isso é suficientemente verdadeiro para soar verdadeiro.

— Bem, por que então?

Não vou contar para a Candace, logo para ela, que sinto falta da minha mãe.

— Talvez porque eu vá levar um chute na bunda de manhã. — Os olhos de Candace brilham, cheios de questões no escuro. — Shar, Karice e Kim. Elas nunca engoliram Joya. Agora que ela foi embora, vão cair em cima de mim. — Só para ser má, acrescentei: — Provavelmente vão lhe arrancar o couro também.

Candace engole fazendo barulho, depois cochicha:

— Você acha que elas vão entrar aqui e nos pegar enquanto estamos dormindo?

Esse é o último lugar em que elas vão começar isso. A suíte da sra. Mack fica exatamente sob o nosso quarto. Mas Candace não é uma lutadora e não pensa estrategicamente. Ela está olhando para a porta, de olhos arregalados. Amoleço e acrescento, com muito exagero, para ela entender:

— Elas podem entrar aqui a qualquer instante e matar nós duas. Se eu fosse você, dormiria debaixo da cama.

Ela abafa uma risadinha e relaxa.

— Elas não se meteriam comigo de jeito nenhum — diz ela —, exceto Kim.

— Kim é grande, mas é com Shar que você tem de tomar cuidado.

Eu podia não estar chorando por causa da briga, mas ela *virá*. É bom ter um corpo vivo, mesmo que seja o de Candace, entre mim e a porta. Ou talvez, esta noite, seja simplesmente bom ter um corpo vivo perto de mim.

— Você está realmente apavorada? — sussurra Candace, como se a ideia de que posso sentir coisas humanas como medo fosse nova para ela.

— Quem é que quer quase morrer de tanto apanhar? — pergunto em vez de responder.

— Eu poderia ajudar você — diz Candace, quase irritada. — Se você quisesse ser minha amiga.

Rio disso com desdém. Candace se encolhe ao menor sinal de uma mão levantada. Não posso acenar para a menina sem que ela trema e recue, rastejando como um cachorro mordido, com a diferença de que um cachorro é pelo menos um vertebrado. Candace é um saco de geleia sem espinha.

— Eu gostaria de ver você ser minha amiga na frente de Shar — digo.

— Você nunca quis que eu fosse antes — diz ela, emburrada. — Não posso nem entrar no meu próprio quarto. A única coisa que Joya sempre dizia para mim era "Caia fora", e você deixava.

— Bem, Joya é uma vaca. Não quero ouvir o nome dela de novo — digo, alto demais. Para minha surpresa, começo a chorar de novo. — Falando sério. Não quero ouvir o nome dela. — Estou chorando tanto agora que não sei ao certo se Candace me entende.

Mas deve ter entendido, porque diz:

— Bem, então você não tem ninguém, não é?

Não respondo, e a boca de Candace se curva para baixo, pensativa. Depois de mais um minuto, ela se contorce, aproximando-se, e me envolve com seus braços estranhamente esponjosos.

— Já passou, já passou — diz ela, me dando palmadinhas desajeitadamente, como se eu fosse um bebezinho. — Já passou, não fique triste. Já passou.

Giro no lugar, virando meu rosto molhado para a parede, e não consigo imaginar que vou parar em algum momento. Vou ficar deitada aqui e chorar por minha mãe — meu melhor, meu primeiro amor — até virar uma palha, seca e leve como um tufo de dente-de-leão. O vento vai me levantar e me levar para longe, e Candace pode fazer um pedido ao me soprar.

Ela se aproxima ainda mais, me agarrando, seus joelhos enfiados nos meus, sua barriga apertada contra as minhas costas. Ela balança e arrulha e me aperta, dizendo muitas e muitas vezes: "Já passou. Já passou." Ficamos assim até que, finalmente, o choro cessa. Olho para a parede, soerguendo-me e arquejando até recuperar o fôlego. Assim que me calo, Candace cai num sono profundo, tranquilo. Finalmente adormeço também, inquieta. Em meus sonhos, corro por corredores abertos e intermináveis, procurando alguma coisa perdida. Não há lugares para se esconder e nenhum dos corredores vazios me leva até ela.

Eu ainda estava procurando. Às vezes, a coisa perdida era Kai; às vezes, uma garotinha com uma nuvem de cachos escuros e olhos de lua crescente. Às vezes, eu não sabia o que era. Só sabia que tinha de achá-la. Corro, meus passos ecoando nas paredes nuas. Depois pensei que ela poderia estar acima de mim, no mundo que estava desperto. Vi-me subindo para a superfície do meu sonho. Senti outro corpo, acalmando-me com respiração, aliviando-me com batidas cardíacas. Um calor vivo, uma prova contra a escuridão. Tentei perguntar: "É você?", e a minha própria voz me despertou.

Abri meus olhos grudentos rapidamente, desorientada. Senti cheiro de cachorro fedido e minha garganta estava ardida e seca de um choro do qual me lembrava, antigo. Levei um momento para me orientar. Reconheci a feia parede xadrez diante de mim; meu rosto estava enfiado contra o encosto do sofá largo de Birdwine. O corpo apertado contra as minhas costas era o de Looper. Dei uma olhada nele sobre o meu ombro. Ele bateu o rabo para mim, e sua boca gigantesca escancarou-se num bocejo a centímetros apenas de meu rosto.

— Ugh, seu bocejo tem um cheiro horrível — disse-lhe, e tentei contorná-lo e me levantar. Ele se esticou e rolou de costas para meu espaço morno. — Sinceramente, cachorros — falei e dei uma coçada na sua barriga.

Eu estava toda amarrotada, coberta com o pelo marrom-dourado de Looper que se destacava tanto na minha saia preta quanto na blusa de seda branca. Ótimo. Julian estava profundamente adormecido na bamba poltrona de couro Barcalounger. Eu me oferecera para levá-lo até seu carro na noite anterior, mas ele não quisera ir. Sabia que eu iria voltar direto para cá.

Assim, ambos tínhamos ficado. Eu tinha ligado meu próprio laptop e entrado em minha conta na nuvem. Confrontei meus arquivos pessoais com o arquivo de papel de Birdwine, traçando novas rotas, tomando notas, xingando a conexão de internet lerda de Birdwine. Julian alternou entre verificar o meu progresso e fazer uma limpeza. Varreu os pedaços de reboco e outros escombros e pôs os móveis de Birdwine em ordem novamente. Tinha até lavado a louça. Agora dormia como dormem os bebês felizes, de costas na Barcalounger, os braços jogados em volta da cabeça.

Aproximei-me e ericei seu cabelo, mais delicadamente do que havia coçado Looper, mas no mesmo espírito. Ele se inclinou na direção do toque em seu sono, assim como uma flor volta sua face sem pensar para a luz do sol. Parei antes que ele acordasse, admirando a maneira como Julian, mesmo um Julian inconsciente, supunha que qualquer mão que o tocasse se estendia por bondade. Seus olhos se moveram atrás de suas pálpebras fechadas, dormindo tranquilamente. Deixei que continuasse dormindo.

Eu não tinha mais gentileza dentro de mim, não esta manhã. Despertara cheia de tempestades com raios e trovões, com um forte desejo de dirigi-los todos contra Birdwine. Pude ouvir água correndo no banheiro no fim do corredor, portanto ele estava de pé. E tomando banho, o que indicava certa disposição para retornar ao mundo sóbrio.

Mas não estava pronto para mim. Eu queria entrar sem pedir licença enquanto ele estava vulnerável, molhado e nu, e lhe perguntar: "Mas que merda é essa?" Ele nunca tinha nem sequer insinuado que tinha um filho, mesmo no tempo em que éramos amantes. A única pista havia sido seu envolvimento na procura de Hana. Ele tinha ficado alarmado e excessivamente ansioso desde o começo. Em meu escritório, quando lhe contei que Kai tinha se reinventado como uma pessoa sem uma filha, ele tinha sido tão misterioso e enfático, dizendo: "Pais simplesmente não conseguem fazer isso".

Bem, ele tinha feito. Então, o quanto isso podia ser complicado?

E pensar que na noite anterior eu tinha ficado junto dele toda cheia de palavras doces e coração derretido, quase me compadecendo. Lembrei o quanto ele parecia triste, dizendo que eu tinha partido seu coração. Sem dúvida, eu tinha. Seu coração e provavelmente alguns unicórnios; ao que parecia eu era muito implacável com criaturas mitológicas.

Agora eu queria encostar meu rosto no dele, deixá-lo sentir quão farta estava. Depois lhe mostraria minhas anotações e as novas linhas e pontos que tinha preenchido no seu mapa e lhe diria para levantar seu traseiro machucado e ir procurar a minha irmã. Depois disso, ele estaria livre para seguir seu caminho alegremente, e sem parar, até o inferno. Eu lhe daria um mapa para isso também, se ele precisasse.

O arquivo de Birdwine estava pousado na mesa de centro. Peguei-o, e ele estava se sacudindo demais para que eu o pudesse ler. Levei um segundo inteiro para compreender que o tremor vinha das minhas mãos.

Eu tinha de me controlar. Estava furiosa e amarrotada, e tinha acordado sentindo falta de minha mãe, ou talvez sentindo falta da sensação de qualquer corpo humano na cama ao meu lado. Bem, essa segunda parte tinha solução.

O chuveiro ainda estava aberto, e Julian estava dormindo, assim eu tinha um tempo. Fui até a cozinha e comecei a preparar um café. A sensação em minha boca era a de que toda esta casa imunda tinha se arrastado para dentro dela e morrido lá. Na noite anterior, eu tinha dado uma busca no banheiro e achado uma escova de dente que estava bastante certa de ser minha. Por via das dúvidas, eu a trouxera para a cozinha e a lavara com um pouco de detergente. Usei-a de novo agora.

Depois tirei o rolo de fita isolante de Birdwine da gaveta e removi a maior parte dos pelos de minha saia e blusa. Senti-me bem melhor. Mais eu mesma. Calcei meus sapatos e coloquei de novo o meu blazer. Como minha escova estava destruída, alisei meu cabelo rebelde para trás e prendi-o na nuca. Fiz a versão em dois minutos de uma maquiagem completa: pele matte, riscos pretos nos olhos e uma malvada boca vermelha.

Conferi minha imagem no espelhinho do meu pó compacto e fiquei animada por encontrar uma razoável aproximação de meu eu mais duro. Bom o bastante para quebrar um pedaço dentro de Birdwine. Bom até para ir direto daqui para o trabalho. Uma vantagem de meus inúmeros terninhos pretos elegantes é que só Verona perceberia que eu estava usando o da véspera. Ela tinha um bom olho para corte e grife, combinado com o interesse de uma pessoa de vinte e poucos anos pelas bandeiras que as pessoas dão de que não dormiram em casa. Ficaria tão decepcionada comigo se visse o babão peludo que tinha compartilhado meu sofá. De agora em diante, eu faria melhor. A melhor maneira de tirar completamente os resíduos de Birdwine de meu organismo era inserir nele outro corpo.

Os sons do chuveiro tinham cessado. Seu laptop continuava sobre a mesa da cozinha. Despertei-o e virei-o para o vão da porta, de modo que ele o visse ao entrar. Quando ele entrou no corredor, servi café em duas de suas canecas de café aleatórias, uma toda verde e uma com alegres margaridas que dizia PROFESSOR DO ANO. Se ao menos ele tivesse uma caneca de PAI DO ANO ou MELHOR PAI DO MUNDO. Eu estava preparada para um pouco de ironia desagradável.

Ele chegou mancando, vestindo uma camiseta velha e uma Levi's que parecia ainda mais velha. Seu cabelo escuro estava molhado e escovado para trás, dando-me uma boa visão de seus machucados. O inchaço diminuíra um pouco em torno de seu olho, graças às ervilhas frias, mas as cores estavam aparecendo: preto e violeta e um espetacular roxo- escuro. Olhou-me com uma expressão envergonhada inteiramente falsa; a verdadeira expressão em seus olhos era desconfiada.

Não pediu desculpa pela noite anterior. Disse-me uma vez que nunca pedia, por bebedeira. Desculpar-se implicava uma promessa de parar e ele tinha se desculpado por isso interminavelmente para Stella. Não podia mais reunir a fé necessária para formar as palavras, cansado depois de passar uma existência vendo fracassar em dizê-las para valer.

Então, viu a fotografia aberta na tela de seu laptop. Eu tinha deixado o browser aberto no melhor close-up de seu filho, parado ombro a ombro com o Maridinho. A cabeça do menino já estava no mesmo nível que a do homem.

Birdwine parou, os olhos ficaram sérios e perplexos. Se eu ainda tivesse alguma dúvida de que esse era seu filho, sua expressão era resposta suficiente. O olho bom de Birdwine me olhou de volta e seus dedos se moveram para comprimir sua têmpora.

Estendi a caneca com as margaridas. Depois de um segundo, ele se aproximou e a pegou. Apoiou-se num pedaço da bancada na minha diagonal. Continuou sem falar nada. Eu também não falei. Usei seu próprio velho truque de policial. Estava sendo óbvia com relação a isso, lançando olhares de pugilista, deixando o silêncio crescer e atacar. Ele tomou um gole, observando-me sobre a borda da xícara. Sabia o que eu estava fazendo.

— Certo. Vamos começar com a criança — disse ele.

Ah, era um bom começo. O fato de ele falar primeiro deu-me a vitória — era seu jeito de se desculpar, afinal de contas. Mas a questão era outra: afinal que criança? Podíamos escolher de um bando, ele e eu: meu irmão órfão roncando em sua Barcalounger, minha irmã desaparecida, seu filho abandonado.

— Por que não começamos com a sua? — perguntei. As palavras saíram cortantes, acusadoras.

Ele me dera o movimento de abertura, mas eu podia ver que já estava se arrependendo.

— Sério? Porque sei onde a minha está.

— Não se preocupe, vamos chegar a Hana quando Julian estiver de pé. Ele deveria participar dessa conversa.

— Tudo bem. Mas não o quero *nesta* conversa — disse Birdwine, como uma advertência. Ele falaria sobre o menino, mas estava ganhando tempo.

— Ótimo — falei. Tentei soar impessoal, como se questionasse uma testemunha no tribunal. — Quando viu o menino pela última vez?

Ele olhou deliberadamente para a tela, depois de volta para mim.

— Um segundo atrás.

O.k., então era uma testemunha hostil.

— Pessoalmente.

— Quando ele tinha três anos.

— Há quanto tempo foi isso?

— Dez anos.

Eu tinha minha próxima pergunta engatilhada, mas sua resposta me fez parar. O tempo era estranho. Dez anos atrás, Birdwine começou a frequentar o AA. Parecia uma inversão, entrar nos AA e em seguida parar de ver o próprio filho. A maioria das pessoas começava a dar os 12 passos para *poder* ver seu filho. Mudei.

— Por que você não o viu mais? — perguntei.

— Não fui convidado.

— E daí? — retruquei. Esse era o interrogatório menos impessoal na história no sistema judiciário. — Você precisa de um convite? — acrescentei.

— Sim.

Birdwine era bom como testemunha hostil. Daria ao advogado da parte contrária exatamente o que ele pedia e nada mais. Mas isto não era um tribunal. Esta era a cozinha de um homem que eu quase amara. Pelo menos estivera pronta para tentar, na noite anterior. Agora eu sentia aquela doçura como uma bala de que mal me esquivara.

— Por quê? — perguntei, e a pergunta saiu como o zurro de um asno, crua e irritada. Ele não respondeu, o que só me deixou mais irritada. — Por que você não quer se explicar?

Ele deu de ombros, impassível.

— Não vejo a vantagem, Paula.

— Você não vê? Bem, eu vejo. Pelo menos eu compreenderia suas escolhas, mesmo que... — Detive-me. O resto da frase ficou preso em minha garganta. Eu quase tinha dito: "mesmo que eu não possa perdoá-las".

Birdwine deu-me um sorriso pesaroso, sobrancelhas arqueadas. Inclinei a cabeça para ele, reconhecendo o golpe. Ele estava certo. Não havia vantagem.

Abandonei a linha das perguntas e disse, francamente:

— Você deveria ter me contado. Antes. Quando tínhamos alguma coisa.

— Ah, sim. Porque você está aceitando isso tão bem. — Isso soava mais parecido com ele do que tudo que tinha dito até agora, e quando continuou, finalmente entendi por que tinha me descartado para início de conversa. — Eu não tenho uma boa história para contar na hora de dormir a uma garota com problemas de abandono.

— Era a verdade, porém — falei. Compreender isso não me deixava menos irritada. De qualquer maneira, eu não queria uma conversa. Queria um pedido de desculpas: pareceria tão desagradavelmente bom não o aceitar. — E você estava supostamente apaixonado por mim.

— Sim — disse ele.

— Então devia ter me contado, Birdwine, merda. Acho que eu estava apaixonada por você também.

— Sei que estava — disse ele, tão triste e seguro e cansado do mundo, tudo ao mesmo tempo, que a ânsia de feri-lo, de escolher um machucado e apertar meus dedos com força contra ele ou de morder, foi quase esmagadora.

Dei um passo em direção a ele, alta o bastante em meus sapatos para apertar os lábios contra sua boca inchada, sem cautela. Sem nenhuma cautela. Ele emitiu um som ao sentir o choque do machucado contra minha pele, mas sua mão foi para meu quadril, automaticamente, como um reflexo. Sua boca se abriu, surpreendida pela dor, e seu hálito saiu. Sorvi-o, sentindo o gosto de uísque velho por trás da menta.

Interrompi o beijo, mas permaneci junto dele, olho no olho, extremamente irritada.

— Não estou começando nada.

— Eu sei — disse ele, embora sua mão no meu quadril já tivesse me puxado para mais perto.

Sorri.

— Você deveria enviar esse memorando para sua calça.

Ele me mostrou de relance aquela lacuna entre seus dentes, embora o sorriso devesse doer.

— Você é tão romântica.

Tão perto, pude sentir o débil cheiro de cobre do sangue da noite anterior.

— Você compreende que isso foi um adeus. — Eu disse isso como uma janela que se fecha.

— Sim — disse ele. Deixou cair a mão e se afastou até a cafeteira para se servir de mais café. Não voltou a falar até me dar as costas.

— Não é o que quero, mas não posso mudar isso.

Eu não sabia ao certo se falava do menino ou de mim.

Isso não importava. De uma maneira ou de outra, o amor era quebrável. Todo amor era. Em meu trabalho, eu ajudava dúzias de casais que estavam saindo dele atordoados, neuróticos ou enraivecidos. Muitos deles rasgavam seus filhos em dois e despedaçavam esse amor também. Até a louca Oakleigh com seus gatinhos assassinos tinha amado Clark Winkley, algum dia. Agora, ele corria o risco de quebrar o pescoço para andar em seu telhado e urinar em seu pó compacto e rabiscar seu rosto em fotografias. Meus clientes, cada um deles, tinham feito promessas em frente a padres, rabinos e juízes e todos os seus amigos e parentes. Criado um lar. Gerado bebês. Depois o "felizes para sempre" se rachava, e eu intervinha para abri-lo e dividir seus pedaços dentados.

Restava alguma coisa entre mim e Birdwine, ou eu não me sentiria dessa maneira. Não estaria mais perto de chorar do que me sentia desde... Não conseguia me lembrar, e de repente consegui. Desde a última vez que vi Candace. Algum sentimento por ele estava vivo dentro de mim, ainda, e eu teria de quebrá-lo. Ótimo. Quebrar coisas era o que eu fazia melhor.

Dei um passo atrás, não foi o suficiente. Atravessei a cozinha toda, recuando, e ele permaneceu junto da cafeteira. Então Birdwine e eu tínhamos nos amado. E daí. Cada um de nós tinha uma parcela na destruição disso — ele tinha sido silencioso demais e eu tinha sido cínica demais. Agora aqui estávamos. Ele ainda estava silencioso e eu ainda era cínica o bastante para saber que um corpo faminto podia se alimentar de qualquer coisa.

— Estamos de volta a e-mails intitulados "Aqui está a informação"? — perguntei. Eu não queria que ele desistisse agora. As maneiras específicas como sua vida estava destruída me levavam a querê-lo nesse caso. Era como eu e meu trabalho *pro bono*, tirando da prisão os pequenos avatares de minha mãe. Nenhum outro detetive particular do planeta teria tamanho empenho.

— Foi o que eu disse que queria, o tempo todo — respondeu ele, sem nenhuma inflexão. Mas depois levantou uma sobrancelha e acrescentou, irônico: — Que sorte que está tudo dando certo para mim.

Era seu melhor e mais negro tipo de humor, e eu teria rido antes. Trabalho à parte, Birdwine e eu estávamos terminados o suficiente para ter um depois. O depois começava agora.

— Bom dia — disse Julian do vão da porta. Looper estava com ele, com uma língua alegre pendurada para fora. Julian parecia quase igualmente ansioso, mas retraiu-se de súbito quando Birdwine e eu nos viramos para ele. Looper, ignorando tudo, atravessou a cozinha para escapulir para o quintal pela porta para cachorro. O nariz humano de meu irmão se ergueu, porém, como se ele estivesse farejando a fúria e os feromônios que ainda carregavam o ar.

— Birdwine — disse eu —, acho que você ainda não conheceu oficialmente o meu irmão. Este é Julian Bouchard.

— Julian — disse Birdwine. Deu alguns passos à frente, impassível como uma pilha de tijolos, para estender a mão.

Julian apertou-a, olhando de um lado para outro, constrangido, entre nós.

— Oh, perdão. Interrompi alguma coisa. Eu devia ter pisado com mais força ao chegar, mas Paula disse que vocês não tinham nada um com o outro.

Quando não respondi, Birdwine o fez:

— Eu diria que essa é uma avaliação justa.

Eu ficara surpresa demais com a franqueza de Julian. Ele expunha a verdade de maneira absolutamente direta, ainda que isso trouxesse desconforto à sala. Era mais uma coisa em que o garoto se parecia comigo, mas não a herdamos da escorregadia mãe que compartilhávamos. Ou teríamos cada um de nós herdado isso separadamente, de nossos pais? Talvez Kai tivesse tido um tipo, afinal de contas.

— Ah, perdão. Vocês dão a impressão de que poderiam ter um... alguma coisa. — Julian estava corado, de bochechas tão rosadas quanto uma tia donzela que tivesse surpreendido seus lulus da pomerânia namorando.

— Você chegou no fim do fim da história. Está vendo os créditos rolarem — disse eu, bruscamente. — Podemos passar aos negócios? Mostre o mapa para Birdwine.

— Mapa? — perguntou Birdwine, virando-se para Julian.

— Você não lhe contou? Como pôde não lhe contar? — perguntou Julian, depois se virou alvoroçado para Birdwine. — Sabemos para onde Kai estava levando Hana. Isto é, sabemos para onde vão em seguida. Quero dizer, onde elas teriam... onde elas foram. Ou teriam ido.

Ele se enrolou em torno dos tempos verbais, mas Birdwine captou o sentido.

— Não, Paula não mencionou isso — disse, lançando-me um olhar oblíquo. Ocorreu-me que ele estava irritado por sua vez. Mas por que razão? Ele poderia ter se defendido, mas se recusara. Ainda estava falando com Julian, porém. — Vocês encontraram a pista sobre Hana a partir do meu arquivo? Como?

Julian olhou para mim, mas virei-me deliberadamente e fui pegar mais café, dizendo:

— Julian, por que você não o atualiza?

— Sim. O.k. Bem, ontem à noite Paula descobriu para onde Kai estava indo. Mais ou menos — disse Julian, olhando indeciso de um lado para outro entre nós. Ele tirou o mapa do arquivo e abriu-o na mesa da cozinha. Birdwine ficou em pé ao lado dele, fechando displicentemente seu laptop e empurrando-o para trás, fora do caminho. Como se isso fosse conveniente e o menino que aparecia na tela não viesse ao caso.

Agora Julian bloqueava parcialmente minha visão, e eu esperava que o garoto se apressasse. Frio como estava o ar agora entre mim e Birdwine, Julian podia morrer de hipotermia se falasse demais.

— Você foi a Austin e rastreou o carro até Dothan, Alabama — disse Julian. Ele apontou para a linha de marcador laranja, acompanhando a rota delas com o dedo indicador. — Foi onde Kai cresceu. Paula nasceu ali. — Ele arrastou o dedo pela linha. — Em seguida elas se dirigem para Montgomery.

Julian já estava levando tempo demais. Eu queria sair dessa casa, por isso, falei:

— Nós nos mudamos para Montgomery com Eddie. Depois moramos em Jackson, Mississippi, com Tick. — Julian continuou acompanhando com seu dedo indicador enquanto eu falava. Kai e eu viajamos por toda parte, por vezes vivendo semanas como ciganas entre um namorado e outro. Mudávamos de cidade, trocando de nomes e de modos de transporte, especialmente se o relacionamento que estávamos deixando para trás tivesse terminado mal. Mas essa rota que ela tinha feito com Hana ignorou nossas pausas breves, os homens que não duraram ou não tiveram importância, nossas estradas sinuosas. Ela tinha levado Hana para lugares onde nós tínhamos morado cerca de um ano. Todos os lugares onde tínhamos tido um endereço residencial e algo próximo de uma família. — Nova Orleans foi onde conhecemos Anthony. Está vendo?

— Puta merda — disse Birdwine, vendo.

— É a vida dela — disse Julian. — Ela estava levando Hana numa turnê, as principais paradas de sua vida, em ordem. Nascimento para... alguma coisa.

— Em seguida vem Asheville com Hervé, e foi aí que você a perdeu.

Birdwine estava sacudindo a cabeça.

— Droga. Eu devia ter enviado mensagens de texto para você com os movimentos dela.

Eu não podia censurá-lo por isso. Era usual dar a um detetive particular uma lista de associados conhecidos, mas eu não tinha a menor ideia sobre nenhuma das pessoas ou lugares atuais de Kai. Estivera pensando sobre câncer cerebral, delírios, medicamentos pesados. Tinha imaginado uma fuga louca de serviços de proteção à infância do Texas rumo a um futuro tenebroso — não uma viagem para dentro de nossa antiga história.

— Foi culpa minha. Eu lhe disse para só me ligar quando tivesse resultados — respondi, mas foi uma gélida absolvição.

Julian mudou seu peso de um pé para outro, constrangido.

— Vocês acham que é possível que ela ainda esteja viva? — perguntou, em meio ao silêncio.

Birdwine sacudiu a cabeça, e seu olhar sobre meu irmão foi ao mesmo tempo triste e muito bondoso.

— O cara que comprou a caminhonete em Dothan disse... — ele fez uma pausa, mas Julian ainda tinha no rosto aquela aparência de filhotinho de ave, como se estivesse esperando receber alguma coisa amável — que ela dava a impressão de ser uma morta-viva. Mal a reconheceu pela fotografia. Disse que a Kai que vira podia ser a avó da Kai de novembro. Sinto muito.

Julian engoliu, desviou os olhos.

Birdwine preencheu o silêncio.

— A partir de Dothan elas continuaram de Greyhound. Em Asheville pararam de pegar ônibus. Ela conseguiu uma carona ou comprou outro carro. Não numa concessionária. Chequei todas elas. Poderia ter encontrado um na internet ou ter passado por algum calhambeque com um cartaz de "vende-se" na janela.

— Ou furtado um. Ou conseguido que um homem lhes desse um — acrescentei.

— Na pior das hipóteses, elas começaram a pedir carona. De qualquer maneira, eu as perdi — disse ele, folheando as anotações que eu tinha imprimido na noite anterior. Kai estava levando Hana para percorrer seu passado, mas ele tinha sido o meu passado também. Eu tinha escrito tudo para ele e traçado isso no mapa em azul.

— Mas agora, veja, sei quais foram os destinos delas.

O raio da busca se estreitara de "qualquer lugar no mundo" para uma viagem de ponto fixo para ponto fixo. Ela estava visitando cada cidade onde houvera um namorado diferente, uma Kai diferente, uma eu diferente. O quanto a turnê que Kai fizera com Hana era expurgada ou inventada? Até agora, a geografia correspondia à história real de Kai, o que em si mesmo era chocante. A verdade não era uma história que minha mãe contava.

— Depois de Asheville — disse Julian —, Kai mudou-se para o oeste de Atlanta com Dwayne. Depois para o sul do estado. — Ele corou. — Foi onde nasci. Mas Paula acha que ela poderia ter deixado essa parte de fora. A parte da prisão, e a minha parte também. Assim foi de Asheville para o condado de Paulding...

— Para cá — terminei por ele. Não havia outro destino possível. Kai não sabia o novo nome de Ganesh e ela nunca deixava um amante sem queimar todas as pontes atrás de si. Ela pretendia trazer Hana para cá. — Para mim.

Birdwine estava concordando com a cabeça. Ele se lembrava do bilhete de Kai tão bem quanto eu. "A morte não é o fim. Você será o fim."

Ela queria dizer isso literalmente, exatamente como estava escrito. Tinha tido um plano para Hana, afinal. Trazer minha irmã para mim.

Era um movimento desesperado, mas todos os deuses sabiam que eu tinha uma dívida com ela. Eu teria acolhido Hana, sem dúvida, se esse tivesse sido verdadeiramente o fim de sua jornada. Mas ela calculara mal. Em algum lugar em seu trêmulo percurso de Asheville para o condado de Paulding e para minha casa em Atlanta, o tempo de minha mãe se esgotou.

— Contem comigo — disse Birdwine.

— Ótimo. Vamos embora, Julian. Seu carro continua estacionado perto de meu escritório.

Julian olhava de um lado para outro entre nós, perplexo.

— Mas, esperem, que vai acontecer agora? Não podemos ir para casa. Estamos tão perto!

— Estamos mais perto — disse Birdwine. — Mas temos milhares de telefonemas e buscas em bases de dados para fazer agora. Cada hospital, cada delegacia de polícia, cada serviço de reboque ao longo de cada estrada que ela poderia ter tomado. Uma mulher com doença terminal viajando com uma garotinha deve ter deixado uma pegada, mas realisticamente, vão ser necessários dias ou até semanas de trabalho pesado para encontrá-la.

— Então você não vai voltar a Asheville — disse Julian, pensativo.

— Serei mais eficiente aqui. Minha licença de detetive particular me dá acesso a mecanismos de busca que deixariam você maravilhado, garoto, e sei como trabalhar com um telefone. Se isso não funcionar, então, sim. Vou percorrer suas rotas possíveis pessoalmente, com fotos. Vou investigar, perguntando a todos que têm olhos. Espero que isso não seja necessário.

Eu também esperava que não. Precisaria fazer uma lista muito mais abrangente. Teria Kai levado Hana ao Dandy Mart, mostrado para ela a fileira de telefones públicos que eu tinha usado para destruir nossas vidas? Ainda havia telefones públicos nos lugares? Talvez eles tivessem sido arrancados, e minha mãe só poderia mostrar a Hana os buracos onde tinham estado. Isso era a própria viagem em resumo — olhar para os buracos onde tínhamos estado.

— Se é uma questão de telefonemas e trabalho no computador, eu poderia ficar e ajudar — ofereceu Julian. — Vai andar mais depressa com dois. — Olhou para nós dois, ansioso.

— E quanto ao seu carro? — perguntei, ganhando tempo para pensar.

A mãe que compartilhávamos tinha morrido como indigente, viajando sob um nome que só os deuses conheciam. O raio de buscas mais estreito havia aumentado nossas probabilidades de descobrir o que as descarrilara, mas o próprio destino de Hana ainda estava em jogo. Ela ainda era aquele famoso gato de Schrödinger em sua caixa fechada, morto e vivo ao mesmo tempo. Eu não tinha certeza de que Julian deveria ser a pessoa que a abriria.

— Eu o pego mais tarde — disse Julian. — Embora esteja precisando de um carregador emprestado. Meu telefone está... está quase sem bateria.

— A ajuda poderia ser útil, mas não posso nem imaginar o que vamos encontrar — disse Birdwine num tom cauteloso. Ele compreendia que Hana era uma moeda girando no ar.

— Não sou estúpido. Mas, mesmo que Hana tenha passado maus bocados, encontrá-la não poderá deixar de ser uma boa notícia — disse-lhe Julian, irritando-se. — Ela está sozinha neste momento, e somos sua família.

Resisti ao impulso de trocar um olhar eloquente com Birdwine. Eu estava fora do time dele. Disse suavemente a Julian:

— Sabemos que somos a família dela. Mas...

Ele se virou para mim, os olhos brilhando muito.

— Quando a encontrarmos, ela vai saber disso também. Ontem à noite, depois que você dormiu, sabe o que fiz? Peguei seu laptop, e comecei a preencher uma solicitação de transferência para o estado da Geórgia. Pesquisei em alguns sites também, procurando anúncios para colegas de apartamento aqui em Atlanta. Quero que ela saiba que mesmo antes de encontrá-la, eu estava mudando minha vida por ela. Que eu queria ser um verdadeiro irmão mais velho para ela, antes mesmo de ver seu rosto, ou qualquer coisa.

Reconheci a índole justa. O menino realmente compartilhava o meu sangue. Depois olhei de fato para Birdwine. Inadvertidamente. Encontrei-o olhando de volta, pensando a mesma coisa. Desviei os olhos, depressa. Seria fácil demais recair em nossos velhos ritmos, especialmente enquanto trabalhávamos para encontrar minha irmã. Eu podia sentir nossa conexão, tênue, mas viva, sob toda a minha raiva. Seria preciso muito mais que simples raiva para matá-la. Eu não podia me juntar a ele para nada, nem uma simples tentativa de proporcionar uma saída para Julian. O garoto não iria aceitá-la, de qualquer maneira.

Eu estivera tentando informar a realidade a Julian em pequenos goles, mas a ideia de que podíamos chegar tão perto e não resgatar uma Hana que estava viva e bem, uma Hana que queria estar em nossa família — era um trago amargo, e não desceria. Este garoto, que havia perdido os pais recentemente, não estava preparado para mais nenhuma perda. Nem perdas imaginárias. Nem ao pedir um carregador ele quis dizer que seu telefone estava morto.

Birdwine tentou de novo.

— A única coisa que estou dizendo é que você precisa estar preparado. Esta história pode não ter um final feliz.

— Não estou procurando o fim da história — disse Julian com firmeza. — Estou procurando uma garotinha.

O que quer que o desastre de trem criado por Kai estivesse vociferando para nós, ele estava firmemente determinado a permanecer no meio dos trilhos com os braços abertos. Não, mais que isso. Eu esperava ser atingida pelo que fosse pior, e Julian planejava para o que fosse melhor. Eu me preparava para o impacto, e Julian preparava ativamente um futuro.

Talvez eu estivesse recebendo uma lição, mais uma vez.

Pela primeira vez, entrei no jogo de *e se* de Julian. Na melhor das hipóteses, Kai tinha levado Hana para seu pai biológico e ele era um sujeito feliz, dedicado, estável. Eu achava isso mais ou menos tão provável quanto encontrá-la colonizando Marte. Na melhor das hipóteses reais, ela estava morando com algum amigo ou amante bondoso que Kai tinha encontrado na estrada ou no sistema de abrigo temporário num lugar decente. Pior hipótese? Ela tinha caído na escuridão de mãos dadas com Kai e Joya; nenhum plano era necessário para essa contingência. Segunda pior hipótese? Ela estava vivendo na rua, ou alguém na gama de indiferente a medonho a transformara em bagagem ou presa.

Em todas as hipóteses, exceto na de um "mágico pai biológico amoroso", se ela estivesse viva, eu procuraria obter sua custódia. Então por que não estava fazendo planos para a melhor hipótese, como Julian? Havia coisas que eu devia incluir na minha lista de tarefas: procurar uma casa num bom distrito escolar. Uma casa com paredes, que dissesse "tenho um lugar para você". Convocar uma reunião com meus sócios, comunicar-lhes todas as maneiras pelas quais minha vida estava prestes a mudar.

— Muito bem — disse eu. — Estou indo para o trabalho. Tenho uma negociação difícil que começa na segunda-feira e preciso estar preparada. Se — detive-me e olhei deliberadamente para Julian —, *quando* encontrarmos Hana, vou precisar de uma licença, por isso preciso poupar a boa vontade de meus sócios agora. Julian, você pode me mandar notícias de hora em hora?

— Com certeza! — respondeu ele com um sorriso para mim.

Passei o dia rascunhando uma proposta de acordo para *Winkley vs Winkley* e estava de péssimo humor. Ela tendia tão fortemente em favor de Oakleigh que não era uma verdadeira proposta. Era a salva de abertura numa guerra, e prometia que a guerra propriamente dita seria longa, sombria e sangrenta. Quando Dean Macon a visse, poderia tanto se borrar quanto se afastar do caso.

Julian manteve-me informada, enviando-me mensagens o dia todo. Perfeito. Eu queria saber de tudo, mas não queria ouvir falar de Birdwine. Nem uma mensagem de quatro palavras. Nem um emoticon tristonho. Não até que toda a doçura que eu descobrira à sua cabeceira fosse cinzas, frias e leves, que qualquer vento poderia soprar facilmente.

Fui para casa e dei comida para Henry. Cocei sua barriga até ele se fartar e me bater. Em seguida, entrei no chuveiro, regulei a água para tão quente quanto podia suportar, e me esfreguei para tirar o dia de mim. Saí do chuveiro nua em pelo e, enquanto me vestia, senti-me mais como se estivesse me preparando para uma batalha que para uma boa noite fora. Talvez estivesse.

Deixei meu cabelo secar naturalmente, pendendo em longos anéis e espirais desordenadas em minhas costas. Escolhi um jeans justo para emoldurar o bom traseiro que minha mãe me deu, junto com uma camiseta justa que dizia SORTE na frente. Troquei meus brincos de diamante por longos pingentes feitos de várias correntes delicadas, soltas, cada uma com uma pequenina granada perto da ponta. Fui discreta na maquiagem: pele fresca, rímel marrom e uma boca clara, com gloss. O único elemento do período diurno que sobrou foram meus sapatos, suas solas vermelhas agora são um convite, não uma advertência.

Sacudi meu cabelo, que secava. As pequenas granadas balançaram em suas correntes para tilintar e repicar como sinos em meus ouvidos. Eu ia sair e, se algum deus que andava sobre a Terra ou debaixo dela tivesse misericórdia, eu iria transar.

CAPÍTULO 10

Sirvo-me de uma colherada de ovos, um biscoito, duas tiras moles de bacon, a metade de um pêssego em lata com uma cereja marasquino pousada sobre ele como um mamilo, e nenhum lugar para onde ir. Mas não hesito ou olho à minha volta. Ando até a mesa de oito lugares mais próxima da cozinha e tomo meu lugar de costume perto da ponta. Duas das quatro meninas hispânicas já estão lá, comendo, mas há uma cadeira vazia entre mim e elas. A antiga cadeira de Joya está em frente a mim. Há uma terceira cadeira vaga em diagonal a mim, de modo que estou cercada pela ausência. Os espaços vazios são um círculo desenhado em torno de mim, transformando-me no centro de um alvo.

Shar, Karice e Kim entram gingando pela porta antes que eu dê minha primeira mordida. Param, examinando a sala, e em seguida Shar me encontra. Ela estabelece o ritmo, fixando os olhos em mim e andando devagar para a fila do café da manhã. Karice e Kim a acompanham, uma atrás de cada ombro.

Eu decidi brigas e pus fim a rancores nas partes arborizadas de parques ou atrás das construções provisórias na escola. Saí-me bem, muito bem, obrigada, graças tanto a mim mesma quanto ao apoio de Joya. Sou alta, forte e malvada. Mas isto? Isto é uma matilha. Tenho de me safar pela esperteza ou isto vai acabar muito, muito mal. Elas têm cara de hienas, queixos para baixo, olhos brilhando de ódio sobre sorrisos tão amplos que vejo suas línguas vermelhas.

Olho para trás, muito séria e calma. Se uma matilha fareja medo, chega mais depressa e com mais violência. Eu nem pisco, nem quando Shar para, saindo do ritmo para passar a língua pelo lábio inferior. Tem uma boca larga com uma porção de dentes brancos e grandes, todos desalinhados.

Inclino-me para ela, mostro-lhe todos os meus dentes em resposta. Não vou ser um saco de pancadas para vacas até minha mãe chegar. Isso não é da minha natureza.

Vejo Candace passar por mim depressa com sua bandeja, cabeça baixa, rumando para sua mesa habitual. Estão esquecidos os "Já passou" da noite anterior. Depois de se sentar, ela me olha de lado, enfiando na boca uma tira de bacon da largura de um lenço de papel, franzida como um acordeão.

Depois que a matilha se sentar, vou deixá-las comer a maior parte de sua comida. Em seguida irei embora, fazendo questão de passar bem diante de sua mesa. Se elas não me seguirem, vou fazer alguma coisa desagradável para estimulá-las a se levantar e vir atrás de mim. Vou levá-las para o porão deste prédio. Há um corredor depois da escada, que passa por um depósito inacabado e leva à lavanderia. Como ele é comprido e estreito, elas não podem me cercar. Vou bater em retirada por ele, tentar derrubar uma delas excluindo-a totalmente da briga antes de chegarmos à lavanderia. Posso fazer uma parada final lá, entre as prateleiras e as grandes máquinas. Mesmo que eu perca, tenho de feri-las o bastante para liquidar sua sede de repetição.

Conheço meu plano, mas não estou preparada para o delas; Shar dá uma guinada, contornando a fila para vir direto na minha direção. Kim e Karice giram com ela, mantendo a formação. Sinto minha espinha alongar-se. Sento-me ereta em minha cadeira. Shar puxa para trás a antiga cadeira de Joya e se deixa cair nela, suas duas tenentes ficando de pé atrás dela, uma em cada ombro.

— Bom dia — digo eu, para Shar e somente Shar, como se esta briga fosse uma a uma. Em certo sentido real, é.

— Quanto tempo você acha que vai levar até a mãe de Joya voltar para aquele cachimbo? — Kim pergunta para Karice sobre a cabeça de

Shar. Ela fala teatralmente, como se elas não estivessem me vendo, trocando um olhar maldoso com Shar através da mesa.

— Joya deve estar ocupada demais se enganando para se preocupar com isso — diz Karice.

Elas não sabem que Joya e eu rompemos. Mesmo assim, enraiveço-me com isso, como pretendiam. Não gosto de ouvir seu nome nessas bocas, assim como não gosto de ouvi-lo na de Candace.

Ignoro-as, procurando o ponto fraco de Shar. Exceto por aqueles dentes desalinhados, ela é bonita. Vai tentar proteger seu rosto. Atrás dela, posso ver as outras duas garotas hispânicas saindo com suas bandejas. Elas nos veem e param, indecisas, em torno do carrinho dos talheres.

— Ah, sim — concorda Kim. — A mãe de Joya vai pô-la no olho da rua.

Shar usa cabelo curto, em pequenos anéis, mas não tão curto que eu não possa agarrar um bom chumaço. Suas orelhas aparecem sob ele, e posso ver os lugares em seu lóbulo por onde Joya lhe arrancou os brincos. Eles se curaram divididos, cada beirada se fechando, de modo que seus lóbulos são duplos.

Quando não mordo a isca de Kim e Karice, Shar estende o braço rapidamente sobre a mesa e agarra a parte de cima de meu biscoito. Lambe-o com sua língua, uma grande e suculenta lambida, tirando metade da geleia. Depois o põe de volta no lugar. Levanta rapidamente uma sobrancelha, como se estivesse perguntando o que vou fazer a esse respeito, lambendo voluptuosamente minha geleia que ficou em seus dedos.

— Eu nunca a vejo tão de perto, Shar — digo-lhe. — Não tinha percebido o quanto os lóbulos das suas orelhas parecem bundas. É como se você tivesse duas bundas moles de velha penduradas em suas orelhas.

Shar se levanta, tão abruptamente que sua cadeira se arrasta para trás pelo chão. Agora ela está avultando sobre mim, e Kim e Karice se inclinam também. Por um único e ofegante segundo, penso que a briga vai começar, aqui mesmo, agora mesmo. Vejo meu corpo se levantando, se preparando para improvisar.

Nesse segundo de silêncio carregado, Candace, logo ela, deixa-se cair na cadeira ao meu lado.

— Ei, pessoal — diz ela, e nós todas a fitamos de olhos arregalados.

Ela cora e abaixa a cabeça, puxando os joelhos para cima e empoleirando os calcanhares na beirada da cadeira, aconchegando seus braços magricelas contra si mesma. Segura seu biscoito com ambas as mãos, como um pequeno camundongo com uma noz.

É desconcertante. Quando olho de volta para o outro lado da mesa, fico mais desconcertada. Karice está recuando. Ela está um pouco atrás de Shar, por isso Shar não pode ver seu movimento. Karice afasta-se dois passos, depois três, depois se vira e caminha em direção à fila, como se precisasse de sua metade de pêssego com mamilo de marasquino, imediatamente. Kim a acompanha com os olhos, depois olha de novo para Candace. Minhas chances acabam de ficar espantosamente melhores.

Agora ela está fuzilando Candace com os olhos com tanto ódio que a espinha de Candace vira uma curva, como se ela estivesse prestes a se dobrar em duas. Penso que se pudesse continuaria se dobrando, em quatro e depois em oito, ficando cada vez menor até desaparecer.

Mas, em vez disso, ela olha sobre seus joelhos e pergunta a Shar:

— Você acaba de lamber o café da manhã dela? — parece genuinamente curiosa.

As duas meninas hispânicas sentem que os ventos mudam quando Karice passa por elas voltando para a fila. A briga que farejaram foi adiada, por isso rumam para sua ponta da mesa com suas bandejas.

— Acho que ela lambeu seu próprio café da manhã — digo. Empurro a bandeja através da mesa em direção a Shar.

Shar está prestes a falar, mas Candace se interpõe.

— No armário de suprimentos?

Kim esteve olhando indecisa de Shar para o espaço que costumava mostrar Karice, mas agora se vira para Candace.

— Vaca, ninguém aqui se importa com sua existência. Não faça com que a gente se importe.

Shar se reclina, estranhamente silenciosa. Olha atrás de si, à sua direita, onde Karice deveria estar, e precisa olhar duas vezes. Olha em volta até avistar Karice na fila.

Candace gira seu biscoito nas mãos, dá uma mordidinha.

Agora ninguém está olhando para mim. Eu me inflei toda para lutar, só para me descobrir invisível. É desconcertante. Deixo-me cair de novo em minha cadeira.

— Foi uma gentileza da Paula pegar seu café da manhã. Vá em frente agora. Leve-o para o armário de suprimentos — disse Candance para Shar. E virando-se para mim, acrescenta: — Você sabe como Shar gosta de comer coisas lá.

A boca de Shar se fecha por completo, e posso ver toda a sua coragem desaparecendo. Estou muito interessada em compreender a mecânica aqui. Lá no condado de Paulding, aprendi que prefiro lutar a fugir. Com Joya, aprendi a descobrir o ponto fraco, depois atingi-lo em primeiro lugar e com mais força, omitindo os preliminares. Agora estou observando Candace virar uma briga com insinuação. É extremamente eficaz; Kim está tão desamparada que deu um passo literal para trás.

— Esta briga não é sua — Shar lhe diz.

Candace gira o biscoito e o mordisca de novo. Essa é sua maneira usual e irritante de comer qualquer coisa com forma de círculo. Ela dá pequeninas mordidas nas bordas, girando-a em suas mãos, tornando-a menor, mas sempre com sua forma circular.

— Eu sei, certo? É sua e de Joya, mas acho que Joya foi embora. Que pena. — Ela arrasta a cadeira para perto da minha, tão perto que estamos quase abraçadas.

Estou interessada o bastante para abandonar meus próprios planos e apoiar seu jogo. Aconchego-me a ela ainda mais e digo a Shar:

— Talvez você deva ir para o armário de suprimentos. Sirva-se de um pouco de tudo que gosta de comer lá.

As bochechas de Shar se inflam numa rápida exalação, como se fosse soprar.

— Que é isso? — Kim pergunta a Shar, confusa, mas Shar sacode a cabeça.

— Como você sabe sob... — Shar diz a Candace, e de repente se cala.

É uma pena, porque estou curiosíssima sobre o fim de sua pergunta abortada. Candace sabe de algum segredo sujo de Shar. Isso não é de surpreender, considerando-se a maneira como Candace bisbilhota por aí, ouvindo às escondidas. Sei por experiência extremamente pessoal.

O que surpreende é seu longo jogo — ela guardou esse segredo para si mesma, mas agora o está revelando em meu benefício.

Candace gira seu biscoito, belisca, belisca, belisca, e Shar empurra sua cadeira abandonada para fora de seu caminho e sai. Kim corre atrás dela, já fazendo perguntas.

— Que aconteceu naquele armário? — cochicho para Candace.

— Muita coisa. Você sabe que Karice namora aquele garoto alto, o Arly? Bem, Shar entrou lá dentro com ele quando os dois estavam rompidos — cochicha Candace. Seu biscoito está quase do tamanho de uma moeda de dólar de prata. — Karice voltou com ele e ainda não sabe.

— E o que você sabe sobre a Karice? — pergunto. Tem de ser coisa grande, para fazer Karice abandonar Shar no meio da intimidação.

— Nada. — Ela mente. Seus olhos ficam arregalados e redondos, telegrafando inocência.

— Sim, você sabe — digo. É alguma coisa pior do que ficar com o namorado da outra.

Candace muda de assunto.

— Você viu a cara da Shar quando eu sentei? — Ela abafa um risinho e olha para mim, girando seu pequenino biscoito em forma de moeda. Joga-o na boca e o chupa, como se fosse uma pastilha particularmente saborosa.

— Sim — digo, sorrindo. Estou sentindo certa afeição por ela. É como se tivéssemos enfrentado uma verdadeira briga juntas, e ganhado. Não afeição suficiente para deixá-la toda esperançosa. Sei que Candace não tem amigas. Ela troca favores. Digo, no meu tom mais gentil: — Existe alguém de quem você não conheça uma sujeira, Candace?

— A Kim, mas só porque ela é chata — diz Candace. — As pessoas não são cuidadosas, e todas nós vivemos realmente muito perto umas das outras. — Ela engole e olha direto para mim. — As pessoas contam umas para as outras coisas que você não iria acreditar. Elas se distraem, tipo, entram numa grande briga. Nem pensam sobre quem poderia entrar no prédio. Dizem suas coisas mais horríveis bem alto.

Sinto meu estômago revirar, mareada. Ela está olhando quase através de mim com aqueles olhos de um azul tão claro que a íris mal parece mais escura que o branco. Suor escorre pela minha espinha.

Terá ela me ouvido contar para Joya sobre aquela ligação para 911? Penso em Candace se arrastando para se ajoelhar junto da minha cama. Ela consegue se mover tão silenciosamente. Suas orelhas grandes parecem captar sons do espaço. Estará ela blefando comigo, tal como blefou com Shar ao detectar sua reação à palavra *armário*? Não posso dizer. Ela é melhor nesse tipo de luta. Sou nova nele.

— Quer um pedaço do meu bacon? — pergunto, tão doce quanto posso.

Candace sorri para mim e o pega. Enfia a coisa toda na boca. Baixa seu olhar, seus cílios parecendo recatados e pálidos leques nas suas bochechas. Cada átomo em mim rodopia e se contrai. Ela sabe. Ela sabe. Ela me tem na sua mão nesse momento.

Ela tira o segundo pedaço de bacon da minha bandeja e morde a ponta sem pedir. Um movimento atrevido, testando a ordem hierárquica.

Considero minhas opções, mas elas são limitadas. Talvez eu devesse ceder? Meu tempo aqui é finito, afinal. A data da soltura de Kai está marcada, e se tudo der certo, poderei estar em casa com ela dentro de dois meses.

Observando Candace mastigar meu bacon como um bolo alimentar de ruminante, dou-me conta de que não vou conseguir fazer isso.

— Sabe do que eu gosto em você, Candace? — pergunto, reabrindo negociações. — Você não dedurou Karice para mim agora há pouco. Isso é muito bacana. Não são muitas as meninas que sabem manter suas bocas caladas, como eu e Joya. É por isso que eu e Joya éramos tão unidas.

Ela me lança uma olhadela, ainda de perfil, mas posso ver seus olhos brilhando. Mudei a aposta. Estou oferecendo minha amizade voluntária em troca de seu silêncio, e minha moeda é valiosa. Ela pode me transformar em sua guarda-costas e manter meus batimentos cardíacos na cama a seu lado, mas não pode me fazer gostar dela.

Enquanto ela pensa, arranco meu bacon de sua mão. Ela gira na minha direção, indignada, só para encontrar meu rosto muito próximo do seu, e meus olhos estão duros. A amizade está em jogo, certamente. Mas não vou ser seu cachorro. Se ela não se curvar um pouco em seu estilo de luta, voltarei ao meu e a dobrarei ao meio.

Sua boca se contorce. Posso praticamente ouvir a maquinaria astuta de sua mente rodopiando e girando, refazendo cálculos. Sua moeda pode ser gasta apenas uma vez, mas tenho uma capacidade enorme de lhe dar uma surra. Digo-lhe isso com meus olhos e a mastigação insolente, de boca aberta, da porcaria de minha própria carne.

Ela baixa os olhos, recatada novamente. Quando fala, sua voz é hesitante, quase um sussurro.

— Quer se sentar ao meu lado no ônibus?

— Claro que sim — respondo.

Poderíamos muito bem ter cuspido em nossas mãos e as apertado. Haverá conflitos de fronteira e pequenas negociações, mas temos as grandes pinceladas de um acordo. Um acordo com o qual posso viver, durante o pouco tempo que me resta.

Pelo menos foi o que pensei na ocasião. Isso foi meses antes que eu compreendesse como tinha sido completamente enganada. Candace teria dado uma excelente advogada. Por exemplo, quando ela encontrava o Jeremy de olhar mortiço no vão da escada no salão de recreação, ela não estava trocando atos sexuais por doces; ela queria ambas as coisas, o doce e o amasso. Gostava dele, mas o fazia pagar com açúcar para beijá-la (o que ela queria), tocar seus peitos em botão (o que ela queria), para poderem passar as mãos na calça um do outro. Tudo coisa que ela queria.

Aprendi os fundamentos da negociação implacável com Candace. Ela ganhava o doce *e* um namorado. Ou sua ideia de um namorado. Candace não vinha de um mundo onde um garoto poderia gostar dela, doce e simplesmente. O amor era algo furtivo a ser remunerado ou extraído; sua vida lhe dera uma visão confusa desse animal. Mas ela o queria. Estava faminta por ele, ainda que não pudesse reconhecê-lo se ele corresse para ela e a esbofeteasse — o que, é claro, ele faria. Eu trataria disso.

Mas estava eu em situação de algum jeito melhor, mesmo agora? Com meus trinta e tantos anos e ainda só a um coração partido de distância de caminhar para um salão de sinuca com meus sapatos de salto insinuantes, tentando atrair alguém para uma transa fortuita. E por causa de Birdwine — um amor muito remendado, que já deveria ter se tornado cicatriz. Mesmo assim, na noite anterior, nessa manhã, agora, eu o estava sentindo. Era um comichão alojado bem no fundo de meu peito, longe demais da pele para que eu o pudesse coçar ou acalmar. Eu tinha de calá-lo. Fechá-lo.

Alguma reminiscência agradável com um velho amigo não resolveria. Para remover Birdwine era necessário algo violento e imediato, temperado com o perigo que vinha somente com o desconhecido.

Eu estava indo para o McGwiggen's, uma espelunca antiquada no centro que havia sobrevivido à gentrificação com seu estilo e tranquilidade intactos. Era uma pequena caminhada, mesmo de salto, especialmente se eu não me importasse de pegar um atalho entre prédios. Eu não me importava. Enfiei a mão na bolsa, coloquei o dedo no gatilho do meu spray de pimenta e peguei o desvio. Caminhar por essa ruela pouco iluminada, estreita, ladeada por portas dos fundos e latas de lixo, era como caminhar de volta para o meu passado.

Meu passado não tinha nenhuma Hana, seu destino pairando invisível, escondido além de um horizonte escuro. A única menina perdida aqui era eu, ansiosa por alguma coisa que mais parecia uma luta que sexo sem complicações. Eu caminhava para uma velha e conhecida escuridão, para uma antiga Paula, uma Paula reencarnada pela batida ritmada de meus saltos contra o concreto duro, o débil cheiro de podre. Eu me lembrava dessa fome. Ela havia vivido em mim antes de William, antes de Nick, e sem dúvida muito antes do maldito Birdwine. Eu a aprendera aos 13 anos, apaixonada por uma mãe de olhar mortiço que cheirava como um cinzeiro e chorava quando tomava vinho. Aprofundou-se quando Kai e todos os seus sobrenomes, todas as suas encarnações, morreram. Fui deixada com Karen Vauss, uma mulher em liberdade condicional que mantinha seu olhar vagamente focalizado à minha direita. Ela penhorou seu bandolim, trocou suas lustrosas saias de seda e pés descalços por um uniforme de garçonete e feios sapatos ortopédicos. Karen Vauss não contava histórias com frequência, e assim não me dizia quem eu devia ser. Ela mal podia suportar olhar para mim.

Mas meninos olhavam. Eu aprendi isso, depressa. Meninos me seguiam e pediam, e ansiavam, e eu podia derrubá-los e possuí-los, por uma ou duas horas. Podia inventar um novo eu a cada novo olhar, podia ficar saciada, poderosa, sozinha.

Eu queria isso de novo. Agora mesmo. Eu podia sentir os fantasmas de todas as meninas que eu tinha sido atrás de mim na travessa, arrastando-se em meu caminho. Eu podia quase ouvir meus próprios passos passados como um eco. Por um momento, isso foi tão real que assombrei a mim mesma. Parei e me virei para olhar. Havia somente silêncio e escuridão. Continuei andando.

Eu tinha tido meninos nos quartos dos fundos em festas, em galpões de jardim, em banheiros de postos de gasolina, em telhados com os pais deles dormindo profundamente embaixo. Um contra uma parede numa rua escura muito parecida com esta, as costas dele contra os tijolos, seus joelhos dobrados para eu poder envolvê-lo com as minhas pernas.

Agora eu precisava de um novo corpo masculino com uma forma diferente, um cheiro diferente, contra o qual me apertar. Se eu apertasse com força suficiente, poderia deixar Birdwine para trás. Eu queria uma nova boca para reinventar meus sabores, para esfregar a minha língua e tirar o gosto de menta com uísque.

A porta da frente do McGwiggen's ficava do outro lado, mas havia uma porta de vidro fumê aqui na travessa. Ela dava para o corredor contíguo aos banheiros. Wes, o barman, deveria ter me visto entrar pela câmera de segurança, porque já tinha puxado uma bandeja de bolas e estava abrindo uma Corona quando entrei no salão central. Pedi uma mesa perto da parede dos fundos, embora soubesse que ela tinha bordas almofadadas e um rasgão de 12 centímetros no feltro perto do lugar onde fica o topo do triângulo; ela me dava uma boa visão do bar e da porta da frente.

Minha única concessão ao presente era meu telefone celular. Tirei-o da bolsa e enfiei-o no bolso de trás. Se Julian me ligasse, eu o sentiria. Depois tirei todos os pensamentos sobre irmãos da cabeça. Olhei a meu redor procurando o talento local enquanto dispunha as bolas. Pouca escolha, mas ainda estava cedo.

O velho branco na ponta do balcão tinha um saudável interesse pelo meu jogo solo, mas ele ou tinha o dobro da minha idade ou tinha tido uma vida dura o bastante para dar essa impressão. Ele era bem-vindo para olhar, como qualquer turista, mas eu não o levaria para minha casa. Quatro bancos adiante havia uma perspectiva real, um sujeito negro, talvez quarenta anos, de ombros largos e a cabeça raspada quase a zero. Ele estava olhando, por isso olhei de volta. Depois ele sorriu, mostrando-me a lacuna entre seus dois dentes da frente. Isso estragou tudo.

Eu mantinha um olho na porta da frente enquanto jogava contra mim mesma. Estava batendo demais, mas a sensação era boa, especialmente quando encaçapava minhas tacadas. Gostava daquele som de ricochete, as bolas caindo nas caçapas com um estalo de arma de fogo. Um frequentador que eu conhecia entrou; cumprimentamo-nos com um aceno de cabeça, mas eu não estava interessada. Ele era alguém que provavelmente eu veria de novo.

Um rapaz chegou pelos fundos. Bonitinho, mas claramente um feto. Wes pediu sua carteira de identidade falsificada e o mandou para a casa da mamãe.

Eu estava arrumando as bolas para meu segundo jogo quando um homem com algum potencial entrou pela porta da frente. Era um cara branco, de pele muito clara, cabelo louro-escuro. Media talvez 1,78m com suas botas, de constituição magra e elegante. Da minha idade ou perto disso. Ele fez uma pausa para examinar o bar e, quando me viu, sorriu. Um bom sorriso. Como se eu fosse exatamente o que ele estivera procurando.

Tinha um rosto de menino bonito que não me impressionava nada: queixo estreito, nariz esculpido, maçãs altas. Acrescente-se a isso o corpo esguio, a pele branca, os olhos claros, e ele era o oposto de Birdwine. Só isso já o punha à frente na contagem dos pontos. Sorri de volta.

Perdi-o de vista enquanto dava a primeira tacada, mas quando alinhei as bolas para uma tacada de tabela, lá estava ele. Tinha ocupado um banco bem em frente à minha mesa. Tinha as costas voltadas para o bar, de modo a poder olhar para mim. Estava me lançando um olhar sexy, e retribuí enquanto andava em volta da mesa para minha próxima tacada.

Ele usava um blazer azul-marinho genérico com uma camisa xadrez com aqueles enfeites nos ombros que lhe dava um vago ar de faroeste. Tinha botas estilo faroeste também, mas não me parecia aquele tipo de sujeito que gosta de fazer coisas ao ar livre. Seu cabelo claro era curto o bastante para ser corporativo, escovado para trás.

Errei o ângulo, e as duas bolas saíram serpenteando para ir parar atrás da bola nove. Ele ergueu sua cerveja para mim num brindezinho pesaroso. Brindei de volta, e ele tomou isso como uma permissão para se aproximar. Gostei do modo como o fez, também, vindo lentamente, sem afobação, diretamente na minha direção.

— Amiga, ofereço-lhe uma bebida — disse ele, com uma fala tão exageradamente arrastada que eu ri.

— Esse foi o pior falso sotaque sulista que já ouvi — observei.

Ele riu, e seus dentes eram perfeitos. Retos e regulares.

— Bem, quando se está na Geórgia... — disse, sem absolutamente nenhum sotaque. Ele poderia ser de qualquer lugar, e gostei disso também. — Que me diz disso?

— Já tenho um drinque — disse eu. Fiz um aceno de cabeça para minha cerveja, pela metade, pousada no balcão do bar atrás de mim. — Quer jogar?

— Certamente — disse ele. E estendeu a mão para pegar meu taco. Suas mãos eram tão bem cuidadas que pareciam quase feitas por uma manicure, nada como as patas de urso calejadas de Birdwine. Ele não se deu ao trabalho de rearrumar as bolas ou recomeçar, apenas pareceu fazer a tacada em que eu fracassara. Tomei isso como um entendimento tácito de que nenhum de nós dois estava dando a mínima para vencer na bola nove essa noite. — Qual é seu nome?

— Dama no Bar, neste momento — respondi. — Mas poderia ser Lembrança Afetuosa.

— Gosto dessa segunda opção — disse ele, exibindo aqueles dentes brancos de novo. Deu a volta na mesa, falando baixo para me fazer acompanhá-lo. — Eu teria minhas chances prejudicadas se dissesse que meu nome era... — fez uma pausa, avaliando-me — Caubói de Passagem?

— Não. Não vim para encontrar um marido. — Gostei da sinceridade inerente do pseudônimo que escolheu. Dizia claramente que ele estava à procura de algo de uma noite só, o que compensava a impressão de fantasia provocada por aquela camisa, aquelas botas; eu nunca tinha visto um caubói mais improvável. Contador de passagem, talvez. Seu dedo anular estava nu, mas chequei de qualquer maneira, dizendo: — Também não estou procurando o marido de outra.

— Não sou casado — disse ele, mas depois se corrigiu. — Bem. Não mais.

Bastante bom. Ele deu uma tacada, e eu peguei minha cerveja e dei um grande gole, engolindo, sentindo seu frio aquecer-se à medida que ela chegava ao meu centro. Observei a inclinação e o controle de seus ângulos escolhidos. Ele encaçapou duas antes de soprar e me passar o taco de volta. Quando me curvei para dar a tacada, seu olhar deslizou francamente pelo meu corpo, para cima e para baixo, um bálsamo contra a queimadura dentro de meu peito.

Tínhamos começado uma velha dança, uma dança conhecida. Eu a aprendera da maneira como uma futura debutante aprende os passos da valsa. Não fiz mais perguntas; não me importava. Ele podia ser banqueiro ou ajudante de garçom, de Austin ou Albuquerque. Suas roupas eram indefiníveis, exceto por aquele ligeiro falso estilo faroeste, mas ele tinha cabelo recém-cortado e um bom dinheiro havia sido gasto com seus dentes. Agradava-me que tivesse tomado mais cuidado com o corpo do que com a embalagem. Seus antebraços eram encordoados com músculos magros, e eu suspeitava que iria encontrar um corpo sarado, com tanquinho e tudo, quando lhe tirasse o blazer e desse um puxão para abrir sua camisa.

Minhas pequenas granadas, balançando nas correntes, repicavam nos meus ouvidos quando eu me curvava e me deslocava, meu corpo oscilando em direção a ele, depois se afastando em volta da mesa. Jogamos o jogo, e às vezes eu o estava caçando, às vezes deixando que ele me caçasse. Era tão familiar que o homem começou a se parecer com alguém de quem eu me lembrava. Em seus movimentos, ele se tornou o avatar de todos os membros da fraternidade Kappa que eu já tinha visto uma vez, e depois nunca mais voltado a ver.

Eu tinha feito essa dança com caras do futebol, de corpos densos como paredes humanas. Com caras do basquete, longos e deliciosos. Um tímido jogador de xadrez aproximou-se de mim num encontro entre membros de fraternidades e irmandades, numa ousadia. Gostei da maneira como ele estremecia de nervoso: houve uma compreensão instintiva na oscilação de quadril e coxa. Eu tinha ido a seu quarto no dormitório, e lá eu o tinha feito rei de todos os idiotas. Lembrei um cara que estava se especializando em artes culinárias e cozinhou para mim, e essa mesma dança estava em suas mãos habilidosas, trabalhando a faca. Eu o deixara lamber a manteiga de meus dedos. E agora este caubói. Eu o conhecia. Eu conhecia milhares de caras como ele, ao que parecia. Ele era um sino grave, dobrando baixo no fundo de minha memória enquanto nos movíamos.

Ninguém tinha encaçapado a bola nove, mas eu me endireitei e enfiei meu taco na prateleira na parede. Já tinha decidido. Ele serviria.

Ele sorriu, e seu olhar tornou-se mais vivo e mais ávido.

Contornou a mesa na minha direção, e ouvi outro sino: o tilintar e o zumbido de uma mensagem de texto chegando. Dei um passo atrás, estendendo a mão para pegar o telefone em meu bolso de trás.

— Um segundo, tenho de olhar isto — falei. — Meu irmãozinho está com problemas.

Ele recuou, adotando uma postura relaxada de espera. Nós dois sabíamos que tínhamos encerrado as preliminares; fiquei tentada a jogar o telefone na bolsa e checar a mensagem de Julian mais tarde. A vida real não era o que eu queria, zumbindo e tilintando em minha calça logo agora.

Mas, na última vez que tínhamos nos falado, ele estava atuando como fantoche de Birdwine. A voz de Birdwine tinha ecoado no fundo e Julian papagueava e parafraseava os detalhes da lenta investigação dos dois à medida que ela se arrastava pela Geórgia. Eles tinham de checar cada rota por qualquer sinal de Kai e Hana. Era um trabalho detalhista e meticuloso, e meu irmãozinho parecia frustrado. Ele não tinha querido parar, porque a próxima pista poderia compensar, ou a seguinte. Birdwine e eu, mais realistas, sabíamos que esse tipo de investigação podia demandar semanas.

— Vou ligar de novo para o trabalho amanhã dizendo que estou doente e voltar para cá — Julian tinha me dito no fim.

— Você precisa que eu o pegue e leve de volta até seu carro?

— Não. Birdwine vai me dar uma carona.

Era a primeira vez que ele chamava Birdwine pelo nome, e não gostei muito do tom de admiração. Ao que parecia, eles tinham passado o dia confraternizando enquanto trabalhavam. Exatamente o que eu precisava — que o reprovador Julian ingressasse numa facção pró-Birdwine no mesmo dia em que eu ficara farta e irritada com ele. Pior, o carro de Julian estava no estacionamento de meu escritório. Eu não queria estar por perto quando eles aparecessem.

Tinha salvado meu arquivo e dito:

— Bom, porque estou indo para o McGwiggen's.

— Ah, o que é McGwiggen's? — tinha perguntado meu ingênuo irmão.

— Um salão de sinuca — respondi, mas Birdwine sabia que era mais do que isso. O McGwiggen's tinha fama de levar seus fregueses para a cama com eficiência; Birdwine não era o único que sabia como explorar um fantoche telefônico.

Eu não tinha falado com ele desde então, e tinha sido um dia estressante para ele, sem dúvida. Por isso apertei o botão de pausa no caubói e despertei meu telefone.

Mas a mensagem não era de Julian. Era de Birdwine. Diretamente.

"Pode me passar o número do celular de Julian? Esqueci de pegar."

Só palavras. Nada importante. Mas era como se meu pé nu tivesse tocado seu peito, como se eu tivesse sentido seu grande coração bater contra o peito do meu pé.

Parei. O mundo todo parou. O ar pareceu imóvel em torno de mim, e eu estava imóvel, também, parada dentro do silêncio. O zumbido de meu corpo desapareceu pouco a pouco. A vitrola automática soava como um repique distante, esmaecido.

Eu tinha vindo aqui para extirpar minha história com Birdwine, mas no momento desse simples contato compreendi plenamente que meu pé estava pousado em uma coisa viva. Bastava-me pressionar para baixo, bater o pé, e eu a *mataria*.

Tentei me lembrar da última vez que fora para a cama com um estranho. No momento em que passara pelo bar, eu tinha minha vida de encontros amorosos sob controle. Minha última escapada tinha sido... na faculdade de direito, quando Nick começou a me chamar de meu amor durante o sexo. O amor podia ser despedaçado, apesar do que a poesia e as comédias românticas diziam. Eu o despedaçara quase da mesma maneira com William, depois com Nick; isso era o que eu fazia.

Eu não podia desfazer isso, depois que estava feito. Pensei no rosto machucado de Birdwine, silencioso e fechado em sua cozinha. Ele tinha um filho em algum lugar. Um filho que ele nunca via, que nunca tinha mencionado. Era uma má história para contar na hora de dormir a uma menina com problemas de abandono, como ele tinha dito, e talvez eu não pudesse perdoar isso. Talvez o perdão não fosse da minha natureza.

Eu não saberia. Eu não tinha tentado.

— Está pronta para sair daqui? — perguntou Caubói.

Pisquei, reorientando-me. O mundo se reiniciou. Agora eu podia ouvir os Guns N' Roses em volume alto, saindo da jukebox, mas minha canção interna havia cessado. Eu estava farta de dançar. Dei-lhe um sorriso pesaroso e acenei meu telefone para ele.

— Sim, vou ter de sair depressa. Isto não vai acontecer.

— Como assim? — disse o Caubói, sua voz ficando mais aguda do que vinha sendo. Uma ponta de irritação se revelava nela. — Está falando sério?

— Relaxe — falei, desinteressada em acessos de pirraça. Eu estava pensando em Candace de novo. Não em seu conjunto de habilidades ou sua propensão para seguir a direção errada, mas em suas vontades. Pelo menos ela sabia o que queria. — Eu o fiz perder menos de trinta minutos de sua noite, e a mesa de sinuca vai ficar por minha conta. Tenha uma vida agradável.

Caminhei até o balcão, terminei minha cerveja e peguei minha bolsa.

— Espere um pouco — disse ele. Tinha visto que o número de bebê irritado não estava funcionando. Tentou outra abordagem, rodeando a mesa em minha direção, movendo o quadril. — Estamos nos divertindo, não é? Não vamos parar. Vou comprar umas doses para nós, ou, sei lá, podemos levar isto para a sua casa.

Acho que empalideci, e soube que tinha tomado a melhor decisão. Eu tinha imaginado nossos corpos se cruzando, mas não tinha imaginado isso em meu loft. Não podia imaginar isso, não em nenhum cenário onde eu vivesse a minha vida. Se por algum milagre encontrássemos Hana logo, a última coisa que eu queria era o perfume CK One deste viajante persistindo em meus lençóis.

— Tenho de ir — falei.

Afastei-me, já apertando o botão de chamada sob o nome de Birdwine.

— Você está brincando comigo? — Ele me chamou de volta, novamente irritado. — Porra! Você está de sacanagem comigo?

Continuei andando, desaparecendo no corredor que levava aos banheiros e à saída por trás. Estava suficientemente silencioso ali para eu ouvir o telefone tocando e tocando. Maldito Birdwine, ele me deixou cair no correio de voz. Esperei o bipe.

— Então... estou no McGwiggen's — disse, sem nenhum preâmbulo. — Conheci um cara. Poderia ter saído com ele, mas, não, eu o despachei. Não agi nem de maneira gentil, e você não tem ideia do quanto quero mentir para você. — Eu estava falando alto, fazendo-me ouvir por sobre a música. Escapuli pela porta dos fundos para a travessa silenciosa. — Eu quero dizer: "Ei, Birdwine, estou ligando para você no meio de uma trepada." Então eu conseguiria feri-lo sem o risco de sexo ruim ou clamídia. — Meu Deus, mas como era bom gritar com ele. Bom demais. Se eu tivesse pelo menos pensado em gritar com Kai assim, lá atrás, poderia ter economizado tanto dinheiro em anticoncepcionais, talvez prescindido de pelo menos um terço daquela terapia. Não havia ninguém para me ouvir exceto a fileira das antiquadas latas de lixo prateadas onde as bandejas de asas inacabadas do McGwiggen's vinham morrer. Elas emanavam um cheiro azedo, como molho apimentado e ossos, com o odor asqueroso de molho se estragando. — Eu o descartei tal como devia a você. Por que isso? Por que ainda sinto que devo isso a você, quando você é tão claramente um bundão? Quando você vai...

Luz se derramou na travessa em torno de mim, e girei para constatar que Caubói havia me seguido. Dei um passo atrás quando a porta se fechou atrás dele.

— Você está fugindo de mim — disse ele, mas não elevou o tom de voz no fim para transformar isso numa pergunta. Era uma declaração, tanto de proprietário quanto estranhamente enfática.

Pressionei o botão para encerrar minha ligação e enfiei meu telefone de novo na bolsa, instantaneamente bastante desconfiada de que precisaria ter as duas mãos livres. Eu gostaria de ter pensado em empunhar meu spray de pimenta ao pisar na rua, mas realmente não seria possível vasculhar a bolsa à procura dele agora. Endireitei-me, alta o suficiente em meus sapatos de salto para ter uma vantagem de uns três ou quatro centímetros sobre ele.

Tornei minha voz o mais fria que pude, o que era bastante próximo de ártico.

— Eu lhe disse, não vai rolar. Volte para dentro.

— Você não quer me irritar — disse ele, como se houvesse alguma coisa em jogo aqui.

Muito intenso, considerando que não éramos nem mesmo o preço de um drinque um para o outro. Adrenalina começou a correr na minha corrente sanguínea. Eu podia me sentir inchando com ela. O ar à nossa volta tinha ficado carregado, e ainda estava se carregando.

Ele deu um passo na minha direção, não entrando de fato em meu espaço, mas aproximando-se. Estava entre mim e a porta, e eu estaria lhe dando uma oportunidade se tentasse contorná-lo rapidamente. Se ele soubesse lutar, se tirasse partido da força muito maior de seu torso, eu não teria muita chance. Mas um cara como este — músculos trabalhados na academia, dentes bem-cuidados e um corte de cabelo recente, caro — poderia começar devagar, um tapa ou um puxão para testar. Eu poderia atacar seus pontos moles, de maneira imediata e dura. Incapacitá-lo por tempo suficiente para entrar no salão.

Ele deu mais um passo na minha direção. Finquei pé no meu terreno, porque presas batem em retirada, e a fome segue tudo que corre. As luzes acima da porta transformavam seu cabelo num halo amarelo. Uma sombra caía através de seus olhos, de modo que eu só podia vê-los como um lampejo. A luz ricocheteava de seu nariz esculpido, seu submaxilar estreito. Elegante. Familiar.

Nesse momento eu o reconheci.

Ele não estava me lembrando cada garoto de fraternidade avulso que eu tinha levado algum dia para trás de algumas árvores. Ele tinha parecido familiar porque era familiar. Eu já o vira antes. Só uma vez, numa fotografia. Eu não o reconhecera sem os chifres de demônio, os olhos vermelhos e o bigodinho de Hitler.

Meu aspirante a sexo de uma só noite era o marido de Oakleigh.

— Clark? — falei, tão chocada que dei um passo atrás, colidindo ruidosamente com uma fileira de latas de lixo cor de prata. Estendi o braço para trás, pus a mão na borda de uma para me equilibrar. — Clark Winkley?

— Merda — disse ele, irritado por ser reconhecido, mas não recuou.

Deu mais um passo na minha direção, mudando a maneira como a luz caía, e pude ver seus olhos de novo, brilhando com algo puramente feio. Pensei que ele faria seu movimento, e meu corpo se enrolou sobre si mesmo. Eu não podia permitir que ele assumisse um firme controle sobre mim. Tinha de feri-lo com força suficiente para escapar.

Mas ele ficou onde estava. Em vez de tentar me agarrar, enfiou a mão no bolso de seu paletó, onde a fechou num punho, agarrando alguma coisa. Em seguida compreendi por que ele não tinha feito o movimento clichê tentado por todo homem da face da terra que algum dia jogou sinuca com uma mulher: postar-se atrás dela e inclinar-se sobre ela, para ajudá-la a alinhar uma tacada que não precisava de alinhamento. Não era por não estar feliz por me ver. Ele não quis que eu sentisse a arma.

— Clark, isso não tem nada a ver comigo — falei, tão calma quanto pude, com uma boca que ficara muito seca de repente.

— Você devia ter ido para a cama comigo. Mas, não, você tinha de ser uma vaca — disse Clark. Seu rosto de menino bonito estava retorcido, suas narinas esculpidas se abriam. Oakleigh tinha escolhido aquele nariz no cirurgião plástico, eu me lembrei. Os cantos de sua boca estavam molhados, baba escorrendo, e ele nem percebia. — Jesus, todo mundo que se encontrou com você algum dia diz que você é uma puta. Você devia ter ido em frente e sido uma puta.

Então era a seu advogado, Macon, que eu devia agradecer por isso. Aquele inocente pedaço de bosta devia ter falado sobre nosso passado. Meu Deus, como homens pequenos detestavam ser derrotados por uma mulher. Especialmente por uma mulher com quem estavam dormindo. Assim seu advogado tinha me chamado de piranha, e Clark bolara um plano para levar a advogada fácil para a cama. E se eu o tivesse levado para casa comigo?

É claro. Eu teria aparecido para a reunião segunda-feira para descobrir que o caubói sem nome da semana anterior era a oposição. Eu teria que me retirar.

— Clark — falei. — Nada aconteceu. Não ainda. Neste momento não há nenhuma grande história aqui. Jogamos um pouco de sinuca. Percebi que você era o marido de minha cliente, você percebeu que eu era a advogada de Oakleigh. Nós nos afastamos.

Foi um erro dizer o nome de Oakleigh.

— Não. Não, não, porra — disse ele, e aquela saliva que vazava em torno de seus lábios atingiu meu rosto numa saraivada de perdigotos. — Vocês são umas cachorras, e nenhuma das duas consegue ir embora.

Por que eu tinha tapado seu buraco de rato? Ele estava perfeitamente feliz perseguindo Oakleigh, pondo sua vida em risco ao subir em árvores, arrastando-se pelo telhado dela, urinando em seu estojo de maquiagem. Eu atraíra sua atenção para mim mesma ao trancá-lo do lado de fora. Toda a sua atenção. Ele tinha chegado ao McGwiggen's menos de meia hora depois de mim. Sabia exatamente onde eu estava, assim como sabia sempre que Oakleigh saía de casa. Ele estivera me seguindo.

Já fazia vários dias que eu me sentia observada e seguida. Até Julian tinha sentido isso, lá na casa de Birdwine. Esta noite ele tivera sua primeira oportunidade real, e tirara partido dela. Levantei uma mão, apaziguando-o, a outra mão ainda apertada contra a borda gordurosa da lata de lixo, mantendo-me equilibrada e ereta.

— Clark, vamos respirar fundo, o.k.? — falei, quase cantando, da maneira como falaria com um cachorro perigoso que tivesse me acuado num canto. — Sei que você está realmente irritado.

— Cadela, você ainda não sabe porra nenhuma.

Ele tirou a mão do bolso.

Em seguida, a única coisa que pude ver foi a pistola.

Aquilo não parecia real. Senti uma absurda vontade de rir. Ele estava segurando uma pistola feminina, prateada, brilhante, e com madrepérola cintilando no cabo. Era uma coisinha boba, um peso pequeno demais para fazer seu paletó cair mal, feita para descansar entre um pó compacto e um cachorrinho de bolsa. Era exatamente o tipo de arma que uma garota como Oakleigh acharia encantadora. No entanto essa coisinha reluzente e absurda estava apontada para minha cintura. Podia fazer um buraco em mim. Podia me matar.

— Espere — falei, embora outras palavras estivessem se aglomerando em minha boca. Palavras inúteis. Quis dizer para ele que eu não podia morrer naquele instante, não com tantas coisas inacabadas.

Hana não encontrada. O destino de Kai desconhecido. O bebê de meu melhor amigo, batizado de Paul em minha homenagem, nunca conheceria meu rosto. Meu irmão seria golpeado por mais uma perda. As últimas palavras que eu teria dito para Birdwine seriam aquelas que tinha acabado de gravar, irritadas, implacáveis, chamando-o de bundão.

Então Clark riu, um som rouco e brusco. Deslizou a pistola para cima até que ela ficou apontada diretamente para meu rosto. Ela cintilava como um brinquedo brilhante em sua mão elegante.

O pequeno e escuro furo na sua ponta olhava para meu olho esquerdo, prometendo esquecimento. Olhei para trás, e o tempo se desacelerou. Vi meu fim dentro daquela minúscula escuridão, vi aquilo como se já tivesse acontecido. Como se tivesse acontecido muito tempo atrás, e ainda estivesse acontecendo agora.

CAPÍTULO 11

Esta é a hora perigosa.

Lá fora, o sol brilha, e luz amarela jorra pela janela. La fora, Kai está a caminho para vir me buscar. Esta manhã temos nossa primeira visita em carne e osso desde que ela foi solta, e tenho a impressão de estar cheia de luz do sol cor de manteiga também. Dentro de meu corpo, brilho com ela, mal conseguindo permanecer dentro de minha pele. Mesmo assim, mantenho meu rosto inexpressivo e permaneço deitada, quieta. Estou ao lado de uma bomba.

Meu colchão tem a forma de um vale longo e estreito. Candace está deitada no fosso central, contemplando o teto. A depressão no meio é o peso da história, moldada ao longo do tempo por cada garota que já dormiu aqui. O pequeno peso de Candace não a alterou de nenhuma maneira que eu possa perceber nos raros momentos em que tenho a cama só para mim. Ela não parece uma bomba neste instante. Parece uma menina que está prestes a voltar a adormecer no melhor lugar.

Estou deitada ao longo da borda elevada de meu lado, de costas para a parede. Mesmo agora, posso sentir as duas depressões que eu e Joya fizemos no meio, no tempo em que costumávamos nos sentar aqui, tão pessoais como uma assinatura de grafite ou uma impressão digital. A última vez em que se encaixou em seu espaço aqui, Joya estava se preparando para me deixar, e nós nos destruímos completamente uma à outra.

— Como ela é? Sua mãe? — pergunta Candace.

Candace andou explorando minhas caixas trancadas com frequência suficiente para ver minha mãe em fotografias de todos os ângulos. Mesmo assim respondo, para apaziguá-la.

— Ela é alta e clara — digo, de imediato. Não digo como é bonita. Não digo: "Eu costumava pôr meus pés descalços sobre seus pés descalços, e ela girava enquanto eu gritava: 'Dance-me, dance-me'." Ela tem cabelo comprido. Ou costumava ter.

É sábado de manhã, a sra. Mack mandou as outras meninas verem TV no salão de recreação do prédio central para que Kai e eu possamos usar a sala comum. Candace quis esperar comigo, e não me opus a ela. Não vou me opor a Candace em coisa alguma. Não agora.

Minha mãe e eu fizemos planos durante nossas conversas telefônicas autorizadas pelo tribunal. Sei que ela já está procurando emprego, procurando apartamento, trabalhando para satisfazer todos os requisitos necessários para me recuperar. Logo estarei indo para casa com ela. Em cada passo que dou entre agora e minha partida, estou andando no gume de uma faca com esta menina maluca que sabe o bastante para me arruinar.

— Acho que é estranho sua mãe ser branca — diz Candace.

— É mesmo — respondo.

— Não posso imaginar o que o seu pai era, hein? — diz Candace para o teto.

Sinto um rápido lampejo de cólera, mas deixo-o passar e desaparecer.

— Eu não sei.

Isso nos põe num terreno mais comum. Candace só teve um padrasto, e ele não foi grande coisa. Ele foi uma das razões pelas quais sua mãe perdeu seus direitos parentais para sempre, e Candace está disponível para adoção. Ela é branca, mas é também uma adolescente que foi destroçada de maneiras que deixam as pessoas constrangidas. Suas chances de adoção não são boas.

— Existe uma coisa estranha sobre gatos — diz Candace abruptamente. Ela se desloca na cama, rolando para seu lado para olhar para mim e chega para trás. Agora ela oscila na outra ponta do colchão. O fosso está entre nós, inclinando-nos uma para a outra. Ambas temos de nos firmar. — Uma mãe gata é qualquer tipo de gato que seja. Talvez seja malhada. Mas ela pode ter uma ninhada com três filhotes e um vai ser preto, um amarelo e um listrado, porque cada um tem um pai diferente.

— Sim. E daí? — digo, não entendendo.

— Talvez você seja assim — disse Candace. — Talvez você seja todos os três gatinhos.

Posso sentir meu rosto corar. Tenho certeza de que, em sua maneira maluca, ela chamou Kai de prostituta e disse que eu era uma espécie de mutante. Mas a única coisa que digo é:

— Seria muito legal se eu recebesse pensão alimentícia de três pais. Eu seria tão rica. Poderia ir para Disney World e passar todo o verão.

Candace estava na esperança de me perturbar e minha tentativa de fazer graça a agitou. Ela pisca rapidamente e desliza mais para perto. Seu hálito é doce, leitoso e caramelado, como se ela tivesse comido pudim.

— Eu tive um sonho secreto — sussurra ela. — À noite. Sonhei que sua mãe levava nós duas. Nós duas íamos para casa morar com ela, e você me deixava escolher a cor para pintar seu quarto. Não é estranho?

Uma armadilha. Saio pela tangente.

— Depende. Que cor você escolheu?

Ela franze as sobrancelhas.

— Acho que verde — diz.

— Então não é estranho — digo.

— Bem, mas eu tinha de dormir dentro de uma gaveta debaixo da sua cama.

Isso me faz sorrir. Às vezes Candace consegue ser engraçada.

— O.k., isso é estranho.

— Mas eu gostaria, eu gostaria que fosse verdade — sussurra ela, ainda mais baixo, e seu olhar sobre mim é muito intenso. Não estamos falando sobre seu sonho agora. — Você acha que sua mãe poderia me adotar algum dia?

— Acho que não deixam pessoas que estiveram na cadeia adotar, esse é o único problema — respondo.

Está longe de ser o único problema. Mas é a única coisa que parece seguro dizer.

— Mas eles vão deixá-la pegar você de volta, portanto ela não pode ser perigosa para crianças — argumenta Candace.

"Mas eu sou de Kai, por direito", tenho vontade de dizer. "Foi ela que me deu à luz, e compartilhamos sangue e história. Temos um juiz que fez exceções e dobrou regras com base unicamente na força da ligação que viu entre nós. E quem é você?"

É verdade, mas é uma verdade que iria queimar e empolar se eu a deixasse tocar Candace. Não quero lembrá-la de todos os aspectos em que somos diferentes. Antes de mais nada, pertenço a alguém. Não digo nada, até que a própria Candace responde.

— De qualquer maneira, eu estava pensando principalmente se ela gostaria disso, não se a deixariam me adotar. Assim, se ela era o tipo de pessoa que gostaria de mais filhos.

Esse assunto era perigoso demais. Desvio a conversa.

— Você sabe que ainda vamos nos ver, você e eu. — Estou servindo a Candace a mesma colherada de bosta que Joya tentou me servir. Ainda assim, tenho de tentar. Candace possui uma arma que só pode ser usada uma vez, mas se ela estiver perdendo tudo de qualquer maneira, o que poderá detê-la?

Kai nunca pode saber que fui eu que liguei para 911, que lhe custei sua liberdade. E Dwayne também, o que quer que isso valesse. Ele importava o bastante para ela para que me perguntasse se eu tinha recebido alguma carta de velhos amigos, em três telefonemas seguidos depois que enviei o poema. Ele nunca me respondeu de maneira alguma. No quarto telefonema, ela não tocou no assunto, por isso perguntei: "Que aconteceu com, você sabe, aquele poema sobre Rama e Sita?" Houve um longo silêncio, e depois ela disse: "Rama quem? Não me lembro de nenhum Rama em nossa história". Nunca mais mencionou Dwayne de novo.

— Mas e se você morar muito longe? — pergunta Candace, chorosa.

— Kai terá um carro, ou um namorado que tenha um. Sempre teve antes.

Candace se inclina, chegando ainda mais perto, e fala depressa, baixo, suas palavras se atropelando nervosamente.

— Mas eu estava pensando, e se eu fugisse. Vai haver um rebuliço logo no começo, mas ninguém ficaria incomodado com isso. Eles iriam me procurar na casa da minha mãe de qualquer maneira, e depois de algum tempo, não procurariam mais em lugar algum.

Vejo para onde isso está caminhando, e falo depressa para podar a ideia antes que ela germine.

— Você é uma criança, Candace. As pessoas ficam enlouquecidas com o desaparecimento de crianças.

Tanto Candace quanto eu sabemos que isso não é inteiramente verdade. Crianças como Candace não obtêm o tipo de cobertura da imprensa que crianças de classe média ou de gente rica. Por outro lado, Candace é loura, magrinha e de olhos grandes — todas as coisas de que a TV gosta. Poderia certamente haver uma pequena comoção.

— Não vou cair fora imediatamente. Eu faria Shar e Karice serem minhas amigas, até todo mundo esquecer que você e eu somos próximas. Em seguida, fujo e me escondo até eles pararem de me procurar. Depois vou para onde você estiver.

Tenho de fazer um esforço enorme para manter meu rosto afável e bondoso. Por dentro, recuo diante da intensidade da súplica naqueles olhos de robô parecidos com lâmpadas. Quero beliscá-la para enfiar algum bom senso em sua pele. Seu plano é impossível, uma fantasia, mas Candace não é muito conectada com a maneira como o mundo funciona quando ele não coincide com seus desejos.

— Vamos ter de pensar sobre isso, Candace. O agente encarregado de supervisionar a condicional de Kai irá à nossa casa. Agentes da condicional podem aparecer a qualquer momento e você tem de deixá-los entrar. Se virem você lá, vão mandá-la de volta para a prisão e depois você voltará para cá de qualquer maneira.

Candace puxa seu lábio inferior e o masca. Depois de uma pequena reflexão, diz:

— Sim, mas você também. Talvez para sempre. Ela não iria querer você de volta, depois disso. Se eles a levassem de novo para a cadeia, e se fosse sua culpa, aposto como ela nem voltaria para você. Ficaria tão furiosa.

Merda, ela é ardilosa. Está fazendo pressão contra o machucado mais preto que tenho dentro de mim. Forço-me a sorrir.

— Não estou dizendo não. Estou dizendo que precisamos pensar nas consequências disso. Vá devagar. E de qualquer maneira, aposto que podemos dar um jeito para você ir nos visitar, certamente.

— Visitar por quanto tempo? — pergunta Candace. — Quando vai ser isso?

Nesse exato momento, ouço, vindo do térreo, os sons da chegada de Kai. A batida. Os estalos dos sapatos de velha de sra. Mack no linóleo quando ela vai atender à porta.

Eu deveria continuar aqui, pelo menos por mais um minuto. Eu deveria tranquilizar Candace, acalmá-la. Mas ouço a voz de Kai, sua voz atual, sem a crepitação de uma má conexão enquanto aperto o velho telefone contra o ouvido. Ouço sua voz viva iluminando a sala abaixo de mim. Não consigo evitar. Passo por cima de Candace, meu joelho comprimindo seu estômago de tal maneira que ela deixa escapar todo o seu ar. Eu a deixo para trás como se ela fosse um objeto. Corro. Nem olho para trás, descendo a escada aos pulos para ver a minha mãe.

Ela está parada ao pé da escada, um brilho na sala comum. Faz as paredes de lajes cinzentas, os pufes murchos e os sofás azul-marinho bambos desaparecerem. Há apenas minha mãe usando uma blusa de lã da cor da luz do sol: laranja, amarelo, dourado. Seu cabelo está mais longo, caindo abaixo das clavículas e sobre os seios pequenos. Seu rosto está inclinado para trás para ver o meu e sorrindo.

Pulo sobre ela dos dois últimos degraus, caindo direto nos seus braços.

— Upa — diz ela, e está rindo.

Ela me gira e seu cabelo escuro balança à nossa volta, sua saia se enrola nas minhas pernas.

Não importa que seu corpo pareça diferente, mais mole e esponjoso em volta da cintura. Não importa que cheire diferente também, o fedor acre de cigarro sobre xampu barato. Seus braços ainda são seus braços. Seus olhos que choram me fitando ainda são seus olhos, mesmo derramando lágrimas.

— Você está tão bonita! Você está tão bonita! — Ela não para de dizer. — Está tão alta!

Não há nada que possa me afetar neste momento. Nada. A sra. Mack sai sem que eu perceba, como se tivesse sido teletransportada.

Kai trouxe consigo um Tupperware e ele está batendo nas minhas costas enquanto nos abraçamos e nos apertamos e quase dançamos juntas. São as panquecas, aquelas com raspas de casca de laranja na massa.

Estão frias e o xarope as encharcou, deixando-as pastosas. A manteiga congelou. Sentamo-nos lado a lado no sofá de dois lugares azul-marinho e as comemos com os dedos mesmo assim. Kai não consegue parar de me tocar. Não consegue manter seus dedos melados de xarope longe de meu rosto, meu cabelo. Ela está em silêncio, mas sussurro um plano para nós duas, falando com a boca cheia. Não sobre o passado, nem mesmo muito sobre o agora. Hoje só falo sobre nossos mais brilhantes dias futuros, e ela se inclina sobre mim, enlevada. Sou a contadora de histórias agora, contando-lhe um futuro que é metade faz de conta, metade esperança, certo e glorioso. Kai não pode parar de chorar e sorrir. Lágrimas brotam o tempo todo, mas ele é doce, apesar disso. As horas mais doces que conhecemos em literalmente anos.

O tempo nunca passou tão depressa. Quero fazê-lo passar mais devagar, quero pará-lo, ficar aqui na sala comum com um velho desenho animado passando em silêncio na TV compartilhada e a longa perna de Kai apertada contra a minha.

— Vou voltar para jantar segunda-feira à noite, lembre-se — diz Kai, sentindo isso também. — E depois de novo na quarta-feira, e de novo, e de novo, até que um dia, muito depressa, vou levar você para casa.

Abro um sorriso radiante para ela, e além dela avisto Candace. Ela saiu do quarto de fininho para se acocorar no alto da escada, com os ombros arqueados. Apoia o queixo nos joelhos e olha para nós embaixo. Seus olhos brilham, pálidos e azuis como um vento cortante. Nesse olhar, sinto a alegria oscilar no ápice da ruína. Vejo o fim de tudo.

Ele ocupou talvez três segundos de minha vida, esse olhar. Em seguida Candace se arrastou para trás, saindo de vista, e virei-me de novo para Kai. Mas aquele instante em que nossos olhos se encontraram ficou comigo.

Aprendi naquele breve momento como o tempo é uma coisa certa. Ele avançava sempre, comigo dentro dele. Por vezes se arrastava, por vezes voava depressa demais, mas estava sempre se movendo. Iria sempre se mover, inexorável, até me levar para a palavra, o projétil, a respiração que o encerrava.

Ele me trouxe para esta travessa. Para o marido de Oakleigh.

Fitei aquele buraquinho preto, e as pupilas de Clark atrás dele eram mais dois buraquinhos pretos, exatamente iguais. Todos os três faziam a promessa de um louco vazio. Sua mão tremeu e retesou-se, tão lentamente que pude ver a flexão de cada pequenino músculo em seus dedos. A luz cintilava nos pelos louros de sua mão. Eram como filamentos vivos, elétricos, tão belos.

A única coisa que consegui dizer foi "Espere, espere", naquela maneira inútil com que as pessoas pedem. Querendo mais um segundo.

Ele esperou.

Clark tinha um corpo sarado, com civilizados dentes brancos. Estava transtornado, mas não estava acostumado com a violência. Hesitou, e tive tempo para mais uma coisa.

Nessa breve suspensão, eu poderia dizer "Espere" de novo, ou "Por favor", ou "Não", mas isso não o deteria. Eu podia ver que a coisa não era pessoal. Ele não se importava que eu não fosse encontrar Hana. Que não fosse estar ali para cuidar de Julian. Que nunca dissesse a Birdwine que aqui, dentro do olho escuro da pistola, vi seus defeitos e todos os seus fracassos claramente, e soube que eles não mudavam o quanto que ele me era querido, o quanto me era necessário, bom e valioso.

Clark caíra de um precipício ou outro. Estava tombando e eu não podia chamá-lo de volta com as preocupações de minha vida irrelevante, ou fazê-lo ver a fina teia de conexões que estava cortando. Eu não era real para ele. Outra dívida que eu tinha com Candace, essa clareza: seus atos contra mim nada tinham a ver comigo, e qualquer frase de minha história era somente isso — uma história. Assim, no pequeno espaço de sua hesitação, eu me esqueci de mim mesma e contei um pedaço da sua:

— Oakleigh tem uma coisa contra você.

Seu queixo caiu, e eu tinha ganhado mais um fôlego, embora a tensão em seu dedo no gatilho não tivesse diminuído. O olho preto da arma olhava para meu olho esquerdo, exatamente. Tentei ver além dele, vê-lo, mas era muito difícil. Muito difícil olhar para alguma coisa além daquela tola arma prateada.

— Quê? — disse ele, como se não tivesse me ouvido bem.

— Ela tem uma coisa que vai acabar com você.

A tensão no dedo afrouxou. Seu pescoço se alongou. Eu despertara seu interesse.

— Conte-me — disse ele — ou vou dar um tiro em você.

Ele ia me dar um tiro de qualquer maneira. Eu podia ver isso na sua atitude.

— Uma filmagem — falei. — Você está bem na saída de um bar. Você está dando a Oakleigh uma filmagem de você mesmo dando um tiro na advogada dela.

Era tão difícil desviar os olhos do olho preto da arma. Mas obriguei-me a isso. Fiz meus olhos se deslocarem sobre seu ombro, para o olhar mais amável da pequenina câmera de segurança estacionada sobre a porta do McGwiggen's.

Ele olhou para trás, num reflexo, uma meia-volta da cabeça para ver para onde eu estava olhando. Quando se moveu, eu me movi com ele, abaixando-me e avançando. Tive a impressão de estar me movendo tão devagar como se estivesse tentando me enterrar em concreto, tentando ficar abaixo da trajetória da arma.

Sua mão fez um movimento brusco, e ouvi uma enorme explosão, tão perto que me ensurdeceu. Fiquei fascinada com o clarão na boca da arma. Não sabia se tinha sido atingida. Não podia distinguir. Não sabia nem se estava viva, até sentir o abalo que me chegou aos ossos quando bati meu salto no peito de seu pé.

Ele gritou, e ouvi o estouro de champanhe de um segundo tiro, abafado pelo interminável eco do primeiro em meus ouvidos. Meu joelho já se levantava. Minhas mãos já se esforçavam para agarrar seus olhos.

Ouvi o som do revólver caindo, e em seguida suas mãos estavam arranhando minha garganta, tentando ganhar vantagem, e éramos animais. Animais tentando sobreviver ao fim disso. Meu joelho bateu com força em seus testículos, ele se curvou. Minhas unhas penetraram na carne de seu rosto claro. Alguém estava berrando, um grito lancinante, e pude sentir o modo como o som se movia com violência em minha garganta, vindo de dentro. Então, era eu.

Suas mãos se afrouxaram, seu corpo escolhendo fuga para ele, sua natureza emergindo, tão seguramente quanto a minha o fizera. Eu podia sentir umidade e pele comprimida sob as unhas, e escavava e rasgava. Ele me empurrou, seus punhos como martelos duplos que batiam no meu peito. Senti minhas mãos rasgarem pele de seu rosto. Fui jogada para trás, pelo ar, sobre as laxas de lixo. Bati contra elas e duas caíram e entornaram lixo, com um grande ruído de metal. Caí entre elas.

Ouvi minha voz ainda berrando, e quando levantei a cabeça, ele estava se afastando aos tropeções numa corrida lenta, cambaleante, curvado sobre seus testículos. Continuei berrando, um gemido de banshee, um uivo. Não entendia como as pessoas lá dentro não tinham me ouvido. Minha voz devia estar ricocheteando de volta a partir de satélites no espaço.

Enquanto eu pensava isso, a porta de vidro fumê se abriu de repente, e era Wes, com seus olhos saltando para fora em seu rosto largo, jovem. Grace vinha logo atrás dele também, outra barwoman. Era uma garota durona, com quase tanta tatuagem quanto tinha espaço na pele. Tive de fazer o som fantasmagórico que saía de mim parar, de propósito, como se estivesse desligando uma canção ruim no rádio. Wes olhou em volta, ansiosamente, depois seguiu pela travessa atrás de Clark. Este o viu chegando e apertou o passo, ainda curvado sobre seus testículos, fugindo.

Eu me movi, desajeitada, entre as latas caídas, e meus pés estavam descalços. Ele tinha me derrubado do alto de meus sapatos. Minhas mãos começaram a percorrer meu corpo para cima e para baixo por vontade própria, tentando descobrir se havia buracos em mim. Toquei meu rosto, meu cabelo, meu pescoço, meu peito. Mais adiante na travessa, ouvi um vozerio e mais um grito. Wes tinha se atracado com Clark.

Minha garganta doía por dentro por causa do grito áspero, e meu peito doía ali onde os punhos de Clark tinham me atingido. Meu corpo todo doía onde eu me chocara contra as latas e depois com o chão. Sentei-me mesmo assim. A pistola estava jogada perto de mim, brilhante como um brinquedo. Vi meus sapatos lá, também, um de lado, um de pé. Grace estava se ajoelhando junto de mim agora, embora eu não a tivesse visto se mover.

— Ai, meu Deus, Paula — disse ela —, nós vimos você no vídeo. Billy chamou a polícia. — Billy era o assistente de barman.

— Estou sangrando? — grunhi para Grace. — Pareço ter levado um tiro ou estar sangrando?

— Não — disse ela. — Não, mas, Deus, seu cabelo está todo desgrenhado.

Eu estava em choque, percebi nesse momento, porque comecei a rir.

— Quem é ele? — perguntou Grace. — Vocês estão saindo juntos?

Sacudi a cabeça, e o mundo girou à minha volta.

— Esse foi o cara do um por cento.

Mais adiante na travessa, pude ouvir Wes gritando:

— Fique *abaixado*, seu babaca!

Grace me ajudou a levantar e olhamos para a frente, na luz fraca. Wes estava sentado nas costas de Clark, esfregando seu rosto contra o chão. Clark se sacudia como um linguado raivoso sob o volume de Wes. O movimento de me levantar intensificou a palpitação em meu quadril esquerdo, mas a dor parecia distante e sem importância. Um fato interessante que eu estava notando. Dentro de mim, meu sangue corria em círculos, cada veia parte de uma pista de corridas, todos os meus glóbulos vermelhos se acotovelando para serem os primeiros e os mais rápidos.

— Você está bem? — perguntou Grace.

Eu estava melhor do que bem. Não havia nenhum buraco em meu bom corpo. Eu tinha vencido. Eu o vira correndo. Eu o via jogado no chão, agora mesmo, o sangue escorrendo em listras vermelhas em todo o seu o rosto, e sim, meu Deus, eu estava bem.

Billy saiu pela porta de vidro nesse momento, olhos arregalados, arquejando. Avaliou a cena, depois correu para ajudar Wes.

— Vamos lá para dentro — disse Grace, e me arrastou para a porta.

Dei um passo de lado, quase uma guinada, escapando. Dei-me conta de que estava caminhando pela travessa para chutar Clark na cabeça. Mas Grace pôs seu braço à minha volta, agarrando-me e detendo-me. Eu a segurei, serpeando, e minha mão deixou manchas vermelhas em sua blusa. O sangue dele tinha pintado as pontas de meus dedos.

Ela me levou e me fez sentar no escritório. Alguns minutos depois, ouvi sirenes chegando e isso me pareceu bom também. Parecia ordem, como minha velha e boa amiga, a lei, gemendo numa trilha justa em direção a mim, através da cidade.

O escritório nos fundos do McGwiggen'ss era um buraco de paredes brancas e sem janelas que desconfio que tenha começado a vida como um armário. Eu estava esperando lá quando Birdwine irrompeu, de olhar desvairado e arquejando. Ele avaliou a cena, eu sentada na única cadeira, uma barata cadeira preta de rodinhas em frente a uma escrivaninha da IKEA com um computador velho em cima.

— Oi — falei, rouca com aquela estranha gritaria. Nunca tinha me sentido tão feliz por vê-lo.

— Oi, oi — disse Birdwine, detendo-se abruptamente. Acenou dali, indeciso, depois passou uma mão enorme por seu cabelo rebelde enquanto tentava se controlar. Quando voltou a falar, soou estudadamente casual.

— Então, você sabe. Estou aqui para resgatá-la. Veja só!

Isso me fez sorrir, mas assim que consegui me fazer parecer séria, disse-lhe:

— Sinto muito tê-lo chamado de bundão. — Eu queria retirar aquilo antes que o prédio desabasse sobre nós, ou o sol virasse uma estrela nova, ou algum pedaço final e tenaz do Skylab caísse do espaço e me matasse. Aquela mensagem que eu tinha deixado, irritada e implacável, não poderia ser as últimas palavras que eu jamais lhe diria. Ele me olhou intrigado, por isso acrescentei:

— No seu correio de voz, não é? Eu o chamei de bundão.

— Ah, certo. *De nada*. Recebi sua mensagem talvez 15 minutos atrás. Ouvi aquele homem falando quando você desligou, e havia alguma coisa no tom. Eu sabia que tinha dado tudo errado. Liguei de volta para você, quatro vezes, e caía sempre no correio de voz. Por isso vim para cá, já nervoso, e o estacionamento estava cheio de carros da polícia. As pessoas estavam dizendo o seu nome, falando sobre tiros, um ataque. Você me chamando de bundão tinha ido parar lá embaixo em minha lista. — Ele parecia nauseado, de fato, narrando isso. — Grace me contou que você estava aqui, deu-me a versão em vinte segundos do acontecido. Você está realmente bem?

— Você devia ver o outro cara — falei.

— Gostaria muito disso — disse Birdwine sombriamente.

Enfiei os pés nos Crocs laranja-neon que Grace tinha tirado de seu armário para me emprestar. Os policiais tinham recolhido meus sapatos. Depois me levantei, fazendo um gesto de dor, e olhamos desajeitadamente um para o outro.

— Por acaso seu serviço de resgate inclui um acompanhamento até em casa?

Isso o imobilizou. Ele olhou para mim, sobrancelhas se projetando com suspeita, tentando me decifrar. De repente, estava tão desconfiado que fiquei de coração partido por ele. Mas a única coisa que ele disse foi:

— Você pode ir embora?

— Sim, eu estava esperando para um policial me levar — falei.

Um paramédico havia limpado meus arranhões e me examinado, mas não o deixei exagerar nos cuidados. Eu estava bem, excetuando-se uma espetacular série de contusões cada vez mais escuras por ter pousado sobre as latas de lixo. Um técnico tinha colhido amostras de sob as minhas unhas, enquanto um detetive chamado Martinez colheu uma declaração abreviada, provavelmente porque eu andara bebendo. Ele queria que eu fosse à delegacia no dia seguinte para dar uma mais longa, e para que eles pudessem fazer mais fotos. Tinham uma testemunha melhor nas fitas de qualquer maneira. A câmera do corredor mostrava Clark saindo do bar atrás de mim. A câmera da travessa pegava a maior parte da luta, e eles tinham recuperado a pistola também.

Nessa altura eu me acalmara um pouco e meu cérebro de advogada estava analisando todas as maneiras como eu ia apertar Clark Winkley contra a parede. Tentar me matar a tiro, né? Aquela tentativa inicial de acordo que eu tinha escrito mais cedo estava parecendo uma gentileza. Eu podia consertar aquilo. Ó Deus, como um júri iria gostar disso, embora eu duvidasse que o advogado dele fosse deixar esse canalha chegar diante de um juiz, muito menos diante de um júri. Eles fariam um acordo, rapidamente, de modo que Clark pudesse se concentrar em seu processo criminal e minha inevitável ação judicial civil contra ele.

— Meu carro está na calçada do outro lado da rua — disse Birdwine.

— Eu preferiria caminhar — falei. — Fazer um exercício para me livrar dessas dores.

Isso o fez recuar mais ainda, sem saber o quanto eu estava sendo literal.

Tivemos de sair pela porta grande da frente, pois a travessa nos fundos estava isolada por ser uma cena de crime. Agradeci a Grace, Wes e Billy, e informei a Martinez que não precisaria da carona.

Em seguida Birdwine e eu saímos juntos para a noite. Meu aumento súbito da adrenalina já desaparecera havia muito, mas eu não tinha entrado em colapso. Sentia-me apenas em paz. Gostava da sensação de estar caminhando para casa como se possuísse essa noite, como se já tivesse escapado de tudo nela que pudesse me machucar. A calçada estava rachada e irregular em alguns pontos, mas tão iluminada pela luz amarela de postes que não era difícil orientar-se. O tráfego zumbia ao nosso lado, intenso e impessoal, pondo em movimento o ar quente do fim do verão.

Andávamos de poça em poça de luz cálida. Tínhamos vinte centímetros entre nós e eu não podia infringi-los. Julian, direto e doce, já os teria transposto, e desejei então ser mais parecida com ele. Podia sentir que Birdwine estava cheio de uma energia febril. Demais para conter, ela vazava de seu grande corpo, formigando no espaço que nos separava. Seus pés batiam no chão como se a própria terra tivesse feito alguma coisa para irritá-lo. Estava silencioso e não era bom nisso. Eu não sabia como contar para Birdwine quão pouco conhecer o pior dele tinha importado diante de um fim real.

Finalmente ele falou, e sua voz estava mais calma, mais sob controle que sua linguagem corporal.

— Eu *sou* um bundão. Mas não sou ruim no meu trabalho.

— Não acho que você seja ruim no s...

— Sim, você acha — disse ele. — Você viu a minha casa. Você sabe que estou sempre sem grana. Mas faço meu trabalho e sou muito bom. As pessoas me contratam, Paula. Pessoas que nem querem dormir comigo me contratam.

— O.k., o.k. — digo, rindo um pouco. — Você é bom numa porção de coisas.

Ele ficou sério de novo.

— Estou sempre quebrado porque um terço de minha renda vai para um fundo fiduciário. Para o garoto. Meu filho. Para a faculdade ou uma emergência... qualquer coisa de que ele possa precisar. Não porque seja uma determinação judicial. Decidi que faria isso e me mantive firme nisso, faz dez anos agora. Não sou uma pessoa de merda. — Ele me lançou um olhar de lado e depois corrigiu: —Sou uma espécie de pessoa de merda. Mas não sou tão completamente de merda quanto você pensa.

Viramos à direita e estávamos caminhando para o meu prédio agora. Quando aquela arma estava apontada para meu olho esquerdo, eu tinha perdoado suas escolhas passadas e aceitado todas as suas imperfeições profundamente entranhadas, por completo. Mas o fato de ele reservar esse dinheiro revelava tudo que eu sabia ser o melhor nele. Algumas pessoas poderiam não se comover com isso, o sacrifício de dinheiro, mas elas provavelmente sempre tinham tido bastante — e com certeza não tinham visto sua casa. Eu sabia o que era a penúria. Kai e eu tínhamos vivido ao lado de sem-teto quando eu era pequena. Eu tinha trabalhado como garçonete para pagar a faculdade até conseguir algumas bolsas. Importava para mim que ele tivesse feito isso.

— Não acho que você seja um merda — falei. — Você não me deve uma explicação. Não me deve nada. O que quer que tenha acontecido com seu filho, como quer que tenha acontecido, é terrível e triste. Mas você não vive tranquilamente com isso. Isso é óbvio. Fez o melhor que podia, na época. Ainda está fazendo o melhor que pode com isso. Sei sem que você o diga, porque o conheço.

Ele não olharia para mim nesse momento. De jeito nenhum. Mas transpôs o espaço que nos separava. Agarrou minha mão, apertando-a até que os ossos se comprimiram, quase ao ponto da dor.

Eu tinha passado toda a minha vida faminta por perdão. Ele não viera, por isso eu não conhecia em primeira mão qual era a sensação. Mas a imaginara, muitas e muitas vezes. Eu a queria tanto. Tinha querido que Kai — ou qualquer pessoa, qualquer pessoa que conhecesse o pior em mim — dissesse que eu ainda era querida, e boa, e que valia a pena.

Dei a ele essa coisa que eu sempre tinha querido, e isso o fez desviar o rosto de mim. Vi seu reflexo no vidro do prédio por que passávamos. As sombras transformavam seus olhos em buracos escuros e sua boca estava torcida para baixo. Depois ele abaixou a cabeça, silencioso, e continuamos andando, nossas mãos fortemente afiveladas uma na outra, por quase um quarteirão.

— O nome dele é Caleb. Ele não sabe que eu existo — disse Birdwine, finalmente, escolhendo seu caminho pelo concreto quebrado no brilho amarelo do poste de luz. — Eu nada soube sobre ele até que tinha três anos. Isto é, eu sabia. Sabia que ela estava grávida quando me deixou.

Ela logo me disse que ele não era meu. Eu até permiti que ela acelerasse o divórcio, para poder casar com esse tal de Martin antes que o bebê nascesse. É o nome dele que aparece na certidão de nascimento.

Isso me balançou. Então Martin era o pai legal; na Geórgia, seus direitos suplantavam enormemente os de Birdwine.

Engoli, e disse calmamente:

— Bem, ela mentiu. Você praticamente clonou a si mesmo. Esse sujeito com quem ela está casada, ele sabe?

— A menos que seja idiota. Ele sabe como é a minha aparência. Estive com ele umas duas vezes na época em que estava fodendo minha mulher. — Diga-se a seu favor que se mostrou apenas ligeiramente amargo.

Tinha Martin casado com Stella às cegas, sabendo que o bebê podia não ser seu? Era menos uma aposta que uma decisão; ele amaria a criança, não importa como. Talvez o amor verdadeiro fosse assim em sua melhor forma. Ele parecia assim a Julian, um garoto adotado que falava comigo sobre equipes e resgates. Ele já estava à procura de apartamento, apresentando solicitações de transferência, mudando sua vida em benefício de uma menina perdida que era uma moeda girando em pleno ar. Esta noite eu queria ser um pouco mais como ele. Não pretendia me cegar para o quão duro e odioso era o mundo; a doçura era difícil de encontrar e mais difícil ainda de conservar. Eu só queria tentar alcançá-la, de qualquer maneira.

— Como você descobriu? — perguntei a Birdwine. Ele queria falar, e tinha carregado isso sozinho por tanto tempo. Eu precisava que soubesse que podíamos conversar, afinal de contas.

— Uma amiga idiota da Stella que nos conhecia na época. Dama de honra em nosso casamento. Ela me mandou uma carta dizendo que tinha hesitado e rezado, e concluíra que eu tinha o direito de saber. Isso foi há cerca de dez anos — disse ele, e nesse momento soou amargo, mil vezes mais irritado e alerta que ao falar do caso de sua mulher.

Mas a linha do tempo fazia sentido para mim. Dez anos atrás, Birdwine tinha entrado em sua primeira reunião dos AA.

— E foi nessa época que você viu Caleb?

— Sim. Eles tinham se mudado para a Flórida nessa altura. Fui de carro até lá e os vigiei. Por mais de uma semana, mas eles nunca me viram. Você sabe como sou. Droga, Paula, eles pareciam estar bem. Pareciam felizes. Eu saberia, porque não queria que estivessem felizes. Estava torcendo por uma razão para me manifestar. Mas a primeira menina deles estava aprendendo a andar, e meu garoto, Caleb, eu o ouvi contando ao rapaz da sorveteria que era um irmão mais velho. Ele não sabia pronunciar os *r*. Ele dizia "ilmão", e parecia tão orgulhoso. A cada duas palavras ele dizia "papai". "Papai olhe para mim." "Papai me pegue no colo." E Martin o pegava. Stella carregava o bebê, enquanto Martin andava carregando meu filho nos ombros.

— Merda — falei. A dama de honra tinha levado um bom tempo para ter sua crise de consciência. Tinha esperado três anos depois que Stella tomou sua própria decisão, escolhendo Martin antes do nascimento, quando a biologia teria dado um testemunho. Não havia nenhuma maneira mais clara de dizer a um homem que você não o considerava bom o bastante para seu filho, mas perguntei de todo modo, porque ele tinha de saber que eu ouviria, e que a história não mudaria nada. — Quando Stella lhe disse que estava grávida, você não teve dúvidas? Não fez as contas?

Ele sacudiu a cabeça, uma enorme e brusca sacudida que começou em seus ombros e reverberou para baixo até nossas mãos apertadas uma na outra. Era uma mentira que ele contava com seu corpo inteiro, ou talvez fosse apenas negação, porque as palavras que disse em seguida eram verdadeiras:

— Eu quis acreditar nela. Acho que decidi acreditar nela. Estava realmente, realmente afundado na bebida. Foi um alívio quando ela disse que tinha certeza.

Birdwine levantou sua mão livre num gesto de "fazer o quê?", que dizia que ele não a culpava.

Talvez eu não pudesse culpá-la também. Imaginei Stella, grávida 13 anos atrás. Casada com a ruína que eu tinha visto quando ele estava na bebedeira. Ele andava bebendo todo dia naquela época, pendurado em seu trabalho por um fio. Ela tinha encontrado outro homem, confiável e sóbrio. Tinha gostado o bastante de Martin para romper seus votos de casamento. Quando percebeu que estava grávida, tivera o luxo de escolher. Eu tinha visto Birdwine em sua pior forma, por isso compreendia. E realmente, o que eu teria feito no lugar dela?

Essa era a pergunta errada. Eu sabia minha estúpida resposta: teria me livrado do ruivo equilibrado e rolado meus dados com este.

— Você acha que vai conhecer o Caleb algum dia? Talvez quando ele for adulto? — perguntei. Eu não sabia se isso era direito, mas não via um direito claro. Estávamos mergulhados nas áreas cinzentas aqui. Talvez isso não fosse tão diferente assim do que Kai tinha feito por Julian. Pela primeira vez me perguntei se Julian tinha crescido sabendo que havia sido adotado. Achava que sim, pela maneira como falava de sua família. O garoto de Birdwine não tinha. Havia Caleb sido abandonado ou roubado, salvo ou largado? Isso não tinha importância, porque Birdwine estava sacudindo negativamente a cabeça.

— Não, a menos que ele precise de medula óssea ou de um rim — disse Birdwine.

— Bem, que os deuses o protejam se ele precisar de um fígado — falei, e Birdwine encolheu-se. — Sim, golpe baixo. Mas você sabe que é verdade.

Tínhamos chegado ao meu prédio agora; soltei sua mão e me virei para encará-lo. Minhas costas estavam contra a parede. Ele tinha o rosto voltado para a luz dourada que jorrava das portas do saguão.

— Quando comecei no AA — disse Birdwine —, fiz uma promessa para mim mesmo. Pensei, se eu conseguisse ficar sóbrio por um ano, ganhar minha ficha, então iria me encontrar com Caleb. Eu disse a mim mesmo que valeria a pena me conhecer. Iniciei o fundo fiduciário, para que ele soubesse que tinha importância o tempo todo, certo? Se eu pudesse pelo menos obter aquela ficha, eu dizia.

— É muita pressão para pôr sobre uma recuperação — falei, sacudindo a cabeça.

— Sim. Cheguei a dez meses uma vez. Quando ele tinha nove anos. Cheguei até a começar a planejar o que eu lhe diria, como abordar Stella... Despertei duas semanas depois, lá no México. — Ele encolheu os ombros, um gesto pesaroso, e em seguida disse: — Vou lhe contar uma coisa boa que resultou de nosso rompimento, se posso chamá-lo assim. Aquilo que aconteceu na cozinha, quando você viu a foto dele. Eu desisti. Da ideia toda. Encontrá-lo é uma fantasia. Eu poderia ficar dez anos sóbrio, e mesmo assim não irei vê-lo. Eu teria de contar para o garoto que sua mãe é uma trapaceira e uma mentirosa, e que seu pai é um ladrão. Se não iria destruir sua vida dessa maneira quando ele tinha três anos, não vejo como possa fazer isso agora, quando é um adolescente. Quando chegar a época de ele ir para a faculdade, ou antes, se acontecer alguma coisa e ele precisar, vou transferir o fundo para Stella. Ela pode explicar isso como quiser. — Ele se curva para olhar para mim. Põe seus olhos tão perto dos meus que fica difícil focalizar. — Não estou lhe contando isto por causa de nós. Não vou agora tentar ganhar uma ficha de um ano com você como uma espécie de prêmio fodido no final. Estou farto desse tipo de acordo, e estou farto de beber, quer isto valha ou não alguma coisa. Já disse isto antes, mas desta vez não há condições. Estou simplesmente farto. Eu espero... acredito... falo sério desta vez.

— Espero, também. — Mesmo que ele fracassasse de novo, não pararia de tentar. Eu sabia que não pararia, porque o conhecia.

Ele levantou as mãos e disse:

— E você sabe que eu amo você pra caralho. Então?

Olhei para seu olho direito, depois para o esquerdo, de um lado para outro.

— Por que você me ama? — Eu sabia o que queria, mas da parte dele, não queria que fosse assim porque eu podia ser muito má para ele. Não queria ser um punho bonito contra o qual ele podia se chocar. Recostei-me na parede, minha cabeça bem junto do teclado do interfone que havia ali. — Se vamos tentar fazer isso dar certo, tem de ser mais do que sexo bom e seu masoquismo.

Eu não tinha certeza de que ele ia responder, não tinha certeza de que tinha uma razão, e ele podia ser tão difícil de decifrar. Mas em seguida ele sorriu.

— Porque todos neste planeta de merda dizem uma porção de palavras bonitas para dar a si mesmos uma boa aparência enquanto fazem coisas horríveis — disse ele. — Você é o contrário.

Era uma boa resposta. Uma boa coisa para dizer. Perscrutei de um olho para outro, de um lado para outro, com mais firmeza do que tinha olhado para os olhos de Clark, ou para o da pistola. O esquerdo de Birdwine estava aureolado de preto e violeta, ainda inchado. Observei suas pupilas se expandirem enquanto eu reclinava. Havia uma grande quantidade de loucura presente, sem dúvida, mas na escuridão de seus olhos eu me vi refletida claramente. Eu era real para ele. Ele me via toda até o fundo e conhecia cada coisa horrível que eu tinha feito. Mais ainda: sabia tudo que eu era capaz de fazer e ainda assim olhava para mim como se eu valesse a pena e fosse boa.

— Vamos subir — falei. Havia uma promessa nas palavras que falava mais do que sexo. Pensei que ela estava implícita. Mas ele só esperou, em silêncio. Nem piscou, até que meus próprios olhos ficaram secos e coçaram por sua causa. Finalmente acrescentei: — Sim. Sim. Eu amo você pra caralho.

— Ah, sim — disse ele, e digitou o código para abrir minha porta. Eu não me lembrava de algum dia tê-lo dado para ele, de modo que ele devia ter me observado digitando-o e se lembrava, maldito cara.

Ficamos em silêncio e sem nos tocar no elevador. Esperamos, e pareceu-me certo esperar até que estivéssemos em minha casa. Ali tínhamos uma porta para fechar atrás de nós, e nenhuma parede. Subimos a escada até o loft, e fizemos amor ali, com Henry cochilando sobre a cômoda, ronronando para si mesmo.

Fomos muito cuidadosos um com o outro. Tínhamos de ser. Tocávamo-nos suavemente em deferência a todas as maneiras pelas quais estávamos feridos, tentando contornar os machucados e os lugares arruinados um do outro. Esse não era nosso sexo costumeiro. Foi uma coisa delicada, nova, e enquanto nos movíamos juntos, eu podia ver o horizonte de Atlanta espalhar-se diante de nós num deslumbramento elétrico, como se a cidade tivesse se iluminado dentro da escuridão estritamente para nosso prazer.

Depois ele ficou imóvel. Eu nunca quis que ninguém ficasse, mas não queria que ele me deixasse. Não esta noite. Ele se enroscou à minha volta, cochilando, mas não dormi. Estava pensando em minha mãe. Estava pensando que ela tinha olhado para dentro do cano de sua própria arma, naqueles exames médicos. Quando o médico lhe disse: "Semanas, se você tiver sorte."

Ela tinha começado a trazer Hana para mim, mas tinha vindo pelo caminho longo, tentando encontrar uma passagem para o futuro através de nosso passado. Ela *confiara* que teria sorte.

Na escuridão, com os braços de Birdwine à minha volta, eu sabia que Kai estava morta. Nada mais a teria impedido de me entregar a minha irmã. Eu tinha sabido que sua morte era provável; tinha suposto que ela era iminente e inevitável no dia que recebera meu cheque de volta, e o que Birdwine descobrira em seu apartamento em Austin tinha confirmado isso. Mas agora eu o sabia completamente.

O tempo de Kai já tinha se esgotado e ela nunca chegaria à minha porta, nunca pegaria minha mão, nunca diria alguma merda mística como: "Olhe aqui, Kali Jai, você tem uma irmãzinha. Eu a batizei em homenagem a Hanuman, o deus macaco, porque ela é muito mais forte do que imagina." Eu estava chorando silenciosamente, mas Birdwine deve ter sentido as sacudidas de meu corpo. Ele me puxou mais para perto e senti seu rosto se comprimir contra o meu cabelo.

Era esse o aspecto que tinha o perdão do outro lado? Foi tão difícil para ela perdoar minha parte em nosso desenlace porque ele era em tão grande medida culpa sua. Toda a sua vida tinha sido como uma arma carregada, deixada engatilhada com a trava de segurança desativada no meio da mesa. Sendo uma criança, eu a pegara, brincara com ela e lhe custara Julian. A ausência dele nos destroçara.

Mas ela não tinha mudado. Assim que saiu da condicional, caiu na estrada de novo, confiando na sorte para respaldar suas jogadas, nenhuma rede de segurança instalada. Mesmo quando ficou sabendo que estava morrendo. Devia ter trazido Hana direto para mim.

Talvez essa fosse a única maneira como ela conseguiu se obrigar a vir, conduzindo minha irmãzinha pelas melhores partes de nosso passado compartilhado. Talvez precisasse se lembrar do que tínhamos sido uma para a outra, no tempo em que ela me girava sobre seus pés, e eu gritava: "Dance-me, dance-me". Quando o cheiro de casca de laranja e de fumaça de fogueira de acampamento em seu cabelo escuro era meu maior consolo. Quando nós duas éramos a única coisa imutável no mundo.

Essa é a Kai pela qual chorei, e que libertei.

Quando acordei, Henry estava bem no meio do travesseiro abandonado de Birdwine, mole e denso de sono. Pude sentir cheiro de café sendo preparado lá embaixo, e ouvi o ruído suave de mãos num teclado, então Birdwine não fora longe. Sua camisa ainda estava no chão, uma camiseta verde-escura de uma cervejaria local. Era tamanho extragrande e macia, por causa da idade. Enfiei-a pela minha cabeça e fui até o parapeito.

Birdwine, descalço e vestindo apenas seu jeans, estava sentado na cadeira do meu escritório, pequena para ele, examinando atentamente meu laptop com uma caneca fumegante a seu lado na escrivaninha.

— Pode me trazer uma xícara disso? — gritei.

Ele levantou os olhos para mim e eu nunca tinha visto seu rosto azeitonado tão pálido.

— Que foi? — perguntei, instantaneamente tensa. — Quero dizer, pelo amor de Deus, que foi agora?

— Acho que a encontrei. — Ele se virou para a tela e tocou-a, depois olhou de volta para mim. — É um relatório policial de quatro meses atrás. Creio que esta pode ser Hana.

— O quê? — falei. — Como?

— Eu queria trabalhar, mas não queria ir embora com você dormindo. Não podia retomar do ponto em que Julian e eu tínhamos parado sem minhas anotações feitas em casa. Eu poderia criar uma lacuna e deixar passar alguma coisa. Por isso comecei na outra ponta. Paula, acho que a encontrei.

— Onde ela está? — perguntei, minhas mãos tão apertadas contra o parapeito que as unhas tinham ficado brancas.

— Aqui — disse ele, e acenou uma mão para a paisagem urbana. O sol estava se levantando, banhando o horizonte com uma nova luz. — Acho que ela está aqui mesmo em Atlanta.

CAPÍTULO 12

Candace está sentada no capô de um velho Chrysler rebaixado estacionado em frente à nossa casa. Minha e de Kai. Estou andando para casa num ar tão úmido que parece denso de água, tendo acabado de sair do ônibus escolar, quando vejo a sua forma de uma longa distância no final do bloco. Sua forma não se encaixa aqui. Ela está reclinada para trás, apoiada nas mãos, balançando os pés da borda do carro para chutar o para-choque. É tão estranha, tão invasiva, que se destaca em cores mais brilhantes que qualquer outro objeto em meu campo de visão. Está tão à vontade como se tivesse nascido aqui mesmo nesta rua. Como se ela lhe pertencesse, e esse fosse seu lugar, minha ruína sobre pernas magricelas.

Estou correndo agora, meu corpo avançando pesadamente em direção a ela por vontade própria. Minha mochila pesada bate contra minha espinha. Sinto um terror frio em meus longos ossos, e a violência está se desenrolando à medida que chego mais perto. Ela tem um pirulito redondo na boca. Vejo a vareta sobressair, vejo como ele faz sua bochecha se abaular.

A janela do lado do motorista se abaixa, e Jeremy, o namorado dela de olhar mortiço, põe a cabeça para fora. Ele grita alguma coisa para ela, apontando para mim rua abaixo. Ela olha para mim, e para de balançar seus tênis de segunda mão com todos os cadarços puídos, desamarrados e pendendo emaranhados. Não tenta se levantar ou correr ou mesmo recuar. Espera por mim, desossada e resignada.

É como fico sabendo que já está feito.

Em algum lugar um esquilo está berrando sua canção de amor em *stacatto*, e o sol está quente nas minhas costas. Corro para Candace porque não posso entrar em casa. Não sei como poderei entrar algum dia.

Candace olha para mim com seus olhos brandos e inexpressivos de Candace enquanto eu paro derrapando diante dela, tirando minha mochila dos ombros com uma sacudida. Já a esbofeteio antes de ouvir a mochila cair no asfalto. Continuo estapeando-a no rosto e na cabeça, palmas abertas, mas de maneira tão intensa e furiosa que é como se eu tivesse cem mãos.

Os ombros dela se arqueiam, suas pernas se enroscam para cima e para dentro, suas mãos cobrem seu rosto, mas ela não rola para escapar. Encolhe-se como um enfeite de capô e espera que eu termine. Não entende: nunca vou terminar.

— Ei, agora! Pare agora! — Jeremy está gritando. Ele sai do carro aos tropeços, mas eu o ignoro e continuo surrando-a. Estou chorando e ela grita. Seu pirulito cai no capô e rola para o chão. Vejo-o como uma mancha laranja caindo em minha visão periférica. Depois Jeremy enrola seus braços em mim por detrás, apertando-me contra seu peito. Puxa-me para trás, afastando-me dela.

— Estúpida... Estúpida... — sibilo para Candace, espremida e apertada demais por Jeremy para gritar. Ela não deveria estar aqui. Eles não têm permissão para estar aqui. Ataco com meus pés, tentando chutá-la no rosto enquanto ele me arrasta para trás.

— Não a machuque! — grita Candace para ele, desenroscando-se, atemorizada.

Ficamos congelados ali por um tempo interminável. Candace olhando com seu cabelo delicado todo desgrenhado, seus olhos ardendo com lágrimas. Jeremy me segurando, minha respiração arfando contra a prisão de seus braços. Ele não me solta até sentir a necessidade de surrá-la deixar meu corpo.

De que adianta? Está feito.

Kai e eu estamos aqui há menos de um mês. Ela voltou da prisão diferente, mas esse não foi sempre o seu modo de ser? Novo lugar, nova Kai. Antes, eu sempre me transformava para corresponder à narrativa, o yang para seu yin mutante escolhido. Mas agora estamos vivendo sob nossos verdadeiros nomes; sua liberdade condicional nos prende à nossa verdadeira história. Karen Vauss canta menos, conta menos histórias, toma mais vinho do que qualquer Kai que eu já tenha conhecido. Karen Vauss está desanimada e cansada do mundo demais para se livrar da condicional e fugir.

Relaxo nos braços de Jeremy, e penso: *Posso fazer aquilo com ela.* Posso ficar em silêncio no sofá e não me desviar até que Kai o faça. Posso, e farei, porque minha mãe sempre mutante é a única presença em minha vida que sempre foi constante. Eu a destruí, mandei cada uma de nós para uma instituição diferente, mas tenho-a de volta agora. Tenho de deixá-la saber que posso olhar como uma órfã de olhos tristes para Marvin, se é isso que ela quer. Ele é o dono da cafeteria onde Kai trabalha. Ele começou a mandar para nossa casa biscoitos recheados com bacon no fim de seus turnos, e uma manhã, em breve, sei que vou acordar para encontrá-lo de pijama e descalço, comendo-os em nossa pequena mesa de jantar. Posso apoiar o jogo dela, se pelo menos me perdoar.

Juro isso para mim mesma, embora esteja apavorada de ver a Kai que está esperando por mim lá dentro. A verdade que ela sabe agora talvez já a tenha mudado. Ótimo. Estou fazendo promessas para todos os deuses que já caminharam: eu vou ser sua parceira não importa o que aconteça, quando ela me perdoar.

Jeremy se afasta de mim dando um passo atrás, e fico tentando parar de chorar na rua em frente ao carro. Candace desce do capô com dificuldade e pega o pirulito no meio-fio, inspecionando-o. Tira dele um pedaço de grama, um fragmento de folha. Posso ver as marcas de minhas mãos por todo o seu rosto pálido.

— Você deveria ter me levado com você — diz ela, como se isso tivesse sido possível, mesmo que eu quisesse. Ela enfia o doce sujo na boca. Seus olhos estão desconfiados, não arrependidos, e mais alguma coisa. Alguma coisa que não consigo decifrar.

— Você deveria cair fora da minha rua — digo, enxugando minhas últimas lágrimas.

— Você não é dona dela — responde Candace, mas não como se isso fosse uma alfinetada. Ela está declarando um fato. — Você não é dona de nada aqui.

Ela tem razão. Somos locatários. Kai e eu alugamos o sombrio apartamento no subsolo de uma casa de três unidades que é a coisa mais feia na vizinhança. O aluguel é baixo, especialmente para Morningside, que não é nosso tipo de lugar. É cheio de pessoas louras que compram cachorros de raça e se preocupam com seus gramados. Mas é seguro, e as escolas são boas.

— Temos de ir — diz Jeremy, deslocando-se constrangidamente de um pé para outro.

Ele fala apenas para ela, como se no segundo em que parei de feri-la eu tivesse deixado de ser relevante. Olho somente para Candace, também, como se ele tivesse deixado de existir quando afastou seus braços de mim.

— Eu ia ligar — digo-lhe. Não é verdade.

Eu esperava que Candace se esquecesse de mim depois que eu fosse embora. Ela é uma criatura que vive tão no imediato, poderia muito bem se ocupar chantageando Shar e Karice para serem suas amigas substitutas, ou trocando Jeremy por alguém que tivesse maconha além de doces. Se isso fracassasse, eu esperava que ela não fosse capaz de me encontrar. Eu disse à sra. Mack, à minha assistente social e a meu tutor *ad litem* que não queria que eles passassem adiante minhas informações de contato, e eles disseram que eu tinha esse direito. Mas Candace é tão boa em bisbilhotar e xeretar, uma grande orelha apertada contra qualquer porta fechada que lhe apareça pela frente, dedos pegajosos de açúcar insinuando-se entre os pertences pessoais dos outros. Ela me encontrou, e mandou que Jeremy arranjasse um carro em algum lugar para poder chegar até mim e me arruinar.

Recuperei meu autocontrole nesse momento. Chega de chorar na frente dela. Não quero nem a surrar mais. Candace é um poço sem fundo. Posso jogar nela dor e violência intermináveis. Eu poderia até jogar amor, se tivesse algum sobrando. Ela aceitaria tudo, faria tudo desaparecer no buraco vazio e preto de sua boca, como se fosse a mesma coisa. Nem uma coisa nem outra jamais a preencheriam. Iria se precipitar para sempre, caindo através de suas intermináveis e famintas profundezas.

— Por que você ainda está aqui? — pergunto-lhe.

Candace lança um olhar para Jeremy, e ele vai se enfiar de novo no assento do motorista. Fecha a porta e fica sentado dentro do carro, olhando para frente com seus olhos mortiços. Vejo a janela se fechando, seu braço bombeando enquanto ele manobra a manivela.

— Nós fugimos — diz Candace. — Jeremy está me levando para a Califórnia.

Olho para ele através do para-brisa, sem saber ao certo em que história esse menino pensa que está. Romeu e Julieta? Bonnie e Clyde? Talvez meninos preguiçosos como ele não leiam, por isso talvez ele não saiba o quanto isso está fadado a acabar mal. Será que Jeremy tem ao menos carteira de motorista? Acho que talvez ainda tenha 15 anos, mas não tenho certeza. Mesmo que tenha o direito de dirigir, não pode de maneira alguma ter comprado este carro.

Bato no capô e digo:

— Isso vai levar vocês dois para um tribunal juvenil.

— Nós o roubamos de uns mexicanos — diz Candace, sacudindo a cabeça. — Ilegais não dão parte.

— Eu dou parte, Candace — lembro-lhe, recalcada. Isso foi sua vantagem, então como não consegue ver a ironia? — Eu ligo para 911, e dou parte de merdas.

Na esteira dessa ameaça, ela somente chega mais perto.

— Você não me levou, mas eu ainda vou levar você.

— Levar para onde? — pergunto, sem compreender. — Você quer dizer para a Califórnia?

Ela assente com a cabeça, e percebo que está séria. Fez o melhor que podia para destruir minha vida, e sua orelha esquerda está vermelho vivo a partir do ponto em que a esbofeteei. Agora está me convidando para acompanhá-la em sua viagem?

— Espero que você morra na Califórnia — digo com tanta frieza que a frase mal tem inflexão. — Não, espero que você morra no caminho e nunca chegue lá.

Agarro minha mochila e penduro-a nos ombros. Saio da rua, andando em direção à casa.

Ela grita para mim:

— Você devia ter visto a sua mãe quando eu contei para ela. Ela me bateu também. — Isso me detém. Kai em todas as encarnações é não violenta. Uma pessoa da palavra. Uma sedutora que beija filhotinhos de cachorro na boca. Candace me segue na grama irregular do jardim da casa alugada. — Eles têm leões-marinhos lá, você sabia? Eles ficam na mesma praia que as pessoas frequentam. Vi isso num vídeo na aula de ciência. Você pode chegar bem perto deles, e eles não se importam. Você não quer ver isso? Não quer chegar perto?

Nesse momento eu a compreendo. Ela não contou para Kai por vingança ou mesmo por maldade. Fez isso porque sou uma Tem-mãe, e ela nunca vai poder entrar na minha tribo. Fez isso para me transferir para a tribo dela. Fico pasma com quanta feiura pode viver dentro de simples pragmatismo.

— Detesto leões-marinhos — minto. A Kai que mora nesta casa... Karen Vauss... é azeda e isolada, assim eu serei, também, e ela me perdoará. Não posso ver esse novo nós numa praia.

— Bem, no lugar para onde estou indo, vamos ver uma porção de coisas.

— Detesto ver uma porção de coisas — minto. Karen Vauss raramente sai de casa, por isso não sairei também.

Afasto-me, rumando para a porta lateral que leva para nosso apartamento, embaixo.

— Ei, você quer que eu espere? — grita Candace para mim, e há um tom de desespero agora na sua voz. — Para o caso de você precisar dessa carona?

Não me viro para trás. Mal a ouço, porque não vou precisar dessa carona. Estou pensando comigo mesma: *Minha mãe sabe*, e portanto o pior já aconteceu.

Abro a porta e olho para a base de nossa escura escada.

Eu poderia fazer uma cara inexpressiva e mentir. Neste momento, é minha palavra contra a de Candace. Kai não vai querer que isso seja verdade e nada ajuda tanto uma mentira a colar como um ouvinte esperançoso.

Ouço o carro de merda dar partida com um enorme barulho de descarga. Seu silencioso está morto ou morrendo. É o rugido de mais uma menina perdida em movimento, esperando ir longe o bastante para chegar perto de leões-marinhos. Ou além, oceano afora. Ou além disso, até a borda do mundo.

Fico tão aliviada ao ouvi-la ir embora que sei que não vou mentir. Mentiras e Califórnia não são reais. A única maneira real de escapar é a verdade.

Portanto o impensável aconteceu — Kai sabe que destruí nossas vidas. Agora tenho de descer sem invenção e ver o que acontece em seguida.

Desço com um futuro alterado apenas alguns passos à minha frente. É uma parede branca sem a letra de Kai nela. E se Kai me bater? Ela nunca me bateu. Nunca deixou que um namorado me batesse também. Se ela o fizer, vou aceitar, como Candace o fez. Eu mereci. Mereci quaisquer atos de penitência que ela possa exigir, e no fim serei perdoada.

Quero ser punida, na verdade. Seria bom me curvar diante disso e dizer: "É isso que deveria acontecer agora". Quando a parte horrível terminar, ela vai me apertar nos seus braços. Vai dizer: "Meu bem, meu bem, vamos ficar o.k.". Não hoje, mas um dia, quando eu tiver sido plenamente punida e perdoada, ela vai me dizer essas palavras. Sei que vai, porque nós duas, juntas, somos a repetição propulsora de nossas encarnações.

O poço da escada é escuro, e está mais escuro ainda na grande sala lá embaixo. É uma sala de estar e uma sala de jantar conjugadas, com uma cozinha numa faixa ao longo da parede de trás. Só tem janelas de um lado. Elas ficam numa linha horizontal perto do teto, e hoje tem chovido de maneira intermitente o dia inteiro. O sol está atrás de um grosso cobertor de nuvens. Observo atentamente na semiobscuridade, procurando-a.

Fui quase sempre feliz aqui, neste pequeno intervalo de tempo.

Ela está sentada no sofá. Andou tomando vinho, o tipo de cor roxa artificial que vem num frasco grande com um anel redondo para servir de alça. Posso sentir o cheiro de seu odor ralo, ácido. Um copo de suco está sobre a mesa de centro, algumas borras brilhantes manchando sua base. Ela está segurando um cigarro que queimou até o filtro e apagou sem que notasse, um tubo intacto de cinza empoleirado entre seus dedos.

Pouso minha mochila no chão junto à porta da frente, e Kai se sobressalta com o ruído. Ela se endireita na cadeira, e a longa cinza se quebra e se esfacela. Os grandes pedaços caem e se espalham pela frente de seu corpo, enquanto alguns fragmentos secos caem mais devagar numa leve névoa cinzenta. Seus olhos me procuram e me acham, manchados de lágrimas e suados com o esforço de surrar Candace. Seus olhos encontram os meus.

Acho que ela fez um grande esforço para não acreditar em Candace. Talvez tenha conseguido, mas não completamente. Agora lê a confirmação no meu rosto. A verdade possui enorme poder e ela já foi pronunciada nesta sala.

Há uma pulsação, uma única respiração que dura um século, e depois não há nada para mim em sua expressão. Nenhum pensamento, nenhum sentimento. Seus olhos se reviram lentamente nas órbitas, além de mim, para olhar para a escuridão da escada atrás de mim.

A própria inclinação do mundo muda. Eu sinto. Todo o planeta se desloca sob os meus pés. O solo é água, e o oceano é o céu. Tudo que antes estava ancorado agora flutua. Estou à deriva também, indefesa num mar de histórias sem nenhuma corrente e nenhum vento.

— Mamãe — começo, mas ela fala ao mesmo tempo.

— Oh, olá, meu bem. — Seus olhos tornaram-se lascas de pedra verde. Seu rosto pálido brilha, sem expressão, como mármore entalhado fulgurando na escuridão. — Você quer um pouco de fruta?

— Mamãe — começo de novo. — Estou...

— Temos bananas, ou acho que ainda temos uma maçã — diz ela, me cortando de novo.

Nota o filtro em sua mão e o põe no cinzeiro que já transborda com uma centena de guimbas de Camels. Assim que nos mudamos para cá, havia um cheiro úmido e verde de porão, musgoso e espesso. Agora, o lugar inteiro fede a fumaça rançosa. Ela limpa a cinza espalhada que está acinzentando as cores de sua saia, depois tira um novo cigarro do maço e acende. Seu olhar desliza sobre mim de novo e desta vez se fixa na cozinha.

— Kai — digo com urgência.

Quero que ela venha até mim. Preciso que o faça. Poderia me esbofetear, com força e de mão aberta, tantas vezes quanto esbofeteei Candace. Mais. Poderia me espremer com força suficiente para me deixar sem ar. Quero que berre e se debata, seja uma tempestade furiosa. Quero que ela seja qualquer coisa que tenha uma chance de terminar.

Dou um passo para dentro de sua linha de visão, mas é como se eu fosse uma mancha móvel de teflon. Seu olhar se desvia, incapaz de se deter ou se fixar. Ela se levanta, avança em zigue-zague até a cozinha e começa a cortar a maçã para mim.

Não me lembro de minha mãe ter olhado diretamente para mim novamente.

Ela deve ter olhado. Deve ter havido vezes em que, por puro acaso, seu olhar e meu corpo se cruzaram. Não era um apartamento grande, mas, em minha memória, seus olhos desgastavam o ar à minha volta, ano após ano, implacavelmente. Para um observador externo, duvido que muita coisa teria mudado, mas eu sabia que tinha sido trancada fora de sua história, e quanto mais tempo eu passava fora, mais a culpa e a fúria avançavam sob minha pele como metralha em sentido contrário, escavando seu caminho até as profundezas de minha carne.

Assim eu me refiz numa criatura construída para atormentá-la. Paula, a puta, a briguenta, a pequena delinquente, a rebelde. Eu costumava chegar em casa às quatro da manhã, fedendo a menino e cerveja, e ainda assim ela só me olhava. Nunca me disse para ser diferente em nada, a ferida de mil farpas de culpa e fúria raspando em meus ossos tornou-se música de fundo, um zumbido sempre presente. Depois que me mudei para Indiana, me refiz de novo: uma mulher que se saía bem apesar de sua mãe. Deixei que os cheques contassem essa história por mim. A quantia neles escrita foi crescendo com os anos, mas fazendo a mesma pergunta irada. Seis meses atrás, ela finalmente respondera: "Vou partir numa viagem, Kali. Vou retornar ao meu começo: a morte não é o fim. Você será o fim. Vamos nos encontrar novamente e haverá novas histórias".

Kai clássica, enigmática, falando de maneira um pouco inapropriada, suas palavras deslizando sobre mim e além de mim como seu olhar. Por que ela não podia dizer: "Ei, lamento, mas estou morrendo e irei a Atlanta. Você quer sua irmãzinha?"

Agora a única nova história que eu tinha era o relatório policial de quatro meses atrás que zuniu no radar de Birdwine. Nele, a velha monstruosidade de um Buick com um capô amassado e grandes arranhões de um lado apareceu dirigindo em meandros desvairados através de Morningside. Uma boa dona de casa do bairro viu o carro desconjuntado passar, deslocado em sua rua. Ela também avistou uma criança no assento de trás e observou a maneira errática como a motorista ziguezagueava de meio-fio a meio-fio. Não fez nada. Não até a segunda vez que ele passou, e ela teve medo de que seu bairro estivesse sendo inspecionado por ladrões. *Então* chamou a polícia.

Um carro de polícia foi enviado, mas quando ele chegou, o Buick já bamboleara para fora da rua e batera numa sempre-viva no jardim da frente de um honesto cidadão. O acidente aconteceu dois blocos antes do terreno onde ficava nosso antigo apartamento. Se Kai o estava procurando como a última parada de sua Turnê por Vidas Passadas, não teve sorte. A casa toda tinha sido posta abaixo e outra, em falso estilo colonial, com 278 metros quadrados de área útil havia sido construída no seu lote.

A motorista — Karen Porter de New Orleans, de acordo com sua carteira de identidade — estava grogue e desorientada. Tinha batido a cabeça contra o volante. Ela e a filha foram levadas de ambulância para o Grady Hospital, onde foi verificado que a concussão era o menor de seus problemas. Ela estava nos estágios finais de um câncer no pulmão que se espalhara por todo o seu corpo — cérebro, ossos e além. A criança recebeu tratamento para um pulso torcido e foi liberada para o Conselho Tutelar. A mulher continuou no hospital, recobrando e perdendo a consciência, com limitada lucidez. Morreu seis dias depois.

Eu tinha aceito que Kai estava morta. Tinha chorado e chorado nos braços de Birdwine enquanto contemplávamos o horizonte de minha cidade. Mas, se essa mulher era Kai, então minha mãe já tinha sido cremada; os Serviços de Proteção ao Adulto, incapazes de encontrar um parente vivo, tinham feito isso no fim de maio.

Essa informação veio de Birdwine; ele tinha acompanhado o que fora feito com a mulher, enquanto eu tentava localizar a criança. Ele achava que o Conselho Tutelar seria mais aberto a indagações sobre uma criança de dez anos feitas por mim. Eu era uma parente de sangue de sexo feminino e membro destacado da classe dos advogados, enquanto ele era um policial despedido, com ênfase no *um*, com menos de uma semana de sobriedade. Bastante justo.

Passei grande parte de dois dias úteis tentando abrir caminho através de intermináveis menus automáticos, só para chegar a uma pessoa que me transferia para outra, que inevitavelmente me mandava de volta para um menu ou, se eu tivesse sorte, para um correio de voz. Eu registrava uma mensagem com voz de mel sempre que conseguia essa opção, acumulando uma sólida legião de indagações.

Julian, novo nos trâmites burocráticos, cansou-se depressa. Ele tinha se demitido do Mellow Mushroom e, além de trabalhar como meu estagiário, estava procurando um emprego no centro da cidade. Tinha concluído sua solicitação de transferência para o Estado da Geórgia e estava me enviando inúmeros links de listas de imóveis em boas zonas escolares que tinham jardins e pelo menos dois quartos. Todos tinham garagens ou apartamentos no porão também. A sugestão era que eu teria um inquilino fraterno dentro de casa, perto o suficiente para ajudar com os cuidados depois da escola. Ele queria que nós dois invadíssemos a sede do Conselho Tutelar pessoalmente, preparados para a luta.

Eu lhe dizia para relaxar. Continuava doce e paciente, mesmo quando era desconectada após passar uma boa meia hora esperando. Estava lançando uma rede ampla, mas muito suave. Se a menina fosse Hana — e eu esperava que fosse —, queria sua assistente social já pensando bem de nós, predisposta a nos ver como um recurso. Prometi a ele que, se ninguém entrasse em contato conosco até a manhã de segunda-feira, eu tiraria uma folga à tarde. Iríamos aos escritórios do Conselho Tutelar e encenaríamos um bom número de policial mau/policial bom, armando barracos e tendo ataques de irritação, conforme fosse necessário, lançando ameaças de processos e subornos para todo lado, o que fosse preciso, mas que me deixasse tentar o caminho doce primeiro.

Estava quase na hora do almoço na sexta-feira quando Verona enfiou a cabeça pela porta de minha sala. Parecia assombrada.

— É uma mulher dos Serviços Sociais — disse, olhos arregalados.

Ela sabia como essa ligação era importante — toda a firma sabia. Eu tinha convidado Nick para tomar um drinque quarta-feira e falara francamente com ele sobre tudo que acontecera com minha situação familiar no último semestre. Nick tinha feito mais do que perdoar, oferecera-me total apoio. E tinha boas razões para isso. Nós nos conhecíamos havia muito tempo, e eu levara literalmente uma surra — quase uma bala — pela firma. Não fazia nenhum mal que *Winkley vs Winkley* estivesse se desdobrando lindamente, tanto em termos do próprio acordo como pela boa publicidade. Oakleigh adorou meu traseiro dolorido; eu tinha transformado sua vida numa enorme e bojuda tigela de rosas. Ela era uma babaca, sem dúvida, mas era a *minha* babaca, e Nick ficou radiante, empolgando-se com as referências que ela daria às suas amigas mimadas e ricas quando chegasse a hora de seus inevitáveis divórcios.

Como um bônus, Nick era um incorrigível fofoqueiro, de modo que só tive de derramar minhas tripas frescas e fumegantes sobre uma mesa uma vez. O tremor na voz de Verona quando ela me disse quem estava ao telefone era um atestado do quão rápido e minuciosamente ele espalhara a história.

Teclei "Salvar" na moção que estava redigindo e afastei meu laptop para o lado, dizendo:

— Ótimo, transfira a chamada.

— Não, não é ao telefone — disse-me Verona num sussurro abafado, dramático. — Há uma mulher aqui. Bem aqui. Na sala de espera. Agora.

Senti os cabelinhos da minha nuca se eriçarem. Eu sabia o suficiente sobre agências do governo para supor que isso não era usual. Mas mantive meu rosto neutro e disse:

— Ótimo, mande-a entrar — com a mesma inflexão que havia usado ao pensar que era uma ligação. Eu não queria estimular Verona, que estava agindo como se isso fosse um reality show e ela tivesse conseguido uma suculenta atuação. Ó Deus, essa geração Y.

— Ela não tem hora marcada — disse Verona. — Ofereci-lhe café e vim correndo lhe dizer.

— Muito bem — disse eu. — Apenas traga-a aqui, depois vá adiar minha *conference call*.

Saí de trás de minha escrivaninha enquanto esperava e dei uma rápida olhada no enorme espelho pendurado atrás do sofá. Meu cabelo estava lustroso e eu não tinha comido o meu batom. Parecia profissional e, quando Verona voltou, também parecia simpática e calma. Boca relaxada, sobrancelhas abaixadas, ombros descontraídos.

— Sharon Watson está aqui para vê-la — disse Verona, introduzindo uma atraente mulher negra, troncuda e alta, mais ou menos da minha idade.

Eu não tinha deixado mensagem de voz para ninguém com esse nome. Estava cada vez mais curiosa. A sra. Watson usava um terninho azul-marinho barato e um colar de pérolas que eram grandes demais para ser outra coisa senão bijuteria. Usava brincos de pérolas também, chatos e largos. Seus sapatos de salto azul-marinho eram sóbrios, mas lhe caíam bem, assim como seu cabelo curto.

— Obrigada, Verona — falei, num tom displicente o bastante para ser definitivo. Ela recuou, devagar. Esperei até que minha porta se fechasse completamente antes de dar um passo em direção à mulher com a mão estendida. — Olá, sou Paula Vauss.

Ela apertou-a, dizendo:

— Ah, sei quem você é. E você me conhece.

Mas eu não conhecia. Não até que ela me desse um sorriso. Sua boca esticou-se amplamente em seu rosto bonito, mostrando-me uma enorme parede de dentes ligeiramente encavalados. Então eu a reconheci.

— Olá, Shar — falei, o mais serenamente que pude. Vinte anos mais velha, com um sobrenome diferente, mas era Shar. Ela era meu passado, erguendo-se à minha volta, e estava também impossivelmente aqui e agora. Era exatamente ela mesma, mas mais alta, mais robusta, usando aparelhos em seus grandes dentes, do tipo transparente. Eles ainda não tinham terminado seu trabalho completamente, mas isso não a impediu de abrir um largo sorriso, divertindo-se com meu choque. Tive que fazer um grande esforço para evitar que minha voz tremesse quando perguntei: — Você está no Conselho Tutelar?

— Sim, muitas de nós terminamos fazendo serviço social — disse ela. Eu não sabia ao certo o que era *nós*. Ela deve ter visto isso no meu semblante, porque elucidou: — Crianças que estiveram em lares temporários. Quando o sistema funciona, tendemos a querer retribuir. — Ela me deu um longo e meticuloso olhar, de meu cabelo escovado a meus saltos enormes, e depois lançou outro olhar, ainda mais eloquente, por toda a minha sala. Pôs aqueles grandes dentes novamente em completa exposição e acrescentou: — Mas não você, hein?

Senti meu próprio sorriso começar a ficar amarelo. Eu não via Shar desde que ela tinha 13 anos, mas ela continuava sendo uma instigadora.

Resisti à sua isca. Não iria rebater com meu trabalho *pro bono*, abrindo o zíper metafórico e em seguida pedir uma régua para medirmos nossas respectivas virtudes. Não apenas porque eu certamente perderia contra uma mulher cujo trabalho na vida era nos Serviços Sociais. Era mais importante compreender por que ela viera até ali; pensei que ela tinha feito a crítica para suscitar uma reação ou me sondar, de modo que sua visita tinha a ver com Hana. Isto não podia ser um simples caso de nostalgia. Não neste momento, e a Shar de que eu me lembrava não era nem de longe sentimental.

Mantive minha voz suave e disse:

— Aparentemente não. Por favor, sente-se. — Indiquei-lhe o sofá em vez das cadeiras para clientes e sentei-me nele, ao seu lado. Não queria a escrivaninha entre nós, o que poderia ser interpretado como antagonismo ou condescendência. Ela se sentou muito ereta, mas pensei que isso se devia à boa postura, não a uma atitude combativa. Eu estava tendo dificuldade em decifrá-la. Droga, estava tendo alguma dificuldade para processar, ponto. — Seu sobrenome mudou. Antes era...

— Roberson — disse ela.

— Isso mesmo. Então você se casou?

— Certamente. — Shar tinha uma bolsa a tiracolo consigo, grande o suficiente para fazer as vezes também de pasta. Jogara-a no chão ao se sentar. Agora pescou seu telefone de um bolso lateral e puxou uma foto para me mostrar. Nela, ela estava de pé, de braço dado com um homem negro e alto, de rosto largo com um bigode e uma confortável barriga. Três garotos de tamanhos variados se agrupavam em volta deles. — Você se casou, Paula?

— Não. Nunca me casei, não tive filhos — falei, eu não sabia se isso era mais uma provocação, mas essa não era uma arena em que algum dia eu tivesse me sentido competitiva.

— Bem, parece que você está se saindo muito bem à sua própria maneira — disse ela, com uma risadinha.

Isso me desconcertou. Soou bem-humorado — quase bondoso — e eu ainda estava procurando seu ângulo de ataque. A última vez que nossos caminhos tinham se cruzado, éramos inimigas mortais. Claro, éramos crianças também.

— Você está aqui por causa de meus telefonemas? — perguntei. Mas isso era indireto demais. — Isto é, você está aqui por causa da minha irmã? Não me lembro de ter lhe deixado uma mensagem.

— Bem, sou praticamente a única pessoa em Fulton County que não recebeu um recado seu. Você deixou muitas mensagens — disse ela. — Sou supervisora agora, não uma assistente social, mas você foi uma criança sob guarda provisória e está tentando encontrar uma irmã mais nova no sistema. Sabe que isso vai gerar muita fofoca. Depois que ouvi seu nome, tive de verificar se você era a mesma Paula de quem eu me lembrava, ainda que o caso não esteja sob minha jurisdição. Encontrei sua foto no site de sua firma. Logo soube que era você. — Ela estalou os dedos. — Você ficou ainda mais alta, mas seu rosto é exatamente o mesmo. Pensei: *Veja isso! Mais uma das mocinhas da sra. Mack sendo bem-sucedida.*

Ela estava tagarelando comigo como se esta fosse uma visita social. Talvez essa fosse a necessária conversa fiada que as pessoas tinham antes de passar ao que interessava. Nick era tão melhor nessa parte. Não era minha área, mas esforcei-me ao máximo.

— Lembro-me disso. A sra. Mack nos chamando de suas mocinhas — falei.

— Ela foi boa para mim — disse Shar. — Acho que você não a conheceu como eu. Você tinha uma mãe que viria buscá-la, e ela não tentava se meter nisso. Era diferente conosco, na trajetória da adoção. Especialmente aquelas como eu... eu tinha sido suspensa três vezes por brigar. Não que eu tivesse uma porção de pais perfeitos fazendo fila para se candidatar. Ela me acompanhou mesmo depois que cheguei à maioridade. Foi a madrinha de meu filho mais velho, antes de falecer.

— Ah, lamento por sua perda. Parece que ela foi muito bondosa com você — falei, constrangida e formal. Ela ainda parecia estar na expectativa, talvez esperando a versão resumida de minha vida em retribuição, depois da guarda provisória. Em vez disso, fiz mais uma pergunta: — Mantém contato com mais alguém daqueles velhos tempos, você? — Enquanto eu falava, ouvi o quanto havia absorvido os ritmos de sua fala. Fiz uma pergunta invertendo a ordem da frase. Não era assim que eu costumava falar.

Perguntei a mim mesma se minha presença estaria fazendo sua maneira de falar retroceder no tempo também. Seu sotaque estava no espectro comum a mulheres profissionais de qualquer etnia aqui em Atlanta, parecido com o meu, mas esta era uma questão de estrutura da frase. O ritmo de sua história era uma canção saída diretamente do tempo que passáramos juntas. O tempo em que éramos as mocinhas da sra. Mack, como Shar nos chamara.

— Eu e Kim nos mantivemos unidas — disse Shar. — Ela teve uma criança quando era jovem. Uma menina. Está com 12 anos agora e é um foguete. Mas Kim se casou com um bom homem há uns dois anos. Eles têm um bebê, um garoto. Ele é a coisinha mais gorda. Tão lindo. Parece feito de pudim. Tem todas aquelas gordurinhas nos joelhos e nos cotovelos. Me faz ter saudades daqueles tempos de bebês. Mas não o suficiente para voltar a eles, veja bem.

Eu estava interessada, apesar de mim mesma e de todo o contexto na sala.

— O que aconteceu com a Karice? Continua em contato com ela?

O rosto de Shar se fechou. Ela deu de ombros de uma maneira que não significava que não sabia. Sabia muito bem, mas não ia falar sobre isso. Eu podia preencher as lacunas: Karice estava morta ou desaparecida ou destruída de alguma forma. Ela também tinha caído no mundo.

— Sim. A mesma coisa com Joya — falei. Repeti seu próprio gesto de sacudir os ombros de volta para ela.

Na esteira desse diálogo, senti um entendimento entre nós. A última vez que nossas histórias haviam se cruzado, estávamos postadas no limiar do mundo. Todas nós estávamos. As Tem-mães e os que estavam na fila da adoção, meninos e meninas, negros, brancos, morenos e de todas as cores intermediárias. Tínhamos todos sido abandonados, perdidos ou resgatados, e éramos, portanto, de uma só tribo, embora não soubéssemos disso. Shar e eu tínhamos estado entre as Crianças da Borda, jovens demais para nos sentirmos oscilando. Eu não gostava de Kim, mas estava satisfeita por ouvir que ela estava bem. Não tivera nenhuma afeição por Karice, e Shar detestara Joya, mas isso não impedia que algo em comum surgisse entre nós aqui e agora. Shar e eu? Tínhamos ambas perdido pessoas que amávamos, na borda, e nenhuma de nós tinha caído.

Embora, considerando essa história, eu não pudesse evitá-lo; meu olhar desviou-se subitamente para aqueles enormes brincos de pérola. Foi um olhar rápido, num piscar de olhos, mas ela me flagrou e nós rimos.

— Oh, você quer ver?

Eu queria. Não pude evitar.

— Com certeza — disse eu.

Ela tirou os brincos, eles eram de pressão. As fissuras tinham desaparecido, mas pude ver uma débil e nítida cicatriz no centro de cada lóbulo.

— Cirurgia plástica — confidenciou ela. — Eles tiveram de remover os velhos ferimentos, e isso doeu tanto quanto parece provável que doeria. Caro? Meu Deus, sim. Mas economizei e pude fazê-la quando tinha vinte anos. Nunca me esqueci de você dizendo que meus lóbulos pareciam bundas de velha.

Abaixei os olhos para minhas mãos em meu colo, pesarosa.

— Bem, eu fui uma merda.

— Você e eu e todas as pessoas do sexo feminino de 12 anos já nascidas. Será um milagre se Kim não engolir completamente a sua filha. Estou satisfeita por ter tido meninos — disse Shar, ainda sorrindo. — Lamento por Joya, mas pelo menos sua outra amiga pousou de pé.

Levei um segundo para entender a quem ela se referia.

— Candace? — perguntei. — Não mantive contato com Candace.

Os olhos de Shar se arregalaram com surpresa.

— Vocês duas eram unha e carne.

Não tive uma resposta que fosse ao mesmo tempo verdadeira e não excessivamente grosseira, por isso disse apenas:

— Segundo a última notícia que tive, ela havia fugido.

— Sim. Fugiu uma porção de vezes, mas sempre voltava. Candace e eu chegamos à maioridade juntas. Bem, é uma longa história e tenho compromissos à tarde. Mas em algum momento você deveria procurá-

-la no Google. Ela é conhecida como Candace Cherries agora. É um bocadinho famosa.

— Na pornografia? — perguntei. Não sabia no que mais podia ser, com esse nome. Isso não teria me surpreendido, também, mas "atriz pornô" não batia com o tom divertido de Shar.

— Apenas procure-a pelo Google a qualquer hora — disse Shar, encerrando o assunto, mas não fez nenhum movimento para sair. Conversa fiada encerrada, portanto. Senti minha espinha ficar um pouco mais reta.

— Então é de Hana que se trata.

— Claro que é — disse Shar. — Depois que me dei conta de que era você, fiquei, como se diz, um pouco superinteressada. Então, me conte. Por que acha que essa menina é sua irmã? Ela é um tipo quieto. Não diz três palavras se uma bastar, mas me disse que não tem irmãos, a mesma coisa que disse quando foi entrevistada na entrada.

— Disse para você? — perguntei, inclinando-me para a frente. — Esteve com ela?

— Vim para cá imediatamente depois de falar com ela — disse Shar, e no mesmo instante eu estava de pé, indo pegar meu laptop em minha mesa. — Não falei sobre você. Disse que era uma supervisora, verificando algumas coisas. Não faz sentido exasperar a criança se ela não for a menina que você está procurando. Mas se ela... — Shar parou de falar abruptamente, porque eu tinha trazido o laptop para ela, aberto em umas das fotos escaneadas de Hana alimentando patos gordos na beira do rio com Kai. Houve uma longa pausa, e em seguida Shar disse: — Estou pasma — havia assombro em sua voz —, é ela.

— Tem certeza? — perguntei. Minha voz estava tremendo agora, apesar de meus melhores esforços.

— Claro que tenho certeza. Deixei essa menina no lar temporário por volta das onze e meia — disse Shar.

— Então você realmente tem certeza.

Minhas mãos ficaram entorpecidas. Meu rosto também, quando Shar assentiu com a cabeça.

Esta era Hana, portanto Karen Porter era Kai. E Karen Porter era cinzas. Eu sabia que Kai estava morta, até o meu último fio de cabelo, mas isto era tão específico. Não apenas morta, mas pequena, reduzida a somente aquilo que não queimaria. Cinzas numa caixa. Como Kai detestaria isso.

Ao mesmo tempo, esta era Hana, viva, e talvez até em segurança, e... eu precisava ir vê-la. Agora. Não, precisava ligar para Julian. Ou... não sabia o que fazer em seguida.

Olhei para Shar, subitamente impotente na real e simples presença de uma mulher que tinha visto minha irmã desaparecida menos de uma hora antes.

Shar estendeu a mão e tocou no rosto de Kai na tela.

— Eu me lembro dela.

Pestanejei.

— Você viu Kai? Mas a mãe neste caso estava... — titubeei.

— Ó Deus, não, sinto muito — disse Shar, alto demais, quase horrorizada. — Não, não, Karen Porter faleceu. Meses atrás. Lamento tanto. Quis dizer, eu me lembro de vê-la na casa da sra. Mack. Anos atrás. Quando ela ia visitá-la.

Fora o segundo choque que eu tivera em dois minutos, mas claro que ela se lembraria de Kai. Minha mãe tinha me visitado quatro vezes enquanto se esforçava para encontrar emprego e conseguir um apartamento para nós. Isso ficaria profundamente gravado na memória de uma menina como Shar. Eu não podia pensar sobre Kai agora. Não com Hana encontrada, viva e tão perto.

— Então o que faço? — perguntei.

Eu não me referia ao processo, necessariamente. Falava no sentido mais existencial, mas Shar deu uma ligeira sacudida de ombros e deixou sua mão se afastar da tela. Procurou em sua enorme bolsa, puxando um bloco de papel pautado e uma pasta de papel-manilha. A etiqueta dizia *Hannah Porter*, e ela abriu sobre a mesa de centro. Ela pegou um caderno com uma caneta enfiada nas espirais, também, e curvou-se sobre a mesa de centro para escrever.

— Em primeiro lugar, vou lhe dar algumas informações de contato direto — disse Shar, copiando nomes, números e endereços de e-mail enquanto falava. — Vou falar eu mesma com a assistente social de Hannah, pedir-lhe para entrar em contato com você imediatamente. Você vai querer ligar para o guardião *ad litem*. Aqui está ele, Roger Delany. Eu não o conheço bem. É novo. Mas a psicoterapeuta dela, dra. Patel, é muito boa. Trabalhei com ela durante vários anos. É especializada em trauma, o que, considerando-se que Hannah perdeu a mãe...

— O nome dela é Hana — interrompi, não querendo ouvir o fim dessa frase. Eu sabia o que Hana tinha perdido. Eu tinha perdido minha mãe também, anos atrás, mas novamente quatro meses atrás, e novamente há alguns dias, chorando na cama com Birdwine. Isso tinha acontecido muito tempo atrás; ainda estava acontecendo agora.

— Sim, foi o que eu disse.

— Não, você está dizendo *Hannah*, e é *Hana*. — Minha irmã tinha sido batizada em homenagem a um deus de meu próprio panteão. Ela olhou para mim como se eu tivesse adquirido uma segunda cabeça, e me dei conta de que não tinha a menor ideia do que meu rosto estava fazendo. Perdera inteiramente o controle dele.

— Ah, veja só! Esta é uma boa notícia — disse Shar, desalentada.

— Como é o lar onde ela foi colocada? — perguntei. Minha voz soou grossa, como se eu estivesse sufocando.

— Excelente — assegurou-me Shar. — Conheço a sra. Beale. É uma ex-professora primária, aposentada. Hannah é a sétima criança que ela acolhe, e a única neste momento. — Ao que parecia, eu ainda não conseguira deter as horríveis caretas que meu rosto estava fazendo, e a voz de Shar foi sumindo aos poucos. Ficou mais fria, um pouco mais reservada. — Não é permanente. Hannah está entrando na fila de adoção. Fiquei com a impressão de que você estava procurando essa menina porque a queria.

— Eu a quero — disse eu, imediata e rude. Acho que ficamos ambas aliviadas ao ouvir a verdade, ressoando nestas simples palavras, claras como uma música de sinos. — Só que é muita coisa. É muito rápido. — Maldito Julian, o garoto tivera razão o tempo todo, e eu não estava preparada. — Tenho só uma cama. Ela vai precisar de uma cama. E lençóis. Lençóis com essas coisas de que meninas de dez anos gostam, e não sei do que meninas de dez anos gostam.

Agora era Shar que tinha uma expressão estranha no rosto. Não consegui decifrá-la.

— É sempre assim quando uma criança entra em nossa vida — disse ela. — Você não vai estar cem por cento pronta. Mas vamos deixá-la suficientemente pronta.

— Quando posso tê-la? — perguntei, mudando de pista novamente, rude e abrupta.

— Tê-la? — perguntou Shar, sobrancelhas se levantando. — Isso vai levar um tempo. Vamos precisar fazer as verificações usuais de antecedentes, inspecionar sua casa, e dar a ela tempo para se adaptar à transição com sua psicoterapeuta. E mais importante, vocês duas precisam se conhecer. Portanto, você vai levar um tempinho para *tê-la*. Mas visita? Se ligar para este advogado, Delany, e você e eu conversarmos com a assistente social hoje, eles podem forçar sua entrada no tribunal de família segunda ou terça-feira. Você poderia começar a visitá-la na próxima semana. — Ela me olhou, firme, e disse: — Se isso for o que você quer.

— Sim, eu a quero — repeti, e droga, mas a verdade soava tão bem. Em seguida corrigi: — Nós dois a queremos... Tenho um irmão. Ela tem um irmão também.

— Sim, você disse isso em suas 15 mil mensagens — disse Shar, e aquela expressão estava de volta novamente. Eu a decifrei desta vez. Era orgulho.

Agora meu sorriso pareceu mais largo do que o dela jamais tinha sido, e meus olhos arderam, embora eu não estivesse chorando. Pensei que arrancaria meus próprios olhos fora e os jogaria no fogo antes de chorar na frente de Shar Roberson. Mas, meu Deus, eu estava tão agradecida por tê-la aqui para me ajudar.

Acho que ela sabia disso antes mesmo que eu lhe dissesse.

— Muito obrigada. Você não sabe o que isso significa. — Mas isso era bobagem. Ela sabia.

— Agora, vamos pôr esta lista de coisas a fazer em prática — disse ela energicamente. — Realmente tenho de voltar para meu escritório esta tarde.

Debrucei-me sobre o bloco e juntas traçamos um plano para fazer as coisas andarem no Conselho Tutelar. Andarem no ritmo do governo, por isso iriam devagar, mas estávamos indo na direção certa. No topo de minha lista estava entrar em contato com o advogado de Hana e sua psicoterapeuta, enquanto Shar marcava uma teleconferência com a assistente social.

Depois que Shar saiu, fiquei sentada no sofá, sentindo-me estafada. Eu ia conhecer minha irmãzinha. Na próxima semana. Ela não tinha a menor ideia de que eu existia, e Kai, a ponte entre nós, era cinzas. Numa caixa. Em algum lugar.

Imaginei-a numa prateleira dentro de um feio depósito do governo, como o depósito no fim daquele filme de Indiana Jones. Vi-a perdida, anônima, sua caixa inserida em fileiras e mais fileiras de caixas brancas lisas, todas iguais, cheias das cinzas de pessoas não procuradas. Sabia que não a deixaria lá. Iria encontrá-la e iria reclamá-la. Mas não hoje. Primeiro tinha de ver Hana, que estava inteira e viva.

E se Hana não gostasse de mim, perguntei a mim mesma, e depois ri. Eu nunca havia ligado a mínima para o fato de alguém gostar ou não de mim. Era um sentimento estranho. Não gostei dele. Maldita Kai e sua longa viagem para casa.

Levei meu laptop de volta para minha mesa, junto com a folha de informações de contato e minha lista de tarefas. Tinha ligações para fazer antes das cinco da tarde, e depois que tivessem sido feitas, tinha alguns problemas de hospedagem. E se Hana gostasse de cachorro? Precisaríamos de um jardim. Ótimas escolas. Eu nem sabia ao certo em que série uma menina de dez anos estava. Quinta? Tinha de encontrar um corretor e dar uma olhada em algumas das malditas listas de Julian.

Fiquei olhando para o espaço, pensando que de todo modo eu deveria conservar o loft. A maior parte das pessoas na minha faixa de renda tinha duas casas. Eu o conservaria para encontros ao meio-dia com Birdwine. Afinal de contas, não poderia ter um homem estranho com problemas com bebida passando noites na casa. Não com o Conselho Tutelar aparecendo indistintamente. Mais do que isso — eu teria uma criança em casa.

Não conseguia engolir. E com toda certeza estava incapaz de pegar o telefone e fazer tudo isso começar. Hana não me conhecia. Não sabia sequer que eu existia.

Então, me dei conta de que, antes de mais nada, tinha de ligar para Julian. Ele ainda estava em suspense e, além disso, seria útil. Largaria tudo e viria correndo para a cidade me ajudar. Eu precisava dele para vir encher a atmosfera com tagarelice otimista, vendo o lado bom das coisas e acreditando que tudo se resolveria da melhor maneira. Ainda assim não conseguia pegar o telefone.

Eu tinha dito a verdade para Shar. Queria isso. Queria Hana. Mas não podia começar.

Finalmente puxei o laptop para mim e digitei *Candace Cherries* no Google.

O primeiro link no alto era candacecherries.com. Cliquei nele.

A página que se abriu era uma foto em alta resolução de uma obra de arte de técnica mista. Fiquei sem saber ao certo se era propriamente uma escultura ou uma pintura. Estava pendurada numa parede, mas era claramente feita em três dimensões. Mostrava uma figura humana, a metade direita de sua face recortada de uma daquelas pinturas aveludadas dos anos 1970 de órfãos de olhos grandes, chorosos. A metade esquerda era uma máscara tribal de madeira, quebrada de modo a ter uma borda selvagem, dentada. Desse lado, projetava-se um grosseiro rabo de cavalo feito do que parecia ser cabelo verdadeiro, amarrado num pedaço barato de fita cor-de-rosa. O corpo era composto de pedaços de metal enferrujados: molas, tubos, correntes e velhas pulseiras de relógio. Ele tinha sido vestido com uma colcha de retalhos esfarrapada.

Pombos de arame rígido oscilavam no ar acima da figura, presos a um enorme céu azul feito do que parecia madeira flutuante pintada. Os pombos tinham roubado as mãos da figura, e um trapo vermelho, carnudo, que podia ter sido seu coração, sua língua ou algum outro órgão interno vital. Os filhos da puta emplumados pareciam muito cheios de si por causa disso, também. Era primitivo, visceral e perturbador. Era também realmente, realmente bom.

A barra do menu acima me dava várias opções: Metodologia. Críticas. Programação de exposições. Galeria on-line. Biografia. Cliquei no último link, e lá estava Candace.

Estava tão magra que parecia uma desses bonequinhos que balançam a cabeça, e a magreza enfatizava os pés de galinha profundamente gravados em torno de seus olhos de um azul aquoso. Usava jeans com um poncho agressivamente feio jogado sobre os ombros, como um cobertor. A biografia dizia que ela morava em Wyoming numa fazenda de cavalos com sua companheira, com quem estava havia nove anos. Falava sobre onde seu trabalho fora exposto e os prêmios e bolsas que ganhara. Perto do fim, citava uma crítica que elogiava, entre outras coisas, sua inovação com objetos encontrados. Dei uma risadinha. Então Candace continuava fuçando as coisas de outras pessoas. Havia outras fotos dela sob a biografia, várias com sua companheira, uma índia muito alta de pele acobreada, com uma vasta cabeleira preta que lhe caía nas costas. Parecia enérgica e exigente, avultando protetoramente sobre Candace na maior parte das fotos.

Então, Candace tinha um tipo. Isso era um pouco desconcertante.

Comecei a clicar pela galeria, olhando todas as peças malucas de Candace. Animais e pessoas feitas de fragmentos e restos quebrados. Material interessante.

O.k., então eu estava apavorada de encontrar a minha irmã. Com medo de quem ela seria, e de como iríamos nos sair quando nos encontrássemos pessoalmente. Com medo de sua vida ter sido previamente arruinada.

Mas se Candace, entre todas as pessoas, conseguira atracar em algum lugar... Cliquei de novo na biografia para contemplar seu rosto.

Certamente parecia que ela tinha sofrido algum tipo grave de distúrbio alimentar, mas ainda estava viva. Estava fazendo um trabalho que era importante para ela. Era importante para outras pessoas também; havia muitas etiquetas de VENDIDO nas peças da galeria. Tinha amado alguém e sido correspondida, por quase uma década agora. Tinha até encontrado uma forma de fé, a julgar pelo cordão vermelho amarrado em seu pulso esquerdo em todas as fotos.

Quem teria imaginado isso? A filha da puta da Candace.

Fechei o website e peguei o telefone para ligar para Julian.

CAPÍTULO 13

Tenho 19 anos quando Kai me conta a última de suas histórias que eu ouviria. Estou quase dormindo em meu quarto em nosso apartamento no subsolo em Morningside. Minha porta se abre bruscamente e acordo subitamente para ver Kai emoldurada no vão da porta, iluminada por trás pela pálida luz da lâmpada da sala de estar. Seu rosto é um oval escuro com uma fulgurante pinta de beleza: a brasa de seu Camel.

— Que foi? — pergunto, grogue com o quase sono.

Ela dá uma longa tragada no cigarro, depois solta a fumaça numa nuvem iluminada por trás em volta de sua cabeça antes de falar.

> Isto aconteceu muito tempo atrás; e ainda está acontecendo agora. Ganesha e sua mãe estão brincando à margem do rio quando um rico nobre passa a cavalo. Parvati está muito bonita, refrescando os pés entre as pedras. O bebê Ganesha cambaleia nas águas rasas perto dela, borrifando água com sua pequena tromba de elefante. As gotas brilham no cabelo escuro da mãe como pedras preciosas enquanto ela arruma frutas e bolachas para o lanche deles.
>
> O nobre, Kubato, recolhe esse simples repasto de volta à cesta, convidando-os depois para, em vez disso, jantar em sua casa.

Sento-me, esfregando os olhos. Não estou com nenhuma disposição para histórias, muito menos para esta. Não quero ouvir essa narrativa de amor materno com meu saco de lona do exército já arrumado. Ele está ao lado de minha maleta e de algumas caixas de papelão junto da porta. Estou me mudando para Indiana com meu amigo William. Vamos sair de manhã cedo. Muito antes da hora em que ela costuma se levantar.

> Querendo impressioná-la, Kubato encomenda um banquete e convida todos os nobres da terra para comparecerem. Eles se sentam em fileiras à sua bela mesa, mas Kubato senta Parvati e seu filho numa almofada a seu lado no estrado. Ele dá a Parvati uma taça de vinho aromático.
>
> — Este vinho — diz-lhe — esperou cem anos por seus lábios num tonel de ouro forrado com madeira doce. Cada taça vale um ano de salários.
>
> Parvati segura a taça, mas não bebe.
>
> — Creio que seja rico demais para mim.
>
> Então, Ganesha estende a mão e pega a taça, e engole todo o vinho, glutão, com gotículas vermelhas escorrendo por suas bochechas. Ele estala os lábios e estende sua longa tromba por toda a sala, enfiando-a em cada taça e bilha. Sorve o vinho com a tromba e depois a leva à boca e o devora todo num longo trago.
>
> Em seguida, levanta os olhos para a mãe e diz:
>
> — Mas ainda estou com fome.

A própria Kai passou a noite toda tomando vinho. Está muito, muito bêbada. Se eu não conhecesse essa história até sua última sílaba, talvez não conseguisse acompanhar, tão ininteligível é a sua pronúncia. Mas ouço "O bebê Ganesha no banquete" desde que eu mesma era bebê. Não tenho nenhuma lembrança concreta da primeira vez, tão longo é o tempo em que essa história esteve viva entre nós.

> Kubato ordena a seus servos que tragam as travessas do banquete, repletas de cordeiro assado e legumes. O ar-

> roz é macio com óleo novo, amarelo e fragrante com açafrão caro.
>
> Os servos levam as travessas primeiro para Parvati, mas ela diz:
>
> — Oh, não, muito obrigada. É rico demais para mim.
>
> Mas Ganesha estende a mão para as travessas, e as pega, todas. Inclina-as em sua boca, devorando pernas de carneiro, com ossos e tudo, e alqueires de maçãs assadas, e cem mil nabos e cebolas, arroz amarelo suficiente para alimentar um exército durante um ano. Chega a lamber a gordura de cada travessa até que a prata nua brilhe.
>
> Em seguida levanta os olhos para sua mãe e diz:
>
> — Mas eu ainda estou com fome.

A tarde toda, Kai me viu fazer as malas em sua visão periférica. Ela disse à minha orelha esquerda onde eu podia encontrar as caixas. Ofereceu seu pesado casacão comprado no bazar de caridade para um ponto logo além de meu ombro. Pediu à linha limite do meu cabelo para lhe levar o jarro aberto de borgonha que estava no armário embaixo da pia. O que não fez foi olhar para mim. O que não fez foi me dizer para não ir. Não estou disposta a ouvir uma boa dose de bobagem mística dela agora.

> Então, o homem rico, irritando-se, sente-se ainda mais determinado a impressioná-la. Manda seus outros convidados embora e depois traz, com suas próprias mãos, um único prato de prata. Dentro dele, camadas de uma massa delicada estão recheadas com nozes e mel.
>
> Ele diz:
>
> — Este é o mel das abelhas escuras, que são listradas de azul e têm pelo humano. Sua picada é morte instantânea. Mil homens morreram para colher uma jarra, gota por gota. Tome, mandei usá-lo todo neste doce para você.

Parvati sorri e diz:

— Eu lhe agradeço, mas isso é rico demais para mim.

A tromba de Ganesha se gira ao redor da mãe, e ele arranca o doce de Kubato. Enfia-o inteiro na boca, com prato e tudo, e engole.

— Ainda com fome! — exclama. — Oh! Estou com tanta fome!

Sento-me com uma corcunda ressentida em meio à roupa de cama. Deixo-a contar a história para a cabeceira da minha cama. Deixo-a contá-la para minha roupa de baixo na mochila e para seu próprio casacão.

O rico nobre os leva para fora através das cozinhas, até os silos atrás da casa e diz:

— Aqui estão meus armazéns, construídos para alimentar minha família quando a fome chegar. Tenho grãos e óleo suficientes para alimentar todo o meu lar por sete anos. Por mais pobre que seja a colheita, aqueles que amo estarão gordos e satisfeitos.

Ganesha corre para eles, desembestado, enfiando os sacos, jarras e caixotes na boca, devorando tudo que vê, até que não resta nem sequer um grão de arroz no chão sujo.

— Ainda com fome! — berra ele.

Kubato começa a se desesperar, mas seu orgulho é tão grande que ele diz:

— Está vendo aquele campo fértil? Ele me pertence. Sou dono de todos os campos, em todas as direções, todo o arroz e os pastos onde os cordeiros estão pastando, e as florestas cheias de animais de caça, e todos os rios. Sou dono até do mar e de todos os peixes dentro dele.

Assim Ganesha abre a bocarra...

— A história não é assim — digo a minha mãe. Ela a está esticando, acrescentando outra camada. Antes de Ganesha comer todo o grão do armazém, Kubato deveria ter chorado, tremido de medo e suplicado a Parvati que o ajudasse, temendo ficar arruinado para sempre. Então Parvati pega as frutas e as bolachas de sua cesta, e põe um bocado na boca de Ganesha com sua própria mão. Ele fica imediatamente saciado, enrosca-se em seu colo e cai no sono.

— Shh, estou contando a história — diz Kai, balançando-se no vão da porta.

— Conheço essa história — digo a ela. — Dê a bolacha a Ganesha e me deixe dormir.

— Ele não ganha a bolacha — diz Kai. Beligerante. — Você não conhece todos os fins de todas as histórias.

> Então, Ganesha abre a bocarra e começa a devorar as terras cultivadas e as florestas, sorvendo todos os lagos e rios, e quando estes ficam secos, ele começa a sugar a água salgada do oceano, devorando todos os peixes, lulas e algas.
>
> Mesmo enquanto está comendo, ele geme:
>
> — Oh, estou faminto! Oh, estou faminto!

— Dê-lhe a porra da bolacha, Kai — digo-lhe, jogando para trás o lençol e saindo da cama. Posto-me diante dela, furiosa, de camisola e calcinha.

— Ganesha engoliu o mundo todo, e todas as pessoas, ele as comeu — diz Kai. Ela perdeu o ritmo na narrativa. — O homem rico estava completamente nu no espaço, flutuando, e disse: "Está vendo aquele sol? Aquele sol é minha própria manga. Eu poderia até abri-lo com uma dentada, se quisesse."

— Não é nem a mesma história — digo, quase gritando agora. — É Hanuman que tenta comer o sol como uma manga, não Ganesha! — Mas ela está falando ao mesmo tempo que eu.

— Então, Ganesha morde o sol, partindo-o ao meio, e ainda está com fome, e come Saturno.

Agora ela está simplesmente inventando merda.

As roupas de amanhã estão estendidas no pé da minha cama. Agarro o jeans.

— Onde está Parvati, hein? Ela nem disse que o mundo era rico demais, e Ganesha já o comeu. — Sento-me na beira de minha cama de solteiro só pelo tempo suficiente para puxar meu jeans. — Ela nem recusou um pedaço do sol. Talvez o sol seja amanteigado demais para ela, hein? Você pulou isso. Você está bêbada, e se esqueceu de Parvati.

— Ganesha já comeu o traseiro dela — diz Kai, e em seguida ri. Um riso pastoso, bêbado, enquanto enfio as mãos debaixo da cama à procura de meus tamancos. Ela dá uma rápida e louca tragada, depois fala através da fumaça: — Ele comeu sua própria mãe, e o cara rico diz: "Eu nem ligava para aquele sol. O espaço está cheio de planetas. Vou pegar outro para mim."

Calço meus tamancos, e empurro-a ao passar, rumando para a porta.

— Não é assim que a história acontece — murmuro ao sair pisando duro.

— Então Ganesha peidou Saturno, mas simplesmente o comeu de novo — diz Kai. Ela me seguiu até a sala de estar, e ouço-a derramando vinho num copo atrás de mim.

Bato a porta e saio na escuridão. No meio da noite, certamente haverá um garoto à minha espera. Sempre há um garoto à minha espera. Muitos deles, na verdade, e a única coisa que tenho de fazer é escolher. E estar de volta antes do nascer do sol, para poder partir com William.

Kai está dormindo quando chego em casa. Ou pelo menos sua porta está fechada. Dentro de seu quarto, tudo continua em silêncio. Ela dorme durante minha despedida. Nunca chegou a dar a Ganesha aquele bocado de fruta e bolacha que o saciava, que o fazia dormir. Agora, nunca o fará.

Ela nunca dirá "Você não sabia" ou "Você era apenas uma criança", muito menos admitirá seu próprio papel em nossa ruína. Eu nunca direi, "Se você vive uma vida moldada como uma arma carregada, sua filha vai chegar e dar um tiro", para depois perdoá-la de qualquer maneira. Ela nunca conseguirá gritar ou chorar ou me bater ou suplicar misericórdia.

Como todas as histórias verdadeiras, a de minha mãe termina no meio de um episódio. Não tem moral e não tem epílogo, e não acredito em reencarnação. Qualquer passarinho que faça cocô em cima de mim ou que cante do lado de fora de minha janela agora é apenas isso: um passarinho.

O tempo corre numa única direção, e corro com ele, dirigindo a caminho de minha irmãzinha.

A mãe temporária, sra. Beale, mora numa rua estreita apinhada de casinhas em estilo de fazenda da década de 1950. Elas são quadradas e se dispõem uniformemente, como fileiras de dentes. Procuro a casa que abriga Hana. Não sou covarde, mas pagaria o preço da minha própria hora para ter Birdwine aqui para apoiar minha ação — o dobro disso para ter Julian. Ele é uma pessoa que gosta de pessoas e dono de um sorriso natural. Sim, meu Deus, como ele venceu minha resistência e me conquistou. Ele abriu caminho até o meio de minha vida quicando, chorando, abraçando, até que sua proximidade física se tornou um prazer tão invisível quanto a de Henry. Ele fará o mesmo com Hana, tenho quase certeza. Mas não hoje. Hoje vou sozinha, numa situação que não me permite tirar partido de minhas qualidades.

A psicoterapeuta de Hana acha que é assim que devemos começar, uma vez que uma semana atrás Hana pensava ser filha única. Julian e eu podemos compreender isso; não queremos esmagá-la. Sou eu em vez de Julian porque eu conhecia a mãe que ela perdeu. Além disso, sua primeira década na Terra foi muito parecida com minha própria infância livre, centrada em Kai. A dra. Patel diz que Hana está disposta a nos conhecer. Ela passou alguns meses com a sra. Beale e tem sofrido. Não está profundamente encaixada onde se encontra.

Devo ser cordial, mas não atrevida, disse-me a dra. Patel ao telefone. Seja polida. Seja interessada. Não inicie contato físico. Cativar a menina, e deixá-la vir a mim.

Essa é a minha aproximação preferida de qualquer maneira; sou uma pessoa chegada a gatos. Mas é bom ter meus instintos confirmados, e foi bom para Julian ouvir tudo isso. Ele talvez ainda precise de um workshop intensivo sobre os dez passos que conduzem ao abraço antes que possamos introduzi-lo gradativamente.

Vejo a casa, número 115, em frente à direita. Essa caixa de biscoitos de tijolos vermelhos com persianas pretas e remates brancos é a coisa mais parecida que Hana tem com um território doméstico. Ela tem um quarto aqui, de qualquer maneira. Tem uma porta, e o direito de fechá-la. Há uma camada brilhante de tinta fresca fazendo um grande esforço para enfeitar a varanda curvada.

Três pessoas estão sentadas na cadeira de balanço da varanda. Hana entre duas adultas. Ela não parece muito diferente da foto tirada no inverno. Nunca estive com as outras duas, mas a idade e a etnia dizem-me que a dra. Patel está à esquerda de Hana e a sra. Beale à direita.

Hana está curvada numa gorducha corcundazinha. Tem as mãos unidas no colo e suas pernas estão cruzadas nos tornozelos. Seus pés não tocam o chão.

Sua expressão é vazia e séria, mas essa menina e eu temos bocas com o mesmo formato. Reconheço a maneira como a endurece, como se tivesse uma rebelião ali dentro e a estivesse rolando na boca para obter um gosto completo. Ela não é nem de longe tão plácida quanto parece. Sinto comichões na espinha.

Ela olha para o carro e depois de volta para suas mãos, rapidamente. Posso sentir minha própria boca se reacomodando para ficar igual à dela. Essa expressão parece familiar. Conheço esse rosto. Eu o usei exclusivamente durante semanas, assim que cheguei ao abrigo. Eu era semimenina, semicrustáceo, impenetrável. Isso não é um bom presságio.

Primeiros dias, pensei comigo mesma. Ninguém disse que isso será fácil.

Minhas mãos estão quentes e suadas no volante. Desligo o carro e sopro as minhas mãos para refrescá-las. Já enfrentei advogados raivosos, juízes irritados, júris predispostos a me odiar, e permaneci tão afável e cordial quanto creme recém-cozido. Droga, eu tinha enfrentado o louco alucinado do Clark Winkley com uma pistola. No entanto, agora minhas mãos estão se torcendo, úmidas e trêmulas. Estou usando sapatos baixos e minha blusa favorita, uma malha cor de abóbora que está felpuda e macia devido ao tempo. Meu cabelo está preso numa trança frouxa, e pintei uma amistosa boca cor-de-rosa.

A dra. Patel se levanta quando meu motor para de funcionar. Ela é mais jovem do que eu teria suposto com base na voz calma e baixa. Usa um longo e sério rabo de cavalo e sua linguagem corporal diz que não está ansiosa. Isso será útil. A sra. Beale dá a impressão de que a central de elenco mandou uma típica vovó branca. Ela tem uma aparência genericamente simpática, desde o macio coque grisalho até os sapatos ortopédicos marrons. Está pousando uma mão revigorante no ombro de Hana quando saio do carro, e gosto dela por isso.

Hana continua sentada, olhando intensamente para suas mãos, que começaram a se torcer e a se apertar uma à outra quando chego à calçada.

A sra. Beale fica de pé, puxando Hana consigo. Hana franze as sobrancelhas, seus olhos ainda baixos. Usa um vestido amarelo, salpicado com raminhos de flores, e a cor não favorece em nada sua pele azeitonada. Ela se curva, fazendo sua barriga redonda ressaltar. Está perto de ficar grande demais para esse vestido. A saia está muito acima do joelho, e as pernas são magricelas com joelhos salientes.

Quando chego à escada, a sra. Beale dá um passo adiante com a mão estendida, prestes a falar, mas ao focalizar o meu rosto ela para. Parece perplexa por alguns segundos, depois visivelmente perde a cor e recua.

— Puta merda! — diz ela.

Isso é chocante, vindo daquela boca. É uma doce e idosa boquinha encolhida e enrugada, com seu batom coral vazando nas rugas. A psicoterapeuta e eu reagimos ambas com surpresa.

Hana olha para a sra. Beale também, depois segue a linha de seu olhar espantado para mim.

— Olá — digo. Os olhos de Hana, muito parecidos com os de minha mãe, são tão desconcertantes para mim em seu rosto redondo quanto foram no de Julian a primeira vez que o vi. Agora eles se arregalam e ficam inexpressivos com o choque. Sua boca se abre. — Sou Paula Vauss.

Os olhos estilo Kai de Hana encheram-se de lágrimas.

— Não, você não é — diz ela. Sua voz é baixa e rouca, como se ela tivesse sofrido com um resfriado na semana anterior e ainda não estivesse completamente recuperada. Mas em seguida duas gordas lágrimas se desprendem, rolando por ambas as bochechas lado a lado, e me dou conta de que sua voz está falhando porque ela está chorando. — Você é Kali — ela me diz. — Você é Kali, e você é de verdade.

Um segundo depois ela está pulando na minha direção, e mal tenho tempo para tirar os braços do caminho enquanto ela desce correndo a escada da varanda e se joga contra o meu corpo. Seu rosto bate com força em meu esterno, seus braços me abraçam com força, e meus próprios braços a envolvem por vontade própria.

— Perdão — diz sua tutora, ficando vermelha como um pimentão. — É só que... você realmente é real.

A psicoterapeuta olha da sra. Beale para mim, e depois diz "Puta merda" também, bem baixinho.

Não consigo responder nada. Alguma coisa está acontecendo comigo. Ou não, talvez já tenha acontecido. Ela começou quando o corpo de Hana se jogou tão violentamente contra o meu. É animal e estranho, como posso sentir a forma, minha própria forma de muito tempo atrás, sua forma agora mesmo, imprimindo-se em minhas pernas e abdome.

Sinto umidade, suas lágrimas e muco penetrando através de minha malha para revestir minha pele, e é como se eu estivesse segurando um pedaço de mim mesma. Isso *sou* eu, no entanto é externo, e ele mesmo. Tem sua própria respiração e batimento cardíaco, mas sua biologia está tão entrelaçada com a minha neste momento interminável que não posso dizer onde ela termina e eu começo, onde minha história cessa e a dela começa.

— Você é de verdade — diz ela, a voz um pouco abafada porque seu rosto está apertado contra mim. — A mamãe disse. A mamãe me contou que você era de verdade.

— Mas é claro que sou — sussurro, tentando compreender essa coisa que ela fez comigo. Ela avançou e tomou posse de mim, no entanto, isso não parece uma rendição. Há escolha dentro da rendição. Isto é algo muito mais básico.

Sobre sua cabeça escura, meu olhar cruza com o da sra. Beale primeiro e depois com o da psicoterapeuta, ambas ainda com suas idênticas expressões boquiabertas.

— Entre e veja — diz a sra. Beale. — Você tem que ver isto.

Hana me solta, mas de alguma maneira minha mão encontrou a dela. Estamos separadas, mas não estamos. Nossas mãos dadas são um fio correndo entre nós enquanto ela puxa, quase me arrastando para dentro. Passamos por uma sala de estar que morreu e foi embalsamada nos idos de 1987, por um corredor encardido, por um banheiro com ladrilhos cor-de-rosa.

Em seguida Hana abre uma porta, e estamos dentro de um quarto pequeno nos fundos da casa. Ela finalmente solta minha mão, quase constrangida agora, e minha mão parece fria e estranhamente nua. Ainda posso sentir a forma de sua mão na minha, mas estamos separadas agora, em nossas próprias pessoas.

— É aqui que eu durmo — diz ela.

Não está mais chorando. Então este é seu quarto e seus lençóis são estampados com flores simples. Este é seu quarto e estou espalhada por ele todo. Meu rosto forra as paredes. Vejo pelo menos cinquenta imagens de mim, de todos os ângulos, meu rosto em cima de meu corpo comprido, alto. Estou pregada com fita adesiva e fixada com percevejos do piso ao teto, emoldurando a cama e a cômoda, cobrindo a porta do armário.

Vejo a mim mesma montada a cavalo, sobre as nuvens, fantasiada de caveira, usando um sári. Vejo todas as minhas expressões — estou furiosa, apaixonada, triste, alegre e em mais quarenta estados entre uma coisa e outra. Estou fugindo e lutando, rindo e dançando. Em algumas imagens, estou com minha cor acobreada, e em algumas estou azul-celeste ou azul-marinho. Algumas vezes tenho dois braços, outras vezes quatro ou seis, e numa imagem tenho uma incontável sugestão de mil braços, enfileirados um atrás do outro.

Kai me desenhou para Hana, interminavelmente. Não recentemente, tampouco. Ou pelo menos, não só recentemente. Algumas imagens de mim são tão velhas que o papel está amarelado e fendendo nas bordas. As cores estão desbotadas ou borradas.

— Mamãe disse que estávamos viajando para encontrar você — sussurra Hana. Ela está olhando para todo o emaranhado na parede. — Mas ela estava doente...

Estou girando, reconhecendo agora que Ganesha está em toda parte, também: de barriga redonda, cabeça de elefante, já que Kai não podia saber que aparência Julian teria. Toco uma imagem dele em cima de seu camundongo, a sela de um vermelho desbotado de lápis de cor, e digo a Hana:

— Ele é real, também. — Kai está aqui também. Como Sita, como Parvati, como ela mesma, dançando com uma longa saia de seda com as cores da luz do sol.

Perto da cabeceira da cama, vejo as imagens mais novas. Meu rosto numa Kali vestida de sinos. Estou sentada sobre um cume branco, esporos de dente-de-leão presos em meu cabelo escuro. A meu lado está um macaquinho. Um macaquinho com o rosto de minha irmã.

— Kai combate a Semente Vermelha — digo, e ouço a respiração de Hana sair como um suspiro.

— Você sabe essa história?

— Sei — digo, virando-me para ela. — Sei uma porção de histórias de Kali, e histórias de Ganesha, e até algumas das histórias de Hanuman. Mas aposto que você sabe algumas que eu não sei. E aposto que sei algumas que serão novas para você. — Os olhos de Hana estão arregalados e brilhantes, seu nariz vermelho por ter chorado. Percebo que a sra. Beale afastou-se pelo corredor, desaparecendo. A dra. Patel recuou também. Ela está apoiada no vão da porta, dando-nos algum espaço. — Quer que eu lhe conte uma?

Hana encolhe os ombros, mas senta na cama, e seus joelhos estão voltados para mim.

Sento também, na outra ponta da cama. Ela está novamente contida dentro de si mesma, mas a posição de sua boca suavizou-se e algo começou. Aconteceu naquele momento em que seu peso pousou no meu estômago e suas lágrimas molharam a minha pele. Não posso ver o futuro, mas ele já começou.

Dentro de algumas semanas, vamos levar as cinzas reclamadas de Kai para Clay Creek no norte da Geórgia, nós três, e soltá-las nas cachoeiras. Julian queria vê-las enterrada, mas Hana e eu o convencemos de que é melhor não, Kai jamais descansará se não estiver em movimento.

Dentro de alguns meses, irei pela primeira vez em minha vida armar uma árvore de Natal, porque Julian deseja isso tão intensamente e Hana ficará curiosa; ela nunca teve uma. Em dois anos eu a verei olhando de lado para meu corpo, correndo as mãos de maneira inquieta pelo seu próprio, e lhe direi: "Ah, isso é somente sua barriga gorducha, menina bonita. Você vai usar essa gordura mais tarde para fazer uns peitos." E ela vai corar e me dizer para calar a boca.

Dentro de cinco anos vou ouvi-la chorando na cama, muito tarde, e vou deixar o corpo quente e sonolento de meu marido para me enrolar em volta dela, e ela vai soluçar e perguntar por que Jamie não gosta mais dela. Dez meses mais tarde, vou arrancá-la bêbada do meio de uma festa e deixá-la de castigo pelo resto de sua vida. "Odeio você", ela vai berrar, e eu berrarei de volta, "Disponha". Depois segurarei seu cabelo enquanto ela vomita.

Dentro de oito anos, Julian vai ajudá-la a escrever seus ensaios para a faculdade. Em breves 16 anos, ainda terei o traseiro para tirar as calças de terninho do cabide; vou usá-las para acompanhá-la pela nave daquela igrejinha Boho de que ela tanto gosta, e eu deveria ter visto isso chegando quando deixei o Natal entrar.

Quando o sacerdote perguntar: "Quem entrega esta mulher?", direi minha fala zelosamente:

"Seu irmão e eu entregamos."

Será uma mentira. Eu jamais a entregarei a quem quer que seja. Ela estará sempre no centro de meu coração.

Mas não posso ver isso a partir daqui. Sinto apenas que alguma coisa já começou, quando nos sentamos em pontas opostas de uma das camas de um par de camas separadas, nossos joelhos não se tocando, mas voltados uns para os outros. Tudo à nossa volta são as histórias compartilhadas que formaram nossas vidas.

— Uma história. Deixe-me pensar. Você quer uma que você sabe? Ou uma nova? — pergunto-lhe. Olho para cada imagem. Conheço a maior parte delas. Eu as ouvi ou as vivi.

Hana me lança uma olhadela e depois desvia os olhos. Dá de ombros. Como se lhe fosse indiferente de uma maneira ou de outra. Mas depois diz:

—Talvez uma que eu não conheça.

Penso sobre isso.

— Que tal uma de quando eu era pequena?

— Pequena como? — pergunta ela.

— Bem pequena. Muito menor que você, portanto é uma história que aconteceu há muito tempo, mas ainda está acontecendo agora. — Ela cintila com as palavras, com a cadência de um ritual que nós duas conhecemos. As palavras nos lembram de que brotamos da mesma estranha videira. Ela se inclina na minha direção, chegando um pouco mais perto, sem sequer se dar conta do que está fazendo. — É a história de como ganhei o meu nome. Se eu lhe contar, você me conta como ganhou o seu?

Ela considera a proposta, e depois diz:

— Conte-me.

“Muito tempo atrás, agora mesmo, eu nasci”, eu disse a minha irmãzinha. “Nasci azul.”

AGRADECIMENTOS

Quero agradecer primeiro a você, Pessoa que Comprou este Livro. Graças a você, tenho um trabalho que amo. Graças a você, as pessoas em minha cabeça ganham vida fora dela. Quando nos encontramos, você fala de meus personagens como se eles fossem velhos amigos (ou inimigos) que temos em comum; não posso explicar como isso parece milagroso. Se você é uma dessas pessoas que puseram meus livros nas mãos de outros leitores — ou profissionalmente como um lunático chamado por Deus que ama tanto os livros que os divulga, ou como um leitor que escolheu um livro para um clube de leitura ou o deu para seu melhor amigo de presente de aniversário — bem. Este livro existe por sua causa. Espero que você esteja feliz com isso. Eu estou — feliz e agradecida e um pouco apaixonada por você.

Um editor sábio, de olhar aguçado, é um dom, por isso devo a meu maravilhoso agente, Jacques de Spoelberch, um agradecimento extra por ter me conectado com Carolyn Marino. Ela é uma pessoa visceralmente ligada aos livros. Tenho muita, muita sorte, de estar com ela na William Morrow, onde pessoas incríveis como Liate Stehlik, Lynn Grady, Jennifer Hart, Emily Krump, Tavia Kowalchuk, Mary Beth Thomas, Carla Parker, Rachel Levenberg, Tobly McSmith, Kelly Rudolph, Chloe Moffett e Ashley Marudas são responsáveis por este livro.

Três anos atrás, comecei a fazer aulas no Decatur Hot Yoga com a linda e excessivamente flexível Astrid Santana. Ela muitas vezes começa as aulas narrando uma história clássica sobre o panteão dos deuses hindus, mas sua estrutura de frases e escolha de palavras e até algumas imagens vêm da tradição oral sulista. É uma mistura estranha e atraente. Por causa de Astrid, comecei a fantasiar as histórias e depois a lê-las. Paula e Kali se cruzaram em minha cabeça, e o romance deu uma brusca guinada para o Oriente. Dei a cascata de longos cabelos negros de Astrid e seu sorriso, seus olhos amendoados, ao personagem de Kai — se pelo menos Kai tivesse metade de sua bondade e generosidade!

"NUNCA MAIS VOU ESCREVER SOBRE VOCÊS DE NOVO! E quando digo *vocês*, refiro-me aos advogados", gemi para a especialista em litígios Sally Fox enquanto lutava com os fios do emaranhado legal neste livro. Ela os penteou com infinita paciência durante coquetéis na Paper Plane, e passei a admirá-la não só como profissional, mas como pessoa. Ela é uma ruiva de olhos grandes, de ar inocente, bonita e mignon, e é capaz de comer seu fígado cru em benefício de seus clientes. Ela me pôs em contato com Constancia Davis e Markeith Wilson, um par de advogados criminais que me ajudaram a planejar os vários crimes de meus personagens. Qualquer pessoa que tenha escutado às escondidas nossas conversas durante a hora do almoço provavelmente está em terapia agora.

A assistente social Sarah Smith trabalhou com crianças adotadas durante anos e passou pelo sistema quando era menor. Foi uma inestimável fonte de informação e ideias; sou grata por seu tempo e conhecimento especializado e durmo um pouco melhor, sabendo que algumas das crianças adotadas aqui em Atlanta têm uma defensora tão amorosa, generosa e corajosa de seu lado.

Sarah e todos os três advogados conhecem seu ofício — quaisquer erros estúpidos são meus.

Minha comunidade de escritores me torna melhor e mais corajosa. Eu os amo, mesmo quando eles maldosamente me fazem cortar milhares de palavras preciosas, únicas e especiais. Sobretudo nesses momentos, na verdade. Eu os listo na ordem em que os conheci: Lydia "Knit, Ride, Dog" Netzer, Jill "the Medicine" James, Anna Schachner, ou Sara

Gruen e Karen Abbott ou Karen Abbott e Sara Gruen (dependendo de quem esteja contando a história), Caryn Karmatz Rudy, Reid Jensen, Alison Law e o reverendo dr. Jake Myers.

Muito obrigada, linda família, por me apoiar. Se sou asas, vocês viram vento; seu sou uma desanimada poça de sofrimento, vocês viram gentis panos de chão. Amo vocês, Scott, Sam, Maisy Jane, Bob, Betty, Bobby, Julie, Daniel, Erin Virginia, Jane e Allison.

Infinita gratidão pelo apoio, aceitação e graça que encontro em minha grande comunidade tenda da fé na Primeira Igreja Batista Decatur. Eu seria uma pessoa mais triste, mais fria, mais mesquinha e mais amedrontada sem ela e sem as pequenas comunidades que me formaram ao longo da última década e meia: Slanted Sidewalk, grupinho, STK e o Fringe. Shalom para todos vocês.

Publisher
Omar de Souza

Gerente editorial
Renata Sturm

Coordenação de produção
Thalita Aragão Ramalho

Produção editorial
Isis Batista Pinto

Copidesque
Marcela Isensee

Revisão
Augusto Coutinho
Fatima Fadel

Diagramação
Abreu's System

Capa
Igor Campos

Este livro foi impresso no Rio de Janeiro, em 2016,
pela Edigráfica, para a HarperCollins Brasil.
A fonte usada no miolo é Minion Pro, corpo 11,5/15,1.
O papel do miolo é Chambril Avena 80g/m², e o da capa é cartão 250g/m².